Ik zal je vinden

Linwood Barclay bij Boekerij:

Ik zal je vinden
Lift
Niemand hoort het
Onhoudbaar
Geen veilige plek
Geloof je ogen
Dicht bij huis
Een tik op het raam
Vrees het ergste
Het ongeluk
Kijk niet weg

Linwood Barclay

Ik zal je vinden

BOEKERIJ

ISBN 978-90-225-9369-1
ISBN 978-94-023-1782-4 (e-book)
NUR 330

Oorspronkelijke titel: *Find you first*
Vertaling: Waldemar Noë
Omslagontwerp: DPS Design & Prepress Studio
Omslagbeeld: © DPS/Arcangel
Zetwerk: Mat-Zet bv, Huizen

Voor Neetha

Proloog

Bij Springfield, Massachusetts

Todd hoorde de telefoon overgaan en wachtte tot er werd opgenomen. Twee keer, drie. Je moest die ouwetjes de tijd geven om bij de telefoon te komen. Misschien dat ze achter een looprek liepen, of in een rolstoel zaten. Zelfs al hadden ze een draadloos toestel, de kans was groot dat het in hun ligstoel lag weggestopt en dat ze bij god niet wisten waar het was als het begon te rinkelen.

'Hallo?'

Mooi. Een vrouw, en ze klonk hoe dan ook hoogbejaard. Je moest voorzichtig zijn. Soms waren hun volwassen kinderen op bezoek als Todd belde, en als die opnamen kon je maar beter ophangen. Ze wisten meteen dat er iets niet klopte.

'Oma?' zei Todd.

Het was altijd een gok. Had ze wel kleinkinderen? En als ze die had, was er dan een jongen bij?

'Eddy?' vroeg de oude vrouw.

Bingo.

'Ja, ja, Eddy hier,' zei Todd. 'O, oma, ik ben zó blij dat ik u spreek.'

'Hoe gaat het met je?' zei ze. 'Wacht even, dan zet ik *Jeopardy!* uit. Ik heb al zo lang niets van je gehoord. Je vader zou gisteren langskomen en ik heb gewacht en gewacht, maar...'

'Oma. Ik zit in de problemen.'

'Wat?'

'Ik zit in de problemen, en u bent de enige die me kunt helpen.'

'Wat is er?' vroeg ze met een stem waar al haar grootmoederlijke ongerustheid in doorklonk. 'Wat is er gebeurd?'

'Ik ben gearresteerd.'

De oude vrouw hapte naar adem. 'O, nee, Eddy, waar ben je?'

'Op het politiebureau.' Wat natuurlijk niet zo was. Todd zat aan de keukentafel van zijn stacaravan achter een laptop die geflankeerd werd door een blik Bud Light en een half opgegeten pizzapunt.

'Wat heb je gedaan?' vroeg de oude vrouw.

'Het was niet mijn schuld. Die andere bestuurder sneed me af en ik moest uitwijken. En ik wilde die vrouw met die baby in die kinderwagen natuurlijk niet aanrijden? Snapt u?'

'O, mijn god...'

'En toen raakte ik die boom, maar de agenten hebben iets in de auto gevonden, iets wat absoluut *niet* van mij was, iets wat een van mijn vrienden er had achtergelaten, het was maar een heel klein beetje, weet u? Maar omdat ze het dus in mijn auto hebben gevonden... dus ze houden me vast tot er borg is betaald. Ik weet niet wat ik moet doen.'

'Nou, je zult je vader moeten bellen. Hij...'

'Nee, ik... Dat kan ik niet doen. Hij zal me vermoorden. Het kost tijd om hem uit te leggen wat er is gebeurd, en u weet hoe hij is. Het zou zelfs kunnen dat hij me hier laat zitten om me een lesje te leren, wat niet eerlijk is, want, ik zweer het bij God, het was niet mijn schuld, maar ondertussen moet ik die borg betalen en...'

'Hoeveel is het?'

Todd glimlachte. De vis had gehapt, hij hoefde hem nu alleen nog naar binnen te hengelen.

'Vijfentwintighonderd,' zei hij. 'Zoveel geld heb ik eenvoudigweg niet. Ik vroeg me af of... Ik vind het vervelend het te moeten vragen...'

'Hoe lang zullen ze je vasthouden als je niet betaalt?' Haar stem klonk steeds bezorgder.

'Ik weet het niet. Een paar dagen, denk ik. Maar u moet weten dat ze me gewoon tussen de andere gedetineerden zetten. Sommige van die kerels, ik… Ze zijn groot en meedogenloos en het zou kunnen dat… Ik hoop maar dat niemand me probeert te… Ik bedoel, u weet wat er met een jongen in de gevangenis kan gebeuren.'

Legde hij het er te dik bovenop? Je kon overdrijven. Todd dacht dat hij iets te ver was gegaan toen hij dit spel de eerste keren speelde. Dat hij het had laten klinken alsof hem een groepsverkrachting van de Aryan Brotherhood te wachten stond. Het was beter dat zijn doelwit haar fantasie moest gebruiken.

Het mooie was dat de meeste ouwetjes nog steeds hun vaste telefoon gebruikten. Na enig online-hengelen kwam je zo achter het adres van een bejaardentehuis, daarna gebruikte je de omgekeerde nummerzoeker om achter de namen van de bewoners te komen en dan kreeg je een hele lijst van potentiële doelwitten. Als ze allemaal mobiele telefoons hadden, zou het stukken moeilijker worden. Todd gebruikte uiteraard wél een mobiele telefoon als hij hiermee bezig was. Een prepaid. En elke week een nieuwe. Je zou niet willen dat deze telefoontjes getraceerd werden, want oma zou uiteindelijk discreet bij een familielid informeren of de politieproblemen van kleine Eddy, Timmy of Walter waren opgelost, waarop het moment kwam dat iemand zei: 'O, nee. Hoeveel geld heb je overgemaakt?'

Todd vroeg altijd om vijfentwintighonderd dollar. Een mooi, rond en geloofwaardig bedrag. Je wilde niet dat de hoogte ervan het ouwetje zou afschrikken, maar je wilde ook niet zo laag gaan dat het de moeite niet waard was.

Misschien dat het tijd was om ermee te stoppen. Hij verdiende genoeg in de computerwinkel. Een parttimebaan, maar het zag ernaar uit dat ze hem vier in plaats van drie diensten per week wilden geven. En sinds hij Chloe had ontmoet – het was nog steeds waanzinnig dat er een halfzus was verschenen van wie hij het bestaan nooit had vermoed – schaamde hij zich enigszins voor deze aanvulling op zijn inkomen. Dus, ja, misschien was het zo mooi geweest. Dit was de laatste keer.

Misschien.

Het zou leuk zijn om Chloe bij haar volgende bezoek – als ze in die antieke Pacer van haar vanuit Providence naar hem toe was gereden – te vertellen dat hij ermee ophield. Maar dan moest hij het natuurlijk wel eerst aan haar opbiechten. Het was grappig dat hij bij haar zo'n behoefte voelde om zijn hart te luchten. Zo'n effect had ze op hem. Hij had het idee dat ze vermoedde dat hij zich met illegale zaken bezighield. Ze bracht veel tijd door met bejaarden – haar opa zat in een soort verzorgingstehuis, en ze ging vaak bij hem op bezoek – en zou het waardeloos vinden dat hij misbruik van hen maakte.

'Ik... ik zou je het geld kunnen geven,' zei de oude vrouw aan de andere kant van de lijn.

Todd kreeg een droge mond, hij nam een slok bier.

'Als u dat doet, oma, dan hebt u mijn leven gered.'

'Moet ik het naar het politiebureau brengen? Ik kan me door een staflid van hier laten brengen. Ik zou het aan Sylvia kunnen vragen, ze is erg aardig en...'

'Nee, nee!' zei Todd snel. 'Dat hoeft niet. De politie zei dat u alleen maar Western Union hoeft te bellen, het kan via de telefoon. Zodra het geld is overgemaakt geven ze het aan de politie, die me dan vrij zal laten. Hebt u pen en papier? Ik kan u alle informatie geven.'

'Wacht even.'

Todd hoorde haar de hoorn neerleggen, daarna het geritsel van papier. Hij hoorde haar stem in de verte: 'Ik heb de pen tussen de kussens laten vallen. O, wacht, ik denk...'

God, ze konden zo meelijwekkend zijn. Todd troostte zich met de gedachte dat deze mensen toch niet zo lang meer hadden. Er werd ze wat geld afgetroggeld, wat maakte het verder uit? En als ze deze maand niet uitkwamen, konden ze altijd nog hun kinderen vragen om...'

Er werd op de deur van zijn caravan geklopt, zo hard dat hij ervan schrok. Drie keer. BENG BENG BENG.

'Meneer Cox! Todd Cox!'

Een man die het riep. Wat was dit in godsnaam? Vooral op dit uur, het was na negenen in de avond. Todd kreeg niet veel bezoek hier. Zijn stacaravan stond vlak bij de weg, maar werd afgeschermd door een rij bomen. Het was er rustig, met uitzondering van het sporadische sirenegeloei van de brandweerkazerne aan de andere kant van de terreingrens.

Todd tuurde zijdelings door het raam. Op het trapje dat hij van gasbetonblokken had gemaakt stonden twee mensen onder het zwakke buitenlicht. Een man en een vrouw van achter in de dertig, begin veertig. Wat zat daar nou aan hun broekriem geklemd? Penningen? Politiepenningen?

'Todd Cox, ben je daarbinnen?' riep de man.

'Wie is daar?' riep hij terug, alsof hij het nog niet wist.

'Politie.'

Shit shit shit shit shit.

'Ik heb pen en papier!' zei oma, nu weer luid en helder.

Todd klapte de prepaidtelefoon dicht die hij voor twintig dollar online had gekocht. Naast de laptop lagen prints van verschillende bejaardentehuizen in het land, een achterstallige Visa-factuur en het laatste overzicht van Verizon voor zijn iPhone. Hij graaide de prints bij elkaar en stopte ze in de besteklade.

Hoe hadden ze het ontdekt? Hoe waren ze hem op het spoor gekomen? Hij was zo voorzichtig geweest. Nieuwe telefoons en steeds andere Western Union-accounts. Hij wiste altijd zijn sporen uit. Todd bedacht dat het rechercheurs moesten zijn, ze waren niet in uniform. Dat was niet best. Het zag er slecht voor hem uit.

'Meneer Cox, maak die deur open alstublieft.' Deze keer was het de vrouw. Ze klonk als een kenau. Een diepe, dwingende stem.

Waar kon hij in godsnaam heen? De achterdeur van de caravan bevond zich aan dezelfde kant als de voordeur, dus hij kon niet wegsluipen. Hij liep naar de voordeur, haalde diep adem, probeerde een argeloos gezicht op te zetten en deed open. Hij kon een donker bestelbusje onderscheiden dat naast zijn tien jaar oude Hyundai stond geparkeerd.

Ze hielden hun penningen op.

'Rechercheur Kendra Collins,' zei de vrouw.

'Rechercheur Rhys Mills.'

'Oké, wat is er aan de hand?' vroeg Todd.

'We zouden graag even binnen willen komen om met u te praten,' zei Mills.

'Waarover?'

'Daar kunnen we het over hebben als we binnen zijn.'

Todd stond nerveus te dralen.

'Hebt u een huiszoekingsbevel?' vroeg hij.

Kendra Collins fronste. 'Waarom zouden we een huiszoekingsbevel moeten hebben, meneer Cox? Hebt u soms iets verkeerds gedaan?'

'Nee hoor, absoluut niet,' haastte hij zich te zeggen en hij grijnsde gemaakt. 'Ik dacht dat je dat moest zeggen als je de politie op bezoek krijgt.'

Todd deed een paar stappen naar achteren zodat ze binnen konden komen. Het volgende moment stonden ze in het keukengedeelte en keken misprijzend om zich heen. Er bevond zich aan één kant een kleine woonkamer, als je het zo tenminste kon noemen, en een smalle gang aan de andere kant waar twee slaapkamers en een badkamer aan grensden. In de gootsteen lagen vuile borden, en het aanrecht stond vol bierblikken en lege verpakkingen van afhaalmaaltijden.

'Luister,' zei Todd. 'Ik weet niet waarom jullie hier zijn, maar voor het geval jullie op zoek zijn naar drugs of zoiets, ik ben clean, ik ben geen gebruiker, zulke dingen doe ik niet. Serieus.'

Rhys Mills liet zijn blik over de rotzooi op het aanrecht gaan. 'Bent u Todd Cox? Eenentwintig jaar oud? Op 10 september 2001 in New Haven geboren?'

'Ja, één dag voordat de hel losbrak.'

Kendra stond achter hem en vroeg: 'En uw moeder is Madeline Cox?'

'Dat klopt,' zei Todd. Hij draaide zich om naar haar en stond met zijn rug naar rechercheur Mills toe. 'Heeft dit iets met haar te maken?'

Kendra pakte haar telefoon, tikte de foto-app open en zei: 'Er is iets wat ik u wil laten zien.'

Ze strekte haar arm uit en hield de telefoon laag zodat Todd voorover moest buigen om het te kunnen zien.

'Ik kan niet goed zien wat...'

'Kijk beter,' zei ze.

Todd probeerde te focussen en boog zich nog verder naar de telefoon toe. Dat was het moment waarop Rhys een stap in zijn richting deed en de naald in zijn nek stak.

'Wat is...' Todd draaide zich in één beweging om en sloeg tegen zijn nek alsof hij zonet door een bij was gestoken. Maar Rhys was snel, hij had niet alleen de injectie gegeven maar de spuit er ook al uitgetrokken voordat Todd hem weg kon slaan.

Todd begon bijna meteen te wankelen. 'Jezusss... wa wass da?'

Hij keek de ijzig glimlachende Rhys vragend aan. 'Sorry hiervoor, meneer Cox.'

'Ik ben zo terug, Rhys,' zei Kendra, die naar buiten liep.

'Waar ga... je parner heen...' zei Todd, die zijn hand tegen de wand plaatste om te kunnen blijven staan.

'Het zal niet lang duren, en je zult geen pijn hebben,' zei Rhys met enige sympathie in zijn stem. 'Het is zo voorbij.' Hij haalde latex handschoenen uit zijn zak, trok ze aan en liet ze op zijn vel springen toen ze om zijn polsen zaten.

Todd begon in elkaar te zakken. Toen zijn billen de vloer raakten liet hij zijn hoofd tegen de wand rusten en begon alles te draaien.

De deur ging open en Kendra, die ook handschoenen had aangetrokken, kwam binnen met twee grote canvas tassen. Ze zette ze op de vloer, ritste er een open en haalde er iets zwarts uit dat glom en een paar keer leek te zijn opgevouwen. Ze vouwde het uit en ook dit ritste ze open.

Een lijkzak.

'Laten we hem er maar in stoppen voordat alles begint te lopen,' zei ze. 'Ik wil niet meer schoonmaken dan nodig is.'

Rhys knikte instemmend.

Todd was nog niet dood, maar er zat niet meer genoeg leven in hem om mee te werken toen ze hem in de zak wilden stoppen. Rhys plaatste zijn handen onder Todds armen en sleepte hem naar de opengeritste zak toe. Hij trok de zijkanten omhoog tot de stervende jongen erin lag en begon hem bij zijn voeten dicht te ritsen.

Hij wachtte even toen hij bij Todds gezicht was en zag de wezenloze blik, de versufte uitdrukking.

'Dit is altijd het interessantste gedeelte,' zei hij. 'Het moment van overlijden.'

Hij ritste de zak dicht. Van binnenuit klonk er nog één verstikt woord van Todd: 'Donker.'

'Hoe lang nog?' vroeg Kendra.

Hij haalde zijn schouders op. 'Een paar minuten, op z'n hoogst.'

Er klonken nog even wat zacht ruisende geluiden vanuit de zak, toen was het stil. Kendra keek nog een moment lang naar de bewegingloze zak en ritste toen de tweede tas open om er flacons Drano, borstels, spuitbussen bleekmiddel, dweiltjes, tissues en vuilniszakken uit te halen.

'Jij mag de badkamer doen,' zei Rhys.

Kendra fronste. 'Nee hè.'

Rhys schudde heftig zijn hoofd. 'Je weet dat ik er niet tegen kan. Als die badkamer half zo vies is als die keuken, dan zal het er nog erger dan een latrine in oorlogstijd zijn.'

God, denkt Kendra, Rhys kan zo'n smetvrees hebben. Hij heeft er geen enkele moeite mee om iemand te vermoorden, maar vraag hem een toilet schoon te maken en hij ziet eruit alsof hij elk moment over z'n nek kan gaan.

'Waar zou die jongen mee bezig zijn geweest?' vroeg Kendra. 'Hij leek doodsbang te zijn dat we echte agenten waren.'

Mills zag de telefoon op de laptop liggen. 'Een prepaid. Drugs, misschien.' Hij zweeg een moment. 'Het doet er niet toe.'

'Het zou veel makkelijker zijn geweest als we de boel in de fik hadden kunnen steken, zoals laatst,' zei Kendra.

'Als die verdomde brandweerkazerne niet aan de andere kant van die bomen stond, had ik het zo gedaan. Maar ze zijn hier binnen een halve minuut, dus een brand heeft geen enkele kans hier.'

Ze gingen methodisch te werk. Kendra gaf toe aan haar partners smetvrees en liep door de gang om de badkamer te lijf te gaan. Ze schrobde de douche en wastafel schoon, waarop ze Drano in de afvoer goot om alle sporen op te lossen. Hierna sproeide ze bleekmiddel op alle oppervlakken. Het toilet, de wanden van de douchecel, ze nam zelfs de binnenkanten van de kastjes en laden mee.

Ze gooide Todds haarborstel, scheermes, tandenborstel, stukjes zeep

– alle toiletartikelen die hij had gebruikt – in een vuilniszak. Ze leegde de kleine prullenbak niet, nee, ze gooide het hele ding in de vuilniszak. Daarna nog de handdoeken en washandjes.

'Hoe gaat het daar?' riep ze.

'Ik ben er bijna,' riep Rhys terug vanuit zijn gedeelte.

Kendra nam even een pauze en liep door de smalle gang naar de keuken annex woonkamer. De kastjes waren schoon en leeg, de roestvrijstalen gootsteen blonk en op de deur van de koelkast was geen enkele smoezelige vingerafdruk meer te zien.

Ze floot. 'Als het niet zo'n verdomde caravan was geweest, zou ik hier best wel kunnen wonen.'

Het werk nam bijna vier uur in beslag. Tot slot haalden ze een krachtige stofzuiger uit het busje om er nog eens grondig doorheen te gaan. Bij de deur lagen de lijkzak en tien gevulde vuilniszakken, met – onder andere – alle kleren uit Todds slaapkamerkast, de laptop, zijn rekeningen, de lijst met telefoonnummers van bejaardentehuizen die in de besteklade was aangetroffen, al het bestek zelf, rotzooi uit het gootsteenkastje en de half opgegeten pizzapunt.

'Heb je onder het bed gekeken?' vroeg Rhys.

'Ik ben niet gek,' zei Kendra. 'En dat is maar goed ook, want er lag een leeg bierblik. Ik zal buiten ook nog even een ronde doen, voor het geval ze daar ook nog liggen.'

Rhys liet een set autosleutels aan zijn wijsvinger bungelen. 'Ik neem de Hyundai. We laden zoveel als we kunnen in die auto, de rest gooien we in het busje. We gaan eerst langs het crematorium, daarna rijden we naar de vuilnisbelt.'

Ze keek op haar horloge. 'Het is bijna twee uur.'

'Met een beetje geluk zijn we klaar als het licht wordt. Daarna ga ik een dag lang slapen.'

'Dat mocht je willen.'

Ze pakten ieder een uiteinde van de lijkzak en gooiden hem in de achterbak van de Hyundai. Er konden nog wat vuilniszakken bij, daarna laadden ze de achterbank vol. Wat er overbleef ging achter in het busje.

Ze namen samen een moment om op adem te komen.

'Ik stink naar bleekmiddel,' zei Kendra. 'Het is eigenlijk een eufemisme dat ze ons "de schoonmaakploeg" noemen.'

'Wil je me volgen of rij jij eerst weg?'

'Ik rij wel achter je aan. Ik weet niet of ik me die afslag nog kan herinneren.'

'Shit. Zijn telefoon.'

'Die heb ik weggegooid. Hij lag op de laptop.'

'Nee, dat was een prepaid. Een goedkoop ding. Hij moet een smartphone hebben gehad. Er lag een overzicht van Verizon bij de laptop.'

'Hij heeft hem waarschijnlijk bij zich,' zei Kendra. 'In zijn broekzak.'

'We kijken er later wel naar.'

Ze zwegen. Rhys legde zijn hoofd in zijn nek en bracht zijn rechterhand naar zijn voorhoofd terwijl hij naar de sterren keek.

Toen haalde hij zijn hand weg, zuchtte diep en zei: 'Dat was nummer twee. Nog zeven te gaan.'

Drie weken eerder

1

New Haven, Connecticut

'Je gaat dood.'

Dokter Alexandra Nyman verwachtte een reactie toen ze haar diagnose meedeelde, maar Miles Cookson was druk op zijn telefoon bezig.

'Heb je me gehoord?' vroeg Alexandra. 'Ik weet dat het bot klinkt, maar je hebt altijd tegen me gezegd dat ik eerlijk tegen je moest zijn. En mooier kan ik het niet maken.'

Ze was achter haar bureau vandaan gekomen en zat naast Miles in een van de twee leren fauteuils. Ze stonden schuin ten opzichte van elkaar zodat haar rechterknie slechts een paar centimeter van zijn linker was verwijderd. Ze hield een dossiermap in haar handen die flink wat papierwerk bevatte.

Miles keek nog steeds naar zijn telefoon terwijl hij met beide duimen driftig aan het typen was en zei: 'Ik zal het even opzoeken.'

'Je hoeft het niet op te zoeken, ik zit hier naast je. Vraag maar wat je wilt.'

Hij wierp een zijdelingse blik op haar. 'Je hebt het verkeerd, Alex. Ik kan niet doodgaan. Ik ben verdomme tweeënveertig. Het is iets anders, dat moet het wel zijn. Kijk naar me, in godsnaam.'

Dat deed ze. Miles zag eruit als een gezonde persoon. Ongeveer 1,75 meter en fit met zijn 80 kilo. Ze wist dat hij tot ver in de dertig marathons had gelopen, en dat hij nog steeds een paar keer per week jogde. Hij was bijna kaal, maar dat stond hem goed.

'Miles, we hebben de testen gedaan en...'

'Fúck die testen,' zei hij terwijl hij zijn telefoon opborg en haar recht in de ogen keek. 'Al die zogenaamde symptomen, je kunt ze allemaal aan stress wijten. Je gaat me toch niet vertellen dat jij nooit opvliegend of rusteloos bent geweest, of dat je zo nu en dan iets vergeet? En ja, oké, het was nogal onhandig om over mijn eigen voeten te struikelen. Maar het kan niet zijn wat jij zegt dat het is.'

Ze besloot hem door te laten razen en zei niets.

'Jezus,' fluisterde Miles. 'Hoe kon ik... Het is spanning, stress, zo simpel ligt het. Jullie kloteartsen, altijd op zoek naar problemen als ze er niet zijn. Dat doen jullie om alle jaren dat je gestudeerd hebt goed te maken.'

Alexandra fronste, maar niet ontstemd. Ze begreep de woede.

'Sorry,' zei Miles. 'Ik liet me even gaan.'

'Dat is goed.'

'Het is... het is nogal veel om te verwerken.'

'Ik weet het.'

'Het is geen stress, hè?'

'Als het alleen maar rusteloosheid was geweest, of soms wat vergeetachtigheid, of zelfs een sporadische stemmingswisseling, dan zou ik het met je eens zijn dat het stress was. Maar dat verklaart niet de onwillekeurige bewegingen, de zenuwtics en de stuiptrekkingen die je...'

'Fuck,' zei hij. 'Fuck fuck fuck.'

'En ik moet nog even verhelderen wat ik je zei over doodgaan. Het is ongeneesbaar, er is niets wat we kunnen doen. Ik kan je tetrabenazine voorschrijven, wat helpt tegen de symptomen als die zich duidelijker manifesteren, maar er is geen genezing.'

Miles lachte sardonisch. 'Waarom is het geen kanker? Er is van alles wat ze tegen kanker kunnen doen. Opereren, een chemokuur... Maar dit?'

'Je kunt er niet omheen,' zei Alexandra. 'De ziekte van Huntington is... het is alsof je Alzheimer, ALS en Parkinson in een blender gooit. Jouw symptomen lijken veel op deze aandoeningen.'

'Maar dan erger.'

Ze zei niets.

‘Laatst wilde ik mijn ene voet voor de andere zetten – wat is er simpeler dan dat? – maar mijn brein zei, dat gaat ’m niet worden. En toen, een tel later, was het weer goed. Of mijn assistent Dorian had een bijeenkomst belegd en me alle details verteld. Vijf minuten later kon ik me er nauwelijks meer iets van herinneren.’

‘Ik weet het.’

‘Het zijn periodes. Ik voel me rusteloos, alsof er iets onder mijn huid zit. Ik moet iets doen, ik kan me niet ontspannen.’ Hij zweeg even. ‘Hoe erg gaat het worden?’

‘Het is een hersenaandoening,’ zei ze nuchter. ‘Je zult de controle in toenemende mate verliezen. Anders dan bij ALS, waarbij je mentaal scherp blijft terwijl je lichaam het laat afweten, zal Huntington je cognitieve vaardigheden ondermijnen.’

‘Dementie,’ zei Miles.

De arts knikte. ‘Er zal een moment komen waarop je constante zorg nodig hebt. Er bestaat geen genezing. Er wordt al jarenlang hard aan gewerkt, en het zal ze misschien ooit lukken.’

‘Maar dat zal niet snel genoeg zijn om me te helpen.’

Alexandra zei niets.

‘Wie doen dat onderzoek? Hoeveel geld hebben ze nodig? Ik geef ze een cheque, zodat ze hun mouwen kunnen opstropen om iets te doen. Hoeveel hebben ze nodig? Een miljoen? Tien miljoen? Zeg het me. Ik schrijf morgen een cheque voor ze uit.’

De arts leunde achterover op de stoel en sloeg haar armen over elkaar. ‘Dit is niet iets wat je af kunt kopen, Miles. Niet deze keer. Al het geld in de wereld kan niet voor een snelle genezing zorgen. Er wordt door zeer toegewijde mensen aan gewerkt.’

Miles draaide zijn hoofd en keek uit het raam terwijl hij dit verwerkte. ‘Hoe lang?’

‘Nou, dat is het punt. Of het nu om Huntington gaat, of kanker, of je hart, of wat dan ook, het voorspellen van de levensverwachting is een hachelijke zaak. Denk maar aan Stephen Hawking. Ze gaven hem twee jaar toen hij met ALS – de ziekte van Lou Gehrig – werd gediagnostiseerd. Hij heeft nog tientallen jaren geleefd. Ik had hier laatst iemand voor een check-up, en ik verklaarde die man volkomen gezond. Twee dagen later kreeg hij een hartaanval en viel dood neer.'

'Nou, daar heb ik wat aan,' zei Miles.

'Ik weet het. Het kan vier à vijf jaar zijn voor jou, misschien iets minder, maar het zou ook twintig jaar kunnen zijn. Bij je genetische test hebben we naar de hoeveelheid nucleotidensequenties gekeken. Onder de zesendertig krijgt Huntington veel minder kans, maar als je boven de negenendertig zit dan...'

'Ik weet niet waar je het over hebt. Ik weet alles van apps, maar van DNA-zaken heb ik weinig verstand.'

Alexandra knikte begrijpend. 'Sorry, dat was iets te technisch. Luister, we zullen je regelmatig blijven onderzoeken om te zien hoe het gaat. En hopelijk kunnen we de prognose op de lange termijn dan beter inschatten.'

'Ik zal nog lang leven, maar het zou een hel kunnen zijn,' zei hij.

'Ja. In elk geval weet je nu wat je hebt. Als er dingen zijn die je wilt doen, dingen die je wilt bereiken, dingen die je recht wilt zetten... Je kunt het maar beter nu doen, en misschien houd je daarna nog wel een heleboel tijd over. Maar een diagnose als deze helpt je te focussen en je prioriteiten te stellen.' Ze zuchtte. 'Het spijt me, Miles. Ik zal je bij elke volgende stap bijstaan.' Ze zweeg even. 'En er is nog iets waar we het over moeten hebben.'

'Mijn god, niet nog meer slecht nieuws.'

'Nee, maar ik wil het nog eens over het familieverleden hebben. Heeft een van je ouders Huntington gehad?'

'Nee. Ik bedoel, niet dat ik weet. Ik neem aan dat een van hen het gehad zou kunnen hebben, maar de ziekte heeft nooit de kans gehad om zich te manifesteren. Ze zijn bij een auto-ongeluk om het leven gekomen toen ze in de veertig waren. Mijn vader was een dronkenlap. Hij boorde hun Ford Explorer in een bruggenhoofd op de Merrit Parkway.'

'Je hebt toch een broer?'

Miles knikte. 'Gilbert.'

'Wat we van Huntington weten is dat het vooral een erfelijke aandoening is. Het is heel goed mogelijk dat een van je ouders het zou hebben gekregen als ze niet voortijdig waren overleden. Je kan het van een van hen hebben geërfd. Als een ouder Huntington heeft, is er een kans van vijftig procent dat een van de kinderen het ook zal krijgen.'

'Dat is een hoog percentage.'

'Precies. Dus de mogelijkheid is groot dat je broer het ook heeft. Het lijkt me een goed idee om hem te laten onderzoeken.' Ze aarzelde. 'Zijn jullie hecht met elkaar?'

'Hij werkt voor me,' zei Miles.

'Dat vroeg ik niet.'

'We zijn... hecht genoeg. Het is iets minder geworden sinds hij met Cruella de Vil is getrouwd.'

'Sorry?'

'Caroline. Ik ben... niet zo van haar gecharmeerd. Maar dat is wederzijds.' Hij nam haar advies in overweging. 'Ik zal met Gilbert praten en hem aanraden een onderzoek te laten doen. Of misschien dat...'

'Misschien wat?'

'Niets.'

Alexandra wachtte in een poging hem zijn zin te laten afmaken. Toen hij dat niet deed, glimlachte ze geforceerd.

'En er is ook nog een klein beetje goed nieuws,' zei ze.

'Dit is toch niet zoals die ene mop, hè?' vroeg Miles. 'Die waarin de dokter zegt: "Ik heb slecht nieuws en ik heb goed nieuws, mevrouw. Het slechte nieuws is dat u doodgaat, maar het goede nieuws is dat u met Brad Pitt naar bed mag?"'

'Nee, zo is het niet,' zei Alexandra.

'Oké. Vertel het me.'

'Nou, je bent niet getrouwd. Je hebt geen kinderen. Als je die had, zou dit verschrikkelijk nieuws voor hen zijn geweest. Het is al erg genoeg om te horen dat je deze diagnose hebt gekregen. Maar dan zouden ze ook nog eens het nieuws moeten verwerken dat zij het ook kunnen krijgen. Een kans van één op twee. Ik denk dat het voor jou een extra emotionele last zou zijn waar je echt niet op zit te wachten.'

Miles keek haar met een lege blik aan.

‘Miles?’ zei ze.
‘Sorry. Ik was even ergens anders met mijn gedachten.’
Alexandra’s bezorgdheid groeide. ‘Héb je soms kinderen, Miles?’
Ja, dat is natuurlijk de verdomde hamvraag, dacht Miles.

2

Providence, Rhode Island

Chloe Swanson had het ministatief uitgeklapt en was er klaar voor.

Ze gebruikte simpelweg haar iPhone voor dit project, dat was alles wat ze nodig had. Had Steven Soderbergh per slot van rekening niet een hele film met een iPhone geschoten? Als hij het kon, dan kon zij het toch ook? Maar ze wilde niet dat het beeld te schokkerig zou zijn tijdens het interview, dus had ze het ministatief meegenomen om de telefoon op te bevestigen. Ze had het tweedehands gekocht bij een fotowinkel in Providence voor een derde van de nieuwprijs.

Ze zette het op een stapel boeken die op een bijzettafeltje lagen dat voor haar opa's rolstoel stond zodat de camera zich op zijn ooghoogte bevond. Ze wilde het shot zo inkaderen dat je op de achtergrond niet zijn bed zou zien. Het kamertje was benauwend klein.

Chloe had de video aanvankelijk in een van de gemeenschappelijke ruimtes van het verzorgingstehuis willen filmen, maar daar wilde haar opa niet naartoe. Hij had iets met een van de andere bewoners, een vrouw van midden tachtig, maar ze hadden onlangs ruzie gehad. Chloe had geprobeerd te reconstrueren wat er was gebeurd, en verbazingwekkend genoeg, in elk geval voor haar, scheen het iets met seks te zijn. De oude vrouw was hierin geïnteresseerd, maar Chloe's opa niet.

Trouwens, ze zou de video toch niet in de gemeenschappelijke ruimte hebben gefilmd, er waren te veel achtergrondgeluiden. Er was één man, hij moest al tegen de negentig lopen, die altijd van die ongelooflijk rochelende geluiden maakte, alsof er iets vanuit zijn tenen uit moest komen. Chloe had er begrip voor. Haar hart ging uit naar de bewoners van het Providence Valley Home, de plek die haar moeder altijd 'het huis van de verdwaasde zielen' noemde.

Chloe vond het niet leuk als haar moeder geintjes over oude mensen maakte. Wat was er zo grappig aan het verliezen van je evenwicht, aan een valpartij, aan het moeten dragen van luiers en het niet meer herkennen van je geliefden als ze op bezoek kwamen? Moest daarom gelachen worden? Natuurlijk, Chloe was pas tweeëntwintig en hoefde zich nog zeer lange tijd niet druk te maken over oud worden, maar dat betekende niet dat het haar niets kon schelen. Ze was hier vaak genoeg geweest om met een paar andere bewoners bevriend te raken, en ze dacht wel eens aan een ambitieuzer project waarin ze een aantal van hen wilde interviewen, niet alleen de vader van haar moeder.

Iedereen had een verhaal te vertellen.

En Chloe hoopte dat het interview met haar opa iets van de leemtes in haar eigen verhaal zou vullen. Niet alles, natuurlijk. Er was een groot, ontbrekend hoofdstuk in haar leven waar ze waarschijnlijk nooit iets over te weten zou komen. Als een puzzel van vijfhonderd stukjes met één ontbrekend stukje. Het probleem is dat dat stukje de halve puzzel is.

Chloe wilde erachter komen wie ze was.

Haar opa was mager en rond geschouderd, met een paar plukjes haar die de overvloed aan levervlekken nauwelijks konden verhullen. Ze trof hem doorgaans aan in zijn pyjama en ochtendjas, maar vandaag droeg hij een colbert, een wit overhemd en een stropdas. Chloe dacht dat ze zo haar hand tussen de kraag en zijn gelooide, gerimpelde nek kon steken.

'Is dat echt een camera?' fluisterde hij.

'Het is mijn telefoon,' zei ze. 'Die heb je wel eens eerder gezien. Je kunt er van alles mee.'

Hij likte over zijn droge lippen. 'Maar waar zit de film?'

'Het is digitaal. Zullen we beginnen?'

'Vraag maar raak. Ik heb toch niet mijn advocaat nodig, hè?' Hij grijnsde zijn kunstgebit bloot.

'Ik denk het niet,' zei Chloe. 'Tenzij je me iets verschrikkelijks uit het verleden gaat opbiechten. Was je een huurmoordenaar of zoiets? Heb je voor de maffia gewerkt?'

Hij schudde zijn hoofd. 'Nee, ik heb alleen maar bij Sears gewerkt.'

'Ik ga verder bij waar we gebleven waren. Is dat oké?'

Hij knikte.

'Kijk niet in de camera, kijk gewoon naar mij. We voeren gewoon een gesprek. Goed?'

'Ik snap het,' zei hij zwakjes.

Chloe tikte op het schermpje van de telefoon, ze ging op de stoel tegenover haar opa zitten en zei: 'Dus hoe nam je het op, toen mam uit de kast kwam?'

'Toen ze uit welke kast kwam?' zei hij met een gewiekst glimlachje.

Chloe grinnikte. 'Toen ze je vertelde dat ze lesbisch was.'

'O, goed. Nou, het gebeurde niet in één keer, weet je. Het was meer dat ze ons een soort hints gaf. Er waren aanwijzingen als je erop lette. Je oma, Lisa, God hebbe haar ziel, en ik konden de tekens moeilijk negeren. Maar soms wil je het gewoon niet weten, terwijl het zich voor je neus afspeelt. Als ze een vriendje had, duurde het nooit lang. Eerlijk gezegd kon ik er beter mee omgaan dan Lisa. Ik denk dat je oma op een schitterende bruiloft had gerekend als Gillian eenmaal haar prins had gevonden, snap je?'

'Ja, dat begrijp ik,' zei Chloe.

'Zo'n vijfentwintig, dertig jaar geleden was het niet zo van "hier ben ik, ik ben gay en daar ben ik trots op". Dat is nu anders.'

'Misschien wel minder dan je denkt. Vertel me eens meer over oma's gevoelens erover.'

Hij keek treurig. 'Ze had het er zwaar mee. Als mensen haar vroegen wanneer Gillian nu eens settelde, zei ze altijd dat haar dochter nog niet de juiste man was tegengekomen, of dat ze het te druk had met haar carrière, zulke dingen. Terwijl ze op dat moment al met Annette samenwoonde. Lisa zei tegen iedereen die ernaar vroeg dat ze alleen maar kamergenoten waren en dat ze op die manier geld bespaarden.'

'Ik mocht Annette graag. Ze was een goede moeder.'

'Dat vind ik nog steeds vreemd klinken,' zei hij. 'Dat je er twee hebt. Hoe lang is het geleden? Ik ben mijn gevoel voor tijd kwijt tegenwoordig.'

'Ik was tien,' zei Chloe.

'Wauw.'

'Maar heeft oma het op een gegeven moment geaccepteerd?'

'Ik geloof van wel. Ze moest met haar tijd meegaan.'

'Hoe nam ze het op toen mam vertelde dat ze zwanger was?'

'Man,' zei haar opa honend, 'dat was me een toestand. Haar hele wereld stond op z'n kop. Ze dacht dat je moeder eindelijk de goede kant had gekozen, dat ze Annette bedroog en een heteroseksuele affaire had. Het zou de eerste keer zijn geweest dat ze overspel goedkeurde, laat me je dat wel vertellen. Ze had een tijdlang geen idee dat, hoe zal ik het zeggen, dat het hier niet om een scharrel ging. Dat het allemaal in de praktijkruimte van een arts was gebeurd.'

'Een vruchtbaarheidskliniek,' zei Chloe.

'Ja, precies, een van die klinieken. Daar wisten we niet veel van. Een kind heeft een vader nodig, bleef je oma maar zeggen. Een moeder én een vader. Twee moeders, dat was gewoon onnatuurlijk. Toen ze erachter kwam dat het géén affaire betrof, was de teleurstelling groot.' De oude man sloeg zijn ogen neer, hij was niet in staat om zijn kleindochter aan te kijken. 'En ik zal niet tegen je liegen, maar in het begin voelde ik me ook zo. Het heeft me tijd gekost om te beseffen dat het enige wat telt is dat je liefde krijgt.'

'Heb je toen ook met mijn moeder gepraat? Over de keuze die ze had gemaakt? Om op zo'n manier een kind te krijgen?'

'Dat kun je haar zelf vragen.'

'Ze praat er niet graag over.'

Hij grinnikte sluw. 'Dus ik klap uit de school?'

'Misschien wel een beetje, ja.'

'Ja, we hebben gepraat. Ik vroeg haar wie de vader was. Ze zei dat ze het niet wist. Ik zei, hoe kun je nu niet weten wie hij is? En toen zei ze dat ze wel díngen over de vader wist, maar niet wie hij feitelijk was. Hoe hij eruitzag, wat hij deed, wat zijn interesses waren. Een... hoe noem je het ook alweer...'

'Een profiel?'

'Ja, een profiel.'

'En wat zei ze over dat profiel?'

De oude man sloeg zijn ogen ten hemel. 'Ik kan me er eerlijk gezegd niet veel meer van herinneren.'

'Probeer het,' zei Chloe. 'Wat ze je ook maar heeft gezegd.'

'Heeft ze jou dan niets verteld?'

'Ze zegt dat het er niet toe doet. Het is alsof hij niet bestaat, alsof hij nóóit bestaan heeft. Alsof het een soort onbevlekte ontvangenis was. Ze vindt dat het niets uitmaakt als ik hem toch niet kan leren kennen. Hij kan iedereen zijn die je maar wil dat hij is, zegt ze. Stel je maar voor dat het Bill Gates is, of Robert de Niro. Alsof die sperma zullen doneren.'

Haar opa huiverde.

'Wat?'

'Het is… dat woord.'

Chloe gaf hem een tikje op zijn knokige knie en glimlachte. 'Dus je herinnert je niets van wat ze over de donor zei?'

'Alleen dat hij… wat was het woord ook alweer? Geschikt. Dat was het. Een geschikte donor. O, en slim.'

'Slim?'

Hij knikte. 'Hij zou zeer intelligent zijn. Dat stond in het profiel. Ik neem aan dat hij informatie had moeten geven over zijn studie, zijn diploma's, dat soort dingen.' Hij zweeg even. 'Hoe laat is het?'

'Eh, bijna drie uur. Begin je moe te worden, opa?'

'Een beetje.'

'Ik denk dat het genoeg is geweest voor vandaag.' Chloe tikte op het schermpje. 'Ik was toch al van plan om te stoppen. Mijn dienst begint om vijf uur, en ik moet nog naar huis om me om te kleden.'

'Ik zou daar weleens willen eten, daar waar je werkt.'

Chloe lachte. 'Nou, opa, je kunt het eten hier wel slecht vinden, daar is het nog erger. Ik zou er geen voet over de drempel zetten als ik er niet als serveerster werkte.'

Ze nam de telefoon van het ministatief, klapte het ding in elkaar, pakte de rest van haar spullen en gaf haar opa een kus op zijn hoofd.

'Ik zie je van het weekend,' zei ze.

'Okidoki.'

'We kunnen dan over andere dingen praten, zoals de tijd dat je in Vietnam was. Daar zul je wel veel verhalen over hebben.'

'Niet veel die ik zou willen delen. Maar goed, dat kunnen we doen.'

Ze slingerde haar tas over haar schouder en liep de hal in. Toen ze de receptie van het bejaardentehuis passeerde hoorde ze haar telefoon pingen – een inkomende mail.

Chloe hield haar passen in, diepte de telefoon uit haar tas op, zette hem aan en tikte op de mail-app.

Ze schrok van de afzender.

Het was een mail van de mensen van WhatsMyStory. Degenen naar wie ze een paar weken geleden haar DNA had gestuurd voor een analyse. Degenen die hadden gezegd dat ze hen met elkaar zouden verbinden als ze iemand met dezelfde genen vonden die bereid was contact met haar te hebben.

Haar hand trilde. Ze haalde diep adem, verstevigde haar greep en tikte op het scherm.

3

Merrit Parkway, ten noorden van Norwalk, Connecticut

Miles Cookson zag de zwaailichten in zijn achteruitkijkspiegel voordat hij de sirene hoorde. Hij wierp een blik op het dashboard en checkte de snelheidsmeter. Bijna 145 km per uur. Oké, dat was ontegenzeggelijk boven de snelheidslimiet, maar in een Porsche Turbo stelde het niets voor.

Hij had de Sirius-autoradio op het Beatles-station gezet. Ze speelden nummers van *The White Album*, en toen 'Back in the U.S.S.R.' uit de speakers klonk, had hij de volumeknop op het stuur net zo lang ingedrukt tot de muziek het geluid van de brullende motor overstemde, wat geen geringe prestatie was als je de 3.8 liter turbocharged zescilindermotor met 540 pk die hem vooruit stuwde in aanmerking nam.

Zo kwam het dus eigenlijk dat Miles wel de zwaailichten zag, maar geen sirene hoorde.

Hij twijfelde er niet aan dat hij de politie het nakijken kon geven, ook al was het een van die supersnelle patrouillewagens. Het maakte niet uit hoe krachtig de machine onder de motorkap van een van de gangbare Ford- of Chevy-modellen was, of van een van die flitsende Dodge Charger-modellen. Natuurlijk, ze waren snel op het rechte stuk, maar als Miles besloot om de volgende afslag te nemen, zou hij met 100 of 110 km per uur door de bocht scheuren. Als één van die patrouillewagens dat met zo'n snelheid zou proberen, dan vloog hij door de lucht als die politieauto in *The Blues Brothers*.

Maar Miles was niet van plan om er een achtervolging van te maken.

Hij wilde niet dat er doden vielen. Geen wetshandhaver, en ook geen onschuldige tegenligger die langs kwam tuffen in zijn Prius. Hij moest verstandig en verantwoordelijk zijn, de auto in de berm zetten en de bittere pil slikken.

Dus hij liet het gaspedaal opkomen, zette zijn richtingaanwijzer aan en stuurde de auto de berm in – het grind tikte luidruchtig tegen zijn wieldoppen. De patrouillewagen stopte achter hem, de zwaailichten stonden nog steeds aan. De agent stapte niet meteen uit. Waarschijnlijk haalde hij op dit moment Miles' kentekennummer door de computer en wachtte hij om erachter te komen of het een gestolen auto was, of dat hij de bestuurder met de nodige voorzichtigheid moest benaderen.

Ik ben volkomen ongevaarlijk, dacht Miles. Ik ben alleen maar een gevaar voor mezelf.

Hij zat in de leren kuipstoel en wachtte geduldig. Hij zette de motor uit, zodat de agent niet het gebrom van de motor zou horen als hij eraan kwam, de man zou kunnen denken dat hij ervandoor wilde gaan.

De agent stapte uit zijn wagen, liep vastberaden naar de Porsche en hield stil voor het raampje, dat Miles al had laten zakken.

'Goeiedag, agent,' zei hij.

'Weet u wel hoe hard u reed?'

'Volgens mij kwam u achter me aan toen ik honderdvijfenveertig reed.'

'Rijbewijs en autopapieren,' zei de agent.

Miles had de autopapieren al uit het leren mapje dat in het handschoenenkastje lag gehaald. Hij legde zijn portemonnee op de passagiersstoel nadat hij zijn rijbewijs eruit had genomen. Hij overhandigde alles aan de agent.

De man keek ernaar en zei: 'Eén moment.'

Hij liep terug naar zijn patrouillewagen en stapte in.

Miles zette de radio weer aan. Uit de speakers klonk 'While My Guitar Gently Weeps'. Het was altijd een van zijn favorieten geweest. Hij legde zijn hoofd in zijn nek, sloot zijn ogen en liet zich meenemen door de muziek. De song werd onderbroken door de snerpende geluiden van de auto's en vrachtwagens die voorbijraasden op de snelweg.

Het nummer was net bij het einde toen hij het grind onder de laarzen van de naderende agent hoorde kraken.

'Meneer Cookson,' zei de agent ernstig.

'Ja, meneer?'

'U moet niet meer zo hard rijden.' Hij reikte hem de bekeuring aan.

'Ja, meneer.'

Miles glimlachte beleefd terwijl de agent terugliep naar zijn auto. Hij boog naar voren, opende het handschoenenkastje nogmaals en legde de bekeuring bij de drie andere die hij had gekregen sinds hij een paar dagen geleden het slechte nieuws van zijn dokter had gehoord.

Fuck it, dacht hij terwijl hij het handschoenenkastje met een klap dichtsloeg.

Nog even en ze zullen hem zijn rijbewijs ontnemen. Maar hij zou het autorijden dan misschien toch al moeten opgeven. Toen hij eerder vandaag een rood stoplicht naderde en zijn rechtervoet op het rempedaal plaatste, was er een rare hapering geweest, alsof zijn voet een eigen leven leidde. Het was een kort moment van aarzeling geweest om de rem in te trappen, maar bij veilig rijden ging het om de reactietijd, om snelle beslissingen. Als een klein meisje achter een bal aan de straat op rende, kon je niet op zo'n trage manier je voet berichten dat hij die kloterem moest intrappen.

Het beangstigde hem.

Hij was tot de overtuiging gekomen dat zijn dagen op de weg beperkt waren.

Dan kon hij net zo goed als een snelheidsduivel rijden nu het nog kon, en alles uit de Porsche halen voordat hij hem op moest geven. De auto was nog geen jaar in zijn bezit, en hij had er tweehonderdduizend dollar voor neergelegd. Hij had voor alle extra opties gekozen.

Als je een paar miljoen per jaar verdient, mag je het ook wel aan iets uitgeven.

Miles' roekeloze, wat-kan-het-mij-verdommen-houding betrof niet alleen zijn rijgedrag. Hij had elke avond oeverloos gedronken. Niet dat je met een aantal borrels je leven op het spel zette, maar Miles had de alcohol meer dan tien jaar geleden zo goed als opgegeven. 'Een gezonde geest in een gezond lichaam' was zijn credo geworden. Hij dronk acht glazen water per dag. Hij volgde Gwyneth Paltrow zelfs op Twitter – niet dat hij nu zo'n fan van haar levensfilosofie was.

Maar afgelopen week had hij zijn vriendschap met Absolut-wodka nieuw leven ingeblazen. En hij had ontdekt dat die heel goed samenging met Cheetos. Van die klote-Cheetos. Hij was al twee keer bij de McDonald's *drive-through* geweest om zich te buiten te gaan aan Big Macs en frites. Hij kon niet geloven hoe goed die rotzooi smaakte. En op een avond had hij bij Domino's een pizza opgehaald, hij had het hele ding in z'n eentje naar binnen gewerkt. Rond middernacht werd hij wakker met het heftigste maagzuur dat hij ooit in z'n leven had gehad. Hij vroeg zich af – hij hoopte het, tot op zekere hoogte – of het een hartaanval was en dat alles voorbij zou zijn.

Te hard rijden en het eten van rommel waren niet de enige risicovolle dingen die hij had gedaan.

Twee dagen geleden was hij gaan parachutespringen. Niet voor de eerste keer, maar het was iets wat hij niet meer had gedaan sinds hij in de twintig was. Hij twijfelde oprecht toen het moment kwam om het trekkoord te gebruiken. Wat een perfecte manier om ertussenuit te knijpen. Oké, zeker, de dokter had gezegd dat hij nog wel enige jaren zou hebben, maar wat zou de kwaliteit van leven zijn? Misschien dat dit de manier was om er een einde aan te maken. Een grote klets en het is klaar. Vergeet het gedeelte waarin iemand je naar de wc moet helpen en je billen moet afvegen. Vergeet het gedeelte waarin het je anderhalf uur kost om van de slaapkamer naar de keuken te lopen omdat je armen en benen pap lijken te zijn geworden. Vergeet het gedeelte waarin het vijf minuten duurt om je bestelling aan de ober door te geven omdat je die klotewoorden niet meer kunt vormen.

Maar hij gaf een ruk aan het trekkoord en de parachute vouwde open. Miles zeilde veilig terug naar de aarde.

Het was een week geweest waarin hij grotendeels in de 'waarom ik?'-film had geleefd. Waarom hij? Waarom moest hem dit overkomen? Wat had hij in godsnaam gedaan om de toorn van de goden op te wekken die hem hiermee hadden opgezadeld?

Het was verdomme oneerlijk, dat was het. Natuurlijk, andere mensen hadden problemen en ernstige ziektes en miljoenen van hen leefden in armoede, of waren ten zuiden van de grens op de vlucht voor drugkartels, of stierven van honger en uitdroging in Afrika, maar hun lot kon Miles geen bal schelen. Hij gaf niets om de stijging van de zeespiegel of klimaatveranderingen of dat de wereld te veel vlees at waardoor de veestapel te veel methaan in de atmosfeer uitscheidde. Hij gaf niets om het toenemende rechts-extremisme of dat elk land in de wereld vastbesloten leek te zijn om op de domste en simpelste politici te stemmen die er te vinden waren.

En toch, hoe hij zich ook op zijn eigen situatie en toekomst focuste, knaagde er iets aan hem. Een gevoel dat dit niet alleen over hem ging.

En er is ook nog een klein beetje goed nieuws... Je hebt geen kinderen. Als je die had, zou dit verschrikkelijk nieuws voor hen zijn geweest.

'Ga je me nog vertellen waar dit over gaat?'

Miles zat aan zijn bureau en tuurde naar het computerscherm. Het waren gedetailleerde voorstellen van verscheidene nieuwe apps die zijn bedrijf aan het ontwikkelen was, maar ze drongen niet tot hem door. Hij kon niet focussen. Het had niets met zijn ogen te maken, hij kon zich niet concentreren.

'Hallo?' zei Dorian, die een colablikje ophield. 'Dit wilde je toch hebben?'

Miles keek op, zag het blikje en zei: 'Heb je erop gelet de bovenkant niet aan te raken?'

'Ja.'

'Doe het in een plastic zak en sluit die af.'

'Jij bent de baas, dat snap ik, en ik moet vaak dingen voor je doen zonder dat ik weet waar het over gaat, maar dit gaat te ver.'

De achtendertigjarige Dorian werkte al bijna tien jaar aan Miles' zijde, en ze hadden zelden geheimen voor elkaar op de werkvloer. Dorian, lichtgebouwd, 55 kilo, met kortgeknipt zwart haar en een grote bril met zwart montuur, bracht haar androgyne uitstraling met stijl. Ze kwam altijd naar het werk in een zwart overhemd, zwarte spijkerbroek en zwarte sneakers met witte rubberzolen. Het was vaak voorgekomen dat minder politiek correcte bezoekers Miles toefluisterden of zijn assistent nu een man of een vrouw was, waarop hij onveranderlijk antwoordde: 'Maakt het iets uit?'

In al die jaren had Dorian nagenoeg niets over haar privéleven losgelaten, en Miles vroeg er maar niet meer naar.

Miles keek naar het blikje en zei: 'Het is persoonlijk.'

'Je meent het,' zei Dorian. 'Je vraagt me om je broer te stalken en je iets te brengen wat hij heeft aangeraakt, iets wat hij naar zijn mond heeft gebracht. Dat is inderdaad zeer persoonlijk, en je hebt mij erbij betrokken. Ik kan maar één reden bedenken waarom ik dat voor je moest doen. Je wilt een DNA-monster van hem hebben. Dus vraag ik me af waaróm je dat wilt hebben.'

'Dorian, ik...'

'Misschien omdat je denkt dat hij eigenlijk je broer niet is? Of heeft er iemand bij je ingebroken die een bolus op het kleed in de woonkamer achterliet, en nu vraag je je af of hij het was?'

'Waarom zou je...'

'Ik deed maar een gooi, hoor.' Dorian haalde haar schouders op, maar zond hem daarna een snoeiharde blik toe. 'Nu we het toch over vreemd gedrag hebben, wat is er de laatste tijd met je aan de hand? Je bent er de helft van de tijd niet, je springt uit vliegtuigen, je drinkt... Dacht je dat ik dat niet heb gemerkt?'

Miles knikte langzaam, en terwijl hij dat deed merkte hij dat hij zijn hoofd in een vreemde hoek hield. Vroege tekenen van chorea. Hij zag Dorians bedenkelijke blik, het was moeilijk om iets voor haar verborgen te houden.

'Je had gelijk over het DNA. Ik wil dat je het naar dat lab stuurt waar we eerder mee hebben gewerkt. Het moet snel. Ik weet dat ze het kunnen als je ze genoeg geld toeschuift.'

Dorian knikte tevreden. 'En waar moeten ze naar kijken?'

Miles slikte. 'Huntington.'

De zelfvoldaanheid verdween van haar gezicht. 'Jezus,' zei ze. 'Denkt je broer dat hij Huntington heeft? Nee, wacht, als je dit achter zijn rug om doet… Denk jíj dat hij Huntington heeft? Waarom denk je in godsnaam dat hij Huntington heeft?'

Miles keek haar aan en wachtte tot het kwartje viel.

'O, shit,' zei Dorian. Ze plofte neer in een van de twee leren Eames-stoelen die naast Miles' bureau stonden. 'Hoe lang weet je het al?'

'Een week.'

'O, Miles. Wat spijt me dat. Maar waarom… Wacht, je hebt het nog niet aan Gilbert verteld.'

'Nee.'

'Je wacht tot zíjn genetische test is teruggekomen, om te weten of hij het ook heeft.'

'Ja.'

'Is dat wel ethisch verantwoord?'

'Waarschijnlijk niet,' zei Miles, 'maar ik denk dat dat het beste is. Er bestaat een grote kans dat hij het ook heeft nu ik die diagnose heb gekregen. Als ik het hem vertel, zal hij al snel bedenken wat voor implicaties dat voor hem kan hebben. En voor zijn dochter. Ik wil hem op dat moment kunnen zeggen of hij zich zorgen moet maken.'

Dorian was overweldigd en leek alleen maar kleiner te worden in de stoel. 'O, man. Het spijt me zo voor je. Het is zo verdomd… oneerlijk.' Ze schudde langzaam haar hoofd. 'Ik zal voor die DNA-test zorgen. Heb je nog iets anders nodig?'

Hij negeerde de vraag en zei na een stilte: 'Herinner je je die groep nog die hier eergisteren op bezoek kwam? Van die nieuwe streaming-service?'

'Ja?'

'Ik raakte met een van hen in gesprek. Zijn naam was Oscar. Hij was blind.'

'Ja. Die zwarte man, met die zonnebril op.'

'Hij werd van de ene op de andere dag blind. Toen hij nog maar dertig was. Het netvlies liet los bij beide ogen, een zeer zeldzame aandoening. We raakten dus aan de praat, en hij zei: "Had ik maar geweten dat het eraan kwam." Er waren nog zoveel dingen die hij had willen zien. De Taj Mahal. De Chinese Muur. Victoria Falls…' Hij zweeg even. 'En zijn zoon.'

Dorian knikte. 'Ik begrijp het. Je denkt aan de dingen die je nog wilt doen… nu het nog kan.'

Miles keek haar verwijtend aan, alsof ze de kern van zijn betoog volledig had gemist. 'Nee, daar dacht ik helemaal niet aan.'

'Oké,' zei ze. 'Wat was het dan?'

'Laat maar,' zei Miles. 'Zorg dat mijn broers DNA wordt getest.'

4

Providence, Rhode Island

Chloe Swanson trof haar moeder Gillian aan bij haar Camry, waarin ze naar iets aan het zoeken was. Het voor- en achterportier aan de bestuurderskant stonden wijd open terwijl ze met haar knieën op de oprit onder de stoel keek.

'Mam?' zei Chloe.

'Hij moet hier ergens liggen,' zei Gillian. Ze strekte haar arm uit over de vloermat bij de achterbank en liet haar hand over de stof gaan.

'Wat ben je aan het zoeken?' vroeg haar dochter.

'Die verdomde creditcard. Je weet toch wel, die parkeergarage? Je moet hem in zo'n ding steken als je eruit rijdt, en toen...' Ze had haar arm zo ver onder de bestuurdersstoel gestoken dat Chloe haar vingers aan de voorkant tevoorschijn zag komen.

'En toen wat?'

'Dus ik haal de kaart eruit en de slagboom gaat omhoog om me eruit te laten, maar als ik die kaart rustig terug in m'n portemonnee wil stoppen begint er zo'n eikel achter me te toeteren, dus ik leg de kaart op de passagiersstoel en rij door. Je weet hoe je naar boven moet om uit die parkeergarage te komen, alsof je over een wenteltrap of een kurkentrekker rijdt, maar als ik thuiskom ligt de kaart niet meer op de stoel. Hij is eraf gegleden. Waarom hebben ze daar gewoon niet een parkeerwachter, zoals vroeger? Iemand die in zo'n hokje zit?'

Chloe liep om de auto heen en opende het voorportier aan de passagierskant. 'Ik zal hier kijken.'

Terwijl ze allebei met hun vingers in spleten en onder vloermatten tastten en elkaar niet konden zien, zei Chloe: 'Ik zal een paar dagen weg zijn.'

'Wat?'

'Ik rij naar Massachusetts. Ergens in de buurt van Springfield.'

Gillian duwde de bestuurdersstoel naar voren en voelde in de smalle ruimte tussen de stoel en het middenpaneel. 'Oké, ik heb een rietje en twee kwartjes gevonden. Een paar dagen zei je?'

'Ja.'

'Heb je het met je werk geregeld?'

'Ik heb dinsdag en woensdag vrij. Dus ik stap dinsdagochtend meteen in de auto.'

'En wat is er in Springfield?'

'Ik ga daar iemand ontmoeten.'

Gillian keek op en tuurde naar Chloe tussen de twee voorstoelen. 'Iemand ontmoeten? Voor de eerste keer? Of is het iemand die je al kent?'

'Iemand die ik nog nooit heb gezien. Ik heb hem online ontmoet.'

Gillian manoeuvreerde zich uit de auto en ging rechtop staan, ze keek over het dak heen terwijl Chloe hetzelfde deed. Haar dochter hield iets in haar hand. Een creditcard.

'Ik heb hem gevonden,' zei Chloe. 'Hij moet eraf zijn gegleden, hij lag tussen de stoel en het portier.'

Ze schoof hem over het dak naar haar moeder, die er met een klap haar hand op legde voordat hij er via de achterkant af zou glijden. Zo Chloe een bedankje verwachtte, het kwam niet.

'Iemand die je op internet hebt ontmoet?' zei Gillian. 'Jezus, heb je ze wel allemaal op een rijtje? Het internet? Het domein van de viespeuken, roofdieren en zieke geesten?'

'Nee, zo is het niet.'

'Was het via zo'n datingsite? Krijg je niet genoeg kerels achter je aan in die cafetaria?'

'Ja, dat is me een lekker stel, mam. Leuk dat je denkt dat dat mijn genealogische visvijver is.'

'Dus het was een datingsite? Je weet dat mensen je online van alles op de mouw kunnen spelden. Je denkt dat je George Clooney zal ontmoeten en dan blijkt het Danny DeVito te zijn.'

'Het was niet via een datingsite.' Chloe beet op haar lip en keek weg. Toen ze haar moeder weer aankeek, zei ze: 'Je moet me beloven dat je niet kwaad zult worden.'

'Kwaad waarover?'

'Ik zie het aan je gezicht. Je staat op het punt om kwaad te worden.'

Gillian deed haar best om zich te beheersen. Ze legde haar handen plat op het dak en tilde toen even haar vingers op, ten teken dat Chloe door moest gaan.

'Ik heb antwoord gekregen,' zei Chloe langzaam terwijl ze haar telefoon uit haar zak pakte, 'op zo'n test.'

Gillian trok wit weg. 'Wat voor... test?'

'Ik denk dat je dat wel kan raden.' Ze hield haar telefoon op, opende de camera en tikte op 'record'.

'Jezus, Chloe, je weet dat...'

'Je hebt het me beloofd.'

Gillian wist zich met moeite in te houden. 'Je weet hoe ik hierover denk. En stop in godsnaam met opnemen!'

'Ik documenteer het.'

'Stop ermee!'

Chloe liet de telefoon zakken en vervolgde: 'Ik heb het récht...'

'Welk recht? Waar staat geschreven dat...'

Chloe ontplofte. 'Ik heb het recht om te weten wie ik ben!'

Haar moeder trok haar handen van het dak af en deed een stap achteruit, alsof ze door een windvlaag werd weggeblazen. Toen ze sprak was het niet meer dan een gefluister.

'Wanneer heb je...'

'Ik heb de test naar het bejaardentehuis laten sturen, naar opa. Ik wist dat je uit je dak zou gaan als je hem hier zou aantreffen. Of je zou het gewoon weggooien en me niets zeggen als het hier zou aankomen terwijl ik er niet was.'

Gillian zei hier niets op. Ze wist dat het waar was.

‘Ik heb in het buisje gespuugd en heb het weer teruggestuurd. Eerst mailden ze terug om me over mijn voorouders te berichten. Zoals, u bent dertig procent Schots en twintig procent iets anders, van die onzin waar ik weinig om geef. En ze kunnen het monster ook onderzoeken op ziektes en dat soort dingen, maar ik dacht, wat moet ik daarmee op mijn leeftijd? Maar ze zeiden nog iets. Als je een DNA-match had met anderen die de test hadden laten doen, en als zo iemand dan bereid was om contact met je te hebben, dan zouden ze dat voor je kunnen regelen, weet je?’

Het kwam er met veel moeite uit bij Gillian. ‘Je bent erachter gekomen wie je vader is. Chloe, dat weet ik zelfs niet eens.’

‘Nee,’ zei ze nadrukkelijk. ‘Dáár ben ik niet achter gekomen. Ik heb nog steeds geen enkel idee. Dus als dát je zoveel zorgen baart, kun je rustig achterover gaan zitten.’

Gillian keek bijna teleurgesteld.

‘Jezus,’ zei Chloe. ‘Dus je wilt het eigenlijk wél weten.’

‘Ik... ik zal niet tegen je liegen. Ik heb het me afgevraagd. Maar ik heb je gezegd, en ik zeg het nu weer, sommige dingen kun je maar beter niet weten. Zo’n vent die met een seksblaadje in een kamertje verdwijnt om zijn zaad in een beker te lozen. Dat is geen vader. Dat is geen óúder. Wat... wat als je op een gegeven moment in je leven een bloedtransfusie krijgt? Als je bijvoorbeeld een ongeluk hebt gehad? En dat bloed redde je leven? Zou je dan de hele wereld afreizen om erachter te komen wiens bloed dat was?’

‘Dat is iets anders en je weet het,’ zei Chloe. ‘Je kunt een bloeddonatie niet met een spermadonatie vergelijken.’

‘Dus als het niet je vader is die je hebt gevonden...’

‘Het is een broer,’ zei ze rustig. ‘Een halfbroer. Iemand die met hetzelfde sperma is verwekt.’

Gillian sloeg een hand voor haar mond.

‘Chloe,’ zei ze.

‘Hij gaf zijn contactinformatie door aan WhatsMyStory en ik heb hem bereikt. Eerst mailde ik hem, daarna hebben we met elkaar gebeld.’ Chloe kreeg het bijna te kwaad. ‘Er was iets, in zijn stem... Ik weet niet hoe ik het moet uitleggen, maar hij klonk als mij. Ik bedoel, hij had een andere stem, maar de manier waarop hij een stilte liet vallen en nadacht over wat hij ging zeggen, het deed me denken aan... mezelf.'

Gillian zag er aangeslagen uit.

'Dus ik ga erheen om hem te bezoeken. Ik rijd naar *fucking* Massachusetts om mijn broer te ontmoeten. Ik weet niet hoe het zal gaan. Misschien verloopt het wel rampzalig.'

'Doe het niet,' fluisterde Gillian. 'We hebben het goed, jij en ik. We hebben het goed. We hebben geen andere mensen nodig. We hebben geen nieuwe familie nodig. Je weet niets over hem. Dat hij op de een of andere manier verwant is...'

'Hij is niet *op de een of andere manier verwant*, mam. Hij is een broer.' Chloe keek haar moeder vol sympathie aan. 'Ik begrijp je angst. Het is nieuw. Het is eng. Ook ik ben bang. Maar ik... ik moet dit gewoon doen.'

Gillian diepte een tissue uit haar zak op en depte haar ooghoeken.

'Wat is zijn naam?' vroeg ze.

'Todd,' zei Chloe. 'Todd Cox.'

5

New Haven, Connecticut

Miles had altijd in z'n eentje gewoond als volwassene. Hij was niet alleen nooit getrouwd, hij had ook niet met een vriendin samengewoond. Natuurlijk, in de loop der jaren hadden er genoeg vrouwen bij hem geslapen, maar nooit langer dan twee nachten achter elkaar. Miles was geen voorstander van dat soort dingen. Een vrouw mocht zich niet thuis gaan voelen onder dit dak. Hij was op zijn privacy gesteld en vond het prima zo. Een solitair bestaan, in elk geval in zijn eigen huis, was geen probleem voor hem.

Maar sinds de diagnose was er iets in hem veranderd. Niet fysiek, maar emotioneel.

Hij voelde zich eenzaam.

Om maar iemands stem te horen voerde hij hardop gesprekken met zichzelf. Niet als de huishoudster er was, natuurlijk. Hij wilde niet dat ze zou denken dat hij zijn verstand had verloren.

Tenzij dat daadwerkelijk het geval was.

Nee, nee, dat was niet zo. Miles wist het zeker. Wat voor cognitieve aandoeningen hem ook te wachten stonden, ze waren er nu nog niet. Misschien zou het beter zijn als ze er al wel waren, dacht hij. Misschien dat hij zich dan minder gekweld zou voelen dan op dit moment.

'Wat ga je aan hen doen?' zei hij hardop terwijl hij in de keuken nog een wodka-soda klaarmaakte. 'Wat zóú je aan hen moeten doen?'

Hij sloeg het glas achterover. 'Het is niet mijn verantwoordelijkheid. Het is niet mijn schuld. Ik had dat nooit kunnen weten. Zo is het leven toch? Het kan alle kanten op gaan.'

Het verschil met andere avonden was dat zijn gesprek met zichzelf deze keer op een ruzie uitliep.

'Hoe kun je nu verdomme zeggen dat het niet je verantwoordelijkheid is? Het zou één ding zijn als je het niet wist, maar je wéét het. Wat je broer betreft, je hebt er goed aan gedaan zijn DNA te laten testen, maar de rest kan je geen donder schelen?'

Toen smeet hij de tumbler hard genoeg tegen de roestvrijstalen deur van de Sub-Zero-koelkast om er een deuk in achter te laten. De vloer lag bezaaid met scherven.

Miles keerde de puinhoop de rug toe en ging op weg naar de slaapkamer. Hij nam niet de moeite om onderweg het licht uit te doen en steunde tegen de gangmuren om zijn evenwicht te bewaren. Hij kleedde zich uit tot op zijn boxer en stortte op het bed neer, rolde zich op zijn rug en staarde nog een moment naar de traag draaiende plafondventilator voordat hij in slaap viel.

Hij sliep nog maar een paar minuten toen hij voelde dat er iemand in de kamer was. Miles opende zijn ogen en voelde zijn hart opspringen. Er was niet íémand in de kamer.

Het was een menigte.

Misschien wel twintig of dertig mensen. Ze stonden allemaal om zijn bed heen en keken als roerloze standbeelden met hun armen langs hun lichaam op hem neer. Ongeveer evenveel mannen als vrouwen, en de meesten van hen leken in de twintig te zijn. Hun gezichten waren onduidelijk, alsof Miles ze door melkglas zag.

'Wie zijn jullie in godsnaam?' vroeg Miles.

Een van hen, een jonge vrouw, zei: 'Weet je dat niet?'

Een van de mannen zei: 'Dat is nou typerend.'

'Doe iets, als het je echt iets kan schelen,' zei een andere vrouw. 'Als dat niet zo is, houd dan op met aan ons te denken.'

Ze staken gezamenlijk hun armen in de lucht en begonnen die koortsachtig heen en weer te wuiven, alsof ze van die opblaaspoppen waren die je weleens voor de garages van tweedehandsautoverkopers ziet staan. Maar toen lekten er vlammen uit hun wuivende armen, en hun lichamen begonnen te branden.

Uit hun wazige monden klonk een koor van wanhoopskreten.

Miles schrok wakker.

'Jezus,' zei hij.

Miles was niet het type persoon dat veel achter nachtmerries zocht. Hij nam geen levensbepalende beslissingen die gebaseerd waren op adviezen van spookachtige figuren uit zijn onderbewustzijn. Maar die vreemde mensen uit zijn droom hadden in elk geval één ding bereikt. Ze hadden hem een barstende koppijn bezorgd. Maar dat kon natuurlijk ook de kater zijn.

Hij trok het dekbed weg, stapte uit bed en trippelde op blote voeten de keuken in. Hij schonk een glas water in, zocht in een van de kastjes naar Tylenol en toen hij zich omdraaide waren ze er.

Zijn vader en moeder. Ze zaten op de krukken die zich aan de andere kant van het kookeiland bevonden en keken naar hem.

Hoewel er grote lappen vlees van hun gezichten hingen, wist hij dat zij het waren. De huid die er nog zat was bezaaid met brokjes glas van de voorruit. Hun kleren waren doordrenkt van het bloed.

Miles' vader had een lege fles wodka in zijn hand die hij tegen het licht ophield om te zien of er nog wat laatste druppels in zaten. 'Dag, zoon,' zei hij.

Zijn moeder keek hem glimlachend aan. 'Als we het hadden geweten,' zei ze, 'dan hadden we het je verteld.'

Miles begon te schreeuwen. En toen schrok hij wakker, deze keer echt.

De volgende ochtend vroeg hij Dorian om samen een wandeling te maken.

'Ik heb de DNA-test nog niet terug,' zei ze toen ze buiten waren.

'Dat is niet waar ik je over wilde spreken.'

'Oké.'

'Je weet dat er niet veel mensen zijn met wie ik kan praten. Gilbert, ja, hij is mijn broer, maar er spelen kwesties.'

'Oké,' zei Dorian weer.

'Ik wil weten of hij de ziekte heeft omdat er een hoge waarschijnlijkheid is. De kans dat het wordt doorgegeven is vijftig procent. Dus als een van onze ouders het had, heeft hij er net zoveel kans op als ik.'

'Ja, ik het gegoogeld.'

Ze bereikten een klein park dat aan een beek grensde. Miles leidde haar over het gras naar een bank.

'Mijn broer is niet de enige aan wie ik heb zitten denken,' zei hij.

Ze gingen op de bank zitten. Dorian keek haar baas aan en knikte langzaam. Miles kon bijna het lampje boven haar hoofd zien verschijnen.

'Je hebt een kind,' zei ze. 'Ik bedoel, je hebt het er nooit over gehad, maar... Ben je er net achter gekomen? Een vriendin van jaren geleden?'

'Nee, zo is het niet gegaan,' zei Miles. 'En het is niet één kind.'

'Je hebt meerdere kinderen,' zei Dorian, die een grimmige grijns niet kon bedwingen.

'Het punt is,' zei Miles, 'dat ik niet weet hoeveel het er zullen zijn.'

Dorian knipperde met haar ogen. 'Wat zei je nou?'

Miles vertelde haar het hele verhaal. Hoe hij vierentwintig jaar geleden wanhopig naar geld op zoek was en een vruchtbaarheidskliniek bezocht.

'Het was niet zo dat zo'n donatie je een fortuin opleverde. Een paar honderd dollar. Maar in die dagen, toen ik volkomen op zwart zaad zat, was dat veel geld. En je moest aan allemaal criteria voldoen. Je mocht geen roker zijn, je moest er een gezonde levensstijl op nahouden en een universitair niveau hebben. Je kon er niet zomaar naar binnen stappen, een hokje in gaan en...'

'Bespaar me de details,' zei Dorian. 'Dus er kunnen vandaag de dag wel honderd kleine Milesjes of Millies rondlopen?'

Miles vertelde dat de kliniek hem had gezegd dat ze zijn sperma niet meer dan tien keer zouden gebruiken. Maar hadden ze hun woord gehouden? Zouden ze het vaker gebruikt hebben? En zelfs al hadden ze zich aan deze belofte gehouden, er zouden ook nog tweelingen of drielingen geboren kunnen zijn.

En daarom had Miles geen idee hoeveel van zijn biologische kinderen er rondliepen.

Miles vertelde haar hoe hij die ochtend voor een rood licht was gestopt en naar de voetgangers had gekeken die voor zijn auto over het zebrapad liepen. Een jongen van in de twintig met een Boston College-sweatshirt en een rugzak over zijn schouder. *Wat als hij mijn zoon is?* Er jogde een jonge vrouw voorbij met oordopjes in die naar muziek luisterde. *En zij mijn dochter?*

Het was niet iets waar hij eerder in zijn leven vaak aan had gedacht. De afgelopen twintig jaar was het nagenoeg niet in hem opgekomen dat er mensen konden zijn die de helft van zijn genetische samenstelling met zich meedroegen.

'Maar nu blijf ik maar aan hen denken. En dat ben ik aan ze verplicht.'

Wat als hij een van deze biologische kinderen zou zijn? Zou hij willen weten dat er een kans van vijftig procent bestond dat hij een gen bezat dat zijn einde zou kunnen betekenen?

Hij zou nooit naar die vruchtbaarheidskliniek zijn gegaan als hij wist wat de toekomst voor hem in petto had. Hij zou een andere manier hebben gevonden om die nieuwe computer aan te schaffen die hij nodig had.

Maar, hé, zei Miles, uiteindelijk krijgt iedereen iets, toch? Vroeg of laat moet je aan íéts doodgaan. Het was niet zijn schuld, toch? Er was geen manier waarop hij het had kunnen weten. Was er toentertijd zelfs wel een test die had kunnen uitwijzen dat hij Huntington had?

'Precies,' zei Dorian. 'Er was geen manier waarop je het had kunnen weten, en dat gold voor iedereen. Misschien dat ze tegenwoordig iemand die naar zo'n kliniek gaat erop kunnen testen, wie zal het zeggen. Maar toen niet.'

Zou hij een volkomen ander leven hebben geleid als hij het op twintigjarige leeftijd had geweten? Zou hij twee jaar met een rugzak door Europa hebben getrokken, of zou hij zijn thuisgebleven om iets eerder aan een serieuze carrière te werken? Hij zou in elk geval zijn eenentwintigste levensjaar niet feestend hebben doorgebracht. En als hij in de toekomst had kunnen kijken, zou hij meer vaart hebben gezet achter zijn pogingen om in de hoogste regionen van de *tech*-wereld te belanden.

Misschien dat hij het eerste miljoen dat hij aan het ontwerpen van apps verdiende tien of twaalf jaar geleden zou hebben binnengehaald, in plaats van vijf.

Wat maakt het allemaal uit? Dat zou hij ook gedacht kunnen hebben. Waarom niet de rest van je leven doorbrengen met reizen, drinken, en hoeren en snoeren?

'De vraag is,' zei Dorian, 'als je het had kúnnen weten, zou je het dan ook wíllen weten?'

'Dat is de vraag, ja,' zei Miles.

'Of misschien luidt de vraag, had je op z'n minst in staat willen zijn om die keuze te maken?'

Miles had hier geen direct antwoord op.

'Weet je wat voor app we hadden moeten bedenken?' zei hij uiteindelijk. 'Eén waarmee ik terug in de tijd kan gaan zodat ik nooit die verdomde kliniek had bezocht.'

'Luister,' zei Dorian, die haar hand op de zijne legde, 'je kunt het verleden niet veranderen. Je zult het hier en nu moeten accepteren en stop met al die onzin – parachutespringen, te veel drinken – en bedenk dan wat je wilt doen. Kijk naar je mogelijkheden, de middelen die je hebt.'

'Geld,' zei Miles, 'dat is wat ik heb.'

'Daar... ben ik me bewust van.'

'Ik zal het nooit allemaal uit kunnen geven.'

'Ja,' zei Dorian glimlachend. 'Zo'n probleem zouden we allemaal wel willen hebben.'

Hij had een testament. Hij was geen idioot. Zijn juridisch adviseurs hadden erop aangedrongen dat iemand met een succesvol techbedrijf en een aanzienlijk persoonlijk vermogen op het onverwachte moest zijn voorbereid. Zelfs in de dagen vóór de diagnose kwam hij tot het besef dat hij weleens onder een bus kon komen terwijl hij op zijn telefoon bezig was. Hij had een paar liefdadigheidsinstellingen en stichtingen uitgekozen om zijn geld aan na te laten. En nu wilde hij dat waarschijnlijk heroverwegen, misschien dat hij een groot gedeelte van zijn bezittingen aan het onderzoek naar Huntington moest schenken.

Maar in zijn huidige testament werd niets substantieels aan personen nagelaten.

Er was geen echtgenote. Hij had wat vriendinnen op de universiteit gehad, dan nog een paar na zijn studie en tot slot een paar onbeduidende affaires in de afgelopen tien jaar. Maar als Miles diep in zijn hart keek, was er altijd maar één grote liefde geweest: computers. Ondanks dat waren er vrouwen geweest die graag hun leven met hem hadden willen delen, maar hij had van dichtbij meegemaakt hoe een huwelijk kon aftakelen. Het enige wat zijn ouders bij elkaar had gehouden – dat wil zeggen, tot ze tegen dat bruggenhoofd aan knalden – was hun wederzijdse haat. Het was een soort zieke, verknipte energie die hen oplaadde. Miles had zich altijd afgevraagd of zijn vader de auto niet bewust in dat bruggenhoofd had geboord, of dat zijn moeder het stuur had gegrepen om hetzelfde te laten gebeuren.

Hoe kon je in zulke omstandigheden opgroeien om er daarna zelf ook voor te kiezen? Miles had het niet gedaan. Zijn broer Gilbert dacht dat hij het verschil kon maken, maar de vrouw die hij vond en aan wie hij zich had verbonden – voor Miles heette ze Cruella, maar haar werkelijke naam was Caroline – had net zoveel kuren als hun moeder, zo niet meer. Ze was een narcistische vrouw die overal controle over wilde hebben. Ze kon charmant zijn als het moest, met een glimlach van hier tot Tokio, maar zodra je haar de rug toekeerde moest je oppassen.

En voor zover Miles het kon zien was hun dochter, Samantha, zwaar beïnvloed door haar moeder, of in elk geval geïntimideerd door haar grillen. En dat alles om de lieve vrede te bewaren, zoals dat heet. Misschien dat Gilbert alle dagelijkse spanningen en angsten over zich heen liet gaan omdat hij niet wist dat het ook anders kon. Als je bent opgegroeid in een probleemgezin, ga je ervan uit dat alle gezinnen zo zijn. Je kon het ouderlijk huis achter je laten om aan een nieuw gezin te beginnen dat nóg verknipter was. Miles had het idee dat dit de manier was waarop Gilbert de wereld zag. En al was het slecht, het kon altijd nog erger.

Miles was huiverig geweest om zijn broer een substantieel gedeelte van zijn bezittingen na te laten omdat hij bang was dat het in Carolines handen terecht zou komen. En daar voelde hij zich best wel schuldig over. Gilbert was vijfenveertig, drie jaar ouder dan hij. Hij hield Miles goed in de gaten toen ze jongens waren. Hij hielp hem met zijn problemen, en beschermde hem tegen de tirades van hun ouders. Zoals die ene keer toen Miles, die nog te jong was om een rijbewijs te hebben, zijn vaders Oldsmobile had gepakt om een ritje te maken. Hij reed achteruit tegen een brandkraan op, waardoor de bumper eraf vloog en het water als een fontein omhoog spoot. Gilbert wist dat zijn vader zijn broertje zou vermoorden, dus hij zei dat hij het had gedaan. Op zijn vijftiende mat hij 1,80 meter en hij was zwaar genoeg om te weten dat zijn vader hem niet meer met de riem zou slaan, zoals dat gebeurde toen Gilbert jonger was. Wel kreeg hij de volle laag van zijn vader, en dat was niet mis.

Het was opmerkelijk hoe Gilbert het indertijd tegen hun vader opnam, en dat hem dat nu met Caroline niet lukte.

Miles had zonder Gilberts medeweten een trustfonds voor hem opgericht. Mocht Miles komen te overlijden, dan zou zijn broer maandelijks twintigduizend dollar ontvangen. Het was een welhaast symbolisch bedrag als je het met Miles' rijkdom vergeleek, en als het eenmaal zover was, was er niets wat hij kon doen om te verhinderen dat zijn broer het bij Caroline inleverde, maar zo zou Cruella in elk geval niet in één keer een vette erfenis opstrijken.

Maar nu ging het om andere mensen.

'Ik moet het een en ander uitzoeken,' zei hij tegen Dorian. 'Nu het nog kan.'

'Ga door.'

'Deze ziekte zal niet van de ene op de andere dag mijn einde betekenen. Het kan langdurig en behoorlijk verschrikkelijk zijn. Als ik geld aan mijn kinderen wil achterlaten, wie ze ook zijn, dan zal ik het nu moeten doen. Ik schenk het hun en ze hebben nog tijd om ervan te genieten.'

'Dat is dus wat je wilt doen,' zei Dorian aarzelend. 'Je rijkdom verdelen… nu… onder deze biologische kinderen, wie of waar ze ook zullen zijn.'

Hij knikte.

'Ik begrijp het,' zei Dorian. 'Je hebt geen andere mensen op het oog?'

'Ik wil nog steeds een gedeelte aan liefdadigheidsinstellingen schenken.'

Dorians gezicht suggereerde dat ze op een ander antwoord had gehoopt.

'Ik moet erachter zien te komen wie ze zijn,' zei Miles. 'Hoevéél er zijn. Namen, adressen.'

'Jezus, Miles, ik zou hier goed over nadenken,' zei Dorian. 'Wat als ze niet eens wéten dat ze hun bestaan te danken hebben aan een vruchtbaarheidskliniek? Dat hun vader niet hun echte vader is? Ga je ze een mail sturen met "je raadt het nooit" als onderwerp? Ga je ze opbellen en zeggen: "Hé, ik ben je pa. Ik heb meer dan twintig jaar geleden in een kliniek sperma gedoneerd. Je ma heeft dat gekregen, en daar ben je dan! En je staat op het punt om multimiljonair te worden! Zullen we een biertje pakken? En, trouwens? Ik heb een fatale genetisch bepaalde ziekte en de kans bestaat – niets om je druk over te maken, hoor – dat jij die ook hebt. Dus wat dacht je van een biertje?" Miles, er is veel om over na te denken.'

Miles sloot zijn ogen. 'Shit,' zei hij.

'Precies.'

Hij opende zijn ogen weer. 'Ze hebben het recht het te weten.'

6

Manhattan, New York

De politie had Seventieth Street bij Park Avenue afgesloten. Precies tussen Park en Lexington stond midden op straat een enorme hijskraan, en geen auto, taxi of zelfs maar een fietser kon er de komende uren langs.

Net achter de kraan stond een Winnebago geparkeerd, een camper uit het midden van de jaren zeventig, een exemplaar uit de 'Brave'-serie van het bedrijf. Hij was zo'n vijfenhalf meter lang, zo aerodynamisch als een treinwagon en had die kenmerkende w op de zijkant staan. De camper was omwikkeld door een netwerk van spanbanden, en de man in het kleine glazen hokje boven in de kraan was bezig de haak van de kabel boven het voertuig te manoeuvreren.

Het trottoir voor drie oude bakstenen huizen was afgesloten, en in het rechterhuis was op de tweede etage een gapend gat van zo'n zes bij drieënhalf meter te zien. Twee grote glaspanelen die precies in het gat zouden passen hingen aan weerszijden in spanbanden die vanaf het dak kwamen.

Op straat stond een menigte toeschouwers. Het gebeurde niet elke dag dat je zag hoe een camper op de tweede etage van een oud New Yorks huis werd geplaatst. Maar zoals iedereen wist, dit was het huis van Jeremy Pritkin, en als Jeremy Pritkin een Winnebago op de bovenste etage van zijn huis wilde hebben, dan was dat ook precies wat Jeremy Pritkin zou krijgen.

Er waren verschillende nieuwsploegen ter plekke, en het was een verslaggever van NY1 gelukt om de leidinggevende Pritkin weg te plukken voor enkele vragen. Pritkin, 1,80 meter en fit, zag er zeker tien jaar jonger uit dan zijn vijfenzestig jaar. Hij liep van de kraan weg voor het interview, zette zijn gele bouwhelm af en bleek kort peper-en-zoutkleurig haar te hebben. De rest van zijn outfit had weinig met het logistieke project te maken. Hij droeg zijn karakteristieke nachtblauwe pak, een gesteven wit overhemd en een donkerblauwe stropdas die met honderden minuscule gouden dollartekens was gedecoreerd.

'Hier Angie Warren op East Seventieth,' zei de verslaggever. 'Ik sta hier met onze bekende stadgenoot Jeremy Pritkin, en we gaan het hebben over een tamelijk excentriek decoratieproject. Laat u werkelijk een Winnebago in uw huis plaatsen?'

Pritkin glimlachte zijn perfecte witte gebit bloot. 'Hij komt in mijn kantoor op de tweede etage te staan.'

'Is dat de plek waar u uw fantasieën de vrije loop laat?' zei Angie.

'Dat zou ik niet durven zeggen. We hebben allemaal zo onze eigenaardigheden, toch?'

'Waarom een Winnebago?'

'Ten eerste is het een iconisch Amerikaans ontwerp, een symbool van ondernemingslust. Duizenden Amerikanen zijn in deze campers gestapt om het avontuur te zoeken, een beetje zoals hoe de eerste kolonisten dwars door het land naar het westen trokken. En op hun eigen lelijke manier zijn het prachtige machines.' Hij grinnikte.

'Maar er zit een persoonlijk tintje aan dit verhaal, is het niet?'

Pritkin knikte. 'Toen ik tiener was kochten mijn ouders zo'n camper, een iets groter model, en als mijn pa zomervakantie had trokken we eropuit. Ik heb alles gezien, van de Niagara Falls tot de Grand Canyon. En het waren deze reizen die mijn interesse voor de nationale infrastructuur wekten – de snelwegen, de bruggen en ga zo maar door.'

'Wat u er later toe bracht om een wegenbouwbedrijf te beginnen dat vele miljarden omzette.'

'En dat ik vijftien jaar geleden heb verkocht, waardoor ik me een uitspatting als deze kan veroorloven,' zei Pritkin grijnzend. 'De Winnebago zal een minikantoor in mijn grotere werkruimte worden. Een bescheiden toevluchtsoord, zo u wilt.' Hij wees naar het gapende gat in de gevel. 'Met een beetje geluk zal hij er binnen een paar uur staan, en als de ramen zijn teruggeplaatst is het allemaal op tijd voor het feest van vanavond.'

'Gaat u ook rondleidingen geven vanwege deze nieuwe toevoeging?'

Hij schudde zijn hoofd. 'De tweede etage is privégebied.'

'Nu we u toch spreken, meneer Pritkin, er stond gisteren een opiniestuk van u in de *Times* waarin u zich zeer kritisch uitliet over de budgetbezuinigingen van de burgemeester. U suggereerde dat hij totaal niet weet waar hij mee bezig is.'

Pritkin haalde zijn schouders op. 'Ik ben bang dat hij dat niet weet, nee. Maar ik kan me niet voorstellen dat het hem ervan zal weerhouden om vanavond naar mijn feest te komen.'

Angie lachte meesmuilend. 'U hebt zoveel pijlen op uw boog. Industrieel, auteur, columnist, filantroop, donateur... Kunnen we er nu interieurstylist aan toevoegen?'

'Ja, ik weet zeker dat dit een trend zal worden. Iedereen zal een camper in zijn woonkamer willen hebben. Ik kan me voorstellen dat er binnenkort één in Frank Lloyd Wrights Fallingwater wordt geplaatst.' Hij grinnikte weer.

Pritkin zag dat de haak inmiddels om de spanbanden van de Winnebago was geslagen, en dat de banden van het voertuig zich van het asfalt verhieven. Het hijsen was begonnen.

'Ik moet nu verder,' zei hij terwijl hij zijn bouwhelm opzette en naar zijn project liep tot hij bijna recht onder de zwevende camper stond. Een man met een oranje bouwhelm en een dito veiligheidsvest voegde zich bij hem. Er zat een sticker op zijn vest waar BERT: SUPERVISOR op stond.

'Ik hoor iets klotsen,' zei Bert. 'Zit er nog benzine in de tank?'

'Die zuigen we er later wel uit,' zei Pritkin. 'Niets om je druk over te maken.'

'Ik heb vroeger de nodige vleugels verhuisd, maar zoiets als dit? Ik kan niet geloven dat de gemeente je hiervoor toestemming heeft gegeven.'

Pritkin keek hem aan en gaf hem een knipoog. 'Ik heb zo mijn contacten.'

Vol verbazing en verwondering keek hij toe hoe het voertuig steeds hoger steeg. Binnen een paar minuten bevond het zich op gelijke hoogte met het gat in de tweede etage, waar een zestal werklieden klaarstond om het in positie te brengen en het huis in te loodsen.

'Ik zou graag willen blijven kijken, maar ik heb ook nog de voorbereidingen van een feest,' zei Pritkin terwijl hij Bert een schouderklopje gaf voordat hij het huis in liep.

Uiteindelijk bleek de burgemeester niet te komen. Jeremy Pritkin nam aan dat hij beledigd was, die grote baby. Maar de gasten die er wél op deze avond waren vormden een indrukwekkende lijst. Iedereen die iets betekende was er, ze paradeerden over de begane grond en de eerste etage van de drie samengevoegde huizen – lachend, dansend, babbelend en knabbelend. En het knabbelen bleef niet beperkt tot de hors-d'oeuvres. Oren en halzen waren blijkbaar net zo smakelijk. En als je zag dat de wc-deur lange tijd op slot bleef, dan was het niet omdat iemand last van zijn darmen had.

Jeremy zag graag dat zijn gasten zich goed vermaakten.

Als er ooit een ideale feestbehuizing was, dan was dit het wel. En dat mocht ook wel voor een huis dat hij vier jaar geleden voor zestig miljoen dollar had gekocht. Onder de gasten bevonden zich filmsterren, Grammy-winnaars, verslagen presidentskandidaten, voormalige gouverneurs, een beroemde advocaat die elke avond zijn expertise op CNN of Fox of MSNBC tentoonspreidde, een componist die vijftien jaar geleden een Tony had gewonnen en sindsdien nooit meer thuis had gedineerd, en zelfs een sjeik uit de Emiraten, die niet in een traditioneel wit kandoragewaad gekleed ging, maar in een spijkerbroek van meer dan duizend dollar met een zijden overhemd erop waarvan de drie bovenste knoopjes los waren.

Jeremy had in de loop der jaren een indrukwekkende kring van interessante vrienden en bekenden om zich heen verzameld. Als je zoiets als een renaissanceman was, iemand die in meer vijvers viste dan een normaal mens kon verzinnen, dan wist je voor elk probleem wel een bekende die het voor je kon oplossen.

Hoe ernstig het ook was.

Er bevonden zich ook minder bekende gezichten in het feestpubliek, maar wat hun aan roem ontbrak werd gecompenseerd door hun schoonheid. Jonge, bloedmooie vrouwen, sommige jonger dan andere. Ambitieuze starlets, modellen, stewardessen, danseressen van wie er veel wat bij wilden verdienen terwijl ze wachtten tot hun Broadway-carrière een hoge vlucht zou nemen. Jeremy had er minstens zes rondlopen om drankjes te serveren, jassen aan te nemen en aan de wensen van de gasten te voldoen.

Sommigen hadden meer wensen dan anderen.

Jeremy werkte zich door de menigte heen. Hij ontving veel omhelzingen en dankbetuigingen.

Een vrouw van in de zeventig met zilverkleurig haar en een glinsterende jurk tot aan de vloer kwam naast hem staan en stak haar arm door de zijne.

Ze fluisterde: ‘Namens de directieraad van de Met’s wil ik je bedanken voor je royale steunbetuiging.’

‘O, dat was niets,’ zei hij bescheiden. ‘Ik was blij dat ik het kon doen.’

‘Twee miljoen is niét niets,’ zei ze. ‘Ik wilde je even mijn dankbaarheid tonen.’

Hij grijnsde sluw. ‘Maar Gretchen, je man staat vlak naast je.’

Ze lachte en sloeg hem joviaal op zijn bovenarm. ‘Je bent me d’r eentje!’ En toen fluisterde ze weer: ‘Als ik dacht dat ik het zo kon compenseren, en als jij op oudere vrouwen viel...’

Nu was het zijn beurt om in lachen uit te barsten. Hij gaf een kneepje in haar hand en bewoog zich dieper de menigte in.

‘Nog bedankt voor die tip!’ zei iemand buiten zijn blikveld. ‘De aandelen zijn verdubbeld!’

Jeremy stak zijn duim op en liep door. Zijn blik was gericht op een rond geschouderde man die tegen de tachtig moest lopen en een van de jonge vrouwen van de bediening met zijn ogen uitkleedde.

‘Rechter Corliss,’ zei Jeremy. ‘Hoe gaat het hier?’

De man keek op toen hij zag dat het de gastheer was. Hij knikte en stak zijn hand uit. ‘Geweldig feest,’ zei hij. ‘Een speciale gelegenheid?’

Jeremy schudde zijn hoofd. ‘Heb je een excuus nodig om met vrienden samen te zijn?’

‘Zeker niet.’

'Ik heb begrepen dat u onze zaak voorzit. Ik heb het onlangs gehoord.'

'Was dat voor- of nadat u me een uitnodiging had gestuurd?' De rechter lachte om zijn eigen grap.

'Erna. Luister, ik weet dat u uw eigen oordeel zult vellen. En ik weet dat u rechtvaardig zult zijn.'

'Uiteraard,' zei de rechter, en op hetzelfde moment wisselden ze een blik van verstandhouding uit.

Jeremy schudde hem nog een keer de hand en wilde net een gesprek beginnen met een presentator die een ochtendshow deed bij een van de grote drie omroepen, en die een paar jaar geleden als regisseur in de race voor een Oscar zat – het was een raadsel voor Jeremy dat hij sowieso genomineerd was, de film was waardeloos – toen iemand hem op zijn rug tikte.

Hij draaide zich om en stond oog in oog met zijn persoonlijke assistent, Roberta Bennington. In de vijftig, goedgevormd en lang met ravenzwart haar dat ze altijd naar één kant streek zodat het over haar rechterschouder viel. Maar dat ze hem recht in de ogen kon kijken kwam door de tien centimeter hoge naaldhakken die ze altijd op het werk droeg. Jeremy verbood zijn vrouwelijke stafleden platte schoenen te dragen. Het was geen fetisj, hield hij vol, hoewel geen van de vrouwen die voor hem werkten dat ook maar één moment geloofde.

'Ze zit in het kantoor op je te wachten,' zei Roberta.

Jeremy knikte, draaide zich om en vertrok.

Hij liep over de ruime trappen naar de tweede etage. Aangezien de woning uit drie samengevoegde huizen bestond, waren er gedeeltes waar iedereen kon komen, maar je moest bij de dubbele deuren een viercijferige code intoetsen om in de brede gang te komen die naar zijn kantoor leidde.

Hij toetste de cijfercode in, duwde de deuren open en liep door de gang, waar aan één kant enorme ramen van spiegelglas zaten die uitzicht over East Seventieth Street boden, en waar aan de andere kant grote ingelijste foto's hingen.

Deze afbeeldingen waren niet zoals de Picasso's, Pollocks en Pissaro's die je in de rest van zijn riante huis kon vinden. Deze foto's waren noch abstract, noch landschappen. Het waren werken van Helmut Newton, Robert Mapplethorpe en anderen. Erotische foto's. Mannen met vrouwen, mannen met mannen, vrouwen met vrouwen. Mannen alleen. Vrouwen alleen. Fantasierijke stellen en solitaire genoegens, waaronder vele met close-ups van genitalia.

Aan het eind van deze galerie bevonden zich nog eens dubbele deuren, maar nu was er geen cijfercode nodig. Hij ging naar binnen.

Zo de ruimte niet de afmetingen van een tennisbaan had, dan kwam het er dichtbij. Eén wand, de glaswand die eerder op deze dag ontmanteld was geweest, bood een breed uitzicht over East Seventieth, maar wie – in de hoop een glimp van Jeremy Pritkins wereld op te vangen – vanaf de overkant naar boven keek zou teleurgesteld worden. Het was spiegelglas, net als in de gang. Vanaf de straat keek je naar één grote spiegel.

De hoekige, plompe Winnebago stond tegen de verre muur geparkeerd, met de voorkant in de richting van de straat en dicht bij het raam. Een andere muur was bedekt met planken vol kunstboeken, terwijl de explicietere seksueel getinte werken te vinden waren bij de muur achter het enorme bureau dat de kamer domineerde.

Dat wil zeggen, het domineerde de kamer vóór de komst van de camper.

Toen Jeremy de deuren achter zich sloot hoorde hij gesnik, daarna zag hij de meid.

De grote leren fauteuil waarin ze zat omsloot haar volledig. Met zijn enorme armleuningen en oprijzende rugleuning leek hij haar op te slokken, als zo'n reuzenstoel op een evenementenmarkt waar het publiek met een trap op kan om zich op de foto te laten zetten.

De meid zat niet op een foto te wachten.

Ze droeg een hippe spijkerbroek met scheuren, een sweatshirt met de letters NYPD erop en zat met opgetrokken knieën, haar magere armen eromheen geslagen om ze op hun plaats te houden. Haar blonde haar – met stroken roze erdoorheen – hing voor haar ogen, waardoor de tranen die over haar wangen liepen gedeeltelijk aan het zicht werden ontnomen. Toen ze Jeremy zag kromp ze ineen en trok haar armen nog strakker om haar knieën.

Ze zag er niet ouder uit dan vijftien.

'O, Nicky, Nicky, Nicky,' zei Jeremy zacht. 'Nicky Bondurant. Moet je nou eens zien.'

Hij ging in de identieke fauteuil naast de hare zitten en draaide zich zo dat hij haar iets directer kon aanspreken. Hij trok een opgevouwen zijden zakdoek uit de borstzak van zijn colbert en reikte die haar aan.

'Droog je tranen, schat,' zei hij.

Ze nam de zakdoek aarzelend aan, depte de tranen op haar wangen en veegde haar neus schoon. Toen ze hem terug wilde geven, hief hij zijn hand.

'Je mag hem houden,' zei hij. Hij wachtte en vroeg zich af of ze iets ging zeggen. Toen ze dat niet deed, zei hij: 'Je hebt me gekwetst, Nicky.'

Ze zei niets.

'Dus na alles wat ik voor je heb gedaan is dit wat ik terugkrijg.'

Nicky snoof. Ze bestudeerde een gerafelde scheur in haar broek die haar knie blootgaf.

'Is er ooit iets geweest wat je niet van me hebt gekregen? Toen je een nieuwe telefoon nodig had, van wie kreeg je die? De kaartjes voor *Hamilton*? Geen probleem. Wie heeft ervoor gezorgd dat je een opname van *Saturday Night Live* kon bijwonen? Je hebt na afloop zelfs nog leden van de cast ontmoet, weet je nog?'

Nicky sprak voor de eerste keer. 'Ja.'

'En weet je nog hoe het was toen je net in New York was? Hoe moeilijk het was om de eindjes aan elkaar te knopen?'

'Dat weet ik nog.'

'Wie heeft zich meer om je welzijn bekommerd? Ik, of je moeder in Norfolk die het geen bal kon schelen dat je het huis verliet?'

Nicky snoof. 'Jij.'

'En wie zorgde ervoor dat je een appartementje kreeg, zodat je niet meer bij dat gezin in Brooklyn hoefde te wonen?'

'Jij.'

'Ik weet hoe zwaar het kan zijn voor een alleenstaande meid. De verleidingen, de problemen, alle obstakels. Ik heb je onder mijn hoede genomen, en wat krijg ik als dank?'

‘Het spijt me echt,’ fluisterde ze. ‘Ik was niets van plan.’

‘Jij bent anders dan die anderen, weet je. Jij bent speciaal. Je hebt medeleven in je, ondanks je zware jeugd, waarin ze je verwaarloosden en onverschillig behandelden. Empathie. Je had als een van die zwerfjongeren kunnen eindigen die in vuilcontainers naar eten zoeken en op straat bedelen. Maar je bent beter, ik zie dingen in jou. Ik heb altijd toekomst in je gezien, met mij, in mijn organisatie, in welke rol dan ook.’

Nicky zei niets.

‘Ik heb jou en de andere meiden altijd graag geholpen. Maar zij hebben me de laatste tijd méér dankbaarheid en loyaliteit laten zien.’

Nicky dwong zich ertoe om Jeremy in de ogen te kijken. ‘Het is niet... goed.’

‘Wat is niet goed, Nicky? Hoe ik alles voor je heb geregeld? Hoe ik voor je heb gezorgd? Ik zal je vertellen wat niet goed is. Dat je maar een moment hebt kunnen bedenken om achter mijn rug om met buitenstaanders te praten over zaken die hun niets aangaan.’

‘Weten je vrienden... hoe oud ik ben? Kan het ze ook maar iets schelen?’

Jeremy fronste. ‘Leeftijd is niets meer dan een getal, Nicky. Een kunstmatige constructie. Je bent een volwassen jonge vrouw. Waarom zou ik me anders met je inlaten? Maar ik was verbijsterd toen een van de meiden naar me toe kwam om me te vertellen wat je van plan was. Daarom wilde ik je nu spreken voordat je iets stoms ging doen. Voor jouw bestwil, niet voor de mijne.’

‘Wat bedoel je?’ fluisterde Nicky.

Jeremy glimlachte. ‘Weet je wie hier allemaal zijn op dit moment? Op mijn feest?’

Ze haalde haar schouders op. ‘O, vast een heleboel mensen.’

‘Ja, een heleboel mensen. Belangrijke mensen. Advocaten. Politici. Rechters. Openbaar aanklagers. Filmsterren. En weet je wat al deze mensen met elkaar gemeen hebben, Nicky?’

Ze schudde haar hoofd.

‘Ze runnen de wereld. Ze maken de regels. Vergeet de kerstman. Zij weten wie er goed en slecht zijn geweest. En weet je wat voor belangrijks ze ook nog met elkaar gemeen hebben?'

Nicky wachtte het antwoord af.

'Ze zijn allemaal mijn vríénden. Nee, meer dan vrienden. Veel van hen zijn me iets verplicht, ze staan bij me in het krijt. Ik heb veel van hen rijk gemaakt. Ik heb hun instellingen en stichtingen gered. Er is in Queens een ziekenhuisvleugel naar me genoemd. Wist je dat? Er zijn te veel mensen om op te noemen wier dromen ik heb waargemaakt.' Hij zweeg even. 'Verschillende soorten dromen.'

Hij glimlachte. 'Dus naar wie zou je precies willen stappen met wilde verhalen over wat er zich hier allemaal afspeelt? Naar onze openbaar aanklager die de hele tijd op tv is te zien, en die het zo heerlijk vindt om billenkoek van Leanne te krijgen? Of naar onze rechter die zo gewichtig doet op Fox News en altijd om Sheena vraagt omdat ze zulke goede knopen kan leggen? Zou je naar een van hen willen stappen?'

Nicky schudde langzaam haar hoofd.

'Nicky, wat je moet begrijpen, en ik zeg het in alle vriendelijkheid, is dat je *helemaal niets* bent.' Jeremy liet het even indalen, er welden tranen op in haar ogen. 'Je bent zo nietig als een mier. Als een kever op een schoenzool. Je bent een gebruikt condoom, schat. Niemand zal ooit naar je luisteren of enige aandacht aan je besteden. Je zult weggewuifd worden. O, er zal welwillend worden geknikt en gezegd worden dat ze ernaar zullen kijken. Maar dan zal je verklaring in de prullenbak verdwijnen en je zult nooit meer iets van ze horen.'

Hij glimlachte, streek over haar wang en ving een traan op met zijn wijsvinger. 'Ik zeg je dit om je de pijn te besparen. De gêne en de schaamte. Begrijp je wat ik bedoel?'

Nicky knikte.

'Mooi. Mooi, Nicky. Je bent een goeie meid. Dat ben je echt. En nu, hoewel ik gekwetst ben door wat je allemaal van plan was, weet ik wel een manier waarop je het goed kunt maken.'

'Ja?' fluisterde ze.

Hij knikte in de richting van de Winnebago.

'Je bent de eerste die mijn nieuwe speelparadijs mag uitproberen.'

Nicky liet haar knieën los, zette haar voeten op de vloer en stond op. Ze draaide zich om en liep in de richting van de Winnebago.

'Ik kom er zo aan,' zei Jeremy terwijl ze de deur van de camper opende, naar binnen stapte en hem weer achter zich dichttrok.

Jeremy zuchtte. Persoonlijke kwesties waren altijd het zwaarst.

Hij stond op uit de fauteuil en keek op zijn horloge. Binnen vijf minuten zou hij weer op het feest kunnen zijn. Net toen hij een stap in de richting van de camper deed begon de telefoon op zijn bureau te rinkelen.

Zijn persoonlijke vaste lijn. Er waren maar een paar mensen die het nummer hadden.

Voordat hij opnam zag hij dat het zijn oudere zus Marissa uit Seattle was. Wat zou ze willen? Ze hadden elkaar al maanden niet meer gesproken. Een ongeval in de familie, misschien? De laatste keer dat ze belde was hun moeder aan een hartaanval overleden. Sinds de begrafenis had hij zijn zus niet meer gezien.

Jeremy greep naar de hoorn en drukte hem tegen zijn oor. 'Marissa.'

'Hé, Jer,' zei ze.

Niemand noemde hem zo. Hij haatte die naam.

'Wat is er gebeurd?'

'Waarom denk je dat er iets is gebeurd?'

'Je belt me meestal niet op om hallo te zeggen.'

'Er is niets gebeurd,' zei ze. 'Er is deze keer niemand doodgegaan.'

'Hoe is het met Walter?'

'Hij had een paar weken geleden wat hartruis, maar het bleek niets te zijn. En daar houden we het maar op.'

'Mooi zo. Luister, Marissa, is dit een telefoontje om weer eens iets van elkaar te horen? En als het dat is, dan ben ik daar blij om, maar dit is niet het goede moment.' Hij wierp een blik op de camper. 'Ik geef een feest op dit moment.'

'Wanneer geef je eens níét een feest?'

'Tsja. Maar zal ik je morgen terugbellen? Zou dat...'

‘Het gaat erom,’ zei Melissa, ‘dat ik iets heb ontdekt wat misschien wel nergens op slaat, en ik dacht dat jij misschien wel je licht erop zou kunnen schijnen.’

‘En wat is dat dan?’

‘Zou het kunnen dat we familieleden hebben die we nog niet kennen?’

‘Wát?’ zei Jeremy.

‘Het kwam terug met een match van vijfentwintig procent. Dan denk ik dat het iets met ooms en tantes, en neven en nichten moet zijn.’

‘“Het?”’ zei hij.

Jeremy plofte op de stoel achter zijn bureau neer. Nicky moest maar wachten.

7

New Rochelle, New York

Miles was tien minuten te vroeg voor zijn afspraak bij de ReproGold Clinic. Hij had weinig last van onwillekeurige spierbewegingen gehad, dus hij had besloten de Porsche te nemen. Hij dacht dat elke rit zijn laatste zou kunnen zijn. Hij kon er maar beter plezier van hebben, nu het nog kon, en had onderweg zelfs nog een bekeuring gepakt.

Alsof het hem iets kon schelen.

Toen hij de kliniek betrad zag hij twee jonge vrouwen aan de ene kant van de wachtruimte zitten, en tegenover hen een man en een vrouw die Miles achter in de dertig schatte. De vrouw leek te hebben gehuild en ploos zwijgend een tissue uit elkaar die ze tussen haar vingers hield.

Terwijl Miles naar de balie van de receptie liep hoorde hij de man fluisteren: 'Deze keer gaat het lukken. Ik weet het zeker. Driemaal is scheepsrecht.'

Een vrouw met een naambordje waar JULIE op stond zat aan de telefoon.

'Hoe bedoelt u dat jullie het niet dekken?' zei ze snel. 'Waarom heb ik een verzekering als ik niets krijg wanneer ik het nodig heb? Waar moet ik tienduizend dollar vandaan halen om die waterschade weg te werken? Hoe...'

Op dat moment merkte ze Miles op. Ze stak haar wijsvinger op om hem te laten weten dat ze hem zo zou helpen en vervolgde haar gesprek.

'Hier komen jullie niet mee weg,' zei ze. 'Jullie zullen nog van me horen.' Julie hing op en keek Miles verontschuldigend aan. 'Sorry.'

'Da's goed hoor,' zei hij. 'Ik hoop dat je eruit komt.'

'Verzekeringsmaatschappijen,' zei ze hoofdschuddend.

'Je bent in goede handen,' zei hij terwijl hij zijn handen in een kommetje bij elkaar hield. Toen trok hij ze van elkaar af. 'Totdat het niet meer zo is.'

'Zeker weten. Waarmee kan ik u helpen?'

'Miles Cookson. Ik heb een afspraak.'

Ze keek in de agenda. 'Ja, klopt. Is het een verwijzing?'

'Nee, geen verwijzing. Het gaat over iets anders.'

Ze wierp hem een korte onderzoekende blik toe en zei: 'Neemt u plaats.'

Miles ging zitten. De twee andere stellen gingen voor hem naar binnen. Na zo'n veertig minuten werd zijn naam geroepen en werd hij door een korte gang naar de laatste deur geleid. De deur, met DR. MARTIN GOLD erop, stond open op een kiertje. Miles duwde hem verder open en stapte naar binnen.

Achter het bureau zat een kalende man van achter in de zestig. Hij zette zijn leesbril af en keek op.

'Meneer Cookson?'

'Dat klopt.'

'Gaat u zitten.'

Gold zag er niet uit alsof hij boven de 1,70 meter zou komen als hij uit zijn stoel opstond. Zijn handen en gezicht zagen er zacht en deegachtig uit.

Aan de muren hingen niet de gebruikelijke ingelijste diploma's, maar een zestal foto's van bruggen. Miles kende ze niet allemaal, maar hij herkende de Golden Gate Bridge en de Sydney Harbour Bridge.

Gold keek op zijn beeldscherm en fronste. 'Ik ben bang dat we met een achterstand zullen moeten beginnen. Meestal heb ik een dossier, iets van een huisarts bijvoorbeeld, maar ik heb helemaal niets binnengekregen. We beginnen dus vanaf nul. Waar kan ik u mee helpen? Laat me eens raden, u bent getrouwd? U en uw vrouw proberen al een tijdlang een kind te krijgen, maar zonder succes?'

'Nee,' zei Miles. 'Het gaat over iets anders. Ik verwacht niet dat u zich mij herinnert. De kans is klein dat u een dossier van me heeft sinds u op de computer bent overgestapt. Misschien nog ergens in een archiefdoos. Het is lang geleden.'

'Oké. Vertel verder.'

'Langer dan twintig jaar geleden ben ik in deze kliniek geweest. Ik was donor.' En toen, alsof hij het op deze plek moest verduidelijken, voegde hij eraan toe: 'Een spermadonor.'

'O, oké.' Hij glimlachte. 'Was dat in de tijd dat we elke nieuwe donor een broodrooster cadeau deden?' Hij lachte. 'Sorry, een oude grap.'

Miles wist een glimlach tevoorschijn te toveren. 'Jullie gaven misschien dan wel geen broodroosters weg, maar wat jullie betaalden was genoeg om een nieuwe computer aan te schaffen. Ik had hard een betere nodig, en dankzij jullie hulp kreeg ik die.'

'Ik ben blij dat we hebben kunnen helpen.'

'Sterker nog,' vervolgde Miles, 'die computer bleek uiteindelijk een doorbraak voor me te zijn. Hij heeft mijn leven bepaald. Ik zit in de techindustrie. Apps. Misschien dat u wel eens van mijn bedrijf hebt gehoord? Cookson?'

Gold schudde zijn hoofd. 'Sorry. Maar ik ben blij dat we u op het juiste moment een financiële oppepper hebben kunnen geven. Vergeef me, maar ik kan me niet meer herinneren dat u hier bent geweest. U zult begrijpen dat we hier veel mensen langs zien komen. We proberen ze zo goed mogelijk te helpen, en we zijn mensen als u dankbaar, jullie maken het mogelijk dat we ons werk kunnen doen.'

'Zeker. En ik geloof dat ik u indertijd niet heb ontmoet. Ik werd door iemand anders begeleid toen.' Hij wees naar een van de foto's. 'Welke brug is dat?'

'Confederation Bridge. Hij ziet er niet zo spectaculair uit, maar het blijft een wonder. Hij verbindt Prince Edward Island en het vasteland met elkaar. Geopend in 1997.' Hij glimlachte. 'Bruggen zijn mijn ding.'

Miles knikte en schraapte zijn keel. 'Goed, ik zal u vertellen waarom ik hier ben. Het is een lang verhaal, maar ik zal het kort proberen te houden.' Hij zweeg even. 'Het gaat erom dat ik de diagnose Huntington heb gekregen.'

Golds mond viel open. 'Wat spijt me dat. Dat is... niet mis.'

'Ja,' zei hij. 'Ik ben in een situatie terechtgekomen waarin ik zware beslissingen zal moeten nemen.'

'Dat geloof ik graag.'

'Een van de dingen waarover ik heb nagedacht zijn de kinderen die... Ik weet niet of "de mijne zijn" de juiste formulering is, want ze zijn niet mijn kinderen, maar het zijn wel de kinderen van wie ik de biologische vader ben. Kinderen die bestaan, die levend en ademend op de wereld rondlopen vanwege de donatie die ik vele jaren geleden in deze kliniek heb gedaan.'

Gold knikte bedachtzaam.

'Ik denk dat deze kinderen, ik neem aan dat ze nu volwassen zijn, het recht hebben om te weten wat de toekomst voor hen inhoudt. Zoals u waarschijnlijk zult weten is er een kans van vijftig procent dat een kind ook Huntington krijgt als de ouder het heeft.'

'Ja,' zei Gold. 'Dat weet ik.'

'Ik ben... zeer succesvol op mijn terrein geweest, en ik heb een substantiële nalatenschap die ik liever vroeger dan later een plek wil geven. Nadat ik lang heb nagedacht en bij mezelf te rade ben gegaan, heb ik besloten dat ik een groot gedeelte van mijn... fortuin onder deze volwassen kinderen wil verdelen. Als ze ooit de ziekte zullen krijgen, dan hebben ze de middelen om voor zichzelf te zorgen, en ook nog het geld om dingen te doen die ze anders niet hadden kunnen bekostigen. Reizen maken, of een huis in Spanje kopen. Desnoods doen ze er niets mee. Schenken ze het aan hun eigen kinderen, als ze die hebben. Dat mogen ze zelf weten.'

'En als blijkt dat ze de aandoening niet hebben?' vroeg Gold.

'Ze krijgen het geld sowieso,' zei Miles.

De arts vouwde zijn vingers samen en leunde achterover in zijn stoel. 'Ah, zo. U hebt een goed hart, en ik begrijp uw positie, maar u hebt geen enkele wettelijke verantwoordelijkheid hierin. Het is niet bepaald medisch jargon wat ik u nu ga meedelen, maar het leven is één grote gok. In het sperma van iedere donor zit een potentieel van problematische consequenties. Elk stel dat een kind krijgt ziet zich voor dezelfde problemen gesteld, ook stellen die niet van onze diensten gebruik hoeven te maken. We nemen allemaal onze genetische samenstelling mee. Zo is het leven.'

'En toch.'

'En trouwens, het is allemaal ongewis,' zei de arts. 'U weet niet wie die kinderen zijn.'

'Maar u wel,' zei Miles.

'Sorry?'

'De namen van de vrouwen die met mijn sperma zijn geïnsemineerd. U moet die informatie hebben.'

Gold schudde zijn hoofd en glimlachte triest. 'Ik ben bang dat dat onmogelijk is. Onze dossiers zijn strikt vertrouwelijk. Dit is niet bespreekbaar.'

'Er moet een manier zijn. Wat als u deze vrouwen benadert, en hen adviseert contact met me op te nemen?'

Gold schudde zijn hoofd. 'Uitgesloten. Meneer Cookson, u hebt mijn sympathie. U hebt een zware weg te gaan. En uw intenties zijn nobel en genereus. Maar u bent hier jaren geleden gekomen onder de voorwaarde dat u nooit zou weten wie uw donatie zou krijgen, en onze cliënten zijn hier onder de voorwaarde dat er niet aan hun privacy wordt getornd. Mijn handen zijn gebonden.'

Miles balde uit frustratie zijn vuisten. 'Ik denk dat zij, deze kinderen, het wel zouden willen weten.'

'Dat zou heel goed kunnen. Als ze het werkelijk willen weten zijn er stappen die ze kunnen nemen, en misschien hebben ze die al genomen. De wereld is veranderd. Misschien dat sommige van de mensen die u hoopt te vinden al gebruik hebben gemaakt van de mogelijkheden die er tegenwoordig zijn. Ze staan een DNA-monster af, komen meer te weten over hun afkomst en worden in contact gebracht met familie van wie ze niet wisten dat ze die hadden. U kunt die route ook volgen. Wie weet waar het toe zal leiden?'

'Dat is een slag in de lucht,' wierp Miles tegen. 'Er zijn te veel onzekere factoren. Ik kan al dood zijn voordat er wordt gereageerd door iemand met wie ik in contact zou willen komen.'

Gold haalde met een minieme beweging zijn schouders op. 'Ik weet niet wat ik moet zeggen.'

Hij stond op om aan te geven dat het gesprek voorbij was en stak zijn hand uit, die Miles met weinig enthousiasme schudde.

'Veel succes,' zei de arts.

Miles vertrok zonder iets te zeggen. Toen hij de receptie passeerde wierp hij een blik op Julie, die weer aan de telefoon zat. Ze zat ineengebogen en hield haar hand voor de hoorn zodat niemand haar zou horen.

Maar Miles kon horen wat ze zei.

'Ik weet het niet, schatje. Wanneer moet die termijn van je collegegeld ook alweer betaald worden? Jezus, kun je geen uitstel vragen?'

Op de terugweg had hij weer een bekeuring te pakken.

8

Springfield, Massachusetts

'O mijn god, zag je wat je zonet deed?' zei Todd Cox.

'Wat?' zei Chloe. 'Waar heb je het over?'

'De manier waarop je met je hand op je voorhoofd sloeg.' Hij demonstreerde het en sloeg de palm van zijn hand met uitgestrekte vingers tegen zijn voorhoofd. Een kijk-mij-nou-eens-gebaar. 'Ik doe het de hele tijd.'

'Bullshit. Dat doe je niet. Je zegt dat alleen maar omdat je het zo graag wilt. Serieus.'

'Nee, ik meen het. Ik doe het de hele tijd.' Hij schudde zijn hoofd. 'Het is ongelooflijk. Ik heb een levensechte zus.'

'Half.'

'Hè?'

'Halfzus,' verklaarde Chloe.

'Dat is nog altijd beter dan géén zus.'

Ze zaten in de McDonald's, om de hoek van de kassa, tegenover de toiletten. Het was na de lunchdrukte, en ze dachten dat ze er wel even konden blijven zitten zonder dat hun gevraagd werd te vertrekken. Ze hadden hun hamburgers en frites al op, maar Todd was nog bezig met het laatste restje van zijn vanillemilkshake. Chloe had nog koffie besteld.

'Waarom heb je het gedaan?' vroeg ze. 'Een DNA-monster opgestuurd?'

'Nou, het was niet mijn idee. Ik was er eigenlijk helemaal niet zo in geïnteresseerd. Ik heb er nooit zo over nagedacht wie mijn biologische vader zou kunnen zijn, en of ik halfbroers of halfzussen zou hebben. Ik ben niet zo'n diepe denker. Ik leef meer met de dag, weet je? Maakt het iets uit wat er in het verleden is gebeurd? Ik ben nu hier, en dat is de enige shit waarmee ik te maken heb. Maar...'

'Wacht even,' zei Chloe. 'Ik ga dit opnemen.'

'Hè?'

Chloe legde haar smartphone op de tafel. 'Ik ben met een soort videojournaal over mijn familie bezig om het allemaal op een rijtje te krijgen. Ik wil het documenteren.'

'O, oké.'

'Heb je er bezwaar tegen?'

'Nee hoor, gaaf.' Hij haalde een hand door zijn haar. 'Zie ik er een beetje uit?'

'Je ziet er goed uit.'

'Ik heb hier zo'n plek waar m'n haar altijd overeind staat.'

'Het is goed.'

'Is dit wel een goeie plek om te filmen? In een McDonald's?'

'Het maakt het authentieker. Ik wil je filmen terwijl je het verhaal voor de eerste keer vertelt.' Ze hield de telefoon op en zorgde ervoor dat ze Todd goed in beeld had. 'Oké, je was helemaal niet van plan om een DNA-monster op te sturen, maar toch heb je het gedaan. Hoe is dat zo gekomen?'

'Oké, zoals ik al zei, het was niet mijn idee. Maar mijn ma is zwaar geïnteresseerd in dit soort dingen. Volgens mij heeft ze zich afgevraagd wiens, je weet wel, donatie was gebruikt om haar zwanger te maken.'

'Dus ze had je al alles hierover verteld. Het is nooit een geheim geweest.'

'Nou, ze heeft me niets verteld tot mijn tiende, denk ik? Ik bedoel, ik had een vader. Ze waren getrouwd, dus ik dacht dat mijn vader mijn vader was. Snap je? Maar toen ik negen was kwam hij om het leven bij een ongeluk. Hij was boomchirurg.'

'Een wat?'

'Een boomchirurg. Hij snoeide bomen en dat soort dingen. Op een dag was hij met zijn kettingzaag een enorme boom aan het omzagen, en hij had helemaal bedacht welke kant hij om zou vallen, maar op de een of andere manier ging het mis. De boom viel de andere kant op, hij kon niet op tijd wegkomen en werd verpletterd.'

'Jezus, wat spijt me dat te horen.'

Todd haalde zijn schouders op. 'Daarna vond mijn ma dat ik iets moest weten wat ze me nooit had verteld toen mijn pa nog mijn pa was. Dat ze geprobeerd hadden een kind te krijgen, maar dat het niet lukte. Mijn pa... hij had traag zaad, of hoe ze het ook noemen. Dus zijn ze naar een kliniek in de buurt van New York gegaan, daar deden ze wat ze moesten doen en toen kwam ik... En we waren een gelukkig gezinnetje tot hij, nou ja, door die boom werd verpletterd.'

Chloe had al gezegd dat het haar speet dat te horen, dus ze zei niets.

'Maar goed, we hebben dus niet veel familie. Mijn pa had geen broers of zussen, en hetzelfde geldt min of meer voor mijn ma. Ze maakte zich er zorgen over dat ik helemaal geen familieleden had terwijl ze wist dat die er wél moesten zijn. Dus ze bestelde twee tests, één voor mij en één voor haar, en de daaropvolgende keer dat ik op bezoek was kwam ze ermee aanzetten. Spuug hier maar in, zei ze.' Weer een schouderophalen. 'Het stelde niets voor, dus ik deed het. En ze wilde dat ik aangaf dat het goed was als iemand in contact met me wilde komen. En dat bleek jij dus te zijn.' Hij schudde zijn hoofd nog een keer. 'Ongelooflijk.'

'Mijn ma was precies het tegenovergestelde. Ze wilde niet dat ik het deed. Ze vindt dat ik het niet zou moeten weten.'

'Iedereen is anders, neem ik aan.'

Chloe tikte op de telefoon om het filmen te stoppen. 'Goed materiaal.'

'Maar goed, hoe is het met jou dan? Wat doe jij zoal?'

'O, ik heb een geweldige carrière. Ik ben serveerster in een morsige cafetaria. Ik zou eigenlijk fotojournalistiek gaan studeren, maar we konden het collegegeld niet betalen. Mijn moeder had graag willen bijdragen, maar zij komt ook niet om in het geld. Waarom dacht je dat ik in een Pacer uit '77 rij?'

Todd wierp een blik door het raam en zag Chloe's auto op het parkeerterrein staan. Hij zag er eerder uit als een verroeste vissenkom dan iets waarin je zou kunnen rijden.

'En als ik tijd heb,' vervolgde ze, 'ga ik naar het bejaardentehuis waar mijn opa zit.'

'O?' Dit had Todds aandacht. 'Je bedoelt dat je daar op bezoek gaat?'

'Ja, en ik heb hem ook geïnterviewd. Over zijn leven, precies als ik net bij jou heb gedaan. Er is die, ik weet niet, leegte, waardoor ik niet weet wie ik echt ben. Dus ik probeer alles te ontdekken wat ik maar over dit soort dingen te weten kan komen. Begrijp je?'

'Zeker.'

'Vraag je je nooit af wie je biologische vader is? Kijk, WhatsMyStory heeft ons met elkaar in contact gebracht, maar nu delen we hetzelfde mysterie. Wie is onze vader?'

Todd lachte. '*Who's your daddy?*' zei hij alsof het een raptekst was. 'Iedereen wil weten, *who's your daddy*?'

'Maar serieus, vraag jij het je niet af?'

Todd haalde zijn schouders op. 'Denk het wel. Maar zelfs al wist ik het, wat voor verschil zou het uitmaken?'

'Maakt het verschil nu je mij hebt ontmoet?'

Hij knikte. 'Ja, maar jij bent zo'n beetje van mijn leeftijd. Mijn pa, wie hij ook is, moet een oude man zijn.'

Chloe sloeg haar hand tegen haar voorhoofd. 'Ja, hèhè. Ouders zijn altijd ouder.'

Hij wees naar haar voorhoofd. 'Je deed het weer. Goed, vertel me eens iets over je opa.'

'Hij is een veteraan. Hij heeft in Vietnam gevochten. Over die tijd heeft hij een boek geschreven dat hij in eigen beheer heeft uitgebracht. Het is echt goed. Ik ben geen boekenrecensent, maar ik vond het geweldig. En hij heeft daar verschrikkelijke dingen meegemaakt, weet je? Toen hij terugkwam kreeg hij een baan bij Sears, en daar heeft hij de rest van zijn leven gewerkt. Maar door mijn gesprekken met hem, door zijn verhaal, kreeg ik ook interesse in de andere bewoners. Ze hebben allemaal een verhaal te vertellen. Je denkt dat het allemaal oude mensen zijn die op de dood zitten te wachten, maar ze hebben dingen gedaan. Ze hebben dingen gezíén. Er moet aandacht aan worden geschonken.'

'Sorry?'

'Er moet aandacht aan worden geschonken. Dat is uit *Dood van een handelsreiziger.*'

Todd staarde haar aan met een lege blik.

'Het toneelstuk? *Dood van een handelsreiziger*?'

'Ik ga niet veel naar toneelstukken, wel soms naar een concert. Ik heb Metallica een keer gezien. Ze waren geweldig.'

'Ik heb het stuk ook niet gezien, hoor,' zei Chloe. 'Maar ik heb het op school gelezen. En het is een paar keer verfilmd.'

'Ik vind die *Avengers*-films goed. Alles van Marvel eigenlijk.'

Er viel even een zweem van teleurstelling over Chloe's gezicht. Dat je familie van iemand was betekende nog niet dat je dezelfde interesses had. Maar ze bleef naar iets gemeenschappelijks zoeken.

'Heb jij nog grootouders?'

'Ze zijn dood. Ik heb ze nooit goed gekend. Ze zijn allebei vóór mijn vijfde overleden. Mijn moeder heeft een oude tante. We gingen altijd één keer per jaar bij haar op bezoek. Mijn moeder doet dat nog steeds, maar toen ik ouder werd wist ik excuses te vinden om eronderuit te komen. Ik ben een paar jaar geleden uit huis gegaan. Ik heb een stacaravan, wat nogal goedkoop klinkt, maar het is er prettig. Ik vind het fijn om mijn eigen plek te hebben.' Hij grijnsde. 'En ik zit naast een brandweerkazerne, dus als er iets in de fik vliegt zijn ze er meteen.'

'Zit je in een van die parken, met allemaal gepensioneerde mensen om je heen?'

'Nee, mijn caravan staat op zijn eigen perceel. Alleen ik dus. Geen oude mensen.'

'O.'

Todd hoorde enige afkeuring in Chloe's toon. 'Maar ik praat met ze over de telefoon,' voegde hij er snel aan toe.

'Met wie?'

'Oude mensen.' Hij grijnsde krampachtig. 'Een soort van telemarketeerswerk. Ik praat voortdurend met ze.'

9

Seattle, Washington

Marissa Pritkin dacht dat haar broer opgetogen zou zijn over het nieuws. In plaats daarvan was hij alleen maar geïrriteerd.

Het was per slot van rekening niet elke dag dat je nieuwe familie ontdekte. Was dat niet iets om blij over te zijn? Of iets wat je in elk geval nieuwsgierig maakte? Hij had niet eens gevraagd met wie ze in contact was gekomen.

Ze hield zich voor dat ze hem waarschijnlijk op het verkeerde moment had gesproken. Hij had haar gezegd dat hij een feest aan het geven was. Voor iemand anders zou het zijn alsof je hem tijdens het tv-kijken stoorde. Maar haar broer zat altijd midden in het een of andere evenement. Een benefietfeest met Bill Gates voor malariabestrijding, de openingsavond van een Broadway-show waarin hij had geïnvesteerd, of een galabal om geld te werven voor de een of andere politieke kandidaat – de partij deed er niet toe, haar broer maakte vrienden in beide kampen. Jeremy had altijd iets omhanden. Ze googelde hem één keer per week om te zien waar hij mee bezig was, in welk tv-programma hij was verschenen, of wat voor stuk hij voor *The Times* of *The Post* had geschreven.

Ze hielden contact, Marissa en Jeremy, ook al zagen ze elkaar niet zo vaak. Als hij voor zijn werk naar Seattle moest, nodigde hij haar en haar man Walter uit voor een chic diner als er tijd voor was. Hij voerde dan het hoogste woord en liet een stortvloed aan namen vallen. Er was geen president, premier, koning of koningin, of beroemde entertainer die Jeremy niet ooit bij de een of andere gelegenheid had ontmoet.

En tijdens zo'n diner vroeg Marissa zich de hele tijd af: wanneer zal hij ook maar één vraag over ónze levens stellen? Hoe het met óns gaat? Waarheen wíj vorig jaar op vakantie zijn geweest? Welke serie wíj de laatste tijd aan het bingewatchen zijn?

Wat er nog het dichtstbij kwam was wanneer Jeremy naar hun vermogen vroeg. Het was namelijk een vraag die ook over hemzelf ging, of alle insidertips die hij ze had toegespeeld wat hadden opgeleverd.

En natuurlijk hadden ze dat altijd. En vaak nog eens zeer veel. Marissa moest toegeven dat zij en Walter niet in hun huidige huis hadden gewoond – in de wijk North Beach, met een waanzinnig uitzicht op de zeearm Puget Sound – zonder de tips die Jeremy hun had gegeven. En, het was waar, hij had zich altijd zeer gul jegens hun gezin opgesteld. Niet dat Marissa en haar man onbemiddeld waren. Zij was verzekeringsbemiddelaar en Walter was orthodontist. Maar zelfs met een goed inkomen konden de obsessies van je kinderen je budget te boven gaan. Zo raakte hun zoon Zachary volkomen in de ban van alles wat met paarden te maken had.

Nu was het zo dat Jeremy ook altijd al dol op paarden was geweest, dus wat deed hij? Hij kocht een paard voor hun zoon, betaalde voor een stalplaats in een manege, en nam zelfs ook nog alle rijlessen voor zijn rekening. Je hoefde Zachary niet te vragen wie zijn lievelingsoom was.

Dus toen Marissa de resultaten van WhatsMyStory ontving, voelde ze zich verplicht om haar broer als eerste het nieuws te vertellen.

'Volgens de gegevens,' had ze gezegd, 'deel ik vijfentwintig procent van mijn DNA met deze andere persoon, wat wil zeggen dat het een neef of een nicht is. Nu hoeven ik en die andere persoon er alleen maar mee in te stemmen om onze identiteit te onthullen en dan kunnen we met elkaar in contact komen. Een neef of nicht? Hoe is dat mogelijk?'

Natuurlijk had Marissa al bedacht dat Jeremy jaren geleden iemand zwanger kon hebben gemaakt, en dat deze vrouw hem dat nooit had verteld. Des te meer reden om het hem te vertellen, dacht ze, en des te meer reden om aan te nemen dat hij nieuwsgierig zou zijn.

Maar Jeremy had het niet goed opgenomen.

Hij beschuldigde zijn zus ervan zich met zijn zaken te bemoeien. Hoe had ze zoiets kunnen doen zonder het eerst met hem te overleggen?

En toen had hij gezegd dat hij het nu niet verder kon bespreken, en dat ze het er later over zouden hebben. 'Later' bleek de volgende avond te zijn, nadat Walter thuis was van zijn werk. Ze zaten samen op hun balkon in hun comfortabele stoelen met een glas wijn over de baai uit te kijken toen Marissa's telefoon ging.

Na een minuut vol geraas en getier van Jeremy zette Marissa de speakerfunctie aan zodat Walter ook kon horen hoe opgefokt haar broer was.

'Wat dacht je nou wel?' riep Jeremy uit.

'Ik weet niet wat je bedoelt,' zei ze terwijl ze rustig probeerde te klinken. 'Er zijn zoveel mensen die dit hebben gedaan. Miljóénen mensen hebben dit gedaan.'

'Nou, dan ben je net zo gek als hen.'

'Ik begrijp niet wat er gek aan is om te willen weten waar je vandaan komt, wie je bent, welke familieleden je nog zou...'

'Jezus, Marissa, hebben we al niet genoeg ellende van onze huidige familieleden? Waarom moeten er nog meer bij komen?'

Op dat moment kon Walter zich niet langer meer inhouden. De manier waarop zijn zwager tegen zijn vrouw uitvoer kon hem niet bekoren.

'Jeremy,' zei hij. 'Walter hier.'

Er viel een stilte aan de andere kant van de lijn. 'Hallo, Walter.'

'Vind je niet dat je hier nogal overdreven op reageert? Marissa bedoelde er niets kwaads mee.'

Deze keer bleef het zo lang stil dat ze dachten dat de verbinding was verbroken.

'Jer?' vroeg Marissa. 'Ben je daar nog?'

'Ja hoor,' klonk het koeltjes. 'Walter, kan ik je even spreken? Zonder speakerfunctie?'

Walter wierp een zijdelingse blik op zijn vrouw, alsof hij haar om toestemming moest vragen. Het was háár broer, tenslotte. Ze haalde haar schouders op, ten teken dat hij de telefoon kon pakken. Hij zette de speakerfunctie uit en hield de telefoon tegen zijn oor.

'Hier ben ik, Jeremy.' Walter stond op uit zijn stoel, ging bij de reling staan en zag hoe het zeeoppervlak werd onderbroken door iets wat op een walvis leek.

'Mooi. Walter, luister goed en probeer niet te laten merken dat je geshockt of verbijsterd bent.'

'Wat? Waar heb je het...'

'Zie je? Je reageert nu al geshockt en verbijsterd. Dus zet je pokerface op en luister naar wat ik je te zeggen heb.'

Walter nam een moment om zich te herpakken. 'Goed,' zei hij.

'Ik weet waar al het geld heen gaat.'

Walter voelde een koude rilling over zijn ruggengraat lopen, hij had bijna 'wát?' uitgeroepen, maar hij wist zich te beheersen en zei langzaam: 'Ga door.'

'Je kunt dan wel je best doen om het voor mijn zus te verbergen, maar ik weet van je verslaving.'

'Sorry, maar ik...'

'Walter, val me alsjeblieft niet in de rede. Je hebt een probleem. Je zou eens met iemand moeten praten. Gamblers Anonymous, misschien. De enige reden waarom Marissa nog niet heeft gemerkt dat er liquiditeitsproblemen zijn is omdat ik je heb geholpen wanneer ik kon. Maar het online-gokken, je casinobezoeken, je moet daar iets aan gaan doen.'

'Ja, ja, dat is zeker interessant,' zei Walter.

Marissa keek haar echtgenoot aan en mimede: *wat zegt hij allemaal?*

Walter stak zijn wijsvinger op.

'Je vraagt je waarschijnlijk af hoe ik dat weet?' vervolgde Jeremy. 'Hoe ik erachter ben gekomen dat mijn zwager zijn geld erdoorheen jaagt? Het is mijn werk om dingen te weten, Walter. Informatie is mijn valuta, of het nu om jou, Marissa, de beurs van New York of de *fucking* koning van Siam gaat. Dus dit is wat er gaat gebeuren. Jij gaat Marissa vertellen dat ze moet stoppen met dat genetische onderzoek van haar. Ik wil hier verder niet op ingaan, maar je kunt haar zeggen dat ik door haar acties een doelwit kan worden voor sujetten die me zullen aanklagen. Ik ben een publiek figuur, en daarom kwetsbaar voor allerlei charlatans. Hoe klinkt dat?'

'Dat klinkt goed.'

'En de reden dat jij haar moet overtuigen is omdat ik altijd die stomme broer zal blijven waar ze nog nooit naar heeft geluisterd, dus waarom zou ze nu naar me luisteren? Vind je niet?'

'Dat vind ik zeker,' zei Walter.

'Goed, dat is dan duidelijk. Jij gaat ervoor zorgen dat ze die nieuwe hobby van haar opgeeft, of ik zal haar alles vertellen over de jouwe.'

'Ik begrijp het,' zei hij. 'Ik zie wat je bedoelt.'

'Geef me dan nu Marissa zodat ik gedag kan zeggen.'

Walter haalde langzaam de telefoon van zijn oor weg en reikte hem zijn vrouw aan. 'Hij wil je nog gedag zeggen.'

Marissa nam de telefoon aan. 'Jeremy?'

'Hou je goed,' zei hij. 'En laat me het weten als jullie weer eens naar New York komen, dan gaan we met z'n allen naar een voorstelling. Zeg me maar welke. Ik kan overal kaartjes voor krijgen.'

'Oké, maar...'

'Ik moet nu gaan,' zei hij en hij verbrak de verbinding.

Marissa legde de telefoon weg en zei: 'Wat heeft hij in jezusnaam tegen je gezegd?'

Walter had al een antwoord klaar. 'Nou, ten eerste excuseerde hij zich voor zijn uitbarsting. Volgens mij speet het hem oprecht hoe hij je heeft toegesproken. Daarna kalmeerde hij enigszins en zei – nou kan het zijn dat me hier wat details zijn ontgaan, hoe het werkt en zo, maar hij zei dat er zo veel mensen zijn die hem willen aanklagen, dat elke losse connectie met hem tot juridische problemen kan leiden.'

Marissa trok een gezicht dat *o, daar had ik nog niet aan gedacht* wilde zeggen. 'Jee,' zei ze. 'Daar heeft hij waarschijnlijk wel een punt mee.'

'Dus hij hoopt dat je ermee ophoudt. En dat is helemaal aan jou. Het is jouw leven. Maar,' hij deed een stap naar voren en sloeg zijn armen om haar heen, 'ik denk dat het geen ramp is als we hem zijn zin geven. We hebben veel aan hem te danken.'

'Oké,' zei ze terwijl ze zijn omhelzing beantwoordde. 'Ik denk dat hij te heftig reageerde, maar als hij het zo wil, dan is het goed. Ik zal er niet mee doorgaan.'

‘Dat is waarschijnlijk het beste.’

‘Ik ben nog steeds pissig,’ zei Marissa. ‘Maar je hebt gelijk. Hij heeft al die jaren goed op ons gelet.’

En tot nu toe had ik geen idee, dacht Walter, hoe goed.

10

New Rochelle, New York

Zelfs in tijden dat het meezat had Julie Harkin niet genoeg geld om ergens te gaan lunchen. Elke ochtend voordat ze haar huis verliet om als receptioniste in de ReproGold Clinic te werken maakte Julie iets klaar. Een simpele sandwich, een salade. Wat crackers met een plakje cheddar. Een handvol druiven. Ze deed haar boodschappen nauwkeurig, lette op wat er was afgeprijsd en reed soms van de ene supermarkt naar de andere vanwege de weekaanbiedingen. Ze had berekend dat haar thuisgemaakte lunch haar minder dan twee dollar kostte – een sandwich met pindakaas was een kwestie van dubbeltjes – terwijl ze voor de goedkoopste lunch in een fastfoodrestaurant toch minstens vijf of zes dollar moest neerleggen. En ze kocht nooit, maar dan ook nooit een flesje water. Welke idioot betaalde er nou voor iets wat je gratis uit de kraan kon krijgen?

Julie was vroeger al geen grote verkwister geweest, maar in de tien jaar na haar scheiding moest ze nóg zuiniger aan doen. Ze had nooit iets van haar ex ontvangen sinds ze uit elkaar waren gegaan, en het was tijd- en geldverspilling om hem op te sporen en hem een luttel bedrag afhandig te maken voor de opvoeding van hun dochter, Sophie. Zelfs al zou ze hem vinden, de kans was groot dat hij geen werk had, of dat hij het weinige geld dat hij in de bouw verdiende in de lokale kroeg spendeerde. Ook al moest ze alle eindjes aan elkaar knopen, ze was beter af zonder hem.

Nu Sophie aan haar tweede jaar op Monroe was begonnen liep het best wel goed allemaal. Ze studeerde godzijdank aan een universiteit die in de buurt was en woonde nog steeds thuis. Julie zou nooit een kamer voor haar kunnen betalen. En, God zegene haar, Sophie deed er alles aan om haar moeder te helpen. Ze had deze zomer elke avond in de keuken van een Italiaans restaurant gewerkt, en had dan vaak lasagne of tortellini en salade meegebracht die haar baas anders zou hebben weggegooid. Het sloot perfect aan bij het culinaire diploma dat ze wilde halen. Alles wat Sophie verdiende ging naar haar studie. Maar het was niet genoeg. Julie moest haar spaargeld aanspreken om het verschil te compenseren.

En toen kwam de overstroming.

Het was zo'n storm met extreme regenval, het soort dat volgens de weerexperts maar één keer in de honderd jaar voorkomt, maar tegenwoordig leek het wel elk jaar raak te zijn. De zwarte wolken met hun zware neerslag hadden urenlang boven Julies buurt gehangen. De straatriolering kon het niet meer aan. Het water steeg tot boven de stoepranden. En toen stond de voortuin van Julies bescheiden gelijkvloerse huis onder water.

De dunne ramen op grondniveau die voor wat licht in de kelder moesten zorgen begaven het, en het water stroomde het huis in.

Het was een ongelooflijke puinhoop. Het meubilair van de kelder dreef rond tot het tegen het plafond aan kwam. De hoofdschakelaar stond onder water. Toen de storm voorbij was, het water begon te zakken en de kelder werd leeggepompt, werd de omvang van de verwoestingen duidelijk. Twintig tot dertigduizend dollar schade, had de verzekeringsmaatschappij gezegd. Jammer dat u geen dekking hiervoor heeft. Kijk maar in uw polis. Lees de kleine lettertjes. O, hebt u dat niet gedaan? Is dat ónze schuld?

Ondanks alle ellende besloot Julie om vandaag ergens te gaan lunchen. Wat kan het mij schelen, dacht ze. Dit is een moeras waar ik toch nooit meer uit kom.

Ze kon het zich niet veroorloven het huis te laten repareren. Misschien dat ze het wel moest verkopen – met zwaar verlies natuurlijk – en een goedkoop appartementje zoeken.

Sophie moest een termijn van haar collegegeld afbetalen, en Julies spaargeld was op. Ze wist niet hoe ze haar dochters geld kon aanvullen.

Ze had dokter Gold over haar probleem verteld. Julie was te trots om hem op de man af te vragen haar te helpen. Maar als hij het zou aanbieden, goed, dat zou iets anders zijn. Ze hoopte dat ze zijn geweten zou aanspreken, dat hij na het horen van haar treurige verhaal zijn bureaula zou opentrekken om zijn chequeboek te pakken. Ze zou hem zeggen dat het geen schenking hoefde te zijn, dat ze hem zou terugbetalen. Hij kon het op haar loon inhouden, een wekelijks klein bedrag tot alles was afbetaald. Een bedrag om haar door deze moeilijke periode heen te helpen.

Dokter Gold had geluisterd toen ze hem op de hoogte bracht van haar tegenslagen. Hij had begripvol geknikt.

'Dat is verschrikkelijk, Julie,' had hij gezegd. 'Ik hoop dat je eruit komt met de verzekering.'

Waarop hij iets op zijn beeldscherm begon te lezen.

Die rat.

Dus vandaag wilde Julie zichzelf trakteren. Op de Winslow Diner, vlak bij de ReproGold Clinic. Ze bestelde een sandwich met eisalade en een koffie. Zeven dollar en vijfendertig cent, en dat was nog zonder fooi.

Het was heerlijk.

Maar ze kon er niet echt van genieten. Ze voelde zich schuldig. Ze had haar eigen lunch mee kunnen nemen, dan had ze vijf dollar uitgespaard. Bij de vierde hap kon ze wel janken.

Houd je goed, zei ze tegen zichzelf.

Ze legde haar sandwich terug, depte haar ooghoeken met het papieren servetje en nam een slok koffie uit de plompe, keramische mok. Er waren slechts een zestal klanten in de cafetaria, hoewel er zo'n dertig zitplaatsen waren. Julie had ervoor gekozen om kort na elven te komen, voordat het druk zou worden, en in een tijdvak waarin er in de kliniek geen afspraken stonden. En ze was niet op een kruk aan de bar gaan zitten, maar aan een tafeltje voor twee zodat ze naar buiten kon kijken.

Een vrouw betrad de cafetaria.

Ergens in de vijftig, dacht Julie. Slonzig, plomp, met grijs haar dat naar achteren in een paardenstaart zat. Het verschafte haar een hippieachtige uitstraling. Ze droeg een jas die gerafeld was aan de randen en een versleten handtas die zo groot was dat je er wel een slaapzak in leek kwijt te kunnen.

Ze keek ietwat verward, alsof ze niet goed wist waarom ze hier eigenlijk naar binnen was gestapt.

Maar toen keek ze rond en haar blik bleef op Julie rusten. Ze liep langzaam de cafetaria in tot ze Julies tafeltje had bereikt. Ze glimlachte en zei: 'Vind je het goed als ik bij je kom zitten?'

Er waren genoeg andere tafeltjes, dacht Julie. Kon ze er daar niet een van nemen? Of kon ze niet aan de bar gaan zitten?

'Eh, ik moet binnen een paar minuten weg.'

'Oké,' zei de vrouw, die op de stoel tegenover haar neerplofte. Ze maakte er een hele vertoning van, zuchtte diep, trok haar jas onder zich weg en trok haar tas op haar schoot. Ze keek om zich heen, alsof ze een serveerster zocht.

'Hoe is de koffie hier?' vroeg de vrouw.

'Die is... redelijk goed.'

'Die sandwich ziet er lekker uit. Eisalade?'

Julie knikte. Was ze een dakloze? Moest ze haar niet de rest van haar lunch aanbieden?

'Jij bent Julie Harkin,' zei de vrouw glimlachend.

Julie keek op. Ze realiseerde zich in een fractie van een seconde dat dit geen toevallige ontmoeting was. Deze vrouw had haar uitgezocht.

'Ja. Hebben we... Kennen we elkaar?'

De vrouw glimlachte nog steeds. 'Nee. Mijn naam is Heather.'

'Heather...?'

'Mijn achternaam is niet belangrijk.'

Julie keek zenuwachtig om zich heen. Dit voelde niet goed allemaal. Zou ze opstaan en weglopen?'

'Het is oké,' zei Heather. 'Ik ben hier niet om slecht nieuws te brengen. Ik ben hier om je een voorstel te doen.'

'Een voorstel?'

'Ja. Ik vertegenwoordig iemand die sympathie heeft voor je huidige situatie.'

'Mijn huidige situatie?' Julie boog zich naar haar toe. 'Wat bedoel je, dat je iemand vertegenwoordigt?'

'Ik heb een cliënt die denkt dat je hem kunt helpen. En hij wil je graag voor die moeite belonen.'

‘Ik heb geen idee waar je het over hebt.’

‘Je verdient drieëndertigduizend dollar per jaar. Je hebt blijvende schade aan je huis die meer kost dan je jaarsalaris, en die de verzekering niet wil dekken. Je hebt een studerende dochter die je financieel moet ondersteunen. Je auto, een Civic uit 1998, heeft al drie jaar geen onderhoudsbeurt meer gehad en drie van je banden zijn versleten. Dat is niet veilig. Daar zou je iets aan moeten doen.’

‘Wie ben je in godsnaam?’

‘Ik zal je iets laten zien,’ zei Heather. Ze groef in haar tas en haalde er een simpele envelop uit. Ze legde hem op het tafeltje, maar liet haar arm erop rusten zodat hij nauwelijks zichtbaar was. In de glimp die ze ervan had opgevangen, had Julie gezien dat hij dik en afgesloten was.

‘Deze envelop bevat vijftigduizend dollar,’ zei Heather. ‘Ze zijn voor jou.’

Julie was sprakeloos. Ze was er zelfs niet eens zeker van dat dit werkelijk gebeurde. Ze kon haar blik niet van de envelop onder Heathers arm afhouden.

‘Met deze vijftigduizend dollar kom je een heel eind om je huidige problemen op te lossen. Je kunt je huis laten repareren, de studiekosten van je dochter dekken, en je hebt zelfs nog genoeg over voor een stel nieuwe banden.’ Heather glimlachte. ‘Ik ben een voorstander van Michelin, maar dat moet je zelf maar zien. Ik heb begrepen dat je dochter een culinaire carrière nastreeft. Dat is geweldig. Je moet erg trots op haar zijn.’

‘Ik begrijp het niet,’ was het enige wat Julie wist uit te brengen.

‘Ik wil nog eens onderstrepen dat dit geen bedreiging is,’ zei Heather. ‘Als je mijn cliënt niet wilt helpen, vertrek ik en neem de envelop weer mee. Je zult nooit meer iets van me horen. Einde oefening. Maar als je mijn cliënt wilt helpen, dan moet je dit bedrag als een dankbetuiging zien. Zo simpel ligt het.’

‘Wat… wil je cliënt precies?’

‘Informatie.’

‘En wat… wil hij dan weten?’

Heather vertelde het haar.

11

New Haven, Connecticut

Miles vond dat het tijd was om zijn broer in te lichten. Dat was hij aan hem verplicht. En daarbij, hij had nog iets voor hem.

Hij hoefde niet ver te lopen om Gilbert te vinden.

Gilbert stond in de hal van de financiële afdeling van Cookson Tech. Miles had dit industriële pand met één bovenverdieping vijf jaar geleden gekocht. Ooit, lang geleden, was het een hondenkoekjesfabriek geweest. Nadat het bedrijf failliet was gegaan had het gebouw bijna twintig jaar leeg gestaan en was in verval geraakt. Krakers bevochten er met ratten en wasberen hun territorium.

Miles had het pand, en de grond waarop het stond op een gemeentelijke veiling gekocht. Voor een habbekrats. Daarna had hij twintig miljoen in het pand gestoken om het bruikbaar te maken. Hij had zich laten inspireren door andere techbedrijven en wilde dat de werkvloer een plezierige plek werd. Open ruimtes, pool- en tafelvoetbaltafels, plekken om koffie te drinken en te kletsen. Een klein podium.

Zelfs in de financiële afdeling stonden flipperkasten; automaten waar je geen muntje in hoefde te gooien.

Miles trof Gilbert aan bij een van de flipperkasten. Hij ramde op de knoppen, en de flippers vlogen op en neer. Hij miste de bal toen deze terugschoot.

'Shit,' zei Gilbert.

Miles herinnerde zich dat zijn broer nooit goed in videogames was geweest. In de vroege jaren negentig maakte Miles zijn oudere broer bij elk Nintendo-spelletje in.

'Nou, je hoeft er tenminste geen geld in te gooien,' zei Miles.

'Hé,' zei Gilbert. 'Hoe is het?'

'Maak eerst dat potje maar af.'

'Ik heb nog één bal.' Het lukte hem om nog een minuut te spelen voordat de bal tussen de flippers door rolde en het spel voorbij was.

'Indrukwekkend,' zei Miles.

Gilbert rolde met zijn ogen. 'Ja, leuk hoor.'

'Heb je even?'

Zijn broer fronste. 'Is er een probleem?'

'Nee hoor.'

'Want ik was eigenlijk net onderweg om je te spreken.'

'Waarover?'

'De facturen van Excel Point Enterprises.'

'Wat is daarmee?'

'Ik kan me niet herinneren dat ik die bedrijfsnaam ooit eerder ben tegengekomen.'

Miles haalde zijn schouders op. 'Waarschijnlijk heeft het iets met "de ootjes" te maken.' Dat was zijn bijnaam voor de afdeling Onderzoek & Ontwikkeling. 'Dat komt wel goed. Kom, laten we even naar buiten gaan.'

Ze liepen de kunststof designtrap af en verlieten het gebouw. Toen Miles het pand kocht was het een vervallen buurt, maar Cookson Tech had het gebied nieuw leven ingeblazen. Andere techbedrijven, koffietentjes en een Thais restaurant hadden zich er gevestigd. Miles' Porsche stond bij de stoeprand geparkeerd.

Miles stak zijn hand in zijn zak om zijn sleutelhanger – in de vorm van een Porsche – te pakken, en had een moment moeite om hem met zijn vingers te omklemmen. Maar toen hij hem er eenmaal uit had, reikte hij hem Gilbert aan.

'Hier,' zei hij.

'Serieus?' zei Gilbert. 'Je laat me in je geliefde monster rijden?'

'Waarom niet. We gaan een ritje maken.'

Hoewel het vooruitzicht Gilbert opwond, was hij nog niet overtuigd. 'Ik kan het niet geloven.'

'Jezus, stap in.'

Er verscheen een glimlach op Gilberts gezicht. Hij was als een jongetje dat voor het eerst een ritje op een pony mag maken. Miles liet de sleutelhanger in zijn uitgestoken hand vallen.

'Niet dat je hem nodig hebt,' zei Miles. 'Hij heeft een contactloze ontsteking. De auto start zolang een van ons hem bij zich heeft. Maar, symbolisch gezien zou jij hem bij je moeten hebben omdat je achter het stuur zit.'

Gilbert omsloot de sleutelhanger met zijn vingers, liep naar de bestuurderskant en stapte in. Miles deed hetzelfde aan de andere kant.

Gilbert zocht op het dashboard naar de startknop.

'De schakelaar zit links van het stuur,' zei Miles.

Gilbert vond hem, plaatste zijn voet op de rem en zette de schakelaar om. De auto kwam tot leven.

'Wauw,' zei hij, diep onder de indruk. Hij liet zijn handen langs het stuur gaan om er gewend aan te raken. 'Waar gaan we heen?'

'Waar je maar heen wilt. Misschien een stuk over de snelweg.'

Gilbert liet zijn hand op de automatische versnellingspook rusten. 'Ik dacht dat hij handschakeling zou hebben.'

Miles schudde zijn hoofd. 'Bijna alle nieuwe Porsches hebben een PDK.'

'Een wat?'

'Laat maar. Kom op, we gaan.'

Gilbert zette de auto in 'drive' en reed weg. 'Het voelt zo strak allemaal,' zei hij. Hij trapte het gaspedaal lichtjes in en de Porsche schoot vooruit. 'Jezus, daar is weinig voor nodig.'

Miles knikte. 'Ja, ik raad je aan het gas zo licht mogelijk in te trappen, tot je eraan gewend bent.'

'Ja, na één ritje ben je zeker nog geen expert.' Hij wierp een zijdelingse blik op zijn broer. 'Wat moet ik denken van dit privilege? Dat ik achter het stuur van je geliefde monster mag zitten?'

'Zie het als een testrit.'

'Hoe bedoel je?'

'Niemand neemt een nieuwe auto zonder een testrit.'

Gilbert wierp hem een volgende blik toe. 'Waar heb je het over?'

'Hij is van jou.'

Gilbert keek verbouwereerd. 'Wat bedoel je met "hij is van jou"? Wat wil je daarmee zeggen?'

'Daar wil ik mee zeggen dat je die sleutelhanger in je zak houdt als we weer terug zijn. De auto is van jou. Je krijgt hem van me. Ik heb hem niet meer nodig.'

Gilbert knipperde met zijn ogen. 'Dat meen je niet.'

'Ik schrijf hem over op jouw naam. Ik wil dat jij hem krijgt. In het handschoenenkastje liggen nog wat bekeuringen wegens te hard rijden, een heel stel, eigenlijk. Die handel ik wel af.'

'Dit is… ik weet niet wat ik moet zeggen.' Gilbert lachte krampachtig. 'Ik begrijp het niet. Of je wilt nog iets snellers, of je gaat binnenkort dood.'

'Ja, een van de twee,' zei Miles.

Gilbert keek hem ernstig aan. 'Zeg me dat het het eerste is.'

Miles schudde langzaam zijn hoofd en wees toen door de voorruit om Gilbert erop te wijzen dat hij op de weg moest letten.

'Zeg het me,' zei Gilbert kalm.

'Ja, ik ga dood. Maar niet snel. Tenminste, niet heel snel. Het kan een aantal jaren duren. Maar het komt eraan. Ik geef het autorijden op. Ik zal het mogelijk nog wel een tijdje kunnen doen, maar als ik het dan toch moet opgeven, kan ik het nu net zo goed doen. Ik heb moeite… met mijn spiercontrole. Dat heb je waarschijnlijk wel gemerkt.'

'Nee… niet echt.'

'Mijn onhandige bewegingen, mijn hoofd dat langs mijn schouders rolt.'

'Ik dacht dat je aan het stretchen was… of zoiets. Oké, ik heb wel iets gemerkt. Maar ik dacht niet dat het iets ernstigs was, en het waren trouwens mijn zaken niet.' Hij schudde zijn hoofd. 'Ik kan niet rijden en dit gesprek hebben. Ik zet de auto aan de kant.'

'Dat is goed.'

Gilbert zag een brede berm verschijnen en tikte de richtingaanwijzer aan. Hij stuurde de auto naar het grind, stopte en zette hem in 'park'. 'Oké,' zei hij. 'Vanaf het begin.'

Miles vertelde het hem. De concentratieproblemen die hij kreeg. Het kortetermijngeheugen dat begon te haperen. Een toenemende geïrriteerdheid, licht ontvlambaar.

'Die dingen zullen je misschien niet zijn opgevallen,' zei Miles, 'omdat ik altijd al zo'n klootzak was.'

Maar waar hij zich echt zorgen over maakte was zijn onhandigheid. Dat hij dingen liet vallen. Dat hij over zijn eigen voeten struikelde.

'Ik wist dat er iets mis was, dus ik ben naar Alexandra gegaan. Ze heeft me wat tests laten doen.'

'Parkinson?' vroeg Gilbert.

Miles schudde zijn hoofd. 'Dat zou nog goed nieuws zijn geweest.' Hij haalde diep adem. 'Huntington.'

Gilbert staarde hem leeg aan, alsof hij verbijsterd was. 'Jezus, Miles, wat verschrikkelijk.'

En toen zag Miles iets in Gilberts blik verschijnen, en hij wist waar zijn broer aan dacht.

'Het is oké,' zei Miles.

'Wat is oké?'

'Mogelijk weet je al hoe groot de kans is, dus laat me je geruststellen. Je denkt dat je het misschien zelf ook zal hebben als ik het heb. En als jij het hebt, zal Samantha het dan ook hebben?'

Gilbert zei niets, maar hij keek zijn broer aan alsof hij elk moment zijn doodvonnis kon verwachten.

'Je bent oké,' zei Miles. 'Je hebt het niet.'

'Hoe kun jij in godsnaam weten of ik...'

Miles hief zijn hand. 'Ga me nu niet slaan, maar ik heb je DNA laten testen.'

'Hoe heb je dat...'

'Dorian heeft een leeg blikje cola van je meegenomen. Ik wilde niet dat je je eigen uitslag zou moeten afwachten als ik je het nieuws over mezelf zou vertellen. Je bent veilig.'

Gilbert zag eruit alsof hij elk moment in huilen zou kunnen uitbarsten. 'Ik voel me nogal overdonderd.'

'Dat begrijp ik.'

En toen deed Gilbert iets wat Miles niet had verwacht. Zo goed en kwaad als het ging in de krappe Porsche boog hij zich naar zijn broer toe, sloeg zijn armen om hem heen en begroef zijn gezicht in zijn nek.

'Het spijt me zo voor je,' zei Gilbert. 'Dit is zo verdomd oneerlijk.' Hij hield Miles zo'n vijftien seconden vast.

'Het is goed,' zei Miles, die zich uit Gilberts omhelzing begon los te maken. 'Het is goed.'

Gilbert schikte zich hoofdschuddend achter het stuur, er liep een traan over zijn wang. 'Wat je ook nodig hebt, als er íéts is wat ik voor je kan doen, zeg het me.'

Miles glimlachte en gaf een tikje op het dashboard. 'Zorg voor mijn schatje.'

Gilbert zuchtte. 'Die hele auto kan me geen donder schelen.'

'O, nou, als hem níét wilt, dan...'

'Dát heb ik niet gezegd.'

Waarop ze allebei in lachen uitbarstten, tot de tranen over hun wangen liepen.

'Sinds ik het nieuws heb gehoord heb ik niet meer zo gelachen,' zei Miles.

'O, man,' zei Gilbert, die de tranen van zijn wangen veegde.

Toen ze weer tot rust waren gekomen, zei Miles: 'Er is nog iets.'

'Nog iets? Jezus, je hebt me al een hartaanval bezorgd. Wil je nu dat ik er twee krijg?'

'Dit is zelfs nog moeilijker om te vertellen.'

Gilbert zei niets en zette zich mentaal schrap.

'Je bent oom.'

'Ik ben... wat?'

'Je bent oom,' herhaalde Miles. 'Verschillende keren.'

'Ik begrijp niet waar je het over hebt.'

Miles wilde net iets zeggen toen zijn ogen zich opensperden en zijn hoofd heen en weer bewoog.

‘Miles, gaat het wel?’

‘Ik… ik was even een beetje wazig. Nee, het gaat wel. Goed, het is al meer dan twintig jaar geleden, maar ik moest indertijd geld hebben. En daar ben ik op een nogal onconventionele manier aan gekomen.’

Miles vertelde hem over zijn bezoek aan de ReproGold Clinic en de spermadonatie. Gilbert luisterde aandachtig en met open mond, hij deed zijn best om al deze familie-gerelateerde ontwikkelingen in zo’n korte tijd te verwerken.

‘Dus,’ zei Gilbert, die het liet indalen, ‘je hebt allemaal kinderen op de wereld rondlopen.’

‘Het blijken er negen te zijn,’ zei Miles. Hij stak zijn hand in zijn binnenzak en haalde er een opgevouwen A4’tje uit tevoorschijn. ‘En hier zijn ze dan.’ Hij vouwde het vel papier met een dramatisch gebaar open en reikte het zijn broer aan. ‘Ta-da.’

Gilbert wierp er een blik op. Het was een lijst namen, met adressen en korte biografische details ernaast.

Nina Allman, Todd Cox, Katie Gleave, Jason Hamlin, Dixon Hawley, Colin Neaseman, Barbara Redmond, Travis Roben, Chloe Swanson.

Geen van de namen zei Gilbert iets. Langzaam zei hij: ‘Hoe ben je hieraan gekomen? Ik bedoel, ik dacht dat dit soort informatie vertrouwelijk was.’

‘Dat is ze ook,’ zei Miles. ‘Maar iemand met toegang tot deze informatie zat in de financiële problemen. Zoals de Godfather zou zeggen, ik heb iemand haar een aanbod laten doen dat ze niet kon weigeren.’

‘Jezus, ik hoop niet dat ze een paard had.’

Miles glimlachte. ‘Nee, niet zoiets. Ik heb Heather op haar afgestuurd. Je weet wel, die vrouw die ons veiligheidswerk doet, een opmerkelijke vrouw. Ze zegt dat er niets zo onopvallend is als een vrouw van middelbare leeftijd, en dat ze daarom veel voor elkaar kan krijgen. Hoe dan ook, aan haar heb ik nu te danken dat ik weet wie mijn biologische kinderen zijn.’

Gilbert bestudeerde nog steeds de namen en schudde zijn hoofd. ‘Dit is ongelooflijk.’ Hij keek Miles aan en zei: ‘Waarom?’

‘Waarom?’

‘Waarom al deze moeite om erachter te komen wie ze zijn?’

‘Denk daar maar eens over na,’ zei Miles. ‘Bedenk maar eens wat ze zouden moeten weten.’

‘O, god, natuurlijk. Er bestaat een grote kans dat… o, man. Je hebt contact met ze gemaakt. Weten ze het allemaal al?’

‘Nee. Nog niet. Geen van hen weet het. Maar ik heb er wel over nagedacht. Het is goed mogelijk dat sommigen van hen niet eens weten dat ze niet op de ouderwetse manier zijn verwekt. Maar ik ga het ze wel vertellen. Ze moeten het weten. Daar hebben ze recht op.’

Miles voelde zich weer licht in het hoofd worden. Hij sloot kort zijn ogen, en haalde diep adem. ‘Het gaat, hoor,’ zei hij voordat zijn broer het zou vragen.

Gilbert trok zijn wenkbrauwen op. ‘Waarom? Waarom zouden ze het moeten weten? Ik bedoel, ze zijn tot dit punt in hun leven gekomen zonder het te weten. Waarom heb je het gevoel dat je het hun moet vertellen? Wat is de drijfveer hierachter? Oké, ik weet dat je ziek bent. Dat heb je me net verteld. Je weet niet hoeveel tijd je nog hebt. Maar waarom zou je hun levens op deze manier ontwrichten?’

‘Ik stel me voor dat sommigen meer over zichzelf zouden willen weten, en over wat hen in de toekomst te wachten kan staan.’

Gilbert leek niet overtuigd.

‘Maar laat me eerst nog wat anders bespreken,’ zei Miles. ‘Ik heb iets voor je geregeld, voor als ik er niet meer ben. Een trustfonds.’

‘Een trustfonds? Hoe bedoel je, een trustfonds? Dat is toch iets wat je kinderen nalaat als ze nog niet volwassen zijn?’

‘In veel gevallen wel, ja. Maar je kunt zoiets ook voor andere dingen gebruiken. Je krijgt twintigduizend per maand, dus dat is bijna een kwart miljoen per jaar. En natuurlijk deze auto, die je kunt verkopen wanneer je wilt. Maar dat is aan jou.’

‘Jezus, Miles, dat is… genereus van je, maar waarom… zou je het zo regelen? Ik ben je broer. Jouw kapitaal… bestaat uit vele miljoenen. Denk je dat ik niet… Ik bedoel, als je het in aanmerking neemt… ik ben je enige echte familielid.’

Miles kon zijn broer niet aankijken. Hij wierp een blik uit het raam, daarna sloeg hij zijn ogen neer.

'O,' zei Gilbert, die strak voor zich uitkeek. 'Ik weet het al.'

'Gilbert, je moet begrijpen dat...'

'Het is Caroline. Dit gaat allemaal over Caroline.'

Miles ving zijn blik, in een fractie van een seconde. 'Ja, dit gaat over Caroline.'

'Jezus, Miles. Ik weet niet voor wie dit pijnlijker is, voor haar of voor mij.'

'Ik wilde je niet beledigen. Maar... ik wil hier eerlijk over zijn, Gil. Ik ken jou, en ik ken Caroline. Ik heb de... dynamiek van jullie relatie vanaf het begin kunnen aanschouwen. Bij alle dingen waar ik het aan jou overliet, liet ik het eigenlijk aan Caroline over. Ze sprong erop als een rat op een half opgegeten pizza.'

'Dat is... dat is niet eerlijk. En moet je nou met zo'n lullige vergelijking komen?'

Miles aarzelde, hij wist niet zeker of hij door moest gaan. 'Ik heb je dit verhaal nooit verteld. Ik heb het voor mezelf gehouden omdat ik er mezelf de schuld van gaf. Ik moet het Caroline nageven. Ze is ondernemend. Weet je nog dat we die receptie hadden voor dat team van Google?'

Gilbert knikte. 'Dat was een hele gebeurtenis. Met die tent die we hadden staan, en al dat eten en drinken. Je hebt Chicago er zelfs nog laten optreden.'

'Precies, en Caroline was er ook. Ze had er wat mensen ontmoet. En later heeft ze iemand van dat team benaderd met een voorstel voor een app. Eén waarmee een willekeurige persoon makkelijk en gratis iemands wetsovertredingen en kredietgeschiedenis kon checken. Perfect voor als je een vacature hebt uitgezet, of als je gewoon iemand bent tegengekomen. Best wel een goed idee, eigenlijk.'

'Waar heb je het over?'

Miles hief zijn hand, ten teken dat het eraan kwam. 'Ze wilde honderdduizend om het idee te ontwikkelen.'

'Caroline heeft geen techervaring. Dit is idioot, hier heeft ze me nooit iets over verteld. Ik bedoel, ze werkt bij de rechtbank, dus ik snap waar ze het idee vandaan heeft, maar ze heeft niet de vaardigheden om zo'n project van de grond te krijgen.'

De hand werd weer geheven. 'Daarom had ze tegen die Google-afgevaardigde gezegd dat ik het project ondersteunde en dat ik er al honderdduizend in had gestopt. Ze had hem een memo met mijn handtekening laten zien waarin dat stond.'

Gilbert trok wit weg. 'Miles, ik zweer je, ik heb hier nooit iets van geweten. Ik heb geen idee wat ze met dat geld heeft gedaan.'

'Ze heeft het nooit gekregen.'

'Wat?'

'Die man van Google belde me omdat hij op één of twee punten enige opheldering wilde hebben voordat hij een cheque naar haar zou uitschrijven. Ik was even overrompeld. Hij hoefde niet te weten wat ze had gedaan, dus ik zei dat ik mijn steun aan het project in heroverweging nam omdat ik eerst zelf naar de haalbaarheid ervan wilde kijken. Privacykwesties, de toegang tot letterlijk miljoenen rechtbankdossiers… Waarop hij zich uit het project terugtrok. Daarna heb ik Caroline gebeld. Het was een kort telefoontje. Ik zei: "Ik weet wat je hebt gedaan en doe het niet nog eens." Ze verontschuldigde zich en vroeg me niets aan jou te vertellen. Ik heb haar nooit beloofd dat ik dat níét zou doen.'

'Ik… Wat dacht ze nou wel? Hoe dacht ze met zoiets weg te komen? Hoe heeft ze kunnen denken dat jij het niet zou ontdekken? Hoe wilde ze in godsnaam iets ontwikkelen terwijl ze daar helemaal geen verstand van heeft?'

Miles dacht even na over deze vraag. 'Ik denk dat Caroline niet zo ver vooruitdenkt. Ze komt met een plan dat direct iets oplevert, maar ze heeft geen plan voor de verdere uitwerking.'

'Maar wat ze heeft gedaan… is zwendel, of fraude, of beide.'

Miles bevestigde, noch ontkende het. 'Maar ere wie ere toekomt. Het was een behoorlijk gedurfd plan. Maar goed, dat is dus de reden waarom ik je niet het leeuwendeel van mijn bezittingen nalaat, Gilbert. Ik vertrouw Caroline niet, en ik ben bang dat je haar er niet van zal kunnen weerhouden om je alles te ontnemen. Het spijt me. En tot voor kort wist ik niet zeker waar het geld heen zou moeten gaan. Maar nu heb ik een plan.'

Gilbert hoefde er niet lang over na te denken. 'Je laat het aan die negen kinderen na.'

'Ja. Maar ik zal ze er niet op laten wachten. Ik wil dat ze het nu krijgen. Ik dacht er eerst nog over om achter hun namen te komen en die dan in mijn testament te zetten. Maar zeg dat ik nog tien, vijftien jaar leef. Dan duurt het lang voordat ze het geld krijgen, terwijl ze het misschien al veel eerder nodig hebben.'

'Je hebt hier diep over nagedacht,' zei Gilbert.

'Dat klopt.'

Gilbert zweeg.

'Je voelt je verraden,' zei Miles.

Gilbert had een droge keel gekregen. Hij bewoog zijn tong heen en weer om wat speeksel te krijgen. 'Ik ben je broer,' zei hij uiteindelijk.

'Dat weet ik.'

Gilbert kreeg een kleur. 'Dus als ik het goed begrijp verdeel je je fortuin onder verwanten die je niet eens kent, ten koste van die ene die je wél kent.'

'Ik zou ook kwaad zijn.'

'Luister, er is geen excuus voor wat Caroline heeft gedaan. En dat gedoe spijt me echt, maar...' Hij begon boos zijn hoofd te schudden. 'Als je niet stervende was, zou ik je in elkaar slaan.'

'Laat je daardoor niet weerhouden.'

Gilbert stak zijn broer het A4'tje toe en greep het stuur zo stevig vast dat zijn knokkels wit werden. 'Ik heb altijd voor je gezorgd.'

'Dat is waar,' zei Miles. 'Waarom dacht je dat ik je bij het bedrijf heb betrokken?'

'Daar heb ik over nagedacht. En Caroline trouwens ook. Je hebt me geen baan gegeven uit broederlijke loyaliteit. Nee, je hebt het gedaan zodat je me elke dag kan laten zien dat je succesvoller bent dan ik. Ik werk voor jóú. Dat is de boodschap.'

'Dat is niet waar. Zo is het nooit geweest.'

'En nu sta je op het punt om een groep mysterieuze kinderen te redden.

Maar het is niet dat je ze wilt helpen, je doet het ter meerdere glorie van jezelf. Je zult heengaan als een gewichtig iemand.'

'Nee,' zei Miles. 'Je verandert door het nieuws dat je dagen zijn geteld.' Zijn oogleden trilden. 'Ik voel me niet lekker, ik heb wat frisse lucht nodig.' Hij legde het vel papier met de namen op het dashboard, opende het portier en stapte uit de auto. Een vleugje wind tilde het papier op, het zeilde omlaag naar de voetruimte aan de passagierskant.

Miles liep naar het hoge gras naast de berm, boog voorover met zijn handen op zijn knieën en wachtte op de reactie van zijn maag.

Gilbert keek naar het A4'tje dat in de voetruimte lag. Hij strekte zijn arm uit en pakte het op.

Hij keek nog eens naar de namen.

Toen diepte hij zijn telefoon op uit zijn zak, tikte op de camera-app, liet hem op het papier scherpstellen en nam een paar foto's.

Daarna liet hij het weer naar beneden zeilen.

Miles kwam terug, opende het portier en stapte weer in.

'Laten we teruggaan,' zei hij terwijl hij zijn arm uitstrekte en het vel papier pakte. Hij vouwde het terug in vieren en stak het in zijn binnenzak.

12

Springfield, Massachusetts

De tweede keer dat Chloe naar Todd reed, tien dagen na hun eerste ontmoeting, zou ze hem thuis opzoeken. Ze wilde hem filmen in zijn huiselijke omgeving, en zien of zijn moeder enkele vragen wilde beantwoorden voor de korte documentaire die ze aan het maken was.

Ze typte zijn adres in op de maps-app op haar telefoon. Haar Pacer had uiteraard geen navigatiesysteem, en had trouwens ook geen airco of een werkende autoradio. Wel had hij een voorruit met een enorme barst erin. Todd had haar verteld dat zijn terrein zich naast een brandweerkazerne bevond, achter een rij bomen. Er stond geen naam op de brievenbus, maar hij had haar gezegd dat ze die ene moest hebben die volledig met roest was bedekt. Daar bleken er een paar van te zijn, maar uiteindelijk vond ze de juiste.

Chloe sloeg de eerste oprit na de brandweerkazerne in, en al snel zag ze tussen de bomen door een stacaravan verschijnen. Er stonden een kleine Hyundai en een Volkswagen Golf voor geparkeerd. Toen ze dichterbij kwam ging de voordeur – er waren er eigenlijk twee, maar het was de deur die het dichtst bij het koppelstuk zat – open en er kwam een zwaaiende Todd naar buiten, gevolgd door een vrouw van ergens in de vijftig.

'Hoi!' zei Todd, die de gasbetonblokken van de trap afsprong en zich naar Chloe haastte om haar te omhelzen. Ze was net uitgestapt en schrok enigszins terug van dit gebaar, maar reageerde gepast door haar armen om hem heen te slaan en hem tegen zich aan te drukken.

Todd wees naar de vrouw, die glimlachend naar hen toe hinkte. 'Chloe, dit is mijn moeder. Ma, dit is Chloe.'

'Madeline,' zei ze, en Chloe kreeg haar tweede omhelzing. Madeline had tranen in haar ogen. 'Ik kan het niet geloven, het is een wonder. Ik ben zo blij je te ontmoeten.'

'Ja, het is gaaf,' beaamde Chloe.

'Sorry voor mijn gehobbel,' zei Madeline. 'Er is iets met mijn enkel gebeurd, maar het gaat verder wel.'

'Laten we naar binnen gaan,' zei Todd. 'Wil je een biertje of iets?'

Chloe haalde haar schouders op. 'Ja, dat is goed.'

Todd haastte zich terug naar de caravan. Chloe nam de tijd om naast Madeline te lopen, die niet zo snel was.

'Hij is zo opgewonden,' zei Todds moeder. 'Nou, ik ook, eigenlijk. Hoe was je reis?'

'Goed. Ja, goed.'

Madeline had moeite met de trap, maar ze klaagde niet. Toen ze binnen waren keek Chloe om zich heen. Vuile borden in de gootsteen, en overal verpakkingen van afhaalmaaltijden. Doe vooral niet te veel moeite, dacht ze, maar ze hield haar sarcasme voor zichzelf.

Todd had drie blikken bier uit de koelkast gehaald, hij gaf er eerst een aan zijn moeder, daarna aan Chloe.

'Laten we gaan zitten,' zei Madeline. 'Ik word gek van die enkel.'

'Wat is er gebeurd?' vroeg Chloe.

Madeline lachte. 'O, ik stapte uit de badkuip en ik weet niet wat ik deed. Hij draaide de verkeerde kant op, weet jij het?' Ze giechelde. 'Je komt op een leeftijd waarbij het in je rug kan schieten als je je reet afveegt.'

'Jezus, ma,' zei Todd, die zijn blik opentrok en een slok nam.

Ze zaten aan de kleine keukentafel. Chloe ging op een stoel voor een opengeklapte laptop en twee telefoons zitten, waarvan er één zo'n goedkoop ding was dat ze al in geen eeuwen meer had gezien. Toen ze haar elleboog op de tafel zette flitste het beeldscherm aan. Ze wierp er een snelle blik op en zag een pagina waar verschillende bejaardentehuizen in New Hampshire op stonden vermeld.

‘Laat me dat voor je weghalen,’ zei Todd, die de laptop dichtklapte en opzijschoof. ‘Nou, daar zitten we dan, hè? We zijn net een gezin.’

Madeline strekte haar arm uit en gaf Chloe een kneepje in haar hand. ‘Ik zie je nu al als de dochter die ik nooit heb gehad.’

‘Hm hm,’ zei Chloe.

‘Het lijkt me zo heerlijk om elkaar beter te leren kennen.’

Chloe glimlachte ongemakkelijk. ‘Mij ook. Heeft Todd verteld dat ik u wat vragen wilde stellen, en dat ik dat dan film? Ik ben een korte documentaire aan het maken over… hoe zal ik het noemen? Een reis naar waar ik vandaan kom? Ik weet niet of iemand het ooit zal zien, maar ik vind dat ik het moet doen.’

‘O, ja, natuurlijk,’ zei Madeline. Ze haalde een hand door haar warrige haar, dat wel iets van een overmaats vogelnest weghad. ‘Hoe zie ik eruit?’

‘Geweldig,’ zei Chloe. Ze haalde haar telefoon tevoorschijn. Ze besloot om de video vanuit de hand te schieten en het ministatief niet te gebruiken.

‘Is het licht goed?’ vroeg Todd. Er hing een kaal peertje boven de tafel.

‘Perfect,’ zei ze.

Madeline glimlachte en was in afwachting van de opnames. ‘Ik denk dat jullie me hierbij niet nodig hebben,’ zei Todd.

‘Niet echt,’ zei Chloe.

Todd stond op, pakte de laptop en de telefoons mee en liep door het gangetje naar een ruimte aan de andere kant van de stacaravan. Madeline en Chloe hoorden een deur dichtgaan.

‘Kan ik je ergens over spreken?’ vroeg Madeline, die zich fluisterend naar Chloe toe boog. ‘Ik bedoel, voordat je me gaat filmen?’

Chloe liet de telefoon zakken. ‘Oké.’

‘Ik maak me zorgen over hem.’

‘O.’

‘Naar mij luistert hij niet. Maar misschien wel naar jou. Hij doet dingen die hij niet zou moeten doen.’

‘Zoals?’

‘Ik weet het niet precies. Maar je zou hem moeten vragen hoe hij aan het geld komt om hier te kunnen wonen. Op een eigen plek.’

Chloe liet haar blik over de rotzooi in de keuken gaan. 'Ja.'

'Hij heeft een baan in een computerwinkel, maar ik weet dat ze hem niet veel betalen. Hij is met iets bezig.'

Chloe moest denken aan wat ze op de laptop had gezien. 'Waarom zoekt Todd lijsten met bejaardentehuizen op? Hij had me verteld dat zijn grootouders waren overleden, dat is toch zo?'

Madeline knikte. 'Ja, die zijn er alle twee niet meer. Waarom vraag je dat?'

'Er stond zo'n lijst op zijn laptop.'

Madeline dacht even na. 'Misschien moet jij hem dat maar vragen.'

'Moet ík hem dat vragen?'

'Jij bent zijn zus,' zei Todds moeder.

'Dat ben ik pas sinds een paar weken.'

'Dat is niet waar, je bent altijd z'n zus geweest. Je bent er alleen pas net achter gekomen. Dat is wat anders.'

'Maar toch, u kent hem veel beter dan ik. Als iemand met hem zou moeten praten, dan zou ú het...'

'Nee, nee. Ik denk dat er een reden voor is dat je in zijn leven bent gekomen.' Haar ogen leken een moment iets in de verte te zien. 'Ik denk dat je in onze levens bent gekomen om Todd te helpen zijn weg te vinden. Hij heeft het de hele tijd over je.' Ze lachte. 'Als je z'n zus niet was, nou, dan denk ik dat hij op een hele ándere manier in je geïnteresseerd zou zijn.'

Chloe huiverde. 'O, bedankt. Maar ik ben ook blij dat ik Todd heb ontmoet. En weet u, als hij ooit iemand zoekt om mee te praten, dan...'

'Geweldig. Ik ben blij dat je dat wilt. Oké, laten we dat filmpje van je doen.' Ze ging achterover zitten en zond haar de glimlach van een Hollywoodster toe.

Madeline zat op de bank voor Todds tv naar *Family Feud* te kijken – haar rechterbeen op een melkkrat, een zak ijs op haar enkel – toen het tijd werd om gedag te zeggen.

'Is het goed als ik blijf zitten?' zei ze.

'Geen probleem,' zei Chloe, die bij de deur stond.

'Geef me een zoen voordat je gaat,' zei ze op eisende toon. Chloe boog zich voorover om haar een zoen op haar wang te geven en werd meteen weer omhelsd. 'Kom, niet zo afstandelijk. En vergeet niet wat ik je heb gevraagd.'

'Zeker niet.'

'Ik zal met je meelopen naar de auto,' zei Todd.

Toen ze buiten waren zei hij: 'Ze kan soms nogal dwingend zijn. Maar ze is echt blij je te zien. Hadden jullie een goed interview?'

'Ja.' Chloe zweeg, en vroeg zich af hoe ze het moest brengen. 'Ze maakt zich zorgen over je.'

'Dat doet ze altijd.'

'Ze zegt dat je je met foute dingen bezighoudt, maar ze weet niet precies wat.'

'Ze heeft een rijke fantasie.'

'Waarom stond er een lijst met bejaardentehuizen op je beeldscherm?'

'Hè?'

'Ik zag het. Voordat je de laptop dichtklapte. Wat heb jij met bejaardentehuizen te maken?'

'Ik denk dat ik per ongeluk op die pagina terecht ben gekomen.'

'Waarom heb je twee telefoons?'

Todd knipperde met zijn ogen. 'Wie zegt dat ik twee telefoons heb?'

'Ik heb ze zien liggen.'

Hij haalde zijn schouders op. 'Ik heb een reservetelefoon, voor het geval dat.'

Ze bereikten Chloe's Pacer. 'Laat me je een verhaal vertellen,' zei ze. 'Ik ga vaak bij mijn opa op bezoek.'

'Ja, dat had je gezegd.'

'Ik zat daar een keer in de eetzaal, en er was daar een oude vrouw in een rolstoel die maar bleef huilen. Je hoort ze wel eens snikken omdat ze oud en ongelukkig zijn, je kent het wel. Maar deze vrouw bleef maar huilen en huilen. Ik dacht dat er misschien iemand was overleden. Dus ik vroeg aan mijn opa of hij wist wat er met haar aan de hand was.'

'Oké.'

'En hij zei dat haar zoon die dag jarig was. Ze had een volwassen zoon, van veertig of vijftig. Maar goed, het was dus zijn verjaardag en hij zou bij haar op bezoek komen, maar ze had niets voor hem. Ze stuurde altijd een van de stafleden eropuit om een cadeaubon van de Burger King voor hem te halen. Haar zoon was dol op Whoppers. Ik heb hem geloof ik een keer gespot daar en inderdaad, dat was hem aan te zien. Ze gaf hem dus altijd zo'n cadeaubon met vijftig dollar erop. Maar nu kon ze dat niet doen, want er stond niets meer op haar bankrekening. Ze was bijna alles kwijtgeraakt. Geen fortuin, hoor. Ongeveer drieduizend, of zoiets, hoewel ik me zo ongeveer de rijkste persoon op aarde zou voelen als ik zo'n bedrag op mijn rekening had staan. Maar goed, ze had dat geld, maar iemand had het haar afgetroggeld.'

'Afgetroggeld?'

'Ja. Ik weet niet alle details, maar op een dag krijgt ze opeens een telefoontje van iemand die zich uitgeeft voor een familielid van haar, iemand die beweert dat hij in de problemen zit en direct geld nodig heeft. Voor een borgtocht, of een operatie, zoiets. En zij gelooft het en maakt al haar geld aan die persoon over. Oftewel, zeg maar dag met je handje.'

'Jezus,' zei hij. Aarzelend vroeg hij: 'Wat is de naam van dat bejaardentehuis?'

'Providence Valley.'

Todd knikte langzaam. 'O.'

'Ooit van gehoord?'

Hij schudde zijn hoofd.

'Hoe dan ook, het was het ellendigste huilen dat ik ooit heb gehoord,' zei Chloe. 'Wat voor iemand ben je als je zoiets doet?'

'Ik weet niet,' zei Todd. 'Een zeer lafhartige persoon, denk ik.'

'Ja,' zei Chloe. 'Een zeer lafhartige persoon.'

13

New Haven, Connecticut

'Het is niet waar,' zei Caroline Cookson onaangedaan. 'Niets ervan. Ik heb nog nooit met iemand van Google of Apple of Netflix over een app gepraat.'

'Je had niet iets tegen een van die Google-afgevaardigden gezegd dat geïnterpreteerd kon worden als een verzoek om geld, en dat je Miles' zegen daarbij had?' vroeg Gilbert die avond aan zijn vrouw toen ze zich opmaakten om naar bed te gaan.

Caroline lachte. 'Wauw. Dit is gewoon... Ik weet niet wat ik moet zeggen. Denk je dat ik het vergeten zou zijn als ik zoiets had gezegd?'

In een poging om niet te beschuldigend te klinken had Gilbert op zijn toon gelet. Het was meer dat hij hoopte een misverstand op te helderen en haar het voordeel van de twijfel te geven. Misschien dat er een simpele verklaring was voor wat Miles hem had onthuld. Hij liep altijd op de spreekwoordelijke eieren als hij iets met Caroline besprak. Je moest voorzichtig zijn, want ze kon in één keer zeer defensief worden en als dat gebeurde, kon je maar beter uitkijken.

Maar Caroline, die op alle fronten geschokt leek door wat Miles aan Gilbert had verteld, bleef relatief kalm. Tot zijn verassing leek haar reactie niet van enige sympathie gespeend.

Caroline keek hem aan met haar knipperende blauwe ogen en schudde langzaam haar hoofd. 'Ik vind het zo erg voor hem. Wat verschrikkelijk voor Miles om dit te moeten doormaken. En voor jou. Je moet er kapot van zijn. Maar eerlijk, wat hij je heeft verteld, is simpelweg niet gebeurd.'

‘Waarom zou hij erover liegen?’ zei Gilbert.

Caroline – die haar lange blonde haar in een staart naar achteren trok en er een elastiekje om deed, net zoals elke avond voordat ze in bed kroop – dacht hierover na. ‘Misschien liegt hij niet,’ zei ze.

‘Wat?’

‘Misschien gelooft hij wat hij zegt. Nadat je thuis was gekomen en me van Miles’ diagnose vertelde, ben ik naar boven gegaan om Samantha het nieuws te melden. Daarna ben ik het gaan googelen. Je weet dat Huntington zijn mentale vermogens aantast. Die dementie hoort bij zijn lijdensweg. Misschien dat hij in de war is en de dingen verkeerd interpreteert of herinnert, en dat hij gelooft dat bepaalde gebeurtenissen hebben plaatsgevonden terwijl dat nooit het geval is geweest. Om de een of andere reden denkt hij dat ik zoiets verschrikkelijks heb gedaan, maar dat is niet de waarheid.’

Gilbert dacht hierover na. Miles was toch zeker oprecht op hem overgekomen. Hij moest toegeven dat Carolines ontkenningen overtuigend waren, maar ja, daar was ze nu eenmaal goed in.

‘Ik bedoel, oké, ik héb inderdaad wat mensen van Google op dat feest gesproken,’ zei Caroline. ‘Maar niets wat maar in de buurt komt van wat Miles heeft gesuggereerd. Laat me je dit vragen.’

‘Wat?’

‘Had hij er bewijs van?’

‘Bewijs?’

‘Geen documenten? Mails? Opnames van een gesprek tussen mij en iemand van Google? Zoiets?’

‘Nee.’

Caroline knikte tevreden. ‘Daar ga je al. Denk je niet dat hij je het had laten zien als hij enig bewijs had gehad?’

‘Ik... ik weet het niet. Misschien.’

‘Wat Miles beweert, dat is gewoon een misdrijf. Waarom heeft hij niet gewoon de politie gebeld?’

‘Nou, om te beginnen ben je z’n schoonzus.’

‘O, alsjeblieft. Denk je nu werkelijk dat dat hem zou tegenhouden? Je weet dat hij me nooit heeft gemogen. Maar serieus, ik zou toch nooit gedacht hebben dat ik met zoiets wegkwam?'

Maar ze liet niet het achterste van haar tong zien. Gilbert zag het aan haar blik.

Caroline had dagelijks te maken met lieden die aan de verkeerde kant van de wet stonden. Ze werkte bij de rechtbank als griffier, of als stenotypiste, zoals de baan ook wel werd genoemd. Ze zat processen bij, en had duizenden uren van getuigenissen vastgelegd voor de toekomst.

En ze kwam altijd met verhalen thuis. Over mensen die aangeklaagd waren voor moord, belastingfraude of ontvoering. Een favoriet was het verhaal over een huurmoordenaar die terechtstond voor de moord op iemands vrouw, maar die ermee wegkwam omdat de kroongetuige niet kwam opdagen. En niet alleen bij het proces, hij was sindsdien nergens meer komen opdagen.

Die man keek me aan en gaf me een knipoog, had Caroline gezegd. Alsof hij me midden in zijn proces wilde versieren. Ze huiverde altijd als ze dat verhaal vertelde, maar Gilbert wist nooit of het uit angst of opwinding was.

Maar Carolines verhalen gingen hoofdzakelijk over mensen die er niet mee wegkwamen. Weet je waarom zo veel criminelen gepakt worden? zei ze vaak. Omdat ze dom zijn.

En dan kwam ze met haar favoriete voorbeelden. De man die op Facebook opschepte over de goederen die hij had gestolen. De man die zijn vriendin had doodgestoken en de keukenrol gebruikte om het bloed van het mes te vegen, en die er in al zijn verwarring niet aan had gedacht dat zijn vingerafdrukken op het heft zaten. De bankrover die met zijn geld smeet. De vrouw die beweerde dat ze nooit haar man kon hebben vermoord omdat ze bij een tante in Cleveland op bezoek was, terwijl ze geen tante in Cleveland bleek te hebben.

Gilbert dacht wel eens dat zijn vrouw een klassiek voorbeeld was van iemand die in anderen de fouten zag die ze niet in zichzelf kon zien. Zoals die ene keer dat ze bij JCPenney bij het uitparkeren tegen een andere auto aanreed, de plek verliet en vervolgens ontkende er ooit geweest te zijn. Ze wist zelfs Samantha zover te krijgen haar verhaal te bevestigen, ze liet haar dochter zeggen dat ze samen in een winkelcentrum aan de andere kant van de stad waren geweest. Toen de eigenaar van de andere auto aan videobeelden van beveiligingscamera's wist te komen waarop glashelder te zien was dat Caroline de schade had veroorzaakt, ontkende ze het nog stééds.

En daarom geloofde Gilbert niets van haar ontkenning over de ontmoeting met de Google-afgevaardigde.

Maar hij had een reden gehad om erover te beginnen. Misschien dat ze dan Miles' besluit over zijn bezittingen beter zou begrijpen, het besluit om zijn fortuin onder zijn negen biologische kinderen te verdelen als hij ze eenmaal had gevonden.

Het gesprek daarover had eerder die avond plaatsgevonden, vlak nadat Gilbert met de Porsche was thuisgekomen.

Toen hij haar vertelde waarom hij de auto had gekregen, en dat Miles negen kinderen bleek te hebben omdat hij meer dan twintig jaar geleden donor in een vruchtbaarheidskliniek was geweest – waarop hij haar op zijn telefoon de foto van de namenlijst toonde – had ze niet goed gereageerd.

'Moet die auto alles goedmaken? Je kunt wel duizend Porsches kopen met het bedrag wat hij je eigenlijk had moeten nalaten. Na alles wat je voor hem hebt gedaan?'

Gilbert verkeerde in tweestrijd. Aan de ene kant was hij het met zijn vrouw eens. Maar aan de andere kant wilde hij zijn broer verdedigen, wat hem ertoe had gebracht om over de Google-kwestie te beginnen. Hij had iets in Carolines blik gezien – al was het maar voor een seconde – dat hem zei dat Miles niet had gelogen. Een glimp van *shit, ik ben erbij* in haar ogen, maar ze had zich snel hersteld.

Het punt was dat hij het verhaal van Miles overtuigend had gevonden, wat niet voor Carolines ontkenning gold, omdat het in een patroon paste. Hoe vaak had zijn vrouw in de loop der jaren niet over zijn gebrek aan succes geklaagd, in elk geval als je het vergeleek met dat van zijn broer? Natuurlijk, hij had een goede baan op de financiële afdeling, en hij werd er ruim voor betaald, maar het was niet zo dat hij het bedrijf bezát. Hij deelde er niet de lakens uit. Gilbert kon zich makkelijk een scenario voorstellen waarin Caroline probeerde haar zwager te tillen, een manier om de rekening te vereffenen, al was het maar een beetje.

Hij bedacht dat het een geval was van je-oogst-wat-je-zaait. *Je hebt geprobeerd gebruik te maken van mijn broers reputatie, en nu krijg je het terug.*

Misschien dat dit een les voor haar zou zijn. Gilbert hoopte dat haar onderdrukte reactie op deze ontwikkelingen op enige introspectie wees.

Niet dat hij zo stom was om er veel van te verwachten.

Er waren tijden waarop Gilbert aan een manier dacht om aan dit huwelijk te ontsnappen. En al kon hij het nog zo ontkennen, hij wist – diep in zijn hart – dat hij geen gelukkig mens was. Hij probeerde van deze vrouw te houden, maar hij wist eigenlijk helemaal niet of ze wel van hem hield. En dan was Samantha er ook nog, trouwens. Zeker, ze had haar tienerjaren bijna achter de rug. Het was niet zo dat ze uit elkaar gingen terwijl hun dochter nog in de luiers was.

Maar Gilbert dacht niet dat hij een traumatische scheiding aankon. De bitterheid, de nare scènes. Het huis verkopen en een nieuwe woonplek zoeken. En hij wist zeker dat Caroline een manier zou vinden om Samantha ervan te overtuigen dat het zijn schuld was. Ze zou een wig tussen hen drijven. Samantha – die zo wanhopig naar haar moeders respect verlangde – wilde Caroline altijd behagen, en als ze daarvoor haar vader uit haar leven moest bannen, dan zou het zomaar kunnen dat ze het deed.

Misschien dat dit de definitie van een huwelijk was, dacht Gilbert. Een onophoudelijke ongelukkigheid, maar je had tenminste iemand om mee te praten.

Hij overdacht al deze dingen terwijl Caroline en hij in bed stapten en hun nachtlampjes uitdeden. Ze strekte haar arm uit onder de dekens, gaf een kneepje in zijn hand en fluisterde: ‘Het spijt me van je broer, echt waar.’

Hij sliep al bijna toen er drie woorden naar boven kwamen.

Excel Point Enterprises.

Die facturen van een bedrijf dat hij niet kende.

Nee, dacht hij. Dat zou ze niet doen.

Hij zette de gedachte snel uit zijn hoofd en doezelde weg.

Toen Caroline zijn ademhaling zwaarder hoorde worden en zeker wist dat hij sliep, stond ze stilletjes op, liep naar zijn kant van het bed en pakte zijn telefoon die aan de oplader op het nachtkastje lag.

Ze kende zijn viercijferige toegangscode, en was binnen een paar seconden in zijn foto-app. Ze vond de foto van de namenlijst, mailde hem naar zichzelf, legde de telefoon weer terug en verliet de slaapkamer.

Caroline liep de trap af naar de keuken, waar op een kleine tafel tegen de muur een computer en een printer stonden. Ze ging eraan zitten, opende haar mailprogramma en printte de foto – de ervaring had haar geleerd dat haar man door het gebrom van de printer heen sliep.

Maar Samantha kwam de keuken in gelopen. Ze was een nachtbraker, en ging vaak twee of meer uur later dan haar ouders naar bed. Ze opende de koelkast en nam er een blikje cola light uit. Toen merkte ze haar moeder op.

'Hé, wat ben jij aan het doen?' vroeg Samantha.

'Kom eens hier zitten,' zei Caroline.

14

New Haven, Connecticut

Ik kan dan wel doodgaan, dacht Miles, maar ik heb nog steeds een bedrijf te runnen.

Maar zijn volgende gedachte was dan vaak: ja, maar hoe lang nog?

Nu de progressie van zijn aandoening hem niet direct uitschakelde, moest hij aan de toekomst van Cookson Tech denken. Sinds zijn diagnose waren er momenten waarop hij zich afvroeg óf hij het nog wel wilde runnen. Hij had zijn miljoenen gemaakt, en zijn stempel op de techwereld gedrukt. Apps die door Cookson Tech waren ontwikkeld stonden op miljarden telefoons. Wat viel er verder nog te bewijzen?

Als bekend werd dat hij een verkoop overwoog, zouden alle techbedrijven in de wereld – in elk geval die met de vetste beurzen – binnen vijf minuten bij hem op de stoep staan.

Het was niet iets waar hij nu meteen een besluit over hoefde te nemen, maar het kon geen kwaad om er alvast over na te denken. Misschien dat het tijd was voor verandering. Hij kon een boek gaan schrijven. Of zich aansluiten bij de troepen om een geneesmiddel tegen Huntington te vinden. Hij kon ze een lading geld schenken, en bronnen aanboren om nog meer te genereren.

Of hij kon naar Hawaï gaan, en er de hele dag stoned rondlopen.

Zoveel keuzes. En wie zei er dat hij het niet allemáál kon doen?

Maar terwijl hij zijn opties naliep moest Cookson Tech vooruitgang boeken, en in een hoogst competitieve markt nieuwe en innovatieve producten ontwikkelen. En er moest een plan voor een opvolger komen als hij de zaak niet verkocht. Wie zou de boel moeten runnen als hij troonsafstand deed?

In zijn hart zou hij het graag aan Gilbert overdragen. Maar zolang Caroline nog in beeld was, kon daar geen sprake van zijn.

Ergens binnenkort zou Miles de raad van bestuur bijeen moeten roepen om hen over zijn diagnose te informeren. Zijn onwillekeurige spiertrekkingen zouden manifester worden in de toekomst. Mensen zouden gaan vermoeden dat er iets met hem aan de hand was. Er zou achter zijn rug om gefluisterd worden. Miles zou de pr-afdeling moeten inschakelen om een strategie te bedenken als zijn situatie algemeen bekend zou worden. Ze zouden hem aanraden om iedereen een stap voor te zijn, om een persconferentie te beleggen, een interview in *60 Minutes* te regelen, of om als gast in een van de ochtendshows te verschijnen. Om zijn verhaal aan Gayle King of Wolf Blitzer te vertellen, hij had ze in de loop der jaren allebei ontmoet.

Maar het was waarschijnlijk het beste om hiermee te wachten tot hij contact had met zijn biologische kinderen, de Negen, zoals hij ze was gaan noemen. Hij wist nog steeds niet precies hoe hij ze het beste kon benaderen. Een paar dagen terug had hij Dorian naar zijn kantoor geroepen.

'Met hulp van Heather moet je…'

'… profielen van de Negen opstellen, ja. Ze is er al mee bezig.'

'Oké, mooi,' zei Miles. 'Maar het is belangrijk dat dit onderzoek…'

'… discreet verloopt. Onder de radar. Dat had ik al bedacht.'

Miles leunde achterover en grinnikte. 'Waar zou ik zonder jou zijn?'

'Nergens,' zei Dorian.

Hij knikte geamuseerd en berustend. 'Oké, als we deze informatie binnenkrijgen, dan…'

'Die hebben we al binnen.'

Miles gooide zijn handen in de lucht. 'Ik zeg al niets meer. Kom maar op.'

Dorian, die zijn kantoor was binnengekomen met een iPad in haar handen, hield het ding op, tikte erop en scrolde. 'Oké, zoals te verwachten was zitten ze verspreid over het hele land. Eén zit in Massachusetts, we hebben er één die in Maine studeert, en een ander die een tussenjaar in Parijs houdt. Dan één in Fort Wayne, en één in Scottsdale. Ook nog één in Providence, die zit het dichtstbij.'

Miles voelde een golf van opwinding door zich heen gaan. 'Wat... doen ze?' Als talent erfelijk was, dacht hij, zou een van hen misschien wel softwareontwikkelaar of iets anders in de techwereld kunnen zijn.

'We hebben een galeriemedewerker, een serveerster die graag documentairemaker zou willen worden – zij is degene in Providence – en een jongen die parttime in een computerzaak werkt.'

'Hmm,' zei Miles.

'Dat zijn er nog maar drie. Ik zal je de gegevens sturen, ze zijn redelijk uitgebreid. Het is niet zo moeilijk om iets te weten te komen over mensen – alsof ik dat jou zou moeten vertellen. Iedereen zet van alles over zijn leven op social media. En Heather is handig genoeg om wat dieper te graven. O, en dat is wel leuk. Ze hebben allemaal één of meerdere Cookson-apps op hun telefoon.'

Miles grinnikte, maar liet er meteen een zorgelijke blik op volgen. 'Nu gaat het dus allemaal om onze benadering.'

Dorian gaf geen krimp. 'Misschien zo'n mail waarin staat dat er een paar miljoen hun kant op komt, en dat ze alleen maar hun rekeningnummer hoeven te geven zodat het kan worden overgemaakt.'

Miles glimlachte. 'Met een vervalst mailadres zeker.'

'O, dat is zo geregeld.'

'Oké, dus geen mailtje. Misschien op de ouderwetse manier. Een persoonlijke brief? Aangetekend?'

Dorian schudde snel haar hoofd. 'Stel dat zo'n brief bij de verkeerde persoon terechtkomt, of wel op het goede adres, maar dat hij door de verkeerde persoon wordt geopend? Stel, je denkt dat je iemands vader bent, en dan komt er een brief waarin staat dat het iemand anders is. En je vrouw heeft het je nooit verteld. Nou, het huis is te klein.'

Dorian legde de iPad weg, ging zitten, sloeg haar benen over elkaar en boog zich naar Miles toe.

'Je weet wat je te doen staat,' zei ze.

'Ze persoonlijk door iemand laten benaderen, namens mij?'

'Warm,' zei ze.

Miles trok zijn wenkbrauwen op. 'Wat?'

Ze zuchtte. 'Je zou het zelf moeten zijn.'

'Ik?'

'Ik weet dat je eraan gewend bent om alles te delegeren, maar er zijn dingen die je niet door een ander kan laten opknappen. Als er opeens iemand voor m'n neus staat die me vertelt wie mijn echte vader is, nou, dan kan hij ook maar beter mijn échte vader zíjn.'

Miles keek bedachtzaam voor zich uit. 'Ja.'

'Ja?'

'Ja, je hebt gelijk. Ik kan niet een ander vragen dit te doen.'

Dorian knikte. 'Mooi. Want als je het mij had gevraagd, had ik nee gezegd.'

'Ja, voor zoiets moet je in een hogere salarisschaal zitten,' zei Miles met een lachje.

Dorian zei niets.

'Hoe dan ook,' zei Miles, 'ik weet niet of het nu wel zo slim is om ze thuis op te zoeken als het een gesprek onder vier ogen wordt. Er zouden familieleden aanwezig kunnen zijn. Buitenshuis lijkt me beter. Misschien op hun werk, of als ze lunchpauze hebben?'

'Ik denk dat je dat per geval moet bekijken. En je zult wat reisjes moeten maken. Er zit er één in Parijs. Voor haar kan ik een privéjet regelen.'

'Prima.'

'En nu je de Porsche aan Gilbert hebt weggegeven kan ik voor hen die iets meer in de buurt zijn Charise regelen.'

'Heeft hij je dat verteld?'

'Ik zag hem erin naar het werk komen. Als je nog meer Porsches hebt weg te geven, dan houd ik me altijd aanbevolen.'

'Oké, schakel Charise maar in. En je hebt natuurlijk ook foto's van hen?'

Dorian keek hem aan alsof hij gek was.

‘Als ik jou was,’ zei ze, ‘dan zou ik beginnen met Chloe Swanson, die ene in Providence. Zij is het dichtstbij. Het lijkt me een goede vuurdoop. Als je persoonlijke benadering op een ramp uitloopt, dan stellen we hem bij voordat je de volgende opzoekt.’

‘Chloe Swanson,’ zei Miles, meer tegen zichzelf dan tegen Dorian, ‘heb ik even een verrassing voor je.’

15

New Haven, Connecticut

Het vreemde was dat Caroline de vermeende huurmoordenaar laatst toevallig was tegengekomen, het was een paar maanden na het proces waarop hij was vrijgesproken, en een paar weken voordat ze van Miles' diagnose hoorde.

Ze stond in Starbucks, en was net bezig haar *caramel latte* te betalen, toen ze zich omdraaide en tegen een man aanbotste die op zijn warme chocolademelk wachtte. Hij was lang, had kort bruin haar, hoge jukbeenderen en een sterke kaaklijn. Hij droeg een lange kasjmier jas en een paar donkerbruine leren handschoenen. Op het eerste gezicht leek hij zo uit een Hugo Boss-advertentie te zijn gestapt.

'Sorry,' zei ze. 'Ik had bijna schuim op je gemorst.'

'Geen probleem, hoor,' zei hij terwijl hij een stap achteruit deed en zijn jas bekeek. 'Niets te zien.' Hij strekte zijn arm uit om zijn beker chocolademelk te pakken, Caroline zag dat er de naam PETE op was geschreven.

Pete wilde zich net omdraaien en naar de deur lopen toen hij zich bedacht en nog een blik op Caroline wierp.

'Hebben we elkaar niet eerder ontmoet?' vroeg hij.

'Ik dacht het niet,' zei ze. Maar dat was voordat ze hem iets beter bekeek. 'Wacht even, ik denk dat...' Er verscheen een nerveus glimlachje op haar gezicht. 'O, god, nu weet ik het weer.'

Hij grijnsde haar sluw toe. 'Oké, vertel het me dan maar.'

Maar ze schudde haar hoofd, alsof ze zich opeens realiseerde dat ze ernaast zat. 'Nee, nee, ik vergis me,' zei ze. 'We hebben elkaar nooit eerder ontmoet.'

'Misschien niet officieel, maar ik herken je geloof ik.'

'Nee, echt, ik...'

Hij knipte met de vingers van zijn vrije hand. 'Nu weet ik het.' Hij glimlachte. 'Op mijn proces. Jij was de griffier.'

Caroline slikte moeizaam. 'Eh, dat... ja, dat is mogelijk.' Ze lachte zenuwachtig. 'Ik herinner me je inderdaad.'

Ze herinnerde zich álles van hem. Vooral het moment waarop hij haar tijdens het proces een knipoog had gegeven, en de kleine, elektrische schok die toen door haar heen was gegaan.

Maar zo voelde Caroline zich niet op dit moment. Nu voelde het meer alsof ze elk moment de controle over haar blaas kon verliezen.

Deze man was een moordenaar.

'Sorry,' zei hij alsof hij haar gedachten kon lezen. 'Je voelt je ongemakkelijk. Dat was niet mijn bedoeling.'

'Dat is goed, hoor. Het is meer dat ik niet elke dag een...'

Ze stopte.

De man glimlachte. '... huurmoordenaar tegenkom? Je weet nog wel dat ik ben vrijgesproken, toch?'

'Ja, natuurlijk, dat herinner ik me,' zei Caroline. 'Ik neem aan dat ik je ermee zou moeten feliciteren? Het is een beetje aan de late kant, maar indertijd kon ik natuurlijk niets zeggen.'

'Je had me een kaartje kunnen sturen. "Gefeliciteerd met je vrijspraak." Of, in jouw geval, "Alsnog gefeliciteerd met je vrijspraak."'

Caroline kon haar ogen niet van de zijne afhouden. Ze hadden een bijna hypnotiserende kwaliteit. Nee, dat was overdreven. Maar de man bezat een zekere charme. Wat voor gesprek moest je met een man beginnen die, zo luidde het tenminste, was ingehuurd om iemands vrouw te vermoorden?

De aanklacht was natuurlijk ingetrokken. Moest ze hem het voordeel van de twijfel geven? Maar hoe zat het met die kroongetuige die nooit was komen opdagen? Had onze Pete hier misschien geen maatje die de getuige had laten verdwijnen?

En trouwens, in haar herinnering heette hij geen Pete, het was iets anders. Paul? Patrick? Nee, wacht, het was iets heel anders. Iets Frans, of Italiaans? Nee, niets iets buitenlands, maar het was wel een langere naam. Iets met een harde klank erin. Iets als...

Broderick!

Ze was er zeker van. Dus waarom had hij de barista van Starbucks gezegd dat zijn naam Pete was?

Al deze gedachten schoten door haar hoofd terwijl ze naar tekst zocht, maar Pete/Broderick redde haar uit deze situatie.

'Wil je gaan zitten?' vroeg hij haar.

'Wil ik wat?'

'Zullen we aan een tafel gaan zitten?'

Voordat ze een reden kon bedenken om nee te zeggen, zei ze: 'Natuurlijk. Waarom niet?'

Hij vond een vrije tafel in de hoek en zette met afgemeten gebaren de gebruikte bekers weg, waarna hij met een servetje de muffinkruimels van het blad veegde.

Caroline voelde haar hart bonken terwijl ze ging zitten. Waar ben ik in godsnaam mee bezig? vroeg ze zich af. Dit is geen goed idee.

'Ik word gek van al die lui die hun rotzooi laten staan,' zei hij. Nadat de kruimels weg waren depte hij een plasje gemorste koffie op. 'Zo, dat is beter.' Hij verfrommelde het servetje tot een prop die hij in de dichtstbijzijnde afvalbak wierp.

Hij ging tegenover haar zitten en glimlachte. 'Het is leuk je weer te zien.'

'Ik kan me niet herinneren dat je Pete heet,' zei ze. 'Het was Broderick.'

Hij priemde zijn wijsvinger in haar richting. 'Heel goed. Vooral met al die namen die je elke week moet aanhoren.'

'Dus waarom...' Ze wees naar zijn beker.

'O,' zei Broderick grinnikend. 'Je denkt aan iets sinisters. Dat ik met een valse naam rondloop. Weet je hoeveel moeite barista's hebben met de naam Broderick? Als ze dat op een kartonnen beker proberen te schrijven? Het begint ermee dat ze denken dat ze het niet goed hebben gehoord en je vragen het nog eens te zeggen, of te spellen. Of ze krabbelen er gewoon "Broad Bricks" op, of zelfs een keer "Broad Dick". Ik zweer het je.'

Caroline moest onwillekeurig giechelen.

'En dan is er ook nog eens te weinig ruimte om op zo'n beker te schrijven. Vandaar Pete.'

Ze knikte tevreden. 'Ik begrijp het helemaal.'

'Je werkt nog steeds bij de rechtbank, neem ik aan? Alles vastleggen wat de rechter en de advocaten en de boeven te zeggen hebben?'

'Ja.' Ze zei het bijna fluisterend.

'Interessant werk, zou ik zo zeggen.'

'Sommige zaken zijn boeiender dan andere.' Ze zweeg even. 'Zoals de jouwe.'

'De mijne was boeiend?'

'Eh, ja. In elk geval boeiender dan de man die terechtstond voor het verkopen van ondeugdelijke gevelplaten.'

Hij knikte begrijpend. 'Ik denk dat een moordzaak wat prikkelender is.'

'O, zo bedoelde ik het niet,' zei ze. Of wel?

Broderick boog zich naar haar toe en fluisterde: 'Ik kan je mijn advocaat aanraden als je ooit van moord wordt beschuldigd.' Hij gaf haar een kneepje in haar arm.

Carolines hart bonsde onbedaarlijk. Was het opwinding, of angst? Ze pakte haar beker en zei: 'Ik moet nu echt gaan.'

Broderick legde zijn hand weer op haar arm en liet hem daar rusten. 'Sorry. Blijf nog even. Mijn verontschuldigingen. Ik maak wel eens grappen over mijn zaak, terwijl het helemaal niet grappig is. Het is vreselijk om van zo'n verschrikkelijk misdrijf beschuldigd te worden.'

'Ik denk dat het een geluk was dat die getuige… zich bedacht en niet kwam opdagen,' zei ze aarzelend.

'Ja,' zei Broderick. 'Ik denk dat hij toch liever niet onder ede wilde getuigen. Meineed is een zware overtreding.'

Het lag op het puntje van haar tong om te vragen wat er nu precies met die getuige was gebeurd, maar ze besloot het toch maar niet te doen. In plaats daarvan vroeg ze: 'En wat… wat doe je nu?' Ze lachte nerveus. 'Ik bedoel niet nu als het tegenovergestelde van toen. Ik bedoel, wat doe je? Wat is je werk?'

'Ik ben een probleemoplosser,' zei Broderick.

'Wat houdt dat in?'

'Precies wat ik zeg. Als je naar me toe komt voor een probleem, dan probeer ik het voor je op te lossen.'

Caroline liet haar wijsvinger over de rand van haar beker glijden. 'Een beetje zoals Densel Washington in *The Equalizer*?'

Broderick grijnsde, maakte een wegwerpgebaar en vroeg: 'Heb je weleens problemen?'

'Zeker.'

'Noem er één.'

Ze dacht na. Ze kwam niet verder dan 'Nou, ik...' en barstte toen in lachen uit. 'Het is te belachelijk voor woorden.'

'Vertel maar.'

'Mijn autodealer wil mijn auto niet repareren, terwijl het nog steeds onder de garantie valt. De motor maakt een vreemd geluid, en hij slaat voortdurend af. Ze zeggen dat ik mijn laatste onderhoudsbeurt heb gemist, dat ik er al honderdzestig kilometer overheen zit, en dat ik de kosten van de reparatie zal moeten betalen. Het is niet hun fout, zeggen ze.'

'Waar heb je die auto gekocht?'

Ze vertelde het hem, en voegde eraan toe: 'Maar dat is waarschijnlijk niet het soort probleem dat je bedoelt, hè? Geef me eens een voorbeeld van een probleem dat je hebt opgelost.'

Broderick dacht even na en nam een slok van zijn warme chocolademelk. 'Ik heb eens een keer bij een loonconflict geholpen. Een meubelfabriek waarvan de werknemers naar de vakbond waren gestapt. De werkgever vond zijn laatste aanbod zeer redelijk, maar de vakbondsbazen wilden er niet van horen. Er hing een staking in de lucht, wat zeer schadelijk voor het bedrijf zou zijn geweest, en ook voor de werknemers zelf. De werkgever vroeg of ik wilde bemiddelen. Dat heb ik gedaan, en het probleem was opgelost.'

'Hoe heb je dat gedaan?'

Broderick glimlachte. 'Ik heb met de betrokken partijen gepraat. Mensen zijn best wel redelijk als je ze realistische alternatieven voorschotelt. Als jij dít doet, dan gaat er dát gebeuren. Het helpt als deze keuzes gepaard gaan met bepaalde... ongemakken. En als dat niet werkt, dan pas ik andere strategieën toe.'

Caroline wilde ernaar vragen, maar liet het ook deze keer achterwege. Ze dacht dat er dingen waren die ze maar beter niet kon weten.

Broderick had al een paar keer een blik op haar hand geworpen. 'Ik zie dat je getrouwd bent. Wat doet je echtgenoot?'

'Hij is accountant,' zei ze en ze wist de teleurstelling in haar stem niet te verbergen. 'Bij het techbedrijf van zijn broer.'

'O, dat klinkt interessant.'

'Nou, niet echt. Maar dat werk van jou, zijn er ook anderen die dit doen?'

'Ik ken anderen, ja. We hebben ons eigen netwerk. Soms werken we samen, als een klus dat vereist.'

Caroline moest weer aan de verdwenen getuige denken. 'En waar werk je op het moment aan?'

'Het geval wil,' zei hij glimlachend, 'dat ik op het moment niets omhanden heb.'

Twee dagen later belde de servicemanager van de dealer waar Caroline haar auto had gekocht om te zeggen dat haar hele motor kosteloos zou worden vervangen, en dat hij de komende twee jaar maandelijks een gratis onderhoudsbeurt zou krijgen. En het was bij haar weten de eerste keer dat een autodealer haar een bos bloemen liet bezorgen.

16

Manhattan, New York

Jeremy Pritkin had zich die avond nooit bij Nicky Bondurant in de Winnebago gevoegd. Ze had gedaan wat hij haar had gevraagd, en was in de camper gestapt met de gedachte dat hij er zo aan zou komen en dat ze zouden doen wat ze altijd deden, of in elk geval een variatie erop. Maar toen kreeg hij dat telefoontje en was hij haar glad vergeten.

De ramen van het voertuig stonden open op een kier, dus ze kon het telefoongesprek horen, al had ze geen idee waar het over ging. Maar het was duidelijk dat Jeremy woedend was over iets, en ze had het gevoel dat hij een zus of broer aan de lijn had. Ze dacht dat ze de naam Marissa hoorde.

Toen hij klaar was met het telefoongesprek verliet Pritkin het kantoor, en ze nam aan dat hij naar zijn feest was teruggekeerd.

Het leek Nicky het slimste om te wachten, in elk geval een tijdje, voor het geval hij terug zou komen. Het laatste wat ze wilde was dat zijn teleurstelling in haar nóg groter werd.

Het was nooit een goed idee om meneer Pritkin teleur te stellen.

Ze wachtte bijna een half uur voordat ze besloot dat het veilig was om te vertrekken, meer dan genoeg tijd om deze nieuwe aanwinst in zijn hoofdkwartier goed te bekijken. Wat een idioot idee, om een camper in je kantoor op de tweede etage te laten plaatsen. In het openbare leven kwam hij over als een normale vent. Nou, als je iemand die stinkend rijk was tenminste normaal kon noemen. Iemand die bovendien ook nog invloedrijk was, die uitgesproken opinies had en die het welwillende oor van vele beleidsmakers over de hele wereld had.

Maar de buitenwereld ving ook glimpen op van zijn excentrieke kant. De Winnebago was slechts zijn recentste actie.

Jeremy had *Architectural Digest* een reportage laten doen over zijn huis in Spanje, dat een zwembad had in de vorm van het radiatorscherm van een Rolls-Royce. En hij had een keer tonnen uitgegeven aan een custom-made auto die in een tv-serie uit de jaren zestig was gebruikt – de Black Beauty of de Monkee-mobile, of een pick-uptruck waar wat *hillbillies* in hadden rondgereden. Ze was het weer vergeten, want ze kende al die series niet. Maar toen Jeremy het ding op een veiling kocht haalde het de nieuwskanalen. De auto stond sindsdien ergens in een garage, want hij kon er moeilijk mee over Park Avenue rijden. En God mocht weten hoeveel hij had uitgegeven aan een sportjack dat acteur Steve McQueen ooit had gedragen in een beroemde achtervolgingsscène door San Francisco. Jeremy kon de jas niet aan, want het was niet eens zijn maat.

Dit waren een paar dingen die het publiek van hem kende.

Maar Jeremy Pritkin had ook geheimen, en zijn liefde voor erotische fotografie was een van de minst beduidende. Een veel groter geheim was zijn passie voor jonge meiden als zij, die hem in zijn vorstelijke New Yorkse residentie op zijn wenken bedienden.

Nicky was niet de enige. Door de jaren heen hadden hier vele jonge meiden geparadeerd. Ze entertainden de gastheer en zijn vrienden, tot ze ouder werden en verdergingen met hun leven.

In het begin had het haar verrast dat dit allemaal binnenskamers bleef, maar nu ze hier enige tijd had doorgebracht begreep ze het. Pritkin bood zijn invloedrijkste vrienden extraatjes aan om hun vriendschap te bezegelen, om hun te laten zien dat ze tot zijn club van *influencers* behoorden. Jonge, welgevormde extraatjes.

Wie lid was van de club had privileges.

En als deze vrienden eenmaal gebruik hadden gemaakt van deze pleziertjes, hoefde Jeremy niet bang te zijn dat ze hun mond voorbij zouden praten. Ze moesten er niet aan denken wat er zou gebeuren als ze hiermee in de publiciteit zouden komen. Maar ze deden nog veel meer voor die goeie ouwe Jeremy. Ze hielden hem de hand boven het hoofd, beschermden hem.

Zoals die ouwe zak van een rechter.

Gétver.

En de meiden die hier waren geweest hielden ook hun mond. Van wat haar was verteld, hadden sommigen de hier opgedane contacten gebruikt om carrière te maken. Hotelmanagement, persoonlijke assistentes van CEO's, coassistenten van politieke types uit Washington. Dat waren tenminste degenen waar Roberta het graag over had. Maar Nicky had ook het gerucht gehoord over een meid die als junkie door de straten van Newark dwaalde, en dan was er ook nog één die hier de ene dag nog was, en de volgende dag niet meer. Niemand die ooit nog iets van haar had vernomen.

Het knaagde aan Nicky dat ze Jeremy had teleurgesteld door samen met een paar andere meiden de vraag op te werpen of het wel, ja, júíst was wat zich hier allemaal afspeelde. Het was waar, Jeremy was op vele manieren goed voor haar geweest. Hij had geregeld dat ze naar een lokale middelbare school kon, hoewel ze geen woongeschiedenis of familie in de Big Apple had.

In het begin dacht Nicky dat Jeremy dit louter uit goedheid deed, maar hij begon haar niet lang daarna te vragen of ze vriendinnen in zijn huis wilde uitnodigen. Jonge meiden die wel een bijverdienste, wat extra geld konden gebruiken en die bereid waren te leren hoe de 'service-industrie' werkte. En Nicky besefte al snel dat deze service uit het plezieren van meneer Pritkin en zijn rijke, mannelijke vrienden bestond, en dat achter gesloten deuren.

Jeremy had haar duidelijk gemaakt dat ze de juiste meiden moest zien te vinden. In het begin dacht ze dat hij daarmee bedoelde dat ze knap moesten zijn. En natuurlijk wilde Jeremy dat zijn nieuwe rekruten aantrekkelijk waren. Maar het impliceerde vooral dat ze kwetsbaar moesten zijn. Meiden uit huishoudens met een laag inkomen, of afkomstig uit eenoudergezinnen. Meiden die uit een omgeving zonder macht en invloed kwamen. Meiden die niemand hadden die hen steunde. Meiden die in ruil voor een nieuw en beter leven openstonden voor de behoeftes van Jeremy en zijn volgelingen.

Weglopers bijvoorbeeld, net zoals Nicky.

Ze had het ouderlijk huis in Norfolk zeven maanden geleden verlaten. Haar ma had een nieuwe vriend opgeduikeld – de vierde in een jaar – die bij hen was ingetrokken. En zo'n beetje het enige goede nieuws was dat hij zijn handen thuishield. En hij liet Nicky haar privacy hebben. Maar hij commandeerde haar alsof hij haar bloedeigen vader was. Ruim je kamer op, maak het huis schoon, ga koken. Maak je huiswerk. Zet de tv zachter. Zit niet de hele dag op die telefoon. Doe die oordopjes eens uit.

Nicky klaagde erover tegen haar moeder, maar dat liep op niets uit. 'Hij toont zijn betrokkenheid,' zei haar ma.

Afgelopen zomer, toen ze bij Virginia Beach rondhing, raakte ze bevriend met een meid uit Brooklyn die er met haar gezin op vakantie was. Nicky leerde ook haar ouders kennen in de week dat ze er waren. Relaxte lui. De vader was beeldend kunstenaar, de moeder muziekproducent. Kunstzinnige types. Nicky kon het goed met ze vinden.

'Als je ooit naar New York komt...'

Dus Nicky kwam naar New York. Ze zocht haar vriendin in Brooklyn op en logeerde er een week.

Toen twee.

'Eh, was je soms van plan om hier in te trekken?' zeiden de ouders uiteindelijk.

Haar vriendin nam het voor haar op. Er waren problemen thuis. Kon Nicky niet wat langer blijven? Haar ouders vonden het goed. Net toen ze er genoeg van begonnen te krijgen, was er een vriendin van hun dochter die Nicky vertelde dat ze een rijke man in Manhattan kende die naar hulpkrachten zocht en misschien dat het iets voor haar was?

Zo was ze hier terechtgekomen.

Op school had Nicky moeite haar aandacht erbij te houden. Hoe kon je je op algebra en scheikunde concentreren als een van de rijkste mannen van het land kwaad op je was omdat je eigenlijk niet zoveel zin had om VN-leden, B-acteurs en museumdirecteuren af te trekken? Als haar docenten eens wisten wat haar dwarszat, waar ze mee bezig was in haar hoofd. En wat een idioot was ze toen ze een van de andere meiden toevertrouwde dat ze tot de conclusie was gekomen dat Pritkin een engerd was, en dat de dingen die zich in dit chique oude New Yorkse huis afspeelden zeer, zéér fout waren. Tegen de wet, zelfs.

'Welke wet?' vroeg haar vriendin, die wilde dat iedereen haar Winona noemde, naar de actrice, hoewel haar echte naam Barbara was.

'Ik weet het niet precies,' zei Nicky. 'Een wet tegen perversiteiten.'

Ze zei dat de dingen die Jeremy hen vroeg te doen al smerig genoeg waren. Maar als hij hen ook nog eens vroeg om die dingen met zijn belangrijke vrienden te doen, ging dat dan niet te ver?

Winona was niet overtuigd. 'Hij behandelt ons goed,' zei ze. 'Denk je dat je zoveel geld krijgt als je in een warenhuis werkt? Ik krijg altijd geld van hem als ik het nodig heb. En kijk naar alle mensen die we hier ontmoeten! Ken je die regisseur? Die ene die hier vorige week was? Hij zei me dat ik actrice kon worden. Dat ik de *look* had. Hij zei dat hij me in gedachten zou houden, voor het geval er iets langskwam waar ik in zou passen.'

'Hij zit je bullshit te verkopen.'

'Nee hoor. Kijk eens naar me.' Winona tilde haar kin op, en draaide haar hoofd naar het licht toe. 'Check het maar.'

'Nou ja, misschien een beetje dan.'

'En het is ook nog eens zo dat meneer Pritkin heel bijzonder is. Hij is niet als gewone mensen, dus gewone wetten gelden niet voor hem.'

Nicky had dit allemaal al eerder gehoord, en niet alleen van Winona. Jeremy genoot ervan om te vertellen dat hij was geboren met een superieure genetische samenstelling. Net zoals er mensen waren die een genetische aandoening hadden, waren er anderen met een superieure genetische samenstelling. Mensen als Michelangelo of Einstein of Gershwin of Lincoln. Mensen met een gave.

Jeremy geloofde dat hij een van hen was, en dat bijzonder getalenteerde mensen privileges zouden moeten krijgen. De standaardnormen waren hier niet van toepassing.

‘Wat maakt hem zo bijzonder?’ vroeg Nicky.

‘Eh, kijk eens om je heen?’ zei Winona. ‘Dit huis? De mensen die hij kent? De dingen die hij voor ze heeft gedaan? Denk je dat een gewoon mens dat allemaal kan?’ Winona schudde haar hoofd afkeurend. ‘Ik zou mijn mond maar houden over meneer Pritkin als ik jou was, het zou erg stom zijn. Vertrek gewoon als het je hier niet bevalt. Niemand dwingt je hier te blijven. Maar verpest het niet voor de anderen.’

Nadat Nicky het gesprek met Jeremy had gehad waarin hij haar op haar plaats in de machtsstructuur had gewezen, wist ze dat het Winona was die haar erbij had gelapt.

En nu stond Winona in een goed blaadje bij hem. Een positie die Nicky ook weer moest terugkrijgen. Wat kon ze anders doen? Ze zou hem zeggen dat ze fout was geweest, en dat ze hem dankbaar was voor alles wat hij haar had gegeven.

Niet dat het haar werkelijk speet. Maar soms moest je nu eenmaal door het stof gaan. Dit was zo’n moment. Ze wist dat Jeremy gelijk had gehad. Ze stelde niets voor. Hij had rijke en machtige vrienden. Als ze ooit besloot om uit de school te klappen, zou niemand haar geloven. En als ze dat wel deden, zou het ze niets kunnen schelen.

Nicky had een plan. Ze zou naar zijn kantoor sluipen – ze had de viercijferige deurcode gezien toen ze een keer met hem mee naar boven ging – en hem in de Winnebago opwachten. Hem verrassen. Ze zou haar hoogste hakken dragen. Jeremy had iets met hoge hakken, hij stond erop dat alle vrouwen die in het huis werkten ze droegen. Net als in een Playboy-club, had een staflid van de keuken eens gezegd, waar Hugh Hefner de baas was.

Nicky had geen idee wie Hugh Hefner was.

Maar ze wist wel een interessant detail. Jeremy’s reden voor de plaatsing van de Winnebago, dat hij er als jongen mee op vakantie ging, was slechts gedeeltelijk waar. De echte reden was dat hij ontmaagd was in zo’n ding toen hij vijftien was. De camper was een manier om die gezegende gebeurtenis te herdenken.

Jeremy was thuis vandaag. Hij zat niet in zijn privéjet om naar Europa, Azië of Afrika te vliegen. Vroeg of laat zou hij in zijn kantoor verschijnen, want daar bracht hij altijd de meeste tijd van de dag door. Dus sloop ze ongemerkt naar de tweede etage en stapte de camper in.

Hij verscheen twintig minuten later.

Ze keek door het raampje en was aanvankelijk opgelucht dat hij er was, maar dat veranderde snel. Zijn gezicht stond op onweer.

O jee.

Jeremy liep meteen door naar zijn bureau en pakte de telefoon. Ze dook weg achter het raam, voor het geval hij haar kant op zou kijken. Maar ze kon nog steeds zijn kant van het telefoongesprek horen.

'Ik probeer je al de hele dag te bereiken. Dit is ernstig.'

Een stilte.

'Zeg me niet dat ik kalm moet blijven. Alles staat op zijn kop nu. Niemand had dit twintig jaar geleden kunnen voorspellen. Ik heb erover nagedacht, en zie maar één manier om dit binnen de perken te houden.'

Een volgende stilte.

'Luister, het lijkt er niet op dat veel van hen dat hebben gedaan. Maar er zouden er meer kunnen volgen. En hoe meer mensen het doen, hoe groter de kans dat het naar mij zal leiden. Dat mag niet gebeuren. En jij kunt het je ook niet permitteren.'

Stilte.

'Kappen. Stop met dat gezeik. Het heeft geen zin om dat nog eens door te nemen. Het is gebeurd. Het gaat erom wat we er nu mee doen. Het is al bezig.'

Stilte.

'Nee. Je kunt altijd problemen met geld oplossen. Maar deze keer niet, er zijn te veel onzekere factoren. Te veel tentakels die alle kanten op gaan. Daarom ga ik het op een andere manier doen.'

Stilte.

'Ik denk dat je dat niet wilt weten.'

Stilte.

'Het enige goede eraan is dat er geen contact is geweest. Had ik dat wel gedaan, dan zou het veel moeilijker zijn geweest. En volgens de laatste rapportages zitten er niet echt uitblinkers tussen. Dus het is geen ramp.'

En toen zei hij nog iets, iets waar Nicky de koude rillingen van kreeg.

Je hebt niets gehoord. Vergeet dat je dit hebt gehoord.

Jeremy begon het gesprek af te ronden. Er volgde nog wat gebrom, een 'hm-hm' en uiteindelijk zei hij: 'Goed dan.'

Waarna hij de hoorn op de haak gooide.

'Jezus christus,' mompelde hij.

Nicky stak haar hoofd hoog genoeg uit om weer door het raam te kunnen kijken. Jeremy keek nog steeds even woedend als zonet. Haar plan om alles goed te maken moest maar naar een later moment worden verschoven.

Ze trok haar hoofd terug en bedacht zich dat ze hier maar moest blijven tot hij uit zijn kantoor vertrok. Ze ging op de vloer zitten en leunde met haar rug tegen het kastdeurtje onder de gootsteen. Haar beweging veroorzaakte een nauwelijks hoorbaar geknars in de vering van de camper.

'Wie is daar?' riep Jeremy.

Shit, dacht Nicky.

Zou ze op moeten staan en zich bekendmaken? *Surprise!* roepen, hopen dat er een glimlach op zijn gezicht zou verschijnen en net doen alsof ze niets gehoord had? Of moest ze haar adem inhouden, roerloos blijven zitten en hem laten denken dat er niemand was?

Maar toen riep hij nog eens. 'Als er iemand is daarbinnen, kom naar buiten. Nu.'

Achter in de camper bevond zich een eenpersoonsbed, met kastjes eronder in plaats van een open ruimte. Niet echt een plek om je te verbergen.

Nicky hoorde Jeremy een la van zijn bureau opentrekken. Er klonk geritsel.

Ze gluurde door het raam. Hij gooide voorwerpen uit de la op het bureau. Een blocnote, papieren, een sleutel met een zilverkleurige w eraan, wat pennen.

Uiteindelijk vond hij wat hij zocht.

Een pistool.

'Je laatste kans,' riep Jeremy. 'Ik heb alle recht om een indringer neer te schieten, en ik zal het doen.'

Als hij in de Winnebago stapte, zou hij kunnen schieten voordat hij zich realiseerde dat zij het was.

'Ik ben het!' riep ze. 'Nicky!'

'Nicky?'

Ze stond op en opende de deur. De tranen liepen al over haar wangen. 'Ik wilde je verrassen. Ik wilde het goedmaken.'

Jeremy staarde haar verbouwereerd aan. Gelukkig houdt hij het pistool omlaag gericht, dacht Nicky.

'Jezus, je hebt geluk dat hij ongeladen is. Ik had je neer kunnen schieten.' Hij leek even opgelucht, maar toen viel er een schaduw over zijn gezicht. 'Je hebt me afgeluisterd.'

Nicky schudde haar hoofd. 'Nee, nee, dat heb ik niet gedaan. Ik heb niets gehoord.'

'Dat lijkt me sterk.'

Ze probeerde iets te verzinnen, een overtuigend smoesje. Maar er kwam niets in haar op.

'O, Nicky,' zei Jeremy triest. 'Arme, arme Nicky.'

17

Lewiston, Maine

Todd Cox had nog een voorganger, en dat was Jason Hamlin.

Ze hadden besloten hem als eerste te doen.

Kendra Collins, die zich als politierechercheur voordeed, en Rhys Mills, die ook een zeer authentiek ogende penning droeg, wisten dat Jason 's ochtends vroeg jogde. De meeste studenten sliepen graag uit, maar Jason was anders. Zijn leven draaide om sportieve activiteiten. Niet zozeer football, dat was nooit zijn ding geweest. Jason ging voor wintersporten als skiën en snowboarden. En het studeren in Maine bood hem in de wintermaanden genoeg gelegenheid om zich aan zijn favoriete bezigheden te wijden.

Maar voordat de sneeuw viel hield Jason zich in vorm met joggen. De wekker op zijn iPhone stond op zes uur, maar hij werd meestal een paar minuten eerder wakker en zette hem dan uit om zijn huisgenoten niet te wekken. Hij trok zijn shorts, T-shirt en Nikes aan en verliet het oude huis bij de campus om een route van zes kilometer door het stadje af te leggen.

Dit was doorgaans de tijd waarin hij zijn hoofd kon leegmaken. Hij voelde hoe de koele, knisperende ochtendlucht via zijn neus zijn longen vulde. Zijn oordopjes gingen in om naar Garth Brooks te luisteren (Jason was niet echt een country-fan, maar er was iets in de stem van Brooks wat hem aansprak). Maar op deze ochtend kon hij niet genieten van de frisse ochtendlucht, of van Garth die 'The Night I Called the Old Man Out' zong – een song die een plek in zijn hart had omdat die hem herinnerde aan de schreeuwpartijen die hij met zijn eigen ouwe had gehad, of betergezegd, de ouwe die hem had opgevoed. De reden hiervan was dat hij maar bleef denken aan wat er gisternacht was gebeurd, toen hij met Jenny was, het meisje dat hij al bijna twee weken zag.

Ze kwam uit Kingston, Ontario, aan de andere kant van de grens. Ze studeerde aan Bates College omdat haar moeder dat ook had gedaan, en dáárvoor haar opa, dus het was een soort familietraditie. Ze was eigenlijk net zo lief naar Queen's, de universiteit in haar geboortestad, gegaan. Het zou haar ouders veel geld hebben gescheeld, maar ja, tegen tradities ga je niet in.

Jason kwam uit Baltimore, en hij kon moeilijk besluiten of hij hier voor de zomer een baan zou zoeken en in het oude huis bij de campus bleef, of dat hij terug naar zijn geboortestad zou gaan. Jenny was van plan om in de zomervakantie terug naar Canada te gaan. Wat was slimmer, zo had hij zich afgevraagd, haar vanuit Lewiston, of vanuit Baltimore bezoeken? Hij had het op Google Maps gecheckt en gezien dat het vanuit beide steden een autorit van acht à negen uur was. Hoe kon je iemand in het weekend opzoeken als het twee dagen kostte om heen en terug te rijden?

Maar dat was niet waar hij aan dacht toen hij die ochtend de deur achter zich dichttrok.

Wat hem bezighield was wat Jenny's vriendin Denise gisteravond had gezegd toen ze met een vriendengroepje de brug naar Auburn waren overgestoken om een paar drankjes bij Gritty's te doen. Het was duidelijk dat Denise niet wist dat Jason en Jenny sinds een paar weken iets met elkaar hadden, dat Jenny al drie keer bij hem had geslapen, want als ze dat wel wist, zou ze Jenny niet hebben gevraagd of ze al met Carson naar bed was geweest.

Het was niet zo dat ze Jenny de vraag over de bar had toegeschreeuwd. Ze had het gevraagd toen ze links van haar vriendin zat en Jason rechts van haar, maar het was luid genoeg geweest om het te kunnen horen.

Carson? Wie was Carson in godsnaam?

Hij vroeg het haar zodra ze Gritty's hadden verlaten om naar huis terug te lopen. Ze wimpelde het af. Het was een geintje van Denise, zei ze. Of ze was in de war. Ze had ooit een jongen gekend die Carson heette, maar dat was lang geleden.

Maar Jenny had zijn blik ontweken.

Jasons maag keerde ervan om. Nadat hij thuis was gekomen – het honderd jaar oude huis bij de campus dat hij met drie andere jongens deelde – had hij deze Carson online proberen te vinden.

Het had niets opgeleverd, maar terwijl hij via Main Street naar de wandelpaden langs de oevers van de Androscoggin River jogde, nam hij zich voor zijn zoektocht te vervolgen als hij straks thuis was.

Misschien dat hij de zwarte vierdeurs die hem op zo'n vijftien meter volgde zou hebben opgemerkt als hij niet zo gepreoccupeerd was met zijn liefdesleven, en als Garth niet in zijn oren croonde.

De auto trok plotseling snel op, en schoot met piepende banden de stoep op waarover Jason naderde. Nog voordat de auto goed en wel stilstond sprong Rhys er aan de passagierskant uit en hief even zijn arm zodat Jason de penning in zijn hand kon zien.

'Jason Hamlin?' zei Rhys.

Jason hield zijn passen in, trok de dopjes uit zijn oren en zei hijgend: 'Wat?'

'Bent u Jason Hamlin?'

Hij was nog steeds buiten adem en knikte slechts toen hij een vrouw uit de auto zag stappen. Ze liep om de auto heen en toonde ook een penning.

'Is dit meneer Hamlin?' vroeg Kendra aan haar partner.

'Ja,' zei hij.

Jason was inmiddels op adem gekomen en zei: 'Waar gaat dit over?'

'Ik ben rechercheur Collins, en dat is rechercheur Mills,' zei Kendra. 'Ik ben bang dat we slecht nieuws voor u hebben, meneer Hamlin.'

'Wat?'

'Is het correct dat uw ouders Margaret en Charles Hamlin uit Baltimore zijn?'

Het misselijke gevoel dat hij gisteravond had was niets vergeleken bij wat hij nu voelde.

In de verte hoorden ze sirenes.

'Ja?' zei hij zwakjes terwijl hij even achteromkeek in de richting van het sirenegeloei.

‘We hebben opdracht gekregen u op te sporen. Als u met ons meekomt, dan geven we u een lift naar uw woning.’

‘Waarom? Wat is er gebeurd?’

‘We nemen aan dat u graag thuis zult willen zijn,’ zei Rhys.

‘Vertel het me,’ zei Jason.

‘Er heeft een auto-ongeluk plaatsgevonden,’ zei Rhys. ‘We kennen niet alle details.’

Kendra liep naar de vierdeurs en opende het achterportier. Een uitnodiging. Jason stapte met weke knieën in. Ze sloot het portier, liep om de auto heen en ging achter het stuur zitten. Rhys liep naar de bestuurderskant, opende het achterportier en ging naast de zichtbaar ontdane Jason zitten. Hij trok het portier dicht.

Zo zaten ze daar secondenlang in de auto, er gebeurde niets. Ondanks het verschrikkelijke nieuws merkte Jason deze windstilte op.

‘Eh, waar wachten we op?’

Terwijl Kendra zich omdraaide drukte Rhys zich tegen het raam en sloeg snel een arm voor zijn gezicht. Kendra hief haar arm boven de rugleuning, ze bleek een buisje in haar hand te houden, niet groter dan een lipstick, met een knopje erop. Ze richtte het op Jasons gezicht en drukte met haar wijsvinger het knopje in.

Jason was in een mistige wolk gehuld.

‘Wat is…’

Maar toen begon hij te hoesten en te kokhalzen. Zijn ogen prikten en hij kneep ze dicht. Dat was het moment waarop Rhys de injectienaald in zijn nek stak.

Er reed een brandweerwagen door de straat in tegenovergestelde richting.

Kendra keek in de achteruitkijkspiegel.

‘Ik kan de rook zien,’ zei ze.

Jason verloor bijna meteen zijn bewustzijn en zakte op de achterbank in elkaar. Rhys trok het lichaam van de jongen omlaag zodat zijn hoofd niet meer van buitenaf zichtbaar was, en liet het raam aan zijn kant zakken om frisse lucht binnen te laten.

Kendra zette de auto in 'drive' en reed langzaam de weg op. Ze had haar gps al geraadpleegd voor de snelste route om de stad uit te komen. Ze hadden al een gat gegraven, zo'n zestien kilometer buiten Lewiston.

Ze keek nog een keer in de achteruitkijkspiegel, niet vanwege de rook, of om te checken of Jason al dood was, maar om naar Rhys te kijken. Hij hield zijn hoofd half uit het raam, en met zijn gezicht in de wind leek hij wel een hond die van alle geuren in de wereld genoot.

Het huis dat Jason met zijn vrienden deelde brandde tot op de grond toe af. Een gaslek, zo luidde het, gevolgd door een explosie. De drie vrienden overleefden het, hoewel een van hen twee weken in het ziekenhuis lag met zware brandwonden op borst en armen.

Jason jogde doorgaans 's ochtends, maar het feit dat hij werd vermist bracht de autoriteiten ertoe te vermoeden dat hij thuis was tijdens de explosie, en dat hij vervolgens volledig door de vuurzee was verzwolgen. Ze zochten nog steeds tussen de resten naar sporen van hem, maar tot ze iets zouden vinden bleef de vraag over zijn lot onbeantwoord.

Het werd als een tragische samenloop van omstandigheden beschouwd, maar een week later brandde Jasons ouderlijk huis in Baltimore ook tot op de grond toe af. Men dacht aan kortsluiting.

18

Providence, Rhode Island

Chloe had meestal de avonddienst in de Paradise Diner, maar vandaag viel ze in voor een van de andere meiden, die had zich ziekgemeld – Chloe's theorie was dat ze zwanger was en met de eerste indicaties kampte – wat betekende dat Chloe om zeven uur 's morgens moest beginnen en de hectische ontbijturen het hoofd moest bieden. Tussen negen en half twaalf viel er een luwte, waarna ze het gekkenhuis van de lunch moest zien te overleven. Met een beetje geluk kon ze iets na enen haar schort ophangen en de tent via de zijdeur verlaten.

Het was dus redelijk rustig toen ze rond tienen door de voorruit een zwarte limo het parkeerterrein op zag rijden. Zoiets zie je niet vaak hier, dacht ze nog voordat ze weer verderging met het afruimen van de tafels.

Even later rinkelde de bel boven de voordeur. Er liep een man naar binnen, hij keek om zich heen, alsof hij wachtte tot hem een tafel werd toegewezen.

'Waar u maar wilt,' zei Chloe.

Hij knikte en liep naar een van de vaste banken met tafel bij het raam. Chloe had hem een kruk aan de bar kunnen aanbieden, of misschien een tafeltje voor twee, maar het was niet erg als hij op dit uur van de dag een vaste bank voor zich alleen wilde.

Hij zag er niet echt uit als iemand die in een limo werd rondgereden. Maar goed, wat wist ze eigenlijk van mensen in limo's? Hij zag er een beetje uit als de gemiddelde academicus. Spijkerbroek, poloshirt, sportjasje. Vroeger zouden er elleboogstukken op het jasje hebben gezeten.

De Paradise richtte zich niet bepaald op een chic publiek. Je kon drie spiegeleieren, toast en frites, met een keuze uit bacon, ham of een worstje krijgen voor $6,99, en daar was de koffie bij inbegrepen. Een sandwich met bacon, sla en tomaat kostte $5,99, of $7,99 als je er frites bij wilde. De meeste mensen die hier aten reden in pick-uptrucks, waarvan sommige met een extra set lampen op het dak.

Wie kwam hier in een limo?

Oké, het was eigenlijk geen límo-limo. Hij was niet twee keer zo lang als een gewone auto, noch waren alle ramen getint. Chloe kon tenminste de chauffeur zien. Een mollige vrouw die op haar telefoon bezig was. Hij leek wel op zo'n auto die welgestelde mensen bestellen als ze naar het vliegveld moeten.

Ze naderde de man, die het menu bekeek dat altijd tussen de servetjeshouder en de fles ketchup stond.

'Koffie?'

'Eh, ja,' zei de man glimlachend.

Hij keek naar haar borsten, maar daar was ze aan gewend. De helft van de mannelijke blikken hier reikten niet hoger dan daar.

'Chloe?' zei hij.

O, oké, hij had haar naambordje gelezen. Toen hij het had gelezen keek hij haar aan.

'Tot uw dienst,' zei ze. 'Ik zal uw koffie halen.'

Het leek alsof hij nog iets wilde zeggen maar ze had zich alweer omgedraaid. Binnen een minuut was ze terug met een witte mok koffie.

'Met genoeg melk en suiker is het nog drinkbaar ook,' zei ze. 'Hebt u al een keuze gemaakt?'

'Hoe zijn de pannenkoeken?'

'Plat.'

De man grinnikte. 'Precies zoals ik ze lekker vind. Doe maar een portie, met wat bacon ernaast.'

'Oké,' zei ze.

'Dank je, Chloe.'

Iets te veel nadruk op mijn naam, dacht ze toen ze wegliep. Alsof hij ervan genoot haar naam uit te spreken. Was zoiets vreemd?

Ze dacht aan de manier waarop Anthony Hopkins 'Clarice' uitsprak. Ja, daar leek het wel op. Je naam uitspreken met een stem die uit een afvoerputje lijkt te komen.

Ze gaf de bestelling door, richtte haar aandacht op een alleenstaande moeder die hier één keer per week met haar peuter kwam voor een laat ontbijt, en ruimde vervolgens een tafeltje af.

Voordat de pannenkoeken klaar waren bracht ze nog een flesje *maple syrup* en extra boter – elk in hun eigen verpakking – bij de man. Voordat ze zich kon omdraaien schraapte hij zijn keel om haar aandacht te krijgen.

'Heb je even?' vroeg hij.

'Wilt u de bestelling veranderen?'

'Nee. Wat ik wilde vragen, werk je hier al lang?'

'Ongeveer een jaar.'

'Bevalt het je?'

'O, ik wacht alleen maar tot er een beroemde regisseur langskomt om me te ontdekken. Ik ga even uw...'

Hij strekte zijn arm uit en greep de hare voordat ze weg kon lopen. 'Wacht even,' zei hij.

Ze keek naar de hand op haar arm en maakte zich er snel los van. 'Handen thuis, meneer.'

'Sorry,' zei hij. 'Maar ik vroeg me af of...'

Ze kreeg genoeg van die engerd. Dan maar een leugentje om hier een einde aan te maken. 'Laat me u uit de droom helpen. Ik heb een vriend, en zelfs al had ik die niet, u had mijn vader kunnen zijn.'

Hij grinnikte. 'Daar weet ik niets van.'

Chloe liep weg voordat hij nog iets kon zeggen. Ze was wel vaker lastiggevallen – nou, zo'n beetje tijdens elke dienst – maar dat waren over het algemeen jongere mannen. Natuurlijk zat er wel eens een vieze oude man tussen – zo een die hem zelfs niet omhoog kreeg als je je tieten recht in z'n gezicht wreef, maar dat weerhield ze er niet van om in je kont te knijpen als je langsliep.

De andere serveersters, die hier al langer werkten, zeiden dat het beter was dan vroeger. De boodschap kwam langzaam binnen, en zelfs ook bij de neanderthalers, dat zulke dingen tegenwoordig echt niet meer konden.

Ze ging naast Vivian staan, die achter de kassa zat en al bijna twintig jaar in de Paradise werkte, en zei: 'Heb je die vent hier wel eens eerder gezien?'

Vivian wierp een blik op hem. 'Misschien. Het zou zo'n professor van Brown kunnen zijn, zo een die zich graag onder het gewone volk begeeft. Misschien dat we wel deel uitmaken van z'n onderzoek.'

'Heb je die zwarte auto daar zien staan?'

Vivian deed een stap van de kassa weg om het beter te kunnen zien. 'Hm,' zei ze. 'Vergeet dat maar van die professor. Ik zou zeggen dat het een recensent van de Michelingids is. Dit is de grote doorbraak waar we zo lang op hebben gewacht. Hé, heb jij gisteren soms een creditcard gevonden? Er belde iemand over.'

Chloe zei dat ze niets had gevonden.

De pannenkoeken waren klaar. Toen ze ermee naar de tafel liep ving haar blik iets op. De chauffeur van de limo was uitgestapt en opende het achterportier voor iemand. Dus misschien was deze vent wel helemaal niet de...

'Dat ziet er heerlijk uit,' zei de man toen ze het bord voor hem neerzette.

'Wilt u verder nog iets? Nog wat koffie?'

'Misschien straks.' Hij keek in zijn mok. 'Ik heb nog de helft. Schenk maar over een paar minuten bij.'

'Natuurlijk.'

Ze hoorde achter zich de bel van de voordeur rinkelen.

De man tilde zijn kin op, keek haar aan en zei: 'Hé, ik hoop dat we die slechte start kunnen vergeten.'

'O, dat is goed hoor.'

'Ik ben hier wel eerder geweest, maar toen heb je me niet bediend. Ik ben blij dat jij het deze keer bent.'

Waarop hij met zijn hand over haar bovenbeen streek.

'Jezus!' riep Chloe uit terwijl ze een sprongetje naar achteren maakte.

En toen gilde ze omdat er iets verschrikkelijks met het gezicht van de man gebeurde. Het leek te exploderen en zat onder het bloed.

Maar het was geen bloed. Het was ketchup, afkomstig uit een knijpfles die een andere man op hem richtte, iemand die vanuit het niets leek te zijn verschenen.

'Godverdomme!' zei de man op de bank terwijl hij de ketchup uit zijn ogen begon te wrijven.

Chloe draaide zich om en zag dat het de man was die ze zonet uit de limo had zien stappen. Hij hield de knijpfles ketchup in de aanslag, klaar voor een eventueel volgend schot. Er was iets vreemds aan hem. Hij kon zijn hoofd niet stilhouden, alsof hij een soort verlamming had.

'Laat haar verdomme met rust,' zei hij.

'Wegwezen hier,' zei Chloe.

De man op de bank greep een handvol papieren servetjes uit de houder, veegde zijn gezicht af en richtte zich op. Hij leek terug te willen vechten, maar toen zag hij Vivian op hem afkomen met een ijzeren koekenpan in haar hand. Ze hield hem boven haar hoofd geheven, alsof het ding niets woog.

De man hief beide handen met de besmeurde servetjes erin bezwerend op en zei: 'Oké, oké, ik ga al.'

Toen hij buiten was liep hij naar links en niet naar de zwarte limo. Hij stapte in een Civic die erachter stond en reed weg.

De geschokte Chloe nam de knijpfles uit de hand van de andere man en zette hem terug op de tafel waar hij vandaan was gekomen.

'Bedankt,' zei ze.

'Geen dank,' zei hij.

'Wie bent u in godsnaam?'

De man aarzelde voordat hij antwoord gaf. 'Mijn naam is Miles,' zei hij, 'en ik denk dat ik je vader ben.'

19

New Rochelle, New York

Er was iets aan de hand met dr. Martin Gold.

Zijn receptioniste, Julie Harkin, had gemerkt dat hij zich de laatste paar dagen vreemd gedroeg. Hij arriveerde laat in de kliniek, en was weer vroeg weg. Hij zegde afspraken op het laatste moment af, en niet omdat hij ergens heen moest. Hij bleef gewoon aan zijn bureau zitten en staarde naar het beeldscherm.

Julie wist dat hij meer dronk. Ze vermoedde dat hij een fles drank van iets in een van de laden had liggen, want het was vaak genoeg voorgekomen dat ze een kegel rook als hij haar iets kwam vragen of haar een dossier bracht. En hij keek glazig. Er was een ochtend geweest dat ze al alcohol rook als hij binnenkwam, alsof hij de koffie oversloeg en shotjes wodka bij zijn bacon en eieren nam.

Gold had altijd van een goede slok gehouden, maar in alle jaren dat Julie hier werkte had ze hem nog nooit zo gezien. Gelukkig is hij geen chirurg, dacht ze. Je zou niet willen dat deze man in je sneed.

In het begin had ze zich zorgen gemaakt dat zijn afwijkende gedrag iets met haar had te maken.

Misschien dat hij ontdekt had wat ze had gedaan.

De eerste dagen nadat ze de dossiers aan die Heather had doorgespeeld, de vrouw die haar in de cafetaria had benaderd met vijftigduizend dollar in haar handtas, was Julie doodsbenauwd dat hij erachter zou komen.

Ze had geprobeerd voorzichtig te zijn, en ze dacht dat ze geen sporen had achtergelaten. Toen Gold een keer ergens ging lunchen met een vriend had ze uit zijn bureau de sleutel van de unit gepakt waarin de papieren dossiers van de afgelopen dertig jaar lagen opgeslagen. De unit bevond zich in een *selfstorage*-loods die op een paar honderd meter lopen van de kliniek stond. Ze kende Golds toegangscode om het gebouw in te komen – 1825, wat de lengte van de Brooklyn Bridge in meters was. Die avond reed ze naar de loods, typte de code in en ging op zoek naar Golds unit. Ze kon binnen geen lichtschakelaars vinden, alles was er bewegingssensitief. Ze vond de unit, gebruikte de sleutel om hem van het slot te halen en trok de stalen roldeur omhoog.

De informatie die Heather wilde hebben zat hoogstwaarschijnlijk in een van de vele kartonnen archiefdozen. De tijdsperiode die haar interesse had was ongeveer een jaar voordat de ReproGold Clinic de overstap naar een digitale administratie maakte.

De unit stond halfvol, en niet alleen met archiefdozen. Zo'n vijf jaar geleden had Gold het interieur van de kliniek laten opknappen, en er was nieuw meubilair voor de wachtkamer gekomen. De oude spullen had hij hier opgeslagen, waarschijnlijk om het op een dag te verkopen.

Ze vond de dossiers die naar Miles Cookson verwezen, en naar de vrouwen die zijn donorzaad hadden ontvangen. Ze pakte de papieren bij elkaar, stopte ze in haar tas en vertrok naar huis, waar ze er meteen op haar printer kopieën van maakte. Daarna was ze weer in haar auto gestapt en had alles precies zo teruggelegd als ze het had aangetroffen.

Toen ze het gebouw voor de tweede keer verliet merkte ze de beveiligingscamera's op.

Maar natúúrlijk waren er beveiligingscamera's. Hoe had ze daar niet aan kunnen denken? Het opslagbedrijf had camera's laten plaatsen in elke gang, en bij elke in- en uitgang. Alle twee haar bezoekjes waren dus opgenomen, gemonitord. Vastgelegd.

De volgende dag keerde ze terug naar de cafetaria, en overhandigde Heather een dikke envelop met de dossiers die ze had gekopieerd.

'Ik ben bang,' had ze gezegd, en ze vertelde Heather van de camera's.

'Maak je geen zorgen,' zei de vrouw. 'Zolang dokter Gold niet weet dat je dit hebt gedaan, heeft hij geen enkele reden om het selfstoragebedrijf te vragen of hij de beveiligingsbeelden mag zien. De meeste bedrijven bewaren zulke beelden zo'n twee tot vier weken. Er zal je niets gebeuren. Kan ik erop vertrouwen dat je alles hebt achtergelaten zoals je het hebt gevonden?'

'Ja.'

'Dan weet ik zeker dat je veilig bent.'

Ze had makkelijk praten. Zíj belazerde haar baas niet achter zijn rug om. Maar haar vertrouwen groeide bij elke volgende dag waarin het onderwerp niet ter sprake kwam – ze zou ermee wegkomen.

Julie bewaarde het geld in de badkamerkast, achter de handdoeken en de voorraad wc-rollen. Ze belde de aannemer die met het werk was gestopt toen ze hem niet langer kon betalen. 'Kunt u terugkomen?' vroeg ze. 'En is het goed als ik het contant betaal?'

Dat was goed.

Maar ze had niet tegen dr. Gold verteld dat de werkzaamheden aan haar huis weer waren hervat. Ze wilde geen vragen oproepen over het geld, dat er eerst niet was. Ze raakte er steeds meer van overtuigd dat hij geen enkel vermoeden had dat er iemand – dus ook zij niet – in de opslag was geweest.

Er moest dus iets anders zijn wat hem dwarszat.

Uiteindelijk vroeg ze het hem. 'Dokter Gold, gaat het wel goed allemaal?'

Ze vroeg het hem aan het eind van de ochtend toen hij zonder enige vooraankondiging meedeelde dat hij na de lunch niet meer terug zou komen, en dat ze alle afspraken van die middag moest afzeggen.

'Met mij gaat het goed,' zei hij zonder enige overtuiging. 'Zeg alles af.'

De vrouwen en hun partners die zo wanhopig probeerden om een gezin te beginnen – of uit te breiden – waren niet blij met deze annuleringen. Sommige van deze mensen, die volledig afhankelijk waren van de kliniek, hadden hun afspraak al weken eerder ingepland. Ze hadden vrij genomen van hun werk. Sommigen hadden er uren voor in de auto gezeten.

Het leek Gold niets te kunnen schelen.

Als de man zich niet bij elkaar raapte, zou de toekomst van de kliniek in gevaar raken. Julie zou dan een andere baan moeten gaan zoeken.

Ze begon eraan te denken om de aannemer maar weer af te zeggen. Ze zou die vijftigduizend nodig kunnen hebben om van te leven.

20

Providence, Rhode Island

Miles had al enige tijd op de achterbank van de geparkeerde limo doorgebracht voordat hij de moed had verzameld om de cafetaria in te gaan. Hij had in zijn hoofd doorgenomen wat hij zou zeggen. Hij dacht aan zijn dagen op de middelbare school, de vlinders die hij in zijn buik voelde als hij de moed bijeen probeerde te rapen om een meisje mee te vragen naar het eindexamenbal. Het was achteraf gezien niets vergeleken bij dit – een jonge vrouw vertellen dat je haar biologische vader was.

Het had iets meer dan twee uur gekost om vanuit New Haven hiernaartoe te rijden, en hij had de meeste tijd in stille overpeinzing doorgebracht. Zijn vaste chauffeur, Charise, had het gemerkt.

'Ik hoop dat u me deze interruptie vergeeft, meneer Cookson,' had ze gezegd, 'maar u lijkt nogal in gedachten verzonken vandaag.'

Hij had haar al honderd keer gezegd om hem Miles te noemen, maar Charise hield zich aan het protocol. Als je iemand rondreed droeg je een colbert, een wit overhemd en een stropdas, hoe warm het ook was buiten. Je hield het portier open voor je passagiers. Je bleef beleefd. Je voerde geen persoonlijke telefoongesprekken in de aanwezigheid van je werkgever.

'Ja, inderdaad, in gedachten verzonken,' zei hij.

'Zal ik de radio aanzetten?' Ze had haar wijsvinger al uitgestoken om zijn favoriete Sirius-station te laten klinken. 'Beatles?'

'Nee, het is oké. De stilte doet me goed.'

Wat niet had hoeven te betekenen dat ook zij haar lippen stijf op elkaar zou houden, maar ze had de rest van de rit nagenoeg niets gezegd.

Op Dorians aanraden was Miles aan het project begonnen met Chloe Swanson. Er hing veel af van deze ontmoeting. Als het goed ging, zou het bemoedigend genoeg zijn om daarna met de anderen contact op te nemen. Als het slecht ging, nou, dan moest hij er nog eens over nadenken.

Hij wilde inzetten op een voorzichtige benadering. De Paradise Diner binnenstappen, niet te dicht bij de andere klanten gaan zitten, een kop koffie bestellen en hopen dat Chloe Swanson hem zou bedienen. En als dat zo was, een gesprek met haar beginnen. Aan haar wennen voordat hij Chloe zou vragen of hij haar onder vier ogen kon spreken.

Heather had voor hem uitgezocht dat Chloe de ochtenddienst had. Ze had de cafetaria gebeld en gezegd dat ze haar creditcard kwijt was. Chloe was haar serveerster geweest, misschien dat zij hem had gevonden? Kom morgenochtend maar langs, was haar gezegd. Ze viel dan in voor een andere serveerster.

En hier was hij dus.

Miles zou zijn biologische dochter ontmoeten.

Hij haalde diep adem, stapte uit de auto, liep de cafetaria in en kwam midden in een scène tussen Chloe en een vervelende klant terecht.

Het was op dat moment dat er iets van de Huntington bij hem opspeelde. Een plotselinge vlaag van irritatie, woede. Hij greep de knijpfles ketchup van een tafel en spoot het in het gezicht van de man. Alsof je water over een loopse hond gooit.

En toen was hij er zomaar mee gekomen.

Mijn naam is Miles en ik denk dat ik je vader ben.

Over een voorzichtige benadering gesproken.

Haar gezicht. Verbijsterd, perplex, verbouwereerd. Ze stond aan de grond genageld en staarde hem secondenlang aan voordat ze iets zei.

'Wát?'

Op dat moment kon hij niet meer terug. De spreekwoordelijke aap kwam uit de mouw.

'Dat kwam er niet uit zoals ik het me had voorgenomen,' zei hij, 'ik...'

'Jezus,' zei ze terwijl ze een blik op de tafel wierp, waar de strepen ketchup kriskras over het bord met pannenkoeken liepen. 'Wat een puinhoop.'

'Het spijt me. Ik zag dat hij zijn handen niet kon thuishouden en...'

'Ja, wat bén je een held. Alsof ik niet weet hoe je zo'n handtastelijke eikel van me af moet slaan.'

Het was alsof ze zijn woorden niet eens had gehoord, of begrepen.

'Kunnen we ergens praten?' vroeg hij.

Ze trok de schoonmaakdoek vanachter haar ceintuur vandaan en wilde de ravage opvegen. Maar toen zag ze ook ketchupsporen op het vinyl van de bank en zei: 'Shit.'

Chloe nam het onaangeraakte bord eten en de koffiemok van de tafel, ze liep ermee naar een rek vol vuile borden terwijl Miles haar volgde.

'Hoorde je wat ik zei?' vroeg hij.

'Wat het ook was, ik kan er niet veel mee,' zei ze afwimpelend.

'Het is waar.'

Chloe stopte een moment. 'Werkelijk. Nou, ik heb geen vader. Nooit gehad, trouwens.'

Ze pakte een dweiltje en liep terug om de bank schoon te vegen.

'Dat weet ik,' zei Miles kalm. 'Je had twee moeders. Gillian en Annette. Het spijt me van Annette. Ik weet dat je haar hebt verloren toen je nog jong was.'

Chloe stopte met schoonmaken, draaide zich om en keek hem aan. 'Nu is het genoeg geweest, engerd. Wie ben je verdomme?'

Hij stelde zich een tweede keer voor. 'Miles. Miles Cookson. Ik ben vandaag vanuit New Haven hiernaartoe gekomen.' Hij kreeg een brok in zijn keel. 'Om jou te ontmoeten.'

Chloe wankelde licht, alsof er een duizeling door haar heen trok.

'Waarom ga je niet even zitten,' zei hij, en ze liet zich op de bank zakken die ze zonet had schoongemaakt. Miles ging ietwat onhandig tegenover haar zitten – een van zijn benen leek moeilijk te begrijpen wat de bedoeling was.

Vivian hield de koekenpan nog steeds vast, maar ze had haar arm laten zakken en zei: 'Gaat het, schat?'

Chloe keek haar versuft aan. 'Eh... is het goed als ik even pauze neem?'

Vivian keek van Miles naar Chloe, realiseerde zich dat er iets aan de hand was, al had ze geen idee wat. 'Natuurlijk. Geef maar een gil als je iets nodig hebt.'

'Ik zou wel een kop koffie lusten,' zei Miles.

Vivian zond hem een blik toe die duidelijk maakte dat ze het eigenlijk niet tegen hem had. 'Komt eraan,' zei ze en ze liep weg.

Miles keek Chloe glimlachend aan en zei: 'Daar moet je geen ruzie mee krijgen.'

'Hoe weet je van mij af?' vroeg ze. 'Hoe weet je van mijn moeders?'

'Ik heb mijn huiswerk gedaan. Of ik heb het anderen voor me laten doen.'

'Ik weet niet waar je het over hebt.'

'Ik weet dat je vragen zult hebben, en dat dit nogal veel is om zo één-twee-drie te bevatten, maar laat me er eerst één aan jou stellen. Wat weet je, wat is je verteld, over je biologische vader?'

'Niets. Mijn moeder ging naar een vruchtbaarheidskliniek en werd zwanger. Ze kreeg mij. Einde verhaal.'

'Je moet het je hebben afgevraagd.'

Ze knikte langzaam. 'Ik weet eigenlijk niet of ik je dit wel had moeten vertellen.'

'Ik begrijp het. Als je wilt dat ik vertrek, dan doe ik dat. Maar ik hoop dat je dat niet doet. Ik ben geen charlatan. Ik ben wie ik heb gezegd dat ik ben. Erewoord.'

'Ik heb dat WhatsMyStory-ding gedaan.' Ze zweeg een moment. 'Maar ik heb geen match met jou gekregen.'

'Ik heb ze mijn DNA niet gestuurd. Dat had ik kunnen doen, maar het gaf me niet de garantie dat ik, in de tijd die ik heb, mijn doel zou bereiken.'

'Wat bedoel je daarmee?'

'Daar kom ik zo nog op terug. Ik heb de namen van iedereen bij wie mijn sperma is ingebracht. Het doet er niet toe hoe ik die heb weten te vinden. Vervolgens kon ik achter de namen komen van de voortvloeisels van mijn donorschap.'

‘Voortvloeisels? Ben ik een voortvloeisel?’

Miles haalde zijn schouders op. ‘Ik weet nog steeds niet welke woorden ik moet gebruiken.’

Vivian kwam terug met koffie en een handvol melkkuipjes. ‘Alles goed hier?’ vroeg ze toen ze zag dat Chloe’s ogen vochtig waren.

Ze pakte een servetje en depte haar ogen. ‘Ja hoor, Viv.’

‘Oké.’

Toen ze weer weg was, vroeg Chloe aan Miles: ‘Je hebt ze allemaal gevonden?’

Miles knikte.

‘Hoeveel?’

‘Negen.’

‘Negen? Ik dacht dat ze zo’n spermadonor tientallen keren konden gebruiken.’

‘In mijn geval hebben ze dat niet gedaan. Het verraste me ook wel een beetje, ja.’

‘Negen,’ herhaalde ze, meer voor zichzelf. ‘Ik heb er één gevonden.’

Miles trok zijn wenkbrauwen op. ‘O ja?’

‘Een halfbroer. Todd Cox.’

‘Ja, dat is een van de namen op mijn lijst.’

‘Heb je een líjst? Mag ik hem zien?’

Miles keek naar het tafelblad en schudde zijn hoofd. ‘Als ik iedereen eenmaal heb gevonden en met hen heb kunnen praten… Als ik weet hoe ze zich hierover voelen, dan zou ik kunnen organiseren dat iedereen elkaar ontmoet.’ Hij grijnsde. ‘Ik denk dat “reünie” het verkeerde woord is. Een “introductie”, dat klinkt beter.’

‘Ja, dat zou kunnen. Maar ze kunnen overal zijn. Over de hele wereld verspreid.’

‘Dat is geen probleem.’

‘Wat? Ben je rijk ofzo?’

‘Ja,’ zei hij plompverloren.

‘O,’ zei Chloe. Ze gebaarde de cafetaria rond. ‘Nou, dit is de plek waar ik mijn eerste miljoen ga maken.’ Ze schudde haar hoofd in verwondering.

'Dit is allemaal zo maf. En ja, het is nogal veel in één keer. Daar zit je dan gewoon. Ik weet niet of ik het eigenlijk wel moet geloven.'

'Waarom zou ik liegen?'

'Dat weet ik niet, ik zeg ook niet dat je dat doet. Maar het is moeilijk te bevatten. Ik heb me mijn hele leven afgevraagd wie mijn biologische vader is. En nu je hier bent vraag ik me af wat het verschil is. Is mijn leven veranderd?'

'Nóg niet, misschien.'

Ze keek ernstig. 'Waarom?'

'Waarom?'

'Waarom ben je hier? Waarom wilde je me vinden?'

'Waarom heb jíj je bij WhatsMyStory ingeschreven? Er wáren dus dingen die je wilde weten.'

'Oké, klopt, maar in jouw geval moet er iets anders aan de hand zijn.'

Nu kwam het moeilijke gedeelte. 'Ik heb onlangs wat tests gedaan,' zei hij.

'Tests?'

'Ik merkte veranderingen op. Dingen met mijn spieren. Mijn kortetermijngeheugen dat het soms laat afweten. Onwillekeurige bewegingen.'

'Je lijkt me vrij normaal.'

'Het is in het beginstadium. Maar goed, ze hebben me onderzocht om te zien wat er precies aan de hand is.'

En toen dacht hij: ik kan het haar niet vertellen.

Als ze iets van Huntington afwist, zou ze meteen beseffen dat ze risico liep. Hij kon haar daar niet mee overvallen. Niet zo snel. Hij zou haar zeggen dat hij een aandoening met ongeveer dezelfde symptomen had. Iets met een lager erfelijk risico.

'Ik heb ALS,' zei hij. 'Ze noemen het ook wel de ziekte van Lou Gehrig. Het is een…'

'Ik weet wat het is. Ik ga vaak bij mijn opa in het bejaardentehuis op bezoek. Er is daar iemand die het heeft. Het is een gemene sluipmoordenaar.'

Miles glimlachte. 'Ja, dat is het. De klok tikt, hoewel ik niet weet hoe snel het zal gaan. Ik heb nagedacht over… mijn nalatenschap. Ik wil de mensen vinden die ik hier achterlaat, al wist ik eerst niet eens wie het waren.'

‘Oké.’ Deze keer ontsnapte er een traan uit haar ooghoek die over haar wang liep. ‘Dus, na al die jaren krijg ik binnen een uur te horen wie mijn vader is en dat ik hem weer kwijt zal raken.’

‘Nou ja, niet meteen.’

‘Kut,’ zei Chloe, die een servetje pakte om de traan weg te vegen. ‘Sorry. Zo klinkt het net alsof het allemaal om mij draait. Jij bent degene die ziek is.’

Er viel zoveel meer te vertellen. Over wat hij van plan was om haar en de anderen te geven. En dat ze zeer, zeer rijk zou worden. En, eventueel, de gezondheidsproblemen die ze zou kunnen krijgen.

Maar dat kon later komen.

Chloe snoof nog een paar keer en hernam zich.

‘Weet je wat ik zou moeten doen?’ zei ze en ze probeerde te glimlachen.

‘Nou?’

‘Je aan Todd voorstellen. Je hoeft me die lijst niet te laten zien. Ik heb hem leren kennen en kan het pad voor je effenen.’

Miles nam het in overweging. ‘Het is niet naast de deur.’

‘O, dat is niet erg. En je kunt je chauffeur naar huis sturen.’ Chloe haalde haar telefoon tevoorschijn en legde hem op tafel. ‘Mijn Pacer staat achter de cafetaria geparkeerd.’

‘Een Pacer?’ vroeg Miles ongelovig.

Ze grijnsde hem toe. ‘Zo’n station-model. De radio is kapot en de houten panelen liggen er half af, maar hij rijdt. Niet alles hoeft zo chic te zijn. Waar rij jij in? Een fucking Porsche?’

Miles wilde bijna zeggen dat hij er net één had weggegeven, maar hij wist zich in te houden.

Chloe typte op haar telefoon en verstuurde de sms. ‘Todd is nogal… maf? En zijn moeder? Nou, dat is me een portret.’ Ze lachte. ‘Alsof ík zo normaal ben. Maar zij is degene die helemaal weg is van WhatsMyStory en al die andere genetische clubs, en ze heeft Todd weten over te halen om zijn DNA op te sturen.’

Chloe keek op haar telefoon en zag dat er nog geen antwoord was gekomen.

‘Hè?’ zei ze. ‘Hij heeft nog niet terug-ge-sms’t. Wat vreemd.’

21

New Haven, Connecticut

Een dag nadat Gilbert haar de lijst had getoond bevond Caroline zich in een kamer van het Omni Hotel, vlak bij Yale University. Het was een luxe-suite op een van de bovenste etages met een uitzicht over de campus van Yale. Ze kon de Sterling Memorial Library, de Law School Towers en de High Street Arch zien. Nou, het waren dingen die ze had kunnen zien als ze geen zwartzijden Hermès-sjaal voor haar ogen had die met een strakke knoop om haar hoofd zat.

Ze had zijn instructies expliciet opgevolgd.

Caroline moest zich om vier uur 's middags bij de receptie melden – geen minuut vroeger en geen minuut later – en naar de sleutel vragen die voor haar klaar zou liggen.

Daarna moest ze naar de kamer gaan en zichzelf erin laten.

Er zou een pas geopende fles gekoelde champagne staan met twee flûtes ernaast. Ze moest er één volschenken, deze opdrinken en zich ontspannen.

De badkuip zou al voor haar zijn gevuld. Caroline moest zich uitkleden en een weldadig bad nemen. Ze had gemengde gevoelens over dit gedeelte, dacht hij soms dat ze niet schoon genoeg was? Maar ze moest toegeven, hij had de kraan precies op de goede temperatuur gezet, en het wás weldadig.

Om half vijf moest ze uit bad stappen en zich afdrogen. Als ze uit de badkamer kwam, moest ze een spannend setje aantrekken dat voor haar op het bed was gelegd. Lingerie van Agent Provocateur, Bordelle, of andere chique merken die ze wel in bladen had gezien maar zich nooit dacht te kunnen veroorloven.

En dan die sjaal.

Ze moest naar het raam lopen, de sjaal tot zo'n zes centimeter breed vouwen en er een blinddoek van maken.

En daarna moest ze wachten.

Het kon een minuut zijn, soms ook tien. Als ze hoorde dat de deur werd geopend en er iemand binnenkwam mocht ze niet reageren. Hij naderde geruisloos en sloop als een panter over het tapijt. Ze wist niet waar hij was tot ze zijn adem in haar nek voelde.

En dan begon het echt interessant te worden.

Dit was hun vaste spel geworden. Zo wilde Broderick haar aantreffen.

Vanaf het begin was hij zeer duidelijk geweest over zijn verlangens. Dat was een paar maanden geleden, een week nadat hij zijn overredingskracht had uitgeoefend op de servicemanager die geweigerd had om de noodzakelijke reparaties aan Carolines auto als gratis onderhoud te beschouwen.

Ze wilde graag een manier vinden om hem daarvoor te bedanken.

Ze had de rechtbankverslagen doorgenomen om meer over hem te weten te komen, te beginnen met zijn achternaam. Broderick Stiles, drieënveertig jaar oud. Er stond een woonadres bij, maar toen ze erheen reed bleek het een terrein vol kaalslag te zijn. Ze kon geen telefoonnummer van hem vinden, en hij zou zeker geen Facebookpagina of een Twitteraccount hebben.

Dus Caroline bleef terugkeren naar het Starbucks-filiaal waar ze elkaar hadden ontmoet, in de hoop dat hun paden zich nog eens zouden kruisen. Ze probeerde op hetzelfde uur en dezelfde dag te komen, maar na een week raakte ze ontmoedigd en had ze er alleen maar een overdosis cafeïne aan overgehouden. Het was op de achtste dag dat ze een stem achter zich hoorde toen ze haar *latte* wilde betalen. 'Rijdt de auto een beetje?'

'O!' zei ze terwijl ze zich omdraaide.

Ze gingen aan dezelfde tafel als de vorige keer zitten. 'Ik weet niet wat je ze hebt gezegd,' zei ze, 'maar ze hebben de auto gerepareerd en hebben me als een koningin behandeld.'

‘Ik ben blij dat te horen,’ zei Broderick.

‘Dus wat héb je ze gezegd?’

Hij glimlachte. ‘Wat doet het ertoe?’

Eigenlijk was het prima zo. Het was leuker om het níét te weten. Het was leuker om je voor te stellen wat hij zou hebben gezegd, of zou hebben gedaan, om de servicemanager op andere gedachten te brengen.

Ze boog zich over de tafel naar hem toe, hun voorhoofden raakten elkaar bijna, en zei: ‘Ik zou je hier graag voor willen bedanken.’

‘Ik weet wel iets,’ had hij geantwoord.

De volgende middag reisde ze voor de eerste keer naar het Omni Hotel af. Een week later weer, en ook de week daarop. Enzovoort.

Er werd wel eens een week overgeslagen, wanneer Broderick voor zijn werk de stad uit was. Maar als hij in New Haven was, regelde hij een rendez-vous.

Het was niet Carolines eerste affaire, maar wel de opwindendste. Gilbert was nooit zo fantasierijk geweest in de slaapkamer. Alles ging volgens het boekje, wat natuurlijk flauw was om van een boekhouder te zeggen. Hij was even daar, dan even daar en dan hup erop om het af te maken. Wat kon je zeggen van een man die zijn sokken aanhield als ze seks hadden? Maar er was meer dan dat. Het viel niet mee om een man te beminnen voor wie je op een bepaalde manier geen respect kon opbrengen.

Maar wacht, vroeg ze zich wel eens af, kun je dan wél respect opbrengen voor het werk dat Broderick Stiles doet? (Als hij tenminste deed wat ze dácht dat hij deed.) Maar ze kon het rationaliseren. Hij was iemand die een dienst verleende. Misschien dat hij, technisch gezien, de grenzen van het toelaatbare overschreed. Maar de wereld werd steeds gecompliceerder. Sommige problemen vroegen om onorthodoxe oplossingen.

En, jezus nog aan toe, de seks was geweldig.

Er waren nog geen vierentwintig uur verstreken sinds Gilbert haar van Miles’ ziekte had verteld, en hoe haar zwager hem op die Porsche na bijna niets naliet, en dat hij alles wilde weggeven aan een stel biologische kinderen die hij nog nooit een verjaardagskaart had gestuurd… Caroline had zich afgevraagd of ze iets kon doen.

Zou ze zelf met Miles moeten praten? Proberen om hem van gedachten te doen veranderen? Zou hij zelfs wel met haar wíllen praten? Kon ze hem zeggen hoezeer het haar speet dat ze achter zijn rug om met dat Google-kopstuk had onderhandeld? Dat ze die persoon niet meer was en haar lesje had geleerd?

Misschien kon ze hem eraan herinneren wat voor goede broer Gilbert altijd voor hem was geweest. Hem een schuldgevoel bezorgen zodat hij het juiste zou doen.

Nee, Miles zou nooit naar haar luisteren. Hij was een egocentrische man. Alleen maar met zichzelf bezig.

Maar ze had een ander idee, één dat, om een van haar dochter Samantha's uitdrukkingen te gebruiken, 'zó apart' was. Het zou tijd kosten, en ze kon het niet alleen doen. Het zou mis kunnen lopen. Maar, o, als het werkte... dan zou ze de hoofdprijs krijgen.

Ze vroeg zich af wat Broderick ervan zou vinden.

Dus op deze middag, nu ze uitgestrekt op het bed lag nadat hij haar toestemming had gegeven de zijden blinddoek af te doen, besloot ze het onderwerp ter sprake te brengen.

'De eerste keer dat ik je ontmoette,' begon ze, 'omschreef je jezelf als een probleemoplosser.'

'En ik heb iets voor je opgelost,' zei hij.

'Dat heb je zeker.' Ze zweeg.

'Heb je een nieuw probleem?' vroeg hij uiteindelijk.

'Jazeker. Maar het ligt iets gecompliceerder dan mijn autoprobleem.'

22

Providence, Rhode Island

Er was een uur verstreken, en Todd had nog steeds niet gereageerd op Chloe's sms'jes of mailtjes. Uiteindelijk had ze hem gewoon maar gebeld, wat, zoals Miles begreep, altijd de laatste optie was bij jonge mensen.

Todd nam niet op. Chloe had zijn voicemail ingesproken: 'Hé, maf halfbroertje van me, bel me direct terug want ik heb nieuws waar je steil van achterover zult slaan.'

Er werd niet teruggebeld.

'Misschien dat hij het druk heeft,' zei Miles.

Chloe gaf toe dat dat mogelijk was, maar ze was er niet van overtuigd. 'Dat is niets voor hem.'

'Hoe lang ken je hem eigenlijk al?'

'Oké, nog niet zolang. Maar die jongen slaapt met zijn telefoon.' Ze dacht even na. 'Ik stel voor dat we gaan.'

Miles twijfelde. 'Het is een flink stuk rijden voor iemand die er misschien niet is.'

'Wat heb je verder nog te doen?' Ze hield haar hoofd scheef. 'Wat dóé je eigenlijk precies?'

'Ik run een techbedrijf.'

'En wat is dat?'

'Geef me je telefoon.'

'Wat?'

'Geef hem nu maar gewoon.'

Met enige terughoudendheid schoof ze hem over de tafel de telefoon toe. Hij wierp een blik op de apps die erop zaten. Het waren de gebruikelijke. Facebook, Twitter, iTunes, Instagram en wat spelletjes. Hij veegde naar de tweede pagina apps en glimlachte.

'Zie je deze?' zei hij en hij tikte erop.

Op het schermpje verscheen het woord SHOPSAW.

'Ja?' zei ze.

'Dit is hem, je neemt een foto van iemand die je iets ziet dragen, en de app vertelt je waar je het kan kopen.'

'Ik weet hoe het werkt.'

'Dat is er een van ons.'

'Dat meen je niet. Jouw bedrijf heeft die app bedacht?'

Miles knikte.

'Shit,' zei ze en ze nam de telefoon terug. 'Ik ben onder de indruk. Ik gebruik die app voortdurend. Stiekeme foto's van mensen die kleren dragen die ik ook wel zou willen hebben. Ze komen altijd uit winkels die voor mij veel te duur zijn. Wacht even.'

Ze richtte de telefoon op Miles, tikte en keek naar het resultaat. 'Je hebt je jack van Nordstrom?'

'Ja.'

Chloe schudde haar hoofd vol bewondering. 'En hiermee ben je zo rijk geworden.'

'Ja.'

'Is er iets dringends op je kantoor, of zullen we zo naar Todd rijden?'

Hij haalde zijn schouders op. 'Oké, waarom ook niet. Charise kan ons erheen brengen.'

'Noem je je auto Charise? Net als in die film, *Christine*?'

'Charise is mijn chauffeur.'

'O ja, natuurlijk,' zei Chloe. 'Luister, ik bedoel er niets mee, maar ik weet nog steeds niet zeker wat je intenties zijn, of je wel echt bent wie je zegt dat je bent. Het laatste wat ik doe is met je in een vreemde auto stappen. Waarschijnlijk kun je de portieren niet van binnenuit open krijgen en zit er zo'n glazen wand tussen, waarna de chauffeur op een knopje drukt en de achterbank met slaapgas wordt gevuld.'

'Dat heeft mijn andere auto,' zei Miles.

'Ik zal Vivian zeggen dat ik zo weg ben, daarna moet ik mijn schort nog even opbergen en dan sta ik aan de voorkant met de Pacer.'

'Is het goed als ik Charise vraag ons te volgen? Dan kan ze me later direct naar huis rijden.'

'Kun je je privéhelikopter niet laten komen?'

'Ik denk dat het makkelijker is als ze ons gewoon volgt.'

Ze dacht er even over na, zei toen 'oké' en stond op.

Miles lichtte Charise in over de verandering in de plannen toen Chloe's Pacer vanachter de cafetaria verscheen. Ze hoorden de auto voordat ze hem zagen. Het was een minisymfonie van gerammel, geknars en gepiep, begeleid door het lage gebrom van een kapotte knalpot.

'Gaat u daarin zitten, sir?' vroeg Charise.

'Blijkbaar.'

'Wilt u dat ik rij in die... wat is dat, meneer Cookson? Het lijkt wel een goudvissenkom met dat oranje.'

'Dat is een Pacer.'

'Zal ik daarin rijden, en dat de jongedame onze auto neemt? Dan zit u wat comfortabeler.'

Miles glimlachte. 'Nee, maar dank je wel.'

Chloe stopte met piepende remmen naast de limo. 'Stap in,' zei Chloe door het open raampje. Charise wierp een keurende blik op het barrel en leek er niet blij mee te zijn.

'Komt zo'n ding wel door de keuring?' vroeg Miles.

'Ik maak zijn tekortkomingen goed met mijn excellente rijkunst,' zei Chloe. 'Ik rij al sinds m'n veertiende, en officieel sinds m'n zestiende. Ik heb zelfs in een bestelbus gereden toen ik zeventien was. Het was zo'n FedEx-ding die ik zonder toestemming had meegenomen voor een ritje, maar het was een makkie toen ik eenmaal achter het stuur zat. Toen ik negentien was heeft mijn moeder een camper gehuurd en zijn we samen naar DC gereden.'

Miles liep naar de passagierskant en zag het breedste portier dat hij ooit had gezien. Op dat moment herinnerde hij zich dat de Pacer was ontworpen met een breed rechterportier zodat je makkelijker toegang tot de achterbank had. Het portier zakte ietwat nadat hij het opentrok, alsof het te zwaar voor zijn hengsels was.

'Als je zit moet je het portier heel hard dichtrekken,' zei Chloe.

'Komt in orde.' Hij pakte de armsteun met beide handen en trok zo hard als hij kon.

'Oké, daar gaan we dan. Maar eerst...' Ze pakte haar telefoon. 'Heb je iets van een ID bij je?'

'Hè?'

'Een rijbewijs of iets dergelijks?'

Miles trok zijn wenkbrauwen op, haalde zijn portemonnee tevoorschijn en nam er zijn rijbewijs uit. Chloe nam het in haar ene hand en fotografeerde het met haar andere.

'Waar ben je mee...'

'Wacht even.' Ze gaf hem het rijbewijs terug en typte snel iets op haar telefoon. *Woosh*, klonk het. 'Ik heb het naar Viv van de cafetaria gemaild, voor het geval je toch zo'n verkrachter annex seriemoordenaar bent.'

'Begrepen.'

Ze hield nog steeds de telefoon in haar hand en zei: 'Ik wil al deze ontmoetingen documenteren, weet je. Alles wat met mijn familie heeft te maken, mijn achtergrond. Ik heb mijn opa gefilmd, en Todd, en ik had eigenlijk onze ontmoeting van zonet ook moeten filmen.'

'Ach, dat geeft niet.'

'Jawel, dat doet het wel. Ik wil dit materiaal hebben, het is belangrijk voor me. Jij houdt de telefoon vast en je filmt als ik rij, oké? Want ik kan nu eenmaal niet op hetzelfde moment rijden en filmen. Als ik praat, dan film je me, en als jij praat, dan film je jezelf. Kun je dat doen?'

'Ik neem aan van wel. Dus we gebruiken deze tijd om elkaar wat meer over onszelf te vertellen?'

'Precies.' Ze draaide het stuur om en gaf gas. Het grind stoof op bij de achterwielen. Ze keek in haar achteruitkijkspiegel en zag de zwarte limo achter haar. 'O, ik hoop dat ik de lak niet heb beschadigd.'

Miles vroeg haar eerst haar verhaal te vertellen. Ze zei hem dat hij dat niet allemaal hoefde te filmen, omdat ze dat verhaal al kende. Ze vertelde hem over haar opvoeding, hoe het was om twee moeders te hebben, het gepest en de terreur die ze van andere kinderen moest ondergaan, en dat het niet alleen maar slecht was geweest omdat het haar hard had gemaakt, het had haar geleerd om de mening van anderen naast zich neer te leggen.

Ze vertelde hem over de gefilmde interviews die ze met haar opa had gedaan. 'Je weet nooit hoeveel tijd hij nog heeft, dus ik wil zo veel mogelijk te weten komen, nu het nog kan.'

'Dat begrijp ik.'

Ze wierp een zijdelingse blik op hem en trok een gezicht. 'Sorry. Zo bedoelde ik het niet.'

'Dat is oké, hoor.'

'Mijn moeder zal pissig zijn,' zei ze.

'Waarom?'

'Zij vindt dit allemaal niets.'

'Heb je haar verteld dat we je halfbroer gaan opzoeken?'

'Niet dat. Dat hele ding over het ontdekken wie je bent. Daar bedoel ik jou niet mee. Ik bedoel mezélf. Ze wilde niet dat ik mijn DNA naar WhatsMyStory stuurde. Ze was er woedend over. En dan kom jij nu uit het niets om mij te vertellen wie je bent, nou, dat zou wel eens te veel voor haar kunnen zijn.'

'Waarom denk je dat?'

'Ze voelt zich bedreigd. Het was zo veel jaren alleen maar zij en mij. We waren een hecht setje, weet je? Maar dat ik een halfbroer ontdek, dat is als, wat is het woord ook alweer? Zoiets slaat een bres in haar zelfvertrouwen.'

'Ja.'

'Wat is een "bres" eigenlijk?'

'Een gat, als in een muur.'

Ze knikte en hield haar blik op de weg gericht. 'Oké, richt nu de telefoon op jezelf. We beginnen nu aan de persoonlijkheidsquiz.'

'De wat?'

'Ik ga een stel vragen op je afvuren om te zien of we ook echt veel gemeen hebben met elkaar.'

'Oké.' Hij hield de telefoon op en richtte hem op zichzelf.

'Je favoriete film?'

Miles dacht even na. 'Ik heb er een paar. *The Godfather*, deel twee. *Rear Window*.'

'*Rear* wat?'

'*Rear Window*, dat is een Hitchcock-klassieker.'

'Die kale dikke man?'

'Ja, die kale dikke man. En jij?'

'*Lady Bird*,' zei ze.

'Die heb ik niet gezien.'

'Oké, nul punten. Je favoriete ijs?'

'Pecan karamel,' zei hij en hij zag meteen de teleurstelling op haar gezicht.

'Chocola hazelnoot,' zei ze.

'We hebben er allebei noten in,' zei Miles, maar Chloe leek niet onder de indruk.

'Je favoriete tv-serie,' zei ze. 'Allertijden.'

'*The Wire?*'

'O, kom op, dat zegt iedereen altijd. Wees eens wat origineler.'

Miles dacht na. 'Ik denk misschien wel *Six Feet Under*, over die familie met een uitvaartonderneming. Hoewel ik hem momenteel waarschijnlijk wat minder leuk zal vinden. En jij?'

'Niet lachen.'

'Ik beloof het,' zei hij terwijl hij de telefoon op haar richtte.

'*Mister Rogers' Neighborhood*. Hij overleed ergens in de tijd dat ik geboren werd, dus de serie stopte toen. Maar mijn moeder vond op een vlooienmarkt tassen vol videobanden met Mister Rogers erop. Kun je je die nog herinneren, videorecorders?'

'Zeker.'

'Toen ik klein was had ik dus zo'n vijftig afleveringen die ik steeds opnieuw bekeek.' Ze beet op haar onderlip. 'Ik stelde me voor dat hij mijn vader was.' Ze wierp Miles een zijdelingse blik toe. 'Waarschijnlijk heb je niet eens zo'n gebreid vest.'

'Nee, dat heb ik inderdaad niet.'

'Oké, nog een laatste poging dan. Je favoriete fastfood.'

'Pizza.'

'Shit,' zei Chloe terwijl ze met haar hand op het stuur sloeg. 'Taco's.' Ze schudde haar hoofd en keek hem treurig aan. 'Jij kunt mijn vader niet zijn.'

'Nee, we hoeven ons DNA niet eens te vergelijken. Kan ik de telefoon nu wegleggen?'

'Nee, zeg. Blijf filmen. Vertel me je levensverhaal.'

Hij vertelde haar hoe hij in Stamford was opgegroeid. Dat zijn vader, een verzekeringsagent, alcoholist was. Dat zijn moeder aan pillen verslaafd was om zijn alcoholisme aan te kunnen. Dat ze zich ondanks hun verslavingen wisten te redden en zich naar de buitenwereld toe als een gelukkig stel voordeden, terwijl ze het nauwelijks met elkaar uithielden. Wat het gezinsleven voor Miles en zijn oudere broer Gilbert tot een hel maakte. Hun vader oefende een constante emotionele terreur op hen uit die soms ook op fysiek geweld uitliep. Miles wist dat niemand het meer voor hem zou opnemen toen Gilbert ging studeren, dus ook hij verliet het ouderlijk huis. Niet officieel, maar hij verkaste van de ene naar de andere vriend tot hij zijn eindexamen had gehaald, en was daarna voorgoed vertrokken.

'Leven je ouders nog?'

'Nee. Ze zijn bij een auto-ongeluk om het leven gekomen, dat was nadat mijn broer en ik waren uitgevlogen.'

'Mis je ze?'

'Ja,' zei hij.

Dat verraste haar. Ze trok haar wenkbrauwen op en zei: 'Echt?'

'Het blijven je ouders,' zei hij.

'Zijn je broer en jij – shit, ik realiseer me nu dat ik een oom heb – hecht met elkaar?'

Miles moest even over deze vraag nadenken. 'Dat waren we, ja. Hij werkt voor me. Maar ik denk dat dit de verkeerde week is om hem te vragen of we hecht met elkaar zijn. Hé, ik krijg een lamme arm van die telefoon.'

'Niet zeuren. Hoe zit het nu met je broer? Waarom is hij dan kwaad op je?'

Was hij hier klaar voor? Moest hij zijn plannen over zijn nalatenschap ontvouwen? Hij had Chloe duidelijk gemaakt dat hij vermogend was, maar als ze al bedacht had dat er wel eens een som geld haar kant op zou kunnen komen, liet ze het niet merken.

'Da's een lang verhaal,' zei hij uiteindelijk voordat hij de videofunctie uitzette en de telefoon weglegde.

Ze stopten bij een hamburgertent – er waren geen fastfoodrestaurants voorbijgekomen die met pizza's of taco's adverteerden – en Miles nodigde Charise uit om hen te vergezellen.

Charise, een grote vrouw die meer dan honderd kilo woog, zei dat ze gezonder probeerde te eten, maar ze ging overstag zodra ze de vette dampen rook.

Toen ze met z'n drieën zaten te eten, zei Chloe met een mond vol frites tegen Charise: 'Dit is de eerste maaltijd in mijn leven die ik met mijn vader deel.'

Charise trok haar wenkbrauwen op. 'O?'

'Ik denk niet dat ze hier champagne hebben,' zei Chloe grijnzend.

Charise keek Miles aan met een vragende blik. Miles wilde het haar uitleggen, maar Chloe was hem voor.

'Vertel het haar later maar. Niemand wil tijdens het eten het woord "sperma" horen.'

Binnen twintig minuten waren ze weer op weg. Aangezien ze niet in dezelfde auto zaten, zou Charise nog even moeten wachten op het nieuws. Zo'n uur later wees Chloe door de voorruit en zei: 'Hier is het. Daar, net voorbij de brandweerkazerne.'

Chloe remde af, zette de richtingaanwijzer aan en sloeg de oprit in. Ze volgde de bocht om de bomen heen en daar was de stacaravan. Charise bleef bij de weg achter en had de limo in de berm geparkeerd.

‘Dit is het dus,’ zei Miles, die zijn blik langs de caravan liet gaan.

‘Ik zie zijn auto niet,’ zei Chloe. ‘Ik zal hem nog eens proberen te bellen.’

Ze haalde haar telefoon tevoorschijn, tikte op het scherm en bracht hem naar haar oor. Ze wachtte tot hij op de voicemail sprong.

‘Hé, Todd,’ zei ze. ‘We staan bij je caravan. Waar ben je? Nou, waar het ook is, je moet zo snel mogelijk hiernaartoe komen. Ik heb iemand meegebracht die je graag zult willen ontmoeten.’

Ze stopte de telefoon in de zak van haar spijkerbroek.

‘Ik hoorde hem binnen,’ zei Miles.

‘Wat?’

‘Toen jij hem belde, hoorde ik een telefoon gaan in de caravan.’

23

Worcester, Massachusetts

Het plan was geweest om de dode Todd Cox te fouilleren zodra Kendra Collins en Rhys Mills bij het uitvaartcentrum waren aangekomen dat zich op een uur rijden van Springfield bevond. Het was een van die crematoria waar je kon reserveren en alles zelf moest regelen, en nu moesten ze Todds tweede telefoon zien te vinden voordat ze het lichaam op de loopband naar de oven zouden zetten voor zijn laatste reis. Ze hadden zich gerealiseerd dat er een tweede telefoon moest zijn toen Rhys zich de factuur van Verizon herinnerde die op de keukentafel had gelegen. Ze hoopten dat ze hem in Todds broekzak zouden aantreffen.

Ze tilden de lijkzak naar een tafel en ritsten hem open. Kendra trok latex handschoenen aan, hield haar adem in, stak haar handen in Todds broekzakken en trof er niets in aan.

'Misschien zit hij in een van de bilzakken,' suggereerde Rhys, die zich van de tafel afwendde om niet te kokhalzen.

'Help me even met het omkeren.'

'Shit,' zei Rhys, die zijn adem inhield terwijl ze hem omdraaiden zodat Kendra de bilzakken kon inspecteren.

'Niets,' zei ze terwijl ze zich – pats, pats – van de handschoenen ontdeed. 'Waar zou hij de telefoon nog meer kunnen hebben?'

Haar partner schudde zijn hoofd en draaide het lichaam weer om. 'Nergens, hij is niet meer in de gelegenheid geweest om dat ding voor ons te verbergen.'

'Misschien dat de telefoon uit zijn broek is gevallen en ergens in die zak ligt,' zei Kendra, die Rhys aankeek.

'Wat?'

'Voel eens.'

Hij keek zijn partner minachtend aan. 'Jij hebt daar al zitten voelen. Doe jij het dus maar.'

'Ik heb net mijn handschoenen uitgedaan. Waarom bellen we het nummer gewoon niet en luisteren we of we de beltoon ergens horen?'

'Dacht je dat ik het nummer van zijn telefoon heb? Heb jij dat dan?'

'Nee. Dus kom op. Trek die handschoenen aan en ga aan de slag.'

Ze wist dat hij niet tegen lichaamssappen kon, op bloed na dan, en de zak zat er vol mee.

'Shit.' Hij trok de handschoenen aan en voelde in de zak, in alle hoeken, onder Todds levenloze benen en bij zijn hoofd. Toen hij klaar was, stroopte hij voorzichtig de handschoenen van zijn vingers en zei: 'Niets.'

'Verdomme,' zei Kendra.

'Zeg dat wel,' zei Rhys.

'Zou hij in een van die vuilniszakken kunnen zitten?'

De vuilniszakken met spullen uit de caravan lagen nog in Todds Hyundai en het busje, die buiten stonden geparkeerd. Hun volgende stop was een autosloop, waar de auto tot een onherkenbaar pakketje zou worden samengeperst.

'Dat zouden we dan geweten hebben, denk je niet?'

Ze sloot kort haar ogen, alsof ze op een soort hemelse ingeving hoopte. 'Ik denk het ja, maar we zullen het toch moeten checken.'

'Waarom laten we de zakken niet in de auto, zodat die telefoon samen met de rest vernietigd wordt?'

'We zullen nooit weten of dat zal gebeuren,' zei Kendra. 'En we moeten het wel weten. Die telefoon is belangrijk. Het is iets wat afgehandeld moet zijn. In dat ding zitten meer sporen die naar hem leiden dan wat dan ook.'

Hij wist dat ze gelijk had.

Maar ze konden zich in elk geval aan hun schema houden, nu ze zeker wisten dat de telefoon zich niet bij Todd in de lijkzak bevond. Ze droegen de lijkzak naar het platform dat zich voor de ovendeur bevond. Nadat Rhys de oven had aangezet, wachtten ze tot hij de gewenste temperatuur had bereikt en keken vervolgens toe hoe de zak op de loopband in de verzengende oven verdween.

Daarna liepen ze naar de Hyundai, die achter het uitvaartcentrum stond geparkeerd, en sjouwden alle vuilniszakken eruit.

'Er is geen andere manier om dit te doen,' zei Kendra.

Ze schudden de zakken leeg op de parkeerplaats. Schoonmaakdoekjes, kleren, beddengoed, de laptop en alle overige persoonlijke spullen, zoals Todds tandenborstel en kam. Ze spreidden alles op het asfalt uit. Ze vonden de goedkope prepaid-telefoon die op de keukentafel had gelegen, maar dat was alles.

Ze hadden geen zin meer om alles terug in de zakken te doen, dus gooiden ze alles los in de kofferbak en op de achterbank van de Hyundai.

'We zullen moeten teruggaan,' zei Kendra.

Rhys leunde tegen de Hyundai en liet zijn hoofd hangen. 'Ik ben zo godvergeten moe.'

'Ik weet het. Laten we ons van die auto ontdoen, een ontbijt eten, wat cafeïne innemen en dan teruggaan.'

Hij knikte vermoeid. 'Neem jij de auto maar, ik volg in het busje.'

Ze reden naar de autosloop, en vroegen naar 'Harry' die de crusher maar al te graag wilde bedienen nadat Rhys hem vijftig biljetten van twintig dollar in de hand had gedrukt. Ze keken toe hoe de Hyundai gereduceerd werd tot een verwrongen pakket van staal en plastic.

Ze vonden een Denny's in de buurt en het eerste wat ze deden was koffie bestellen. Daarna nam Kendra een omelet, terwijl Rhys voor de steak met eieren ging.

'Weet je, ik werk meestal alleen,' zei Rhys, die een slok koffie nam.

'Ik ook,' zei ze. 'Maar de cliënt had gelijk, dit is een klus voor twee.'

'Ja,' zei hij. 'Dit is anders.'

'En, "Rhys", heb je ook nog een echte naam?'

'Die heb ik. Maar hoe weet je dat dat niet Rhys is?'

‘Er is niemand die Rhys wil worden genoemd. Als het je naam was, zou je hem veranderen.’

‘En wat dacht je van Kendra? Een naam alsof je rechtstreeks uit een Chanel-reclame bent gewandeld.’

‘Oké, dus ik ben niet Kendra en jij bent niet Rhys.’

Rhys hief zijn mok en glimlachte. ‘Op ons, wie we ook mogen zijn.’

Ze hief ook haar mok en klonk, alsof het wijnglazen waren.

De serveerster arriveerde met het eten, en nog voor haar bord werd neergezet had Kendra haar vork al in haar hand. Ze reeg er enkele frietjes aan en schoof ze in haar mond. Ze kauwde en zei: ‘Dit is een vreemde *gig*.’

‘Gig? Zijn we soms een band?’ Hij sneed in de steak om te zien of hij rauw was vanbinnen, want daar had hij om gevraagd.

‘Alles is een gig voor me,’ zei ze. ‘Maar heb jij dan geen vragen?’

Hij kauwde en haalde zijn schouders op. ‘Alles is een klús, een taak die volbracht moet worden.’

‘Maar, die lijst. Wat is de connectie tussen die namen? Waarom die speciale instructies over het schoonmaken van de plek? Of de boel platbranden?’

Rhys schudde langzaam zijn hoofd. ‘Ik hoef het niet te weten.’

Ze aten gehaast en zaten al snel weer in het busje om naar Todds caravan buiten Springfield te rijden. Een uur later, toen ze de plek op enkele kilometers waren genaderd, geeuwde Kendra en zei: ‘Ik zou nog wel een kop koffie lusten.’

‘Zag je die tent waar we een paar kilometer terug langsreden?’

‘Ja, hoezo?’

‘Waarom laat je me er niet gewoon uit om die telefoon te zoeken, dan rij jij terug om nog twee koffie voor ons te halen, en daarna kom je naar mij toe. Als ik dat ding dan nog niet gevonden heb, kun je me helpen.’

Kendra knikte. Ze zag de oprit.

‘Zet me hier maar bij de weg af,’ zei Rhys.

Het busje minderde vaart en stopte bij de oprit. Voordat hij het portier opende drukte Rhys op de knop van het handschoenenkastje, waar hij een Ruger met geluiddemper uit haalde die hij in de binnenzak van zijn jack stak.

‘Verwacht je problemen?’ vroeg ze.

Hij glimlachte. ‘Een goede padvinder is op alles voorbereid.’ Hij opende het portier. ‘Misschien ook nog een donut of zoiets, als ze die hebben.’

Hij gooide het portier achter zich dicht en liep over de oprit terwijl Kendra het verkeer afwachtte tot ze een U-bocht kon maken om terug te rijden.

Toen Rhys de stacaravan had bereikt, liep hij de gasbetonblokken op en opende de deur. Het rook binnen nog steeds naar bleekmiddel. Hij sloot de deur achter zich en ging meteen op zijn knieën zitten om onder de stoelen en de bank te kijken. Zo werkte hij verder tot hij bij de keuken was waar hij de zaklamp op zijn telefoon gebruikte om de kieren tussen de oven, de koelkast en de kastjes te inspecteren.

‘Als ik een telefoon was, waar zou ik dan zijn?’ zei hij in zichzelf.

Hij stond op, liep door de gang naar de slaapkamer aan de andere kant en ging weer op zijn knieën zitten.

Op dat moment hoorde hij een auto naderen.

Het was te snel voor Kendra om terug te zijn met de koffie, en trouwens, het klonk niet als het busje, dat een soepel draaiende motor had. Wat er ook over de oprit naderde, het klonk als een oud barrel, met gerammel, piepende assen en een lekke knalpot.

Hij kroop naar het dichtstbijzijnde raam, richtte zich op en gluurde naar buiten.

Het was zo’n oude bak van American Motors. Een Pacer. Er zat een jonge vrouw achter het stuur, naast haar zat een man van middelbare leeftijd.

‘Shit.’

Hij sloop weg van het raam en overwoog zijn opties.

De caravan had een zogenaamde ‘achterdeur’, maar die bevond zich aan dezelfde kant als de voordeur. Hij kon er niet uit zonder gezien te worden.

Hij hoorde de portieren van de auto dichtslaan. Stemmen. De man en de vrouw waren in gesprek met elkaar terwijl ze dichterbij kwamen.

En toen, vanaf de voorkant van de caravan, de beltoon van een telefoon. Die dus bínnen lag. Geweldig. Nu wist hij waar hij moest kijken, maar er was niets wat hij kon doen.

Hij moest zich verbergen.

Waar kon je je verbergen in een stacaravan? Er was geen kelder waarin je kon verdwijnen. Geen zolder waar je naartoe kon glippen.

Hij bedacht zich dat hij onder het bed kon kruipen. Uren geleden had hij hier schoongemaakt, dus hij ging liggen en schoof eronder.

Maar niet voordat hij zijn Ruger had getrokken en hem stevig met zijn rechterhand omklemde.

24

Springfield, Massachusetts

Chloe stond voor de caravan met haar telefoon en zei: 'Die sukkel. Geen wonder dat ik hem niet kan bereiken. Hij is vertrokken zonder zijn telefoon mee te nemen.'

'Je zei dat hij hem altijd in zijn hand had.'

Ze haalde haar schouders op. 'Zo lang ken ik hem nog niet. Misschien heeft hij soms wel iets ánders in zijn hand. Daar weet jij wel iets van, hè, meneer de spermadonor?'

Miles keek haar teleurgesteld aan. 'Zo praat je toch niet tegen je vader?'

Ze liep in de richting van de caravan. 'We kunnen binnen wachten als hij de deur niet op slot heeft gedaan.'

'We kunnen niet zomaar naar binnen gaan.'

Chloe wimpelde het af. 'Ach, hij is toch familie?'

Ze stond op de trap van gasbetonblokken en probeerde de deur. 'Daar gaan we dan,' zei ze en ze trok hem open. Ze liep naar binnen, Miles volgde haar.

Toen ze in de caravan stonden trok Chloe een vies gezicht. 'Jezus, wat is dat voor een lucht?'

'Een schoonmaakmiddel?' zei Miles. 'Bleekmiddel misschien? Bel hem nog eens, misschien vind ik zijn telefoon dan wel.'

Chloe haalde haar telefoon tevoorschijn en even later hoorden ze een beltoon in de voorruimte rechts. Miles liep naar een bank, keek omlaag en zag de telefoon tussen twee kussens liggen.

'Hij moet uit zijn zak zijn gevallen,' zei Miles terwijl hij de telefoon pakte en aanzette. Misschien dat hij hem probeerde te vinden, maar dat hij ergens heen moest en het maar even zo heeft gelaten. Er zijn een paar sms'jes, en niet alleen van jou. Ik zie een Madeline?'

'Dat is zijn moeder.'

'Ik kan ze niet openen. Weet je zijn wachtwoord?'

'Nee.'

Chloe liep het keukentje in. 'Wat zullen we…' Ze zette de camera van haar telefoon aan en begon te filmen. 'Ik ga dit filmen. Dit is idioot. Ik bedoel, moet je nou toch eens kijken.'

'Wat? Het ziet er hier netjes uit.'

'Dat is het hem nou juist. Het is hier helemaal spic en span.'

'Dus Todd is een schoonmaakfreak.'

'Nee, dat is hij juist níét.'

Ze liep langzaam naar de gootsteen en keek erin. 'Ik kan mijn spiegelbeeld zien.'

Miles boog zich naar een keukenkastje toe en rook eraan. 'Ik ruik het bleekmiddel waarmee het is schoongemaakt. Misschien dat Todd een fee heeft ingehuurd.'

'Er is meer aan de hand,' zei ze terwijl ze naar de keukentafel knikte. 'Waar is zijn laptop? Waar zijn z'n spullen? Ik zal je zeggen, die jongen is ongelooflijk slordig. En volgens mij wéét hij niet eens dat hij zo slordig is. Het zou nooit in hem zijn opgekomen om hier eens wat te gaan poetsen, of om een werkster in te huren.' Ze dacht even na. 'Misschien dat het zijn moeder is geweest? Ze was hier laatst en heeft gezien wat voor een troep het hier was. Maar ze liep mank. Ik zie haar dit niet allemaal doen op één voet.'

Ze liep langzaam door de gang en hield haar telefoon op om haar bevindingen te filmen. Miles bleef in de keuken achter, bij het begin van de gang. Hij voelde zich een vreemdeling hier, een indringer, en hij vond dat hij niet het recht had om hier rond te neuzen. Maar toen Chloe aan het eind van de gang was, keek ze over haar schouder en wenkte hem.

Ze stond in de deuropening van de badkamer toen hij zich bij haar voegde.

'Wauw,' zei ze en ze liep naar binnen.

'Wat?'

'Je kunt van die wc-bril eten,' zei ze. 'Niet dat ik dat van plan was.'

Miles volgde haar de badkamer in. Hij was niet groot, maar groot genoeg voor een wc, ingebouwde kastjes, een wastafel en badkuip die tevens dienstdeed als douche. Met haar vrije hand opende Chloe de kastjes en daarna de laden – alles was leeg en schoongeboend.

'Geloof jij dit?' vroeg ze.

'Huurde Todd deze caravan?'

'Hoezo?'

'Het kan zijn dat zijn huisbaas het hier heeft laten schoonmaken als hij besloot te vertrekken.'

Chloe schudde haar hoofd. 'Hij vertelde dat hij de caravan had gekocht en hierheen had laten brengen, en dat hij aan iemand huur betaalde voor het terrein. Maar die caravan, die is van hem.'

'Misschien dat hij hem ging verkopen. Aan de eigenaar van het terrein bijvoorbeeld.'

Chloe schoof zich langs hem heen en liep al filmend naar de slaapkamer aan het eind. Miles volgde. Ze trok de vouwdeuren van een grote kast open, die op een paar kleerhangers na leeg was.

'Dit is volkomen idioot,' zei ze.

Een ingebouwde rij laden aan de achterwand was haar volgende doel. Ze wilde haar beide handen gebruiken om ze wat sneller open te kunnen trekken, dus ze stopte met filmen en borg haar telefoon op. Alle laden waren leeg.

'Ongelooflijk,' zei ze.

Miles voelde een moeheid over zich heen vallen en plofte neer op het kale matras.

'Niets?' zei hij.

'Nog geen sok met een gat erin.' Chloe ging naast hem zitten en liet haar hand over het matras gaan. 'Er liggen niet eens lakens op. Wat vind je daarvan?'

'Het lijkt erop dat hij met de noorderzon is vertrokken.'

Chloe keek hem kwaad aan. 'Denk je dat?' Ze schudde langzaam haar hoofd. 'Oké, stel dat je gelijk hebt en dat hij is vertrokken. Waarom is het hier dan zo schoon? En waarom zou hij vertrekken zonder mij iets te vertellen? Dit klopt allemaal niet.' Toen keek ze hem scherp aan. 'Tenzij...'

'Tenzij wat?'

Ze aarzelde, alsof ze afwoog hoeveel ze Miles zou vertellen. 'Ik denk dat Todd zich met foute dingen bezighield.'

'Zoals?'

'Het oplichten van bejaarden,' zei ze. 'Ik vroeg hem ernaar, en hij klapte volkomen dicht. Je belt mensen in bejaardentehuizen op met een smoes, je probeert ze iets te verkopen of je troggelt ze geld af. Zulke dingen.'

'De computervirustruc.'

'De wat?'

'O, dat is een bekende. Je belt iemand op en zegt dat je van Microsoft of Apple bent, je zegt dat er een virus op die persoon zijn computer is gedetecteerd, maar dat je dat voor ze kunt verhelpen als ze hun creditcardnummer geven of geld via Western Union overmaken.'

'Ik kan niet geloven dat mensen dat doen. Misbruik maken van oude mensen. Ik ga Todd een enorme schop onder z'n reet geven als hij dat soort bullshit uithaalt.'

'Als je hem kunt vinden.'

'Ja, als ik... Hé, hoorde je dat?'

'Wat?'

'Sst,' zei ze en ze legde haar wijsvinger op haar lippen. 'Ik dacht dat ik iets hoorde. Ergens bij de wand of de vloer.'

'Ik heb helemaal niets...'

'Stil nou even!'

Miles zweeg. Ze hielden een aantal seconden hun adem in. Tot Chloe hem uiteindelijk uitblies.

'Misschien dat het een muis was,' zei ze.

'Mag ik nu weer praten?'

'Ja hoor.'

'Je had het over Todds moeder?'

'Ja.'

'Weet je hoe we haar kunnen bereiken?'

'Nou, daarmee.' Ze wees naar de telefoon in Miles' hand.

'Ik zei je al. Hij is vergrendeld.'

'Jij bent de techman. Kun je hem niet van de vergrendeling halen?'

'Er zijn wel mensen op kantoor die dat zouden kunnen. Maar misschien moeten we haar even online opzoeken en een adres vinden. Misschien dat zij weet waar hij heen is gegaan.'

'Dat zou kunnen. Ik weet niet waarom...'

Ze werd onderbroken door het geluid van piepende remmen en banden die over het asfalt scheurden, alsof een bestuurder in paniek een botsing wilde voorkomen.

'Wat was dat in godsnaam?' zei Miles.

'Het was bij de weg.'

Voor zover ze wisten stond Charise nog steeds aan het eind van de oprit geparkeerd.

'Kom, Chloe,' zei Miles, die opstond en Todds telefoon op het matras liet liggen. Eenmaal buiten zetten ze het op een rennen, voorbij de Pacer, in de richting van de weg. Chloe had direct een voorsprong, Miles voelde weerstand in zijn benen, alsof ze niet wilden doen wat hij ze vroeg.

Toen hij de weg bereikte zag hij hoe Charise en Chloe een vrouw uit een busje hielpen dat zo'n vijftien meter achter de limo half in de greppel was geschoten.

'Ik had hem bijna geraakt!' riep de vrouw terwijl ze uit het busje stapte.

'Gaat het, mevrouw?' vroeg Charise terwijl de vrouw meteen om de wagen heen liep om te kijken hoe ver ze in de greppel zat.

'Wát had u bijna geraakt?' vroeg Chloe.

'Heb je het niet gezien?' zei de vrouw. 'Een hert, verdomme!'

'Een hert?' zei Miles, die bezig was op adem te komen.

'Dat beest kwam vanuit het niets!' zei de vrouw. 'Hij schoot de weg over en verdween in dat bos daar!' Ze wees. 'Ik had dat klotebeest op zó'n stukje na geraakt!' Ze stak haar hand op en hield haar duim en wijsvinger een paar centimeter van elkaar. Ze keek Charise aan. 'Jij moet hem hebben gezien.'

Charise schudde haar hoofd. 'Ik keek pas in de achteruitkijkspiegel toen ik u hoorde remmen. Die bus kwam recht op me af. Goed stuurwerk. Bent u helemaal in orde?'

'Ja,' zei de vrouw.

Ze wierp een blik op haar kleren en leek voor het eerst te zien dat haar bloes en broek nat waren. 'Bah, ook dat nog,' zei ze terwijl er op hetzelfde moment twee kartonnen bekers uit het busje vielen en er door de wind onder rolden. 'Die koffie kan ik verder wel vergeten.'

Ze wreef over haar kleren, alsof de koffievlekken daardoor zouden verdwijnen.

'Waar moet u heen?' vroeg Miles.

De vrouw keek hem voor het eerst aan, knipperde met haar ogen en zei: 'Ik ga bij mijn zus in Rochester op bezoek.'

'Uw achterwielen staan nog steeds op het grind van de berm,' zei Charise. 'Ik denk, als u het voorzichtig doet, in z'n achteruit, dan hoeft u niet uit die greppel te worden getakeld.'

'Ik zal een poging wagen,' zei de vrouw en ze stapte weer in. Ze zette het busje in z'n achteruit en wist precies zo weinig gas te geven dat de achterwielen grip kregen en de wagen weer op de weg stond.

'Goed gedaan,' riep Charise.

'Sorry voor al het gedoe,' zei de vrouw door het open raam. 'Als jullie dat hert nog tegenkomen, doe hem dan de groeten van me.'

Ze stuurde het busje nog iets naar achter en reed weg. Charise bleef ernaar kijken tot het uit het zicht was verdwenen.

'Hm,' zei ze.

'Wat?' zei Miles.

'Niets, sir.' Ze zweeg even. 'Zal ik u zo terug naar huis rijden, meneer Cookson?'

'Dat weet ik nog niet,' zei hij en hij wierp een blik op Chloe.

Ze haalde haar schouders op. 'Dat kun je doen. Ik kan Todds moeder proberen te vinden, en dan laat ik het je weten.'

'Ik ga eerst die telefoon halen,' zei Miles. 'Ik weet wel iemand die erin kan komen.'

Hij liep met Chloe over de oprit en voor de tweede keer bestegen ze de trap van gasbetonblokken. Toen ze binnen waren begaven ze zich meteen naar de slaapkamer.

Miles keek naar het kale matras. 'Waar is hij gebleven?' zei hij.

'De telefoon?' vroeg Chloe.

'Ik had hem daar neergelegd.'

'Misschien dat hij is weggegleden. We zijn hier haastig vertrokken, hij kan op de vloer zijn gevallen.' Chloe ging op haar knieën zitten en keek onder het bed. 'Niets,' zei ze terwijl ze weer opstond. 'Weet je zeker dat je hem in je hand had?'

Hij schudde driftig zijn hoofd. 'Nee, ik bedoel, ja. Ik weet het zeker. Wacht even.' Hij klopte op zijn zakken, misschien dat hij de telefoon zonder erover na te denken bij zich had gestopt. Niets. 'Nee, ik had hem op het bed gelegd. Ik weet het zeker.'

'Misschien dat je hem in je hand had en hem hebt laten vallen toen we naar de weg renden,' zei Chloe.

'Nee,' zei hij resoluut. 'Nee. *Ik heb hem hier neergelegd.*'

'Nou, ik denk niet dat hij pootjes heeft gekregen en naar buiten is gewandeld, tenzij je daar óók nog een app voor hebt bedacht.'

Miles voelde zich ongemakkelijk worden. 'Misschien was het wel die muis van je.'

Chloe keek hem sceptisch aan en zei: 'Hij moet toch érgens zijn.'

Ze ging weer op haar knieën zitten om nog een keer onder het bed te kijken. 'Zoals ik al zei, hier ligt hij niet.'

Miles' eigen telefoon ging. Hij nam hem uit zijn zak en keek op het scherm. 'Het is Charise,' zei hij. 'Ja, Charise?'

'Meneer Cookson, er klopt iets niet. Waarschijnlijk is het niets, maar weet u? Ik heb helemaal geen hert gezien.'

'Oké?'

'Die vrouw. Ze zei dat ze naar haar zus in Rochester reed.'

'Dat zei ze, ja.'

'Nou, dat is nog een paar uur rijden. Nogal vroeg om dan al koffie voor haar mee te nemen.'

Miles schudde zijn hoofd. 'Wat bedoel je, Charise?'

'Waarom had ze twéé van die grote bekers koffie bij zich? Ik bedoel, je moet een eind rijden, dus je haalt wat onderweg. Maar een vrouw met een volle blaas zal hier niet zo snel de auto in de berm zetten om de wildernis in te lopen, toch?'

25

Manhattan, New York

Er werd op de deur van Nicky's kamer geklopt.

Ze zat in kleermakerszit op het bed, in haar pyjama, en speelde gedachteloos een spelletje *Angry Birds* op een iPad. Veel anders kon ze er niet mee doen omdat er in dit gedeelte van het huis geen wifi was. Het was alsof er zich een schild van lood om de kamer bevond. Er was een raam, maar het was niet groot, zo'n 30 bij 60 centimeter, en het keek uit op een steeg. Op anderhalf meter van het bed een bakstenen muur.

Haar telefoon was haar afgenomen, dus ze kon niemand sms'en sinds ze hier zes dagen geleden heen was gebracht. Ook geen mails of telefoontjes dus. Het was vreemd om geen communicatie met de buitenwereld te hebben.

En ze kon het toilet niet als excuus gebruiken om even uit de kamer te kunnen zijn. Dit gastvertrek had zijn eigen badkamer – en wat voor één. Alles van marmer. Een grote whirlpool en een inloopdouche. Zo'n ding naast het toilet waarmee je je kont kon wassen. En er werd haar drie keer per dag een maaltijd gebracht. En ze moest toegeven, het eten was heerlijk. Jeremy Pritkin had een zeer getalenteerd team in de keuken beneden. Het scheen dat hij de chef bij een Four Seasons had weggeplukt. En de kamer zelf had ook klasse. Een kingsize bed, hoogpolig tapijt dat heerlijk aan je blote voeten voelde en een flatscreen met zo'n tweehonderd kanalen erop. Als je huisarrest had, was dit het ideale huis.

Ze nam niet de moeite om op te staan en naar de deur te lopen toen er werd geklopt. Ze kon hem toch niet van binnenuit openen. 'Binnen!' riep ze dus maar.

Ze hoorde de klik van het nachtslot, en toen zwaaide de deur open. Het was Roberta Bennington, Jeremy's assistent. Ze zag er goed uit voor iemand die tegen de vijftig liep. Zwart haar, ronde vormen en 1,80 meter lang op haar hoge hakken. Ze scheen al vijftien jaar bij Jeremy te werken, en was de eerste persoon die Nicky had ontmoet toen de vriendin van haar vriendin uit Brooklyn haar hierin had gelokt.

Roberta had het doen klinken alsof een verblijf hier de kans van je leven was. Nicky zou deel uitmaken van wat ze de 'Pritkin Experience' noemde. Ze zou geld verdienen terwijl ze in het gezelschap van filmsterren, influencers en andere belangrijke personen mocht verkeren. En natuurlijk was er de belangrijkste van allemaal, en dat was Jeremy natuurlijk. Nicky zou deel uitmaken van een team jonge meiden dat elk bezoek aan het huis tot een onvergetelijke gebeurtenis maakte. Alle voordelen! De dingen die ze zou leren! Deze mensen konden hun carrières op de rails zetten, ervoor zorgen dat ze op de beste scholen werden aangenomen, hun banen bezorgen bij de grootste bedrijven in het land.

Maar met Nicky was het anders gelopen.

O, ze had goed geld verdiend, dat zeker. En precies op het moment dat ze niets te makken had, want ze hoefde echt niet op een financiële bijdrage van haar moeder en diens nieuwe vriend te rekenen. Maar het belangrijkste van alles wat ze hier had geleerd, vooral waar het Jeremy Pritkin betrof, was dat de enige goede massage er één met een happy ending was.

'Hoe maken we het hier?' vroeg Roberta.

Achter haar, in de hal van de eerste etage, stond iemand van Jeremy's beveiligingsteam. Zwaargebouwd en goedgekleed, een gorilla in een pak met een stropdas. Nicky wist dat hij er stond voor het geval ze wilde ontsnappen als de deur openging. Ze wist dat omdat ze het een keer had geprobeerd. De man had haar in haar nek gegrepen en als een ondeugende puppy terug naar binnen gegooid.

Roberta had een klein dienblad in haar hand.

'Kijk eens wat we hier hebben,' zei ze. 'Een betere lunch bestaat er niet. We hadden gisteravond een etentje voor de ambassadeur van Peru, en er was nog wat beef wellington over. En een punt goddelijke chocolade-amandeltaart.'

Roberta zette het dienblad op het bureau in de hoek. Ze trok de stoel eronderuit en nodigde Nicky uit om van het bed af te komen en te gaan zitten.

'Ik heb geen honger op het moment,' zei Nicky.

'O,' zei Roberta. Er klonk teleurstelling in haar stem door. 'Nou, Antoine heeft anders zijn stinkende best gedaan om dit voor je te maken.'

'Ik eet het later wel.'

Roberta glimlachte gemaakt en nam plaats in een grote leren fauteuil die tegenover het bed stond. 'Je hebt mijn vraag nog niet beantwoord.'

'Welke vraag?'

'Hoe we het maken vandaag?'

'Ik wil hier weg,' zei Nicky op vlakke toon. 'Ik wil naar school.'

'Natuurlijk wil je dat,' zei Roberta, bijna opgewekt.

'Hoe lang heb ik nog straf? Ik bedoel, ik heb gehoord dat het wel vaker is voorgekomen dat er iemand huisarrest had, maar dit is belachelijk aan het worden.'

'Dat begrijp ik volledig. Ik beloof je dat ik meneer Pritkin erop zal aanspreken. Maar het hangt ervan af of hij vindt dat je je lesje hebt geleerd.'

'Dat heb ik. Dat heb ik echt.'

'Mooi. Dat is goed om te horen.'

'Is hij nog steeds boos op me?'

'O, Nicky, ik zou niet zeggen dat hij boos op je is. Verdrietig, dat is hij wel. En zeker ook teleurgesteld. Maar niet boos.'

'Ik heb hem niet meer gezien sinds ik hier zit.'

'Hij heeft het erg druk. Heb je hem gisteravond nog op CNN gezien?'

'Ik heb geloof ik naar iets anders gekeken.'

'Hij had een gesprek met Chris Cuomo over de plannen voor de federale infrastructuur. Jeremy weet daar heel veel van af, en er gebeurt te weinig op dat gebied.'

'Als u het zegt. Maar zou ik hem niet heel even kunnen spreken om te zeggen dat ik niets heb gehoord? En dat hij me dan misschien zal laten gaan?'

'Ik zal die boodschap zeker overbrengen. Maar je moet begrijpen dat je je in zijn kantoor hebt verstopt en dat je hem hebt bespioneerd, en dat vlak nadat je plannen had om het met... anderen over ons leven hier te hebben.'

'Ik bespioneerde hem niet.'

'Zo zag het er wel uit, Nicky. En daar gaat het om. Meneer Pritkin is een groot en machtig man, en hij houdt er niet van om ondermijnd te worden.'

'Eerlijk waar, ik bedoelde er niets mee.' Ze liet haar schouders hangen. 'Sturen jullie nog steeds uit mijn naam sms'jes naar school en naar mijn vriendinnen?'

'Iedereen wenst je beterschap, en ze begrijpen dat je moet rusten. Dat is de enige remedie tegen Pfeiffer. Ze weten allemaal dat het een paar weken kan kosten voordat je hersteld bent, dus je afwezigheid heeft hen niet verontrust. Ik heb de schoolleiding persoonlijk gesproken, alles is onder controle. Ondertussen maken we het je zo aangenaam mogelijk.'

'Dit is ontvoering.'

'Doe niet zo belachelijk. Je bent een ziek meisje, en wij verzorgen je.'

Nicky voelde tranen opwellen, maar ze vocht ertegen. Ze zou niet gaan huilen in het bijzijn van deze vrouw.

Roberta stond op en maakte aanstalten te vertrekken. 'Ik zal straks iemand sturen om het dienblad op te halen,' zei ze. 'Je moet het echt proeven, het zou zonde zijn om het weg te gooien. Mag ik tegen Antoine zeggen dat je het heerlijk vond? Want hij zal het me vragen.'

'Natuurlijk,' zei Nicky. 'Het laatste wat ik wil is iemands gevoelens kwetsen.'

Er verscheen een brede glimlach op Roberta's gezicht. 'Zo mag ik het horen.' Ze liep naar de deur en klopte twee keer snel achter elkaar. Al snel opende de beveiliger de deur. Roberta was al halverwege de hal toen Nicky haar riep.

'Roberta?'

Ze hield haar passen in. 'Ja, kind?'

'Wat is het plan? Ik bedoel, jullie kunnen me hier niet voor eeuwig gevangenhouden.'

'Nee,' zei Roberta. 'Ik denk niet dat we dat kunnen doen.'

26

Parijs, Frankrijk

Het kostte Bonnie Trumble enige tijd om erachter te komen waar je heen moest om een vermiste persoon aan te geven.

Ze logeerde in het Derde Arrondissement, in de wijk Marais, om de hoek bij het Picasso-museum. Zij en haar hartsvriendin hadden via Airbnb een appartement gevonden, en hadden drie jaar lang gespaard om hier een paar maanden te verblijven. Als je was opgegroeid in Lackawanna, net buiten Buffalo, dan kon je je moeilijk voorstellen dat er een exotischer bestemming bestond dan Parijs – hoewel de lat natuurlijk niet zo hoog lag in Lackawanna. In het eerste jaar van de middelbare school waren ze vriendinnen geworden, en het was al vanaf de derde klas dat ze het erover hadden om later naar de Lichtstad af te reizen.

Toen ze hun eindexamen hadden gedaan besloten ze om een tussenjaar te nemen – wat uiteraard niet het idee van hun ouders was – en hun kans te pakken. Ze zouden een appartement in het centrum van Parijs huren en er twee maanden blijven. Ze zouden zich erin onderdompelen en net als de Parijzenaren leven. Als de twee maanden om waren, zouden ze weer terugkeren naar hun saaie levens in Lackawanna.

En het was tot nu toe geweldig geweest. In de eerste week hadden ze alleen maar toeristische dingen gedaan. De Eiffeltoren, het Louvre, de Notre Dame – hoewel ze daar alleen maar omheen konden lopen vanwege de brand die er twee jaar geleden had gewoed. Toen ze genoeg toeristische attracties hadden afgewerkt, begon het huiselijk leven vorm te krijgen. Er werd thuis gekookt – als je elke dag in een brasserie at was je namelijk snel door je geld heen – en ze deden elke dag boodschappen. O man, dat stokbrood! Dat zoiets simpels als brood zo lekker kon zijn. Je moest hier wel elke dag boodschappen doen, want alles was hier kleiner. De keukenkastjes waren klein. Als je een paar pakken yoghurt in de koelkast zette was hij vol. Je reed hier niet even naar een megasupermarkt om je auto vol te laden met grootverpakkingen.

Alles ging dus fantastisch.

En toen verdween haar vriendin Katie.

Al waren ze hartsvriendinnen, er waren dagen waarop ze hun eigen ding wilden doen. En het was op deze woensdag dat Bonnie het Centre Pompidou wilde bezoeken. Ze had iets met moderne kunst, met dingen die iets aparter waren, maar Katie had even genoeg van musea. 'Verslind al die kunst maar,' had ze tegen Bonnie gezegd. 'Ik neem mijn boek mee en bestel ergens een *grand crème* waar ik drie uur over ga doen. Daarna doe ik wel boodschappen en kook ik iets voor ons.'

Toen Bonnie om iets voor zessen thuiskwam was Katie er niet.

En ze ontdekte dat er iets met hun appartement aan de hand was. Iets wat zo vreemd was dat ze ermee naar de politie wilde gaan. En niet morgenochtend. Nee, nu.

Het was nooit in Bonnie opgekomen dat ze tijdens haar verblijf in Parijs contact met de politie zou moeten opnemen. Hoe noemden ze de politie eigenlijk hier? Gendarmes? *Policiers?* En waar was het bureau? En als ze er een wist te vinden, zou er dan een agent zijn die de Engelse taal machtig was? Want, zo was het nu eenmaal, haar Frans was tamelijk gebrekkig.

Het bleek dat elk arrondissement zijn eigen politiebureau had, dus Bonnie zou die van het derde moeten vinden. In het huis waarin zij en Katie verbleven bevonden zich nog twee huurappartementen. Ze klopte op de deur van het eerste, maar er was niemand thuis. Ze had meer geluk bij het tweede, dat bewoond werd door een ouder echtpaar uit Toronto dat de plek voor een half jaar had gehuurd. Ze spraken vloeiend Frans en ze boden Bonnie aan om mee te gaan naar het politiebureau voor het geval er communicatieproblemen zouden zijn.

Nadat het Canadese stel haar een soepele introductie had bezorgd, werd ze meegenomen door een agent van in de vijftig die Henri heette. Hij was niet in uniform, maar droeg een spijkerbroek, een wit overhemd met een sportjasje erop en bood haar een stoel aan om het verhaal te vertellen. Gezien zijn kleding vroeg ze zich af of hij soms een rechercheur was, maar wat maakte het uit. Ze wilde iemand die naar haar zou luisteren, en gelukkig sprak hij Engels.

HENRI: Hoe heet uw vriendin?
BONNIE: Katie Gleave. Eh, Katie Frances Gleave. We komen beiden uit Lackawanna, New York. Dat ligt vlak bij Buffalo. We zijn allebei negentien.
HENRI: En wat brengt jullie naar Parijs?
BONNIE: We wilden het een keer meemaken, weet u? Om hier te leven?
HENRI: Natuurlijk.
BONNIE: Ze is verdwenen.
HENRI: Vertel me wanneer dit is gebeurd.
BONNIE: Ik ging vandaag naar het Centre Pompidou. Katie wilde een beetje rondhangen. Ze zou boodschappen doen. Maar ze was er niet toen ik thuiskwam en is niet meer teruggekomen.
HENRI: Zo lang is ze nog niet weg. Nog geen nacht. Hebt u geprobeerd haar te bellen?
BONNIE: Ik heb haar ge-sms't, gebeld. Niets.
HENRI: Misschien… dat ze een jongen is tegengekomen?
BONNIE: Nee, dat denk ik niet. Dat is niet gebeurd. En zelfs als het wel zo was, dan zou ze me dat hebben laten weten. Ze zou me niet zo bezorgd laten zijn. Maar er is meer aan de hand.
HENRI: Oké.
BONNIE: Haar spullen zijn weg.
HENRI: Haar spullen?
BONNIE: Haar kleren.
HENRI: Ah, zo. Misschien dat ze besloten heeft om terug te gaan, naar Amerika. Misschien dat er wrijvingen waren tussen jullie?
BONNIE: En de lakens van haar bed.

HENRI: De lakens?

BONNIE: Waarom zou ze de lakens van haar bed afhalen? Waar slaat dat op? Het waren niet eens de hare. Ze waren van de mensen van wie we het appartement hebben gehuurd.

HENRI: Dat is vreemd.

BONNIE: En alles in de badkamer. Niet alleen haar spullen. Ook die van mij. Ik bedoel, als ze wilde vertrekken, wat volgens mij niet zo is, dan zou ze haar eigen tandenborstel meenemen, maar toch niet de mijne?

HENRI: Dat is… apart.

BONNIE: Maar nu komt het vreemdste. Het appartement is schoongemaakt.

HENRI: Schoongemaakt?

BONNIE: Ja, het is er schoner dan toen we er aankwamen. Alles blinkt. Ik bedoel, we zijn geen varkens, maar we zijn ook niet de netste mensen in de wereld. We laten de boel soms de boel, ja. En ik dacht laatst nog, ik ga binnenkort de badkamer schoonmaken en ik ga eens het hele huis door met de stofzuiger, maar nu is ons appartement niet gewoon schoon. Het is gedesinfecteerd.'

HENRI: Gedesinfecteerd?

BONNIE: Bleekmiddel. Alles ruikt er naar bleekmiddel.

27

Springfield, Massachusetts

De Pacer, met Chloe achter het stuur en Miles ernaast, stopte aan het eind van de oprit. Charise leunde met haar armen over elkaar tegen de limo, maar toen Miles uitstapte richtte ze zich op.

'Meneer Cookson?'

'Todd, de halfbroer van Chloe, was er niet,' zei Miles. 'We rijden nu naar zijn moeder toe. Chloe heeft online haar adres gevonden.'

'Ik volg jullie. Ik sta voor u klaar wanneer u me nodig hebt.'

'Dat is geweldig.'

'Meneer Cookson?'

'Ja?'

'Misschien was het nogal overdreven, wat ik zonet over die koffie zei.'

'Nee hoor.'

'Ik had het gevoel dat er iets niet klopte. Maar misschien is het niets.'

'Ik zeg altijd, vertrouw op je intuïtie, Charise. Zeg eens, ik heb het idee dat je niet altijd een privéchauffeur bent geweest?'

'Nee, meneer. Ik heb nog andere dingen gedaan. Telefoniste bij 911, kok, worstelaar...'

'Sorry, worstelaar?'

Charise glimlachte. 'In mijn jonge jaren. Grote shows met geënsceneerde gevechten. Ik had een kostuum aan en heette "Ebony Nightmare". Zo'n drie jaar lang. In die tijd heb ik bedriegers leren doorzien. We waren allemaal bedriegers daar.'

Miles was vol verbazing en glimlachte bewonderend. 'Van mij zul je geen last hebben. Ik wil niet over het dak van de auto worden gesmeten.'

'Dat zal ik echt niet doen, meneer. Maar ik kan het wel.'

Miles liep naar de Pacer terug. Het kostte hem drie pogingen om het portier goed dicht te krijgen.

'Laten we de moeder van mijn zoon ontmoeten,' zei hij grimmig.

'Je lijkt er niet erg blij mee te zijn,' zei Chloe terwijl ze de auto startte. 'Ga je ook zo doen als je *mijn* ma ontmoet?'

'Sorry,' zei hij. 'Ik ben een beetje geïrriteerd. Het lag niet in mijn plannen om de moeders te ontmoeten. En van wat je me vertelde begreep ik dat je moeder zeker niet blij zal zijn om *mij* te zien.'

'Ja, maar ik kan niet wachten om haar gezicht te zien als ik jou aan haar voorstel.'

Ze wierp een zijdelingse blik op hem, maar Miles reageerde niet. Hij keek recht voor zich uit. Nors.

'Hé,' zei ze. 'Wat is er?'

'Niets.'

'Kom op, "pa". Wat is er aan de hand? Zit die verdwenen telefoon je dwars?'

'Ja. Dat ook.'

'Is er nog iets dan?'

Hij keek haar treurig aan. 'Wat ik heb, die aandoening...'

'Ja, dat heb je verteld. ALS. Dus?'

'Ik zou graag willen dat je een test doet.'

'Wat voor test?'

'Een genetische test.'

'Een DNA-test?'

'Ja, zoiets. Ik zal het betalen. En alle bijkomende medische onkosten.'

'Dus geen test om te bewijzen wie ik ben? Want die informatie had je al van die kliniek, toch? Het dossier waarin staat dat je mijn biologische vader bent? Dit is dus een andere test?'

'Ja.' Miles zweeg een moment. 'Ik wilde het hier later over hebben, maar het is de kern van mijn zoektocht naar je. En naar Todd. En de anderen.'

Ze wachtte.

'Ik heb je verteld dat ik een… ziekte heb. En de aftakeling zal compleet zijn in de toekomst. Het goede nieuws, als je het zo kunt noemen, is dat ik het geld voor speciale verzorging heb als ik behoeftig ben geworden. En het gaat veel kosten.'

'Oké,' zei Chloe langzaam.

Hij draaide zich naar haar toe om haar recht aan te kunnen kijken. 'Er is een kans, alleen maar een kans, geen zekerheid…' Hij huiverde inwendig want de waarschijnlijkheid dat ze ook Huntington zou krijgen was veel groter dan een woord als 'kans' uitdrukte. '… dat wat ik heb geen ALS is, maar iets wat ernstiger is. En dat jij het, misschien, op een bepaald moment in je leven ook zult krijgen.'

'Meen je dat nou?' zei ze op sarcastische toon. 'Hé, moet je luisteren, ik ben niet alleen je vader, maar ik kom je ook nog vertellen dat je zult sterven!'

'Zo erg is het niet. Ik… shit, misschien is het allemaal wel één grote vergissing.' Hij draaide zich weer om en keek door zijn raampje naar buiten. 'De test zal uitwijzen of jij de ziekte hebt.'

'Dus ik kan de test doen en horen dat ik het níét heb, maar dan zien ze misschien dat ik wel iets anders zal krijgen,' zei ze.

'Daar had ik nog niet aan gedacht. Maar, ja, dat zou kunnen.'

'We krijgen allemaal íéts,' zei ze. 'Het is niet dat we het eeuwige leven hebben. Dus wat is je punt?'

'Het punt is… dat ik geld heb.'

'Dus?'

'Veel geld. En ik heb geen kinderen uit een huwelijk, weet je. Geen kinderen die ik zelf heb opgevoed.'

'Ben je nooit getrouwd?'

'Nee.'

'Heb je nooit met een vrouw samengeleefd?'

'Nee.'

'Ben je gay?'

'Nee.'

'Maar, je hebt toch wel eens iets anders gedaan met je sperma dan het in een kopje te lozen?'

'Ja,' zei hij. 'Ik heb door de jaren heen relaties gehad, maar niet een die ergens toe heeft geleid.'

'En waarom niet?'

'Volgens mij dwalen we een beetje af op het moment.'

'Sorry, ik weet het, we hadden het over mijn dodelijke ziekte moeten hebben. Hoe komt het dat je nog nooit een vaste relatie met iemand hebt gehad?'

'Misschien omdat ik een soort van klootzak ben,' zei hij.

'Echt waar?'

'Goh, wat klink je verrast.'

'Dat was niet sarcastisch bedoeld.'

'Ik ben altijd meer in een werkrelatie dan in een liefdesrelatie geïnteresseerd geweest.'

'Nou, er zijn genoeg vrouwen die daar geen probleem mee hebben. Vooral niet als je stinkend rijk bent.'

'Ik was toen nog niet rijk. Dat kwam later.'

'O, en waarom heb je dan láter niemand gevonden?'

'Jij hebt wel een hoop vragen, zeg.'

Ze zuchtte, rolde met haar ogen en concentreerde zich weer op de weg. 'Jee, waarom zou dat zijn? Je staat opeens voor m'n neus om me te vertellen dat je mijn vader bent, dan zeg je dat ik misschien, héél misschien een dodelijke ziekte heb, en dan vind je het gek dat ik zoveel vragen stel.'

Miles zei niets.

'Nou?' zei ze. 'En?'

'Het gaat erom dat als, en meer zeg ik niet, áls op een dag blijkt dat jij deze... aandoening hebt, dat je in staat zult zijn om alle verzorging te krijgen die je nodig hebt.'

Chloe keek nu ernstig. 'Wat bedoel je daarmee?'

'Het is een van de redenen waarom ik naar jou en de anderen op zoek ben gegaan. Mijn plan is om alles wat ik heb tussen jullie te verdelen.'

'Je gaat me geld schenken?'

'Ja.'

'En als ik nu niet ziek word? Moet ik het dan teruggeven?'

'Nee.'

'Over hoeveel geld hebben we het hier?'

'Veel geld.'

Ze klemde haar kaken op elkaar en dacht na. Even later zei ze: 'Ik hoef je geld niet.'

'Sorry?'

'Ik hoef je geld niet. Ik *wíl* je geld niet.'

'Het zal je leven veranderen,' zei Miles.

'Ten goede? Of ten kwade?'

'Ten goede.'

'Jij hebt karrenvrachten geld. Ben je gelukkig?'

'Nee, natuurlijk ben ik niet gelukkig. Ik ga dood.'

'Maar daarvoor? Voordat je erachter kwam dat je doodging. Was je toen gelukkig?'

Deze vraag overviel Miles. 'Ik geloof niet dat ik daar ooit over heb nagedacht.'

'Het is een simpele vraag. Was je gelukkig voordat je de diagnose hoorde? Ja of nee.'

'Ik denk... nee.'

'En zo is het maar net. Je kunt de pot op met je geld.' Ze zweeg even en voegde er toen aan toe: 'Paps.'

Miles begon te grijnzen. Zijn grijns werd steeds breder en toen begon hij te lachen. 'Je bent me d'r eentje.'

'Reken maar,' zei Chloe.

De Pacer kwam met piepende remmen tot stilstand voor een bescheiden bakstenen huis met een bovenverdieping. Op de oprit stond een Volkswagen Golf geparkeerd.

'Dat is haar auto,' zei Chloe.

Ze zette de motor uit, wat nog wat angstaanjagende geluiden opleverde, zelfs toen ze de contactsleutel al in haar hand had. 'Daar moet eens naar gekeken worden,' zei ze terwijl ze het portier opende. Charise, in de limo, stopte achter hen en wachtte verdere instructies af.

Madeline stond al in de deuropening voordat ze konden aanbellen. Ze deed aarzelend een stap naar voren, maar toen ze Chloe zag begon ze te stralen en hinkte met uitgestrekte armen naar haar toe.

'O mijn god, jij bent het!' zei ze en ze omhelsde Chloe, die haar iets minder enthousiast tegen zich aan drukte.

'Waar is Todd?' vroeg Madeline nadat ze zich had losgemaakt. 'Is hij bij jou?'

'Nee,' zei Chloe.

'Ik wilde er al heen rijden. Ik probeer hem al de hele dag te bereiken.'

'Wanneer hebt u hem voor het laatst gesproken?' vroeg Miles.

Madeline draaide zich om. 'Wie bent u?'

'Dit is Miles Cookson,' zei Chloe, 'hij is een…'

Miles wierp haar een strenge blik toe, die zoveel als *nog niet* wilde zeggen.

'Hij is een vriend,' zei Chloe.

Miles stak zijn hand uit, die Madeline met enige terughoudendheid schudde. Ze keek hem met samengeknepen ogen aan. 'Ken ik u?' vroeg ze.

'Nee, mevrouw,' zei hij.

'U komt me bekend voor, alsof we elkaar al eens eerder hebben ontmoet.'

Het was op dat moment dat Chloe besefte dat Madeline iets van Todd in Miles moest hebben gezien, en nu keek ze op een andere manier naar Miles' gezicht. 'Ik zie het niet,' flapte ze eruit.

'Sorry?' zei Madeline.

Chloe realiseerde zich dat ze hardop had gedacht en zei: 'Niets. Luister, we hoopten Todd hier aan te treffen, maar…'

'Ben je bij de caravan geweest?'

Chloe knikte bezorgd. Miles, die eraan dacht hoe de stacaravan volledig was kaal gestript, vroeg: 'Hoe lang woont Todd daar al, mevrouw Cox?'

'Bijna een jaar,' zei ze mistroostig. 'Hij had het heel goed hier en werd altijd op zijn wenken bediend, maar hij wilde op zichzelf wonen.' Ze wendde zich tot Chloe en fluisterde: 'Heb je hem nog gesproken? Over waar hij mee bezig was?'

‘Ik heb er nog niet echt de kans toe gehad,’ zei ze.

Madeline wendde zich weer tot Miles. ‘Heeft Chloe u verteld hoe Todd en zij elkaar hebben ontmoet? Dat is me toch een verhaal.’

Miles knikte. ‘Ik heb er iets over gehoord.’

‘Waar zou hij volgens jullie heen zijn?’ vroeg Todds moeder. ‘Hij is wel eerder een paar dagen weggeweest, maar dan kon ik hem altijd bereiken.’

‘Kunt u bedenken waar hij naartoe zou kunnen zijn?’ vroeg Chloe. ‘Is er een plek waar hij altijd al heen wilde?’

Ze dacht even na. ‘Afrika. Hij wilde altijd al giraffes en dat soort dieren zien.’

Miles schudde zijn hoofd. Niemand haalde zijn beddengoed eraf en boende de keuken met bleekmiddel voordat hij naar Afrika ging.

‘Goed, als u hem spreekt, of van hem hoort, wilt u hem dan vragen contact met me op te nemen?’ vroeg Chloe.

Madeline knikte. ‘Willen jullie soms even binnenkomen?’

Chloe ving Miles’ blik om zijn reactie te peilen. Zijn ogen leken *nu niet* te zeggen.

Madeline merkte het glimmende zwarte voertuig achter de Pacer op. ‘Wiens limo is dat?’

‘Die hoort bij mij,’ zei Miles. ‘Chloe, heb je even?’

Ze liepen naar de Pacer terug en stapten in. Chloe hield haar telefoon in haar hand, alsof ze hoopte dat Todd zou bellen, hoewel ze wist dat hij zijn telefoon in de caravan had laten liggen. Ze tikte ietwat afwezig op de camera-app en keek naar het filmpje dat ze in de caravan had geschoten.

‘Dit leidt nogal af,’ zei Miles.

‘Ik wil dit huis filmen voor mijn documentaire. Maar ik wilde dit ook nog even zien.’ Miles hoorde zijn stem en die van Chloe uit de telefoon komen. Hij zag het filmpje dat ze in de caravan had geschoten. Ze zette het geluid uit. ‘Goed, waar wilde je met me over spreken?’

‘Er is hier iets vreemds aan de hand,’ zei hij.

‘Ja, tot die conclusie was ik ook net gekomen,’ zei ze terwijl ze met een half oog naar de video bleef kijken.

‘Misschien dat het tijd is om de politie in te schakelen, en Todd als vermist aan te geven. Maar dat wilde ik niet in het bijzijn van zijn moeder zeggen. Ze weet nog niet in wat voor toestand we de caravan hebben aangetroffen, en ik kan niet bedenken waarom híj dat zou hebben gedaan.'

Chloe, die nog steeds naar het scherm keek, zei: 'Nee, ik ook niet en... SHIT!'

Ze riep het zo hard uit dat Miles ervan schrok.

'*Holy fucking shit!*' zei ze.

'Wát?'

'Kijk!'

Ze draaide de telefoon in zijn richting zodat hij het beter kon zien. 'Dit heb ik in de caravan geschoten.'

'Ja, dat weet ik.'

'Kijk dan beter.'

Het was de video waarin Chloe door de gang liep, bij de badkamer stopte en uiteindelijk Todds slaapkamer filmde.

'Zie je het?'

'Wat moet ik zien?'

'Jezus,' zei ze en ze veegde met haar vinger over het scherm om de video terug te zetten. Toen ze het moment bereikte waarop ze de slaapkamer in liep, tikte ze op pauze, zodat het beeld stilstond.

'Zie je het nu?'

'Waar moet ik naar kijken?'

'Hiernaar.' Ze wees naar de ruimte tussen het bed en de vloer.

Miles tuurde. Toen hij het zag sperde hij zijn ogen wijd open.

'O mijn god,' fluisterde hij.

Het was een hand.

28

San Francisco, Californië

Cheryl Howson, directeur van WhatsMyStory, en auteur van de bestseller *Finding My Own Story* – zes weken op nummer één van de *New York Times*-non-fictielijst – kuierde naar haar kantoor in haar modieuze huis in het Mission District voordat ze naar beneden ging om te ontbijten.

Ze rook bacon.

Cheryl was een strikte vegetariër, en haar ontbijt bestond gewoonlijk uit fruit en vezels, soms bij elkaar in een smoothie, maar haar echtgenoot, Clifton, deze week thuis van zijn zakenreizen, was dat niet, noch hun zevenjarige dochtertje Tina. Dus als papa eindelijk weer eens wat tijd in huis had, dan was het bacon bij het ontbijt, hamburgers bij de lunch en misschien ook nog wel een T-bone-steak bij het avondeten. En nu Pauline, hun fulltime kok en huishoudster, een paar dagen vrij had kon niemand hem tegenhouden.

Ze ging aan haar bureau zitten en bewoog de muis van haar computer even heen en weer. Het scherm lichtte op en ze zag dat ze zo'n vijftien mails had, te veel om af te handelen voordat ze haar eerste kop koffie van de dag zou drinken. De meeste waren van haar assistent die veel van haar zaken afhandelde zodat zij zich op de leiding van het bedrijf kon richten. Maar er was een aanvraag van *Wall Street Journal* voor een profiel, een voorstel van een concurrent om data te delen, en er waren enkele rapportages van hun juridisch team over de verzoeken die ze uit kringen van wetshandhavers kreeg om toegang tot data van WhatsMyStory te krijgen omdat ze die met DNA-gegevens van misdrijven in het hele land wilden vergelijken.

God, je kreeg er wat van. Je startte een bedrijf met een simpel idee – *zoek uit wie je bent* – en voordat je het wist zat je tot over je oren in de stront. Morele en ethische kwesties en rechtszaken tot je er schijtziek van werd. Kijk maar naar Zuckerberg. Die begon met een site waarop studentes als 'hot or not' werden bestempeld, en nu werd hij ervan beschuldigd de democratie op mondiale schaal te ondermijnen. Wat hij natuurlijk ook deed, maar dat was zijn probleem, niet dat van haar.

Ze trippelde de trap af op haar slippers, nog steeds in haar zijden pyjama en haar ochtendjas, en met haar telefoon in een van de zakken. Ze liep de open keuken in en zag hoe Clifton de plakken bacon omdraaide terwijl Tina met een plastic gietertje de bloemen op het terras water gaf.

'Goeiemorgen schattebout!' riep ze door de open deuren. Tina zwaaide en ging verder met haar gietertje.

Er klonk een bijenachtig gezoem buiten.

'O, iemand is weer met zo'n idiote drone aan het spelen,' zei haar echtgenoot.

Cheryl keek naar de bacon en snoof diep. 'God, die geur.'

Clifton hield haar een plakje voor. 'Je kunt het niet weerstaan.'

Ze griste het uit zijn hand, vouwde het dubbel en stopte het in haar mond. 'O man,' zei ze. 'Nu voel ik me schuldig.'

'Een pannenkoek?' vroeg Clifton.

'Echt waar?'

'Tja, daar houden kleine meisjes nu eenmaal van.'

Cheryl hield haar hand op en kromde haar wijsvinger alsof ze een onzichtbare mok vasthield. 'Wat ontbreekt er in dit plaatje?'

Clifton pakte de speciale mok met het omslag van haar boek erop, schonk er koffie in en reikte hem Cheryl aan. Ze nam een eerste teug.

Het gezoem bleef doorgaan buiten.

'Zeg je me nog wanneer je weer in het vliegtuig stapt?' vroeg ze.

'Morgenavond. Dubai.'

Ze zuchtte en ging op een kruk bij het kookeiland zitten. 'Misschien ga ik wel met je mee. Lekker winkelen.'

Hij grijnsde. 'Zo'n tripje zal je goed doen.'

'Laat me er even over nadenken.'

'Maar niet te lang. We moeten nog een ticket voor je regelen.'

'Ik weet het. Maar ik moet eerst nog wat dingen doen... O, shit.'

Ze hoorde de ping van een sms'je. Ze diepte haar telefoon op uit haar ochtendjas en zette hem aan. 'Dat zal... Wat is...?'

Ze richtte zich met een ruk op, keek naar buiten en schreeuwde: 'Pak Tina!'

'Wat?' zei Clifton.

Cheryl wees. 'Pak haar! Neem haar mee naar binnen!'

'Jezus, wat...'

'DOE HET!'

Clifton schoot naar buiten, sloeg zijn arm om hun dochtertje en tilde haar zo snel op dat het gietertje door de lucht vloog en op een groepje bloemen landde waarvan de stengels knakten.

'Papa! Stop...'

Hij gooide haar praktisch de open keuken in. Toen hij haar losliet struikelde ze.

'De deur!' riep Cheryl.

Clifton schoof de deur dicht en deed hem op slot zonder dat ze het hem hoefde te zeggen.

'Papa, je hebt mijn knie pijn gedaan!' zei Tina tegen haar vader.

'Sorry, schatje. Sorry. Je moeder, je moeder dacht dat...' Waarop hij zijn vrouw aankeek in de hoop op enige uitleg.

'Ga naar boven, Tina,' zei ze.

Tina was opgestaan. 'Ik heb niets gedaan! Papa liet me al dat water morsen en...'

'Ga naar je kamer!' gilde haar moeder.

Tina leek elk moment in tranen te kunnen uitbarsten toen ze de open keuken uit rende en de trap op stampte.

Clifton keek zijn vrouw fronsend aan. 'Wat is er verdomme met je...'

Ze strekte haar arm uit zodat hij het scherm van de telefoon kon zien. Het was een filmpje van een paar seconden.

Beelden van hun huis. Van bovenaf geschoten.

En gefocust op Tina, die in hun achtertuin de plantjes water gaf.

Clifton pakte de telefoon uit haar hand. 'Wat is dit verdomme?'

Hij trok de schuifdeur weer open, deed een stap naar buiten en speurde de hemel af voor de drone. In de verte kon je het gezoem nog vaag horen. Het ding was weg.

Toen hij weer binnen was keek hij naar de telefoon. 'Welk nummer is dit? Van wie is het?'

'Dat weet ik niet,' fluisterde Cheryl. 'Lees wat eronder staat.'

Clifton veegde het beeld naar boven en zag een tekstblok, allemaal hoofdletters.

JE ZULT EEN LIJST NAMEN ONTVANGEN. ZOEK ZE OP IN DE WHATS-MYSTORY-DATABASE. ALS JE ER EEN VINDT DELETE HEM DAN PERMANENT, NET ALS DE DNA-MONSTERS VAN DEZE PERSONEN. VERTEL DIT AAN NIEMAND. JE HEBT EEN SCHATTIG DOCHTERTJE.

Hij keek op. 'Wat is dit in godsnaam?'

Cheryl schudde haar hoofd, haar handen trilden.

'We moeten de politie bellen,' zei hij terwijl hij zijn vrije arm uitstrekte naar zijn eigen telefoon, die op het aanrecht lag. 'We moeten...'

Cheryls telefoon, die hij nog altijd vasthad, pingde weer. Clifton las wat er op het scherm was verschenen.

DAT ZOU EEN SLECHT IDEE ZIJN.

Hij trok wit weg en reikte Cheryl haar telefoon aan. Toen ze de woorden las kwam er een piepend geluid uit haar keel omhoog. Ze keken spiedend om zich heen, alsof ze een apparaatje zouden ontdekken dat hen afluisterde.

'We kunnen de politie niet bellen,' fluisterde Cheryl. 'Ze hebben mijn privénummer. Ze luisteren ons af. We worden bekéken.'

Secondenlang zei geen van hen iets. Clifton verbrak de stilte, hij boog zich naar haar toe en zijn stem was nauwelijks hoorbaar.

'Waar denk je dat het over gaat? Wie zijn die mensen die gedeletet moeten worden? Waarom willen ze dat? Wíé zijn het?'

'Hoe moet ik dat verdomme weten?' snauwde ze.

'Hé, dit gaat niet over míjn bedrijf. *Ik* heb die sms niet gekregen.'

Ze keek hem woedend aan. 'Ga je nu mij de schuld geven?'

'Nee, nee, verdomme.' Hij legde zijn handen op haar schouders en trok haar naar zich toe. Hij drukte zijn lippen tegen haar oor en fluisterde: 'Wat gaan we doen?'

Cheryl maakte zich van hem los, pakte haar telefoon en tikte om te antwoorden. Ze typte vier woorden.

STUUR ME DE NAMEN

En toen drukte ze op 'send'.

29

Fort Wayne, Indiana

Travis Roben ging elke week wel een keer bij Super Duper Comics langs, meestal op de vrije dag die hij als vakkenvuller bij de Walmart had, maar de superhelden-afdeling interesseerde hem weinig. Hij gaf niet veel om die Avengers Marvel-shit of Spiderman of de helden uit Justice League. Hij had geen tijd voor Superman, Batman, Green Lantern, Wonder Woman (oké, Wonder Woman misschien wel, dat was een lekker stuk) of Flash. Het boeide hem niet.

Hij prefereerde graphic novels waarin de hoofdpersonen níét door radioactieve spinnen werden gebeten, of door gammastralen bestraald, of naar de Aarde gestuurd omdat hun planeet in gevaar was.

Travis hield van verhalen over echte mensen in echte situaties. Zoals het epos *Clyde Fans* van de Canadese striptekenaar Seth. Ouderwetse *noir*-verhalen, zoals de Nick Travers-serie van scenarist Ace Atkins en tekenaar Marco Finnegan, of *Louise Brooks: Detective* van Rick Geary. Er was die echt fantastische autobiografie van tien jaar geleden – die hij zeker niet destijds had gelezen, hij was toen tien jaar oud – over het bezoeken van prostituees. *Paying for It,* heette het, van Chester Brown. Geweldig. Dat boek had een diepe indruk op Travis achtergelaten. Hoewel hij nooit bij een prostituee was geweest, had hij wel eens met het idee gespeeld. Je wilde in elk geval over je opties fantaseren als je als twintigjarige nog nooit seks had gehad en het waarschijnlijk ook niet zou krijgen, ook al wist je dat je die route nooit zou nemen.

Hij had in de loop der jaren twee meisjes gekust. Eén was zijn nicht, en dat was op de begrafenis van haar moeder. Je hoeft niet veel tongwerk te verwachten in zo'n situatie. De andere keer was toen hij negen was en een stel bullebakken hem en Wendy Bettelheim achter de school had samengedreven, en met klappen dreigde als ze elkaar niet op de mond zouden zoenen. Ze hadden het er nooit meer over gehad.

Travis wist dat hij anders was. En het was meer dan zijn nerd-achtige interesse voor stripboeken. Er waren andere jongens die stripverhalen lazen en toch genoeg meemaakten. Maar Travis was verlegen, had weinig vrienden en bracht zijn tijd – in het ouderlijk huis, hij had de sprong nog niet gewaagd – voornamelijk door met het werken aan zijn eigen graphic novel.

Die bril hielp hem ook niet. God, als je het toch over het cliché van de nerd hebt... Hij had zijn moeder gevraagd of hij in elk geval een iets hippere bril kon krijgen, niet meer dat dikke montuur waardoor hij eruitzag als iemand die Poindexter of iets dergelijks heette. Ze zei dat zijn bril prima was. Hij kon ermee zien, toch? En als hij niet blij met deze bril was dan kon hij met zijn Walmart-loon een nieuwe kopen, als er tenminste nog iets van over was na zijn laatste bezoek aan Super Duper Comics.

Ja, daar had ze wel een punt mee, dacht hij.

Als hij niet zijn laatste aankopen aan het lezen was, of aan zijn eigen graphic novel werkte – die toevallig over een eenzame jongen ging die nog thuis woonde en zich betutteld voelde door zijn ouders ('Schrijf over dingen die je hebt meegemaakt!' stond in alle boeken) – of zich bij online porno aan het aftrekken was, volgde hij op internet de zogeheten *incel*-beweging, die behoorlijk infantiel, maar toch ook interessant was.

Het waren berichten van jongens die zichzelf als *involuntary celibates* – onvrijwillig celibatair – omschreven, wat betekende dat ze graag seks wilden hebben, maar dat er geen vrouw was die met hen naar bed wilde. Oké, zo op het eerste gezicht waren deze gasten een stelletje losers, maar hoe meer Travis over ze las, hoe beter hij ze begreep. Stel je voor dat je er alles aan deed om aardig voor een vrouw te zijn? Je bracht bloemen voor haar mee, gaf haar complimentjes over haar uiterlijk en vroeg haar mee uit. Maar wat je ook deed, ze bleef nee zeggen, ze wilde niet uit met je. Wiens fout was het dan? Zeker niet de jouwe. Jíj deed je best. Als dit de reactie was die je bij iedere vrouw kreeg, bleef er maar één vraag over: wat was er in godsnaam aan de hand met deze vrouwen?

Zo kon je het ook bekijken.

Maar sommige van deze incel-types gingen te ver. Ze werden gewelddadig en vielen vrouwen aan. Iemand op straat met de auto aanrijden. Dat was verkeerd. Zulke gasten verpestten het voor de rest van de beweging, ze gaven hem een slechte naam. Net zoals toen...

'Sorry, maar werk je hier?'

Travis draaide zich om.

Holy shit.

Het was een meisje. Dat vlak naast hem stond. Oké, geen meisje. Dit was een jonge vrouw, mogelijk van zijn leeftijd, of een jaar jonger of ouder. En het was een aantrekkelijke jonge vrouw: blond haar tot op haar schouders, slank, een spijkerbroek met gaten bij haar knieën. En ze rook ook prettig. Hij had geen idee wat voor luchtje het was – iets bloemachtigs, natuurlijk – maar het was niet onaangenaam. Hij was om verschillende redenen overdonderd. Om te beginnen dat er een vrouw in de stripwinkel stond. Oké, hij wilde geen seksistische generalisatie maken, maar het was een feit dat de verhouding mannen-vrouwen in deze winkel zo'n tien tegen één was. Natuurlijk waren er wel eens vrouwen, ze kwamen vaak met hun vriend mee. En zo heel af en toe was er een vrouw die écht geïnteresseerd was. Bijvoorbeeld een studente van de kunstacademie wier studierichting een raakvlak met strips had.

'Nou?' vroeg ze.

Travis realiseerde zich dat hij haar alleen maar had aangestaard sinds ze hem voor de eerste keer vroeg of hij hier werkte.

Hij knipperde met zijn ogen, schraapte zijn keel en zei: 'Nee, ik werk hier niet.'

'O,' zei ze teleurgesteld. 'Ik zag niemand bij de kassa staan, dus ik dacht dat je even van je plek was.'

Travis voelde vlinders in zijn buik en wierp een blik op de toonbank bij de deur. 'O ja, ik zie het. Ik denk dat Danny even naar buiten is om een sandwich te halen. Hij zal zo wel terug zijn.'

'Oké,' zei ze en ze keerde hem de rug toe, maar toen draaide ze zich weer om. 'Misschien dat jij me kunt helpen?'

Travis had opeens een kurkdroge mond. 'Eh, oké.'

'Ik weet eigenlijk niet zoveel van strips af, maar ik ben op zoek naar iets voor mijn neefje. Hij wordt volgende week twaalf en ik wilde hem een verjaardagscadeau geven.'

'Oké.'

'Ik weet dat hij van Batman houdt, dus ik dacht aan een Batman-strip.'

'O, maar daar is zoveel van,' zei Travis. 'Je hebt de klassieke versies uit de jaren vijftig, zestig en zeventig, daarna werd het in de jaren tachtig allemaal wat serieuzer met de Dark Knight-albums van Frank Miller, en toen kwamen de Elseworlds-series en...'

'Elseworlds?'

'Ja, die zijn met volkomen andere tijdlijnen of universums. Met een Batman die opeens in het Londen van het begin van de twintigste eeuw opduikt en jacht op Jack the Ripper maakt. Dat is helemaal het Elseworldsding.'

'Ik weet niet of dat wel geschikt is voor een jongen van twaalf,' zei ze.

'Denk het wel,' zei Travis. 'Toen ik twaalf was las ik *The Killing Joke* en al die Arkham Asylum-albums, allemaal heftig en gewelddadig, maar het is allemaal goed gekomen met me. Ze zijn echt goed. Als hij die nog niet heeft gelezen, weet ik zeker dat hij er gek op zal zijn. Weet je ook welke Batman-albums hij heeft?'

'Nee, niet echt.'

Travis slikte en raapte al zijn moed bij elkaar. Hij hoopte dat ze het bonzen van zijn hart niet hoorde. 'Laten we naar de schappen met Batman-albums gaan,' zei hij terwijl hij aanstalten maakte erheen te lopen. Toen hij langs haar liep was er even de geringste aanraking.

'Oké, hier is het,' zei hij met een breed armgebaar dat de sectie Batman-strips moest aangeven.

'Wauw,' zei ze. 'Daar had ik geen idee van, het zijn wel honderden titels.'

'Ja,' zei hij. 'Ik heb Batman als een gek gelezen, maar nu niet meer.'

'Waarom niet?'

'Ik ben niet zo van de superhelden. Ik bedoel, ze zijn oké, maar het is niet zo mijn ding.' Hij hield zijn hoofd een beetje scheef zodat hij de titels op de dunne ruggen beter kon lezen. 'Hier is een goeie.' Het album zat zo strak tussen andere titels dat hij moeite moest doen om het ertussenuit te krijgen. Hij verloor zijn greep omdat zijn vingers zweetten. Maar toen hij het eenmaal los had, reikte hij het haar aan. Zijn vingertoppen hadden vochtige plekjes op het omslag achtergelaten die langzaam verdampten.

'*The Long Halloween?*' zei ze.

'Een klassieker. Geschreven door Jeph Loeb, die ook series als *Smallville* en *Lost* heeft geproduceerd.'

'O mijn god, *Lost*,' zei ze. 'Die heb ik vorig jaar nog ge-bingewatcht. Ik vond hem geweldig, behalve dan het einde misschien. Ik begrijp nu nog niet hoe het nu precies zat.'

'Dat had ik ook, ja. Maar het was een goeie serie.'

'Ik vond die aflevering goed waarin je dacht dat het een flashback was, maar het bleek een flash-forward te zijn, en...'

Ze hoorden een bel rinkelen en keken allebei in de richting van de deur. Danny, de winkeleigenaar, liep met een papieren zak van Subway om de toonbank heen.

'Eh, Danny is terug,' zei Travis. 'Ik zou maar snel betalen voordat hij halverwege die sandwich is. Hij neemt meestal extra uien erbij en die lucht ga je niet overleven.'

Ze lachte. Travis kon zich de laatste keer niet herinneren dat hij een meisje aan het lachen had gemaakt. Niet op een goede manier, tenminste.

De jonge vrouw hield het stripboek op en glimlachte. 'Oké, bedankt voor dit. En al je advies.'

'Ja, natuurlijk.'

'Hoe heet je trouwens?'

'Travis,' en toen voegde hij er voor alle zekerheid nog eens aan toe: 'Travis.'

'Ik ben Sandy,' zei ze met een glimlach voordat ze wegliep.

En dat was net op tijd, want Travis voelde een flinke erectie en hij was bang dat ze het zou opmerken als ze toevallig een blik op zijn spijkerbroek wierp. Jezus, als hij die zou loslaten dan vlogen de albums van de schappen.

Toen hij terugliep naar waar hij gebleven was, hoorde hij Danny's stem door de winkel klinken, precies luid genoeg voor wie het wilde horen. 'Luister iedereen, mocht je jointjes bij je hebben, ik zag net een paar stillen van de narcoticabrigade aan de overkant van de straat. Het is maar dat je het weet.'

Daar maakte Travis zich niet druk over. Hij gebruikte geen drugs.

Zijn hartslag werd weer normaal, de bult in zijn broek begon te slinken en zijn handpalmen waren niet meer zo klam als daarnet.

Hij had haar achternaam moeten vragen. Hij had moeten vragen waar ze woonde, waar ze werkte. Nee, nee, dat was een slecht idee, want ze zou misschien geen persoonlijke informatie willen uitwisselen en dat zou alles alleen maar gênanter hebben gemaakt.

Oké, dan was hij maar zo'n type. Misschien dat die idiote incel-gasten het anders zouden…

'Kan ik je als dank misschien een koffie aanbieden?'

Travis verstuikte bijna zijn nek, zo snel draaide hij zijn hoofd om. 'Wat?'

'Ik weet hier verderop een tentje,' zei Sandy. 'Dus als je zin hebt?'

30

Springfield, Massachusetts

Miles was net zo geschokt van de hand onder Todds bed als Chloe. Ze had het beeld stilgezet en vouwde het uit om het beter te kunnen zien. Het leek de rechterhand van een man te zijn, en zijn pink was opmerkelijk kort, alsof hij een kootje miste.

'Was hij daar de hele tijd, terwijl wij daar zaten?' vroeg ze terwijl ze naast elkaar voor zich uit keken in de Pacer, die bij het huis van Todds moeder stond.

'Dat moet wel,' zei Miles. 'Maar toen hoorden we dat busje op de weg remmen. Toen we terug waren en ik die telefoon zocht…'

'Ik heb nog op handen en knieën onder dat bed gekeken,' onderbrak Chloe hem en ze hapte naar adem. 'Jezus, als hij daar was, dan…'

Miles legde geruststellend zijn hand op haar arm. 'Maar hij was er niet meer.'

'Wat is er in godsnaam aan de hand?' vroeg ze en haar blik leek om een antwoord te smeken.

'Ik weet het niet. Wie het ook was, hij moest die telefoon hebben. Ik wíst dat ik hem niet was kwijtgeraakt.'

Chloe sperde haar ogen open. 'Misschien was het Todd?'

Miles overwoog deze optie, die ze, gezien haar blik, graag wilde geloven. Hij was in elk geval minder eng dan dat er een vreemde onder het bed had gelegen.

'Zou dat logisch zijn?' zei hij. 'Jij kent Todd. Hij zou toch blij zijn om je te zien? Zijn auto stond er niet. En al zijn spullen waren weg…'

'Ik weet het, ik weet het. En trouwens, Todd mist niet een stukje van zijn pink.'

'En dan was er dat gedoe met die vrouw in dat busje,' zei Miles.

'Wat was er met die vrouw in dat busje?'

'Ze kwam precies op het goede moment, toch? Charise had haar bedenkingen erover.'

Chloe's ogen knipperden. 'Zoals?'

Miles dacht na. 'We horen iets wat als een ongeluk klinkt en rennen naar buiten om te zien wat er is gebeurd. De man onder het bed grijpt zijn kans om met de telefoon de caravan te verlaten. Tegen de tijd dat we terug zijn is hij weg. Die vrouw zei dat ze een hert moest ontwijken, en dat kan dus een afleidingsmanoeuvre zijn geweest.'

'Maar hoe...'

'Die man hoort ons binnenkomen en verbergt zich onder het bed. Hij zet het geluid van zijn telefoon uit en stuurt haar een sms, dat ze iets moet doen wat ons naar buiten zal lokken.'

'O mijn god,' zei Chloe.

'Er was geen hert. Charise heeft geen hert gezien,' zei hij, meer tegen zichzelf dan tegen haar.

'Oké.'

'Het was een afleidingsmanoeuvre, ze ging vol op de rem staan. Het lokte ons de caravan uit. We moeten hen in hun bezigheden hebben gestoord.'

'Het oplichten van bejaarden.'

Miles knikte en probeerde haar gedachtegang te volgen. 'Ja, misschien.'

'Waar Todd ook mee bezig was op die telefoon, misschien dat hij het niet alleen deed. Misschien dat hij met van die, je weet wel, onderwereldfiguren samenwerkte. Misschien dat hij ze had belazerd.'

Miles haalde een hand over zijn hoofd en dacht na. Hij wierp een blik op het huis.

'We moeten het haar vertellen,' zei hij. 'We moeten haar vertellen dat er iets met haar zoon gebeurd kan zijn. Ze moet de politie bellen.'

'Shit, denk je dat?' zei Chloe. 'Want als ze dat doet, dan komt de politie erachter waar Todd mee bezig was, wát het ook was, en hij zal tot zijn nek in de problemen zitten als hij dan weer boven water komt.'

'Ze moet het weten,' zei Miles resoluut. 'Je zei dat ze al het vermoeden had dat hij zich met vreemde zaakjes bezighield. Praat haar bij en laat haar het telefoontje plegen. Zij is zijn moeder.'

'En jij bent zijn vader,' zei Chloe.

De woorden bleven in de lucht hangen.

Miles wilde zeggen dat dat niet hetzelfde was, maar hij kon zich er niet toe zetten. Als hij zijn relatie met Todd bagatelliseerde, dan zette hij ook zijn relatie met Chloe op het spel.

'Ja,' zei hij. 'Zullen we het haar samen vertellen?'

'Zul je haar dan zeggen wat jullie connectie is?'

'Laten we kijken hoe het gaat.'

Toen hij de portierhendel greep ging zijn telefoon. Hij haalde hem tevoorschijn, keek wie het was en hield hem bij zijn oor.

'Ja, hallo,' zei hij. 'Dorian.'

'Hoe gaat het, Miles?' vroeg zijn persoonlijk assistent.

'Dat is een lang verhaal. Vertel.'

'Oké, een paar dingen. Die gamers willen een nieuwe vergadering beleggen, misschien over...'

'Spreek het maar af, wanneer ze maar willen. Wat is het andere?'

'Eh... kun je praten?'

'Ja. Wat is er?'

'Ik heb verder aan die lijst gewerkt. Zo veel mogelijk informatie over de personen die erop staan, de profielen zo gedetailleerd mogelijk proberen te krijgen zodat je goed van ze op de hoogte bent als je ze ontmoet.'

'Oké.'

'Maar ik ben wel wat vreemde dingen tegengekomen.'

'Wat bedoel je met "vreemd"?'

'Laten we beginnen met Jason Hamlin.'

'Oké. Die ene in Maine.'

'Precies, die student. Hij wordt vermist.'

Miles voelde zich licht in zijn hoofd worden. 'Vermist?'

'Nou, misschien niet in de strikte zin van het woord. Het zou kunnen dat hij bij de brand is omgekomen. Ze zoeken naar zijn stoffelijke resten in de puinhopen.'

'Dorian, begin bij het begin.'

'Ik zal je een link sturen naar een krantenartikel erover. Hamlin woonde met vrienden in een studentenhuis vlak bij de campus. Er was een explosie die door een gaslek was veroorzaakt. De anderen konden wegkomen, maar Hamlin niet. Ze hebben zijn lichaam niet gevonden, maar ze denken dus dat het tussen de verkoolde resten van het huis moet liggen. Het punt is, hij ging altijd 's ochtends vroeg joggen, maar dat moet hij die dag niet hebben gedaan, want anders was hij wel weer opgedoken, toch?'

Chloe wierp hem een blik toe, die zoveel als *wat is er aan de hand?* wilde zeggen. Miles hief zijn hand.

'Stuur me de krantenberichten,' zei hij.

'En die Katie Gleave, uit de buurt van Buffalo? Lackawanna?'

'Precies.'

'Ze is in Parijs, en ze zet regelmatig foto's op Instagram. Ze is daar met een vriendin, en nu vraagt die vriendin op social media of iemand weet waar ze is. Ze is verdwenen. De politie heeft al een vermissingsbericht uitgevaardigd.'

De lichtheid in Miles' hoofd werd erger.

'Miles, ben je daar nog?' vroeg Dorian.

'Wat... en hoe zit het met de anderen? Dixon Hawley en... en...'

Hij kende de lijst uit zijn hoofd, maar nu kon hij opeens niet meer op hun namen komen. 'Eh, die ene uit Fort Wayne, Travis, hoe heet hij ook alweer, Travis Roben. Hoe zit het met hem? En Nina...'

'Verder ben ik nog niet gekomen,' zei Dorian. 'Maar ik dacht dat je dit alvast wilde weten. Heb je dat meisje Swanson gevonden? Chloe?'

'Ja,' zei hij langzaam. 'Dorian, ik bel je later terug.'

Hij beëindigde het gesprek, stopte zijn telefoon weg en staarde verbijsterd voor zich uit. Hij probeerde het nieuws van Dorian te verwerken. Hoe groot was de kans dat drie personen die op dezelfde lijst stonden schijnbaar zomaar opeens door rampspoed werden overvallen?

'Waar ging dat over?' vroeg Chloe. 'Gaat het? Je ziet er verschrikkelijk uit. Was dat je dokter? Slecht nieuws?'

'Nee, niet... mijn dokter.'

'Nou, wie het ook was, we moeten beslissen wat we met Madeline gaan doen. Ze staat achter het raam naar ons te kijken. Gaan we haar nu iets over Todd zeggen, of niet?'

Miles had een droge mond en slikte.

'Het zou allemaal stomtoevallig kunnen zijn,' zei hij, 'maar je theorie over Todd? De problemen die hij zich op de hals zou hebben gehaald?'

Chloe knikte.

'Het zou wel eens iets heel anders kunnen zijn.'

Toen Dorian het telefoongesprek met Miles had beëindigd, zag ze Gilbert in de deuropening staan.

'Gil?' zei ze.

Miles' broer liep weifelend naar binnen. 'Heb je even?'

'Natuurlijk,' zei ze. Gilbert ging op een stoel zitten en Dorian kwam vanachter haar bureau vandaan en nam plaats op de salontafel. 'Wat is er?'

'Waar is Miles?'

'Eh... die is onderweg.'

'Je weet van de diagnose natuurlijk.'

Ze knikte. 'Ik weet het. Het is verschrikkelijk, hij verdient zoiets niet.'

'Ik... ik wilde je spreken over iets, en ik wil niet dat je het er met Miles over hebt. Ik weet dat ik je daarmee in een moeilijke positie breng.'

'Ja, nogal, Gilbert.'

Gilbert beet op zijn onderlip, en probeerde de juiste woorden te vinden. 'Miles heeft me iets over Caroline verteld. Iets wat ze had geprobeerd, tot ze door de mand viel.'

'O,' zei Dorian. 'Oké. En kun je me ook vertellen wat dat was?'

Hij schudde langzaam zijn hoofd. 'Niet echt. Maar ze probeerde ons een poot uit te draaien. In financieel opzicht. En ik ben bang dat ze dat nu weer aan het proberen is.'

'Waar heb je het over?'

'Ik heb het laatst tegen Miles gezegd, maar hij had het druk en wimpelde het af.'

Dorian begon ongeduldig te worden. 'Gilbert.'

Hij zuchtte. 'Excel Point. Die naam kwam ik een paar keer op facturen tegen. We hebben hun zo'n $198.000 betaald. Ik ben er al onze afdelingen mee langsgegaan, heb het aan Onderzoek&Ontwikkeling voorgelegd, maar niemand schijnt het bedrijf te kennen.

Daar leek Dorian niet van op te kijken. 'De halve wereld ontvangt geld van ons.'

'Dat weet ik,' zei Gilbert. 'Daarom is het ook zo makkelijk om ons een factuur te sturen voor diensten die nooit geleverd zijn. Ik heb Excel Point opgezocht en kan online niets over hen vinden.'

'Misschien hebben ze wel geen website.'

Nu was het Gilberts beurt om ongeduldig te worden. 'Een techbedrijf dat geen online-presentatie heeft?'

'Oké, ik snap het,' zei Dorian. 'Wat wil je dat ik doe?'

'Zou jij erachteraan kunnen gaan? En als het spoor naar Caroline leidt, kun je me dan een seintje geven? Ik wil dit proberen op te lossen. En als zij erachter blijkt te zitten, zorg ik ervoor dat ze alles terugbetaalt.'

'Ik ga ermee aan de slag,' zei Dorian.

'En je zult niets tegen Miles zeggen?'

Het bleef even stil voordat ze antwoordde. 'Dat kan ik je niet beloven, Gil. Maar ik zal kijken wat ik kan doen. En weet je? Misschien was het wel een legale transactie. Misschien dat je iets over het hoofd hebt gezien.'

Gilbert slaakte een zucht van opluchting en stond op. 'Bedankt, ik sta bij je in het krijt.'

'O, dat is goed hoor.'

'Ik wilde het eerst nog aan Heather vragen, maar dan wordt het meteen weer zo officieel,' zei Gilbert.

Dorian schudde haar hoofd. 'Dat hoeft niet, ik ga er wel achteraan. Als ik iets weet, laat ik het je direct weten.'

31

Boston, Massachusetts

Terwijl ze in een bar op Logan International op hun vlucht naar Phoenix wachtten, namen ze de gebeurtenissen van die dag nog eens door. Rhys Mills moest toegeven dat het niet veel had gescheeld.

Hoe hij zich onder het bed had verborgen toen die meid en die oudere man opeens in de stacaravan waren. Rhys hield zijn pistool in zijn ene hand en wist met de andere zijn telefoon uit zijn zak te wurmen om Kendra te sms'en.

Mensen hier, had hij getypt. *Zit in caravan verborgen. Zorg voor afleiding.*

Hij had deze onverwachte bezoekers natuurlijk kunnen vermoorden. Maar het leek hem niet zo handig om alles nog moeilijker te maken dan het al was. Hij had geen idee wie de man en de vrouw waren, maar toen ze zijn kant op kwamen kon hij hun gesprekken beter horen, en het klonk alsof die meid Todd kende.

Nou ja, logisch. Daarom was ze ook in de caravan.

Ze had de kast en de laden doorzocht, en alles was leeg. Zij en de man hadden erover gespeculeerd waarom Todd met de noorderzon was vertrokken. Dat vond Rhys bemoedigend. Ze kwamen niet eens op het idee dat hij wel eens vermoord kon zijn. En toen zei die meid iets over Todd, dat ze dacht dat hij zich met duistere zaakjes bezighield. Rhys kon zich herinneren dat Todd erg zenuwachtig was geweest toen Kendra en hij als zogenaamde rechercheurs bij zijn deur stonden. Dat was ook bemoedigend. Als de echte politie erbij kwam, zouden ze het in die richting zoeken.

Vlak nadat hij de sms had verstuurd, hoorde hij remmen piepen.

Toen de man en de meid weg waren, was Rhys onder het bed vandaan gekropen en had de telefoon op het matras zien liggen. Precies het ding waarnaar hij op zoek was. Hij sloop de caravan uit, rende door een bos en trof Kendra – die net haar toneelstukje over het ontwijken van een hert had opgevoerd – een kilometer verderop.

Toen hij in het busje stapte vroeg hij doodleuk: 'Waar is mijn koffie?'

Ze had op haar doorweekte schoot gewezen. 'Als je het eruit wilt zuigen...'

En nu waren ze op het vliegveld, op weg naar hun volgende klus.

Kendra zat aan haar tweede chardonnay toen ze een sms ontving. PARIJS GEREGELD, stond er. Ze vertelde het aan Rhys, die met zijn derde Heineken bezig was.

'Ik had het geen straf gevonden om daarheen te moeten gaan,' zei hij. 'Ben je wel eens in Parijs geweest?'

'Een paar keer,' zei ze.

De verdwijning van Katie Gleave was uitbesteed. Het was beter om die klus aan een autochtoon over te laten, iemand die het werkgebied kende.

'Het had niet veel zin gehad om het ons te laten doen,' voegde Kendra eraan toe. 'Een vlucht van acht uur en dan weer terug.'

'Hm, toch zou ik het wel leuk hebben gevonden.'

Ze rolde met haar ogen. 'Heb je het zo zwaar hier?'

'Vind je dit dan geen werk?'

'Jawel, maar je ontmoet er een hoop interessante mensen bij.'

Hij keek op zijn horloge, en wierp toen een blik op het bord met de aankomst- en vertrektijden. 'We hebben nog een half uur voordat we aan boord moeten.'

'Ik kan nog steeds niet geloven dat we geen vaste plaatsen hebben. Waar is het respect gebleven?' Ze keek in haar glas wijn, alsof daarin het antwoord op dit mysterie lag besloten. 'Maar goed, Phoenix is oké. Ik hou van droge hitte. Jammer dat we geen tijd hebben om naar Sonoma te rijden.'

Rhys knikte. 'Dan konden we daar wat relaxen.'

'Dan konden wíj daar relaxen? Als we hiermee klaar zijn ben ik weg.'

'Ik bedoelde er niets mee.'

'Al dat heen-en-weer-reizen door het land, het is niet erg efficiënt. Hoe zit het met die ene in Indiana? Was het niet logischer geweest om die onderweg mee te pikken? Al die vluchten. Denk eens aan de koolstof.'

'Ik wist niet dat je zo milieubewust was.'

Ze zouden weer alle voorbereidingen moeten treffen als ze er waren. Schoonmaakspullen kopen, een auto huren en contact opnemen met plaatselijke bedrijven – een uitvaartonderneming, een autosloop – die bereid waren een handje te helpen en de andere kant op te kijken.

'Het is nooit mijn bedoeling geweest om schoonmaakster te worden,' zei Kendra.

'Wat dacht je van mij?' zei hij. 'Het is makkelijker om de boel in de fik te steken.'

Ze ving de blik van een serveerster, bestelde nog een glas chardonnay en vroeg aan haar partner: 'Wat weten we over de volgende?'

Rhys pakte zijn telefoon erbij, tikte een document open en zei: 'Dixon Hawley. Werkt in een galerie.'

'Dixon. Is dat een man of een vrouw?'

Hij tikte op een thumbnail in de hoek. 'Een man.'

Ze knikte goedkeurend. 'Mooi zo, een man. Ik hou er niet van om vrouwen te doen. Er is te veel geweld tegen vrouwen in onze samenleving. En na Phoenix?'

'Dát is die jongen uit Indiana. Fort Wayne. Ik heb voor overmorgen een vlucht voor ons geboekt, in de ochtend. Ik hoop dat we Phoenix in één dag kunnen afhandelen.'

'Hm.'

Rhys keek weer op zijn telefoon. 'Hé,' zei hij terwijl hij zijn wenkbrauwen optrok.

'Wat?'

'Er schiet me iets te binnen wat hij zei.'

'Wie?'

'Die man die met die meid de caravan in kwam. Ze waren met van alles bezig voordat je aan die afleidingsmanoeuvre begon. Ze zaten op het bed. Een hoop gekraak, en toen stonden ze op om naar buiten te rennen.'

'Waar heb je het over? Wat zei hij dan?'

'Hij noemde haar Chloe. Ik weet het zeker.' Hij keek nog eens op zijn telefoon. 'En er staat een Chloe op de lijst.'

32

New Rochelle, New York

Dokter Martin Gold zat aan zijn bureau in de ReproGold Clinic en overwoog zijn opties.

Het was duidelijk dat hij niets kon doen. Ja, zich gedeisd houden, hopen dat hij buiten schot zou blijven en het lijdzaam ondergaan.

Maar wat als het uitkwam? Wat als er een terugslag kwam, die hem niet zou sparen? Die kans was toch levensgroot? Zou hij er iets aan hebben om dit alles vóór te zijn? Door naar de autoriteiten te stappen? Hun vertellen wat hij had gedaan, en wat hij wist? Dat was een gevaarlijke keuze. Een enorme gok.

En natuurlijk, hij kon altijd... Als arts lagen er verschillende farmacologische oplossingen binnen handbereik. Neem het juiste middel, volkomen pijnloos, om daarna nooit meer wakker te worden.

Verleidelijk.

Hij had op internet over Jason Hamlin gelezen. Er was een Facebookbericht van Katie Gleaves familie in Lackawanna, een oproep om te helpen haar in Parijs te vinden. Golds zoektochten naar de andere namen hadden tot nu toe niets alarmerends opgeleverd, maar dat stelde hem niet gerust.

Gold pakte zijn mobiel, zocht een nummer op en bedacht zich nog net op tijd. Hij had een droge mond. Hij bewoog zijn tong heen en weer om speeksel te krijgen. Hij trok de onderste bureaula open, haalde er een fles scotch en een borrelglaasje uit, schonk in, sloeg het achterover en borg de fles en het glaasje weer op.

Hij pakte zijn mobiel weer. Deze keer was hij vastbesloten om het telefoontje te plegen. Nadat hij zes keer overging werd er opgenomen.

'Dokter Gold hier,' zei hij. 'Ik zou graag met...'

De persoon die had opgenomen onderbrak hem midden in zijn zin.

Gold luisterde en zei: 'Het is belangrijk. We moeten praten.'

De persoon aan de andere kant van de lijn hing op.

Gold wilde net een volgende borrel inschenken toen er zacht op de deur werd geklopt.

'Wat?' blafte hij.

De deur ging open en zijn receptioniste, Julie, stak haar hoofd om de post. 'Dokter Gold? De Caseys zitten hier al twintig minuten te wachten.'

Gold keek haar leeg aan en probeerde zich te herinneren wie de Caseys waren. Al die mensen die maar kinderen probeerden te krijgen, er waren dagen dat je gewoon wilde zeggen: *In jezusnaam, adopteer er toch gewoon een.* En bij het zien van sommigen bekroop je de gedachte dat ze zich maar beter niet konden voortplanten. Doe de wereld een plezier en bespaar ons je nageslacht.

'De Caseys,' zei hij.

'Uit Greenwich? Dit is hun intakegesprek. U hebt ze nog niet ontmoet, maar u hebt hun dossier.'

'Heb ik dat?'

'Ja.'

Julie liep zijn kamer in en liep om het bureau heen met de intentie het voor hem op te zoeken. Terwijl ze haar hand uitstak naar de muis, realiseerde Gold zich dat er een krantenbericht over een brand in Maine op het beeldscherm stond.

'Stop!' riep hij uit, en toen deed hij iets wat hij nog nooit eerder had gedaan. Hij greep Julie bij haar pols en duwde haar weg, hard genoeg om haar tegen de muur te smakken, precies tegen zijn ingelijste foto van de Golden Gate Bridge die vervaarlijk aan het haakje heen en weer begon te zwaaien.

Ze slaakte een kreet van pijn en zei: 'Wat is er met u aan...'

Gold stond meteen op met een uitdrukking van spijt op zijn gezicht. Hij kon niet geloven wat hij zojuist had gedaan. 'Het spijt me, Julie. Het spijt me. God, ik weet niet wat me overkwam.'

Julie wreef over haar pols en keek Gold aan. Uit haar blik sprak geen angst, maar minachting. Daarna wierp ze een blik op het beeldscherm, ze vroeg zich nog steeds af wat ze niet had mogen zien van de dokter.

De kop luidde: BATES-STUDENT MOGELIJK IN VUURZEE OMGEKOMEN. Er stond een kleine portretfoto van een jongeman bij, waar de naam JASON HAMLIN onder stond.

Gold klikte de pagina weg.

'Wat was dat?' vroeg ze.

'Niets,' zei hij. 'Iets persoonlijks. Julie, ik meen het. Het spijt me echt.'

'Ik weet niet wat er met u aan de hand is, dokter Gold, maar het is niet goed. U zegt afspraken af, u drinkt. U denkt dat ik het niet zie, maar dat doe ik wel. En ík ben degene die met al die woedende patiënten zit opgescheept, allemaal mensen die op u rekenen.'

'Ik weet het, ik weet het.'

'Zeg me dan wat er aan de hand is, ik kan helpen.'

'Stuur ze maar naar binnen. De...'

'Caseys. Wilt u dat dossier nou hebben of niet?'

Gold deed een stap opzij, zodat ze makkelijker bij de computer kon. Ze drukte een paar toetsen in en er verscheen een dossier waar 'Casey, Katerina en Matthew' boven stond.

'Alstublieft.'

'Gaat het?' vroeg hij. 'Zeg me alsjeblieft dat ik je geen pijn heb gedaan.'

Ze zei niets. Ze liep terug naar de receptie en zei tegen het echtpaar dat de dokter hen kon zien.

Gold zette een opgewekt gezicht op en liep om zijn bureau heen om hen te begroeten. 'Aangenaam kennis te maken,' zei hij. 'Katerina en Matthew?'

Ze knikten. 'We hebben zo veel over u gehoord,' zei Katerina, een tengere vrouw van ergens in de dertig die kort zwart haar had met zilverkleurige strepen erdoor.

Haar echtgenoot, Matthew, die eruitzag alsof hij collegefootball had gespeeld maar sindsdien niets meer aan zijn conditie had gedaan, stak zijn hand uit en zei: 'We zijn zeer vereerd u te ontmoeten, u bent onze laatste hoop.'

'O, je moet de hoop nooit opgeven,' zei de dokter met gespeeld enthousiasme terwijl hij weer achter zijn bureau ging zitten. 'Ik heb jullie dossier hier, maar ik hoor liever jullie verhaal.'

'Goed,' zei Katerina, 'we zijn nu bijna tien jaar samen. Vijf jaar geleden zijn we getrouwd, en een jaar daarna zijn we het gaan proberen.' Er welden tranen in haar ogen op, ze strekte haar arm uit naar de doos tissues die op het bureau stond. 'Mijn god, ik word al emotioneel voordat ik begonnen ben.'

'Dat is goed hoor,' zei Gold. 'Neem uw tijd.'

'Ik heb het gevoel dat het mijn schuld is,' zei ze.

Matthew sloeg zijn armen om haar heen, en drukte haar bijna fijn met zijn omhelzing. 'Ik heb haar gezegd dat het niemands schuld is. Het is wat het is. En het kan net zo goed aan mij liggen, toch? Dat is iets wat we moeten bekijken, dacht ik.'

Gold knikte. 'Dat klopt. Maar ten eerste, het kan aan een van jullie liggen, of aan jullie allebei. En ten tweede, het is geen kwestie van schuld.'

'Ik heb wat... vragen,' zei Katerina.

'Natuurlijk. U kunt me alles vragen.'

Ze aarzelde.

'Ze vindt het nogal gênant,' zei haar echtgenoot. Hij keek haar aan. 'Zal ik het vragen?'

Ze knikte.

'Als we het over kunstmatige inseminatie hebben, dan hoeft ze dus niet daadwerkelijk...'

'Nee, nee, natuurlijk niet,' zei Gold. 'Het is een handeling die hier in de kliniek wordt verricht. Er zijn natuurlijk voorbeelden van stellen die gebruik hebben gemaakt van de diensten van een familievriend, of van de broer van de echtgenoot, vanwege een bijna identiek DNA, maar dat kan tot veel emotionele complicaties leiden. Ik zou het zeker niet aanraden. En het kan ook nog juridische complicaties opleveren.'

'Dus je kunt maar beter niet weten wie de donor is.'

'Jullie kunnen alles weten wat je wilt over de donor, behalve zijn naam. De anonimiteit is gegarandeerd. Maar tegenwoordig zijn er veel manieren om achter de identiteit van de donor te komen, of voor de donor om erachter te komen wie zijn kinderen zijn. Gesteld dat iedereen meewerkt.'

Katerina schraapte haar keel. 'Ik heb nog een andere vraag, en ik wil niemand hier beledigen, maar...'

'Gaat u verder.'

'Nou ja, ik las een artikel in de *New York Times* over een vruchtbaarheidskliniek die de vrouwen een ruime keuze aan donorprofielen aanbood, maar uiteindelijk bleek dat iedereen geïnsemineerd was met het zaad van... iemand van de kliniek.' Ze zweeg even. 'Het was de arts zelf, die zijn eigen sperma doneerde. Aan iedereen.'

Gold kreeg een kleur.

'Ik wil niet suggereren dat zoiets hier zou gebeuren, maar hoe weten we dat zeker? Hoe weten we precies, u begrijpt wat ik bedoel, wat we zullen krijgen?'

Gold perste zijn lippen op elkaar, alsof hij een emotionele uitbarsting probeerde te bedwingen. Uiteindelijk zei hij: 'Het zou een verschrikkelijke vertrouwensbreuk tussen arts en patiënt zijn als zoiets zou gebeuren.'

'Maar het is gebeurd,' zei Matthew. 'Toch? Het is net zoiets als een chirurg die per ongeluk het verkeerde been van iemand amputeert of zoiets.'

Gold wist zich met moeite in te houden en zei: 'Het toepassen van eigen sperma is niet iets wat *per ongeluk* gebeurt. Dat is een bewuste daad.' Hij probeerde weer kalm te worden.

'Het spijt me,' zei Katerina. 'Ik heb u dus toch beledigd.'

'Laat maar,' zei Gold. 'Laten we teruggaan naar waar we waren gebleven en...'

Zijn mobiel ging. Hij keek ogenblikkelijk naar het scherm om te zien wie het was.

'Eh, sorry,' zei hij. 'Deze moet ik even nemen.'

Hij greep de telefoon en hield hem bij zijn oor. Hij draaide de bureaustoel om zodat hij met zijn rug naar de Caseys toe zat, die elkaar ongemakkelijk aankeken. Moesten ze vertrekken?

'Zeg me dat je dit niet hebt gedaan,' fluisterde Gold woedend. 'Zeg me dat jij het niet was.'

Hij boog voorover, alsof hij zo meer privacy had. Katerina was opgestaan, maar haar echtgenoot schudde zijn hoofd, en zond haar een blik toe die zoveel als *laten we het afwachten* wilde zeggen.

'Je kunt... je kunt niet van me verwachten dat ik het allemaal op zijn beloop laat,' zei de arts. 'Ik heb met veel dingen ingestemd, dingen waar ik niet trots op ben, dingen waar jij me in hebt gepraat, maar dit gaat te ver.'

Matthew trok zijn wenkbrauwen op en hij verhief zich uit zijn stoel. Hij knikte zijn vrouw toe ten teken dat ze inderdaad maar beter weg konden zijn tot de dokter klaar was met dit telefoontje. Katerina deed een stap in de richting van het bureau en fluisterde: 'We wachten wel even in...'

Gold draaide zich om en keek hen woedend aan. 'Wegwezen,' zei hij.

Katerina deinsde achteruit, alsof ze een klap in haar gezicht had gekregen. Haar echtgenoot leek over het bureau te willen springen, of in elk geval iets te willen zeggen, maar zijn vrouw schudde driftig haar hoofd om hem op andere gedachten te brengen. Trouwens, Gold had hen alweer de rug toegekeerd en vervolgde zijn telefoongesprek. Ze begeleidde haar man naar de deur en trok die achter haar dicht.

'Wat? O, twee cliënten,' zei Gold. 'Ze zijn vertrokken. Nee, nee, dat hebben ze niet. Stop, stop. Luister naar me. Ik ga iedereen vertellen wat ik gedaan heb. Dat ga ik doen, het kan me niets meer schelen. Ik kan mijn werk zo niet doen. Ik ben een wrak. Ik kan niet slapen, en de helft van de tijd zit ik mezelf af te vragen of ik me niet beter van kant kan maken. Nee, god nee, ik heb niets tegen mijn vrouw gezegd. Denk je dat ik gek ben? Maar ze heeft gemerkt dat er iets met me is. Ik heb haar gezegd dat de kliniek... dat we liquiditeitsproblemen hebben, maar dat die opgelost zullen worden.'

Gold luisterde bijna een minuut lang naar de persoon aan de andere kant van de lijn, waarna hij enigszins gekalmeerd leek te zijn.

'Oké,' zei hij. 'Oké, oké.'

En toen nog een 'oké'.

Hij beëindigde het telefoongesprek, draaide zijn stoel terug en legde zijn mobiel op zijn bureau. Hij zag de twee lege stoelen en knipperde een paar keer met zijn ogen, alsof hij zich probeerde te herinneren wie er zonet hadden gezeten.

Voordat de Caseys bij de receptie terugkwamen, had Julie Harkin op een zoekmachine de krantenkop ingetypt die ze boven het artikel op het beeldscherm van de dokters computer had zien staan.

Ze vond het artikel meteen, en las het van begin tot eind. Een huis vlak bij de campus dat door enkele studenten van Bates College werd bewoond was volledig afgebrand. De stoffelijke resten van een vermiste jongen, Jason Hamlin, waren niet gevonden, en de autoriteiten begonnen nu te geloven dat hij waarschijnlijk ook niet thuis was toen de brand begon. Maar als hij daar niet was geweest, waar was hij nu dan?

Waarom, dacht Julie, had dit nieuws de interesse van de dokter?

Onderaan stond een link naar een ander artikel: GEZIN DOOR DUBBELE TRAGEDIE GETROFFEN. Julie klikte erop. Vlak na de tragedie in Lewiston was het huis van het gezin Hamlin in Baltimore ook afgebrand.

Alsof ze nog niet genoeg hadden geleden, dacht Julie.

En toen las ze de namen van Jasons ouders: Margaret en Charles Hamlin.

'O mijn god,' fluisterde ze in zichzelf.

Het was een van de stellen wier namen ze, samen met die van hun kind, aan die vrouw in de cafetaria had gegeven.

33

Springfield, Massachusetts

'Hoe bedoel je, dat er wel eens iets anders aan de hand kan zijn?' vroeg Chloe aan Miles, die naast haar in de Pacer zat.

Miles aarzelde. Hij had even een moment nodig om de informatie van Dorian te verwerken. Was het toevallig dat drie mensen met wie hij in contact wilde komen – Todd Cox, Jason Hamlin en Katie Gleave – vermist of waarschijnlijk dood waren? Dat ze in zo'n kort tijdsbestek vermist of dood waren?

En dat sinds Miles naar hen op zoek was?

Het was mogelijk. Er kon van alles gebeuren. Huizen die afbrandden. Jonge mensen die naar Europa gingen, die de plaatselijke mores of de taal niet kenden, konden in problemen komen. En er was ook een mogelijke verklaring voor Todds verdwijning, dat hij zich met duistere zaakjes bezighield en hem was gesmeerd.

En toch.

Waarom was Todds caravan zo smetteloos schoon? Waarom was elk spoor van hem gewist? Wie had zich onder het bed verborgen gehouden? Niet Todd. En wie was de vrouw in het busje die met zoveel tumult had geremd?

Hij dacht terug aan wat Dorian hem over Jason Hamlin had verteld. Een huisbrand. Natuurlijk had zijn lichaam tussen de asresten gevonden moeten worden. Dus als hij niet in het huis was geweest toen het vuur uitbrak, waar was hij dan? Wat was er met hem gebeurd?

‘Ga je me nog antwoorden of hoe zit dat?’ vroeg Chloe.

‘Ik probeer het op een rijtje te zetten.’

‘Wát probeer je op een rijtje te zetten? Ik zit hier naast je. Wat is er in godsnaam aan de hand?’

‘Die lijst…’ begon hij langzaam, ‘de negen mensen die… Jezus, mag ik ze eigenlijk wel mijn kinderen noemen? Of is dat… arrogant?’

Miles voelde zich overweldigd en kon niet focussen. De emotionele vloedgolf waarin hij werd meegesleurd maakte het hem steeds onmogelijker zijn gedachten te ordenen. Het was nog niet zo lang geleden dat hij programmeercodes voor zich kon zien alsof ze op een billboard stonden. Complexe concepten die hij zich net zo makkelijk voor de geest kon halen als een zonsondergang.

Maar nu waren deze informatie en gebeurtenissen – het vinden van Chloe, het níét vinden van Todd, het nieuws over de anderen op de lijst – in één keer over hem heen gevallen, en het begon hem te veel te worden. Toen Dorian hem belde was het alsof iemand honderd puzzelstukjes op de tafel wierp en hem opdroeg ze in tien seconden te leggen.

‘Fuck, fuck, fuck,’ zei hij terwijl hij zich vooroverboog en zijn gebalde vuisten tegen zijn voorhoofd drukte.

‘Miles?’

‘Geef me eventjes,’ zei hij.

Hij liet zijn armen zakken en keek Chloe aan. ‘Kan ik je zo noemen? Kan ik je mijn dochter noemen? Want… om dat te kunnen doen, om het recht daartoe te hebben, zou ik dan niet méér dan alleen maar een spermadonor moeten zijn?’ Hij was bang dat hij in tranen zou uitbarsten. *Vecht hiertegen*, zei hij tegen zichzelf. *Het is een symptoom. Laat het je niet beheersen. Oké, een van je dochters wordt vermist. Twee van je zonen zijn spoorloos.*

Hij had niet eens de kans gehad om *hallo* tegen ze te zeggen.

‘Miles, gaat het wel?’ vroeg Chloe, die haar hand op zijn arm legde.

Hij slikte, alsof hij daarmee de emotionele vloedgolf kon wegwerken. Toen knikte hij kort. ‘Ja.’

‘Ik bén je dochter,’ zei ze. ‘Dus je mag me zo noemen.’

'Er is meer dan alleen maar biologie voor nodig om een ouder te zijn,' zei hij.

'Ja, nou, je hebt nu de kans om het goed te maken,' zei ze terwijl ze hem een kneepje in zijn arm gaf. 'Je moet je herpakken, oké?'

'Oké.'

'Kun je mijn vraag beantwoorden?'

'Probeer het nog een keer.'

'Dat telefoontje, waar ging het over?'

'Het was mijn assistent,' zei hij. 'Ze heeft informatie voor me verzameld over… de anderen.'

'Oké.'

Zonder haar hun namen te geven, vertelde hij over de jonge vrouw die in Parijs werd vermist en over de student die bij een brand zou zijn omgekomen.

Het nieuws raakte Chloe harder dan hij had verwacht.

'Dus… behalve dat Todd wordt vermist ben ik ook nog eens een broer en een zus kwijt?'

'Het spijt me,' zei Miles.

'Wat is er aan de hand?'

'Dat weet ik niet.'

'Ik bedoel, houdt het allemaal verband met elkaar? Is er dat aan de hand?'

'Chloe, ik weet het niet.'

Ze trok haar hand terug en haar meevoelende blik werd streng. 'Wacht even. Er gebeuren dus rare dingen vanaf het moment dat je mij en mijn halfbroers en -zussen probeert te vinden?'

'Eh… daar lijkt het wel op.'

'Er gebeurt jarenlang niets met deze mensen, maar zodra jij komt rondneuzen loopt het mis met hen. Denk je dat dat toevallig is?'

'Ik zweer het je, Chloe, ik weet het niet.'

'Heb je hun namen overal rondgebazuind, zodat iemand achter hen aan kon gaan?'

Hij keek haar vinnig aan. 'Doe niet zo belachelijk. Ik heb hun namen niet eens aan jóú verteld. En waarom zou iemand achter hen aan willen gaan?'

'Hé, jij bent het rijke techgenie hier. Jij zou dat sneller moeten kunnen bedenken dan ik. Goed, jij bent het niet, maar je bent niet de enige die weet wie je kuikentjes zijn, toch?'

Miles dacht hierover na. 'Nee.'

'Wie weet het nog meer?'

'Dorian. Mijn assistent. Ze werkt al jaren voor me. En dan heb je Heather, die rechercheurswerk voor ons doet. Dan nog de arts van de kliniek, en er kunnen nog meer mensen zijn die deze informatie hebben. Maar wat wil je ermee suggereren? Dat er iemand zou kunnen zijn die inderdaad de namen weet van de personen die ik probeer te vinden? En dat dit te maken heeft met iemand die vermist wordt, of na een brand is verdwenen?'

'Hé, jij bent degene die zo geschokt is, dus je zult wel aan iets gedacht hebben.'

'Het is... ach, misschien is het wel allemaal niets.'

'Nou, ik denk níét dat het allemaal niets is. En weet je waarom?'

'Nou?'

'Omdat ik een van hen ben. Je probeert negen personen te vinden. Twee worden vermist en één is misschien dood. Dat is al een derde van je lijst. Dus als – áls – er iemand rondloopt die dit allemaal in gang heeft gezet, wanneer zal ik dan aan de beurt zijn?'

Miles keek haar aan met een blik die zei dat dit idee nog niet bij hem was opgekomen. 'Jezus.'

'Ja, op z'n zachtst gezegd,' zei ze. 'Luister, jij bent de man met het grote brein hier, maar laat me je dit vertellen.'

'Ja?'

'Jij hebt het plan opgevat om je poen en weet ik veel wat tussen ons negenen te verdelen. En zoals ik al zei, ik hoef je geld niet, maar daar gaat het nu niet om. Maar die negen personen, die krijgen dus ieder een negende deel van de hoofdprijs, is het niet?'

'Klopt.'

'Dus als het er in plaats van negen zes worden, dan zullen die zes aanzienlijk meer krijgen, toch?'

'Ja,' zei Miles langzaam.

'En als die negen tot vijf worden gereduceerd, dan krijgen die vijf nóg meer geld. Begrijp je waar ik heen wil?'

'Chloe, nu ga je wel erg snel.'

'Jij hebt makkelijk praten.'

'Hoezo?'

'Jij bent niet een van de negen.'

Deze woorden kwamen hard aan. Miles voelde zich weer emotioneel worden, maar hij wilde zich niet nog een keer zo laten gaan. Hij worstelde om het te onderdrukken.

'Waar je het over hebt,' zei hij en hij probeerde zijn stem vast te laten klinken, 'dat is moord. Je hebt het over iemand die mijn... nageslacht uitmoordt. Er is geen bewijs – Dorian zei daar tenminste niets over – dat suggereert dat het om moord gaat bij een van deze... voorvallen.'

'Dat is alleen maar omdat ze de lichamen niet hebben gevonden,' wierp Chloe bijna achteloos tegen.

Miles keek door de voorruit. 'Wat je net zei... Ik moet er niet aan denken. Maar als het op de een of andere manier zo is... zou ik het dan in werking hebben gezet?'

Chloe zei niets.

'Het was mijn bedoeling... Ik ben hiermee aan de slag gegaan om jullie te helpen, niet om jullie in het ongeluk te storten. Wie... wie zou zoiets doen?'

'O, dat is simpel,' zei Chloe.

Miles keek haar aan om haar theorie te horen.

Ze haalde haar schouders op, glimlachte sullig en zei: 'Een van ons.'

'Wat?'

'Een van de negen. Als je de hoofdprijs helemaal voor jezelf wilt, dan schakel je gewoon je halfbroers en -zussen uit.'

'Nee,' zei Miles ademloos.

'Een van je kinderen weet al van de anderen en maakt ons een voor een af,' zei ze bijna uitgelaten. 'Dat lijkt me duidelijk.'

'Nee,' zei hij nog eens.

'Als je maar weet,' zei ze terwijl ze zijn arm aanraakte, 'dat ík het niet ben.' Ze zweeg even. 'Maar dat zou iedereen natuurlijk zeggen.'

En toen deed Miles iets wat hen beiden verbaasde. Hij begon te lachen.

'Mijn god, erger dan dit kan het niet worden,' zei hij. 'Misschien bén jij het wel. Je bent net als dat meisje in de film *Hanna*.'

Chloe glimlachte. 'O, die film heb ik gezien. Over een zestienjarig meisje dat een moordenares is. Ja, oké. Een van je kinderen is opgegroeid om een beruchte moordenares te worden, en nu vermoordt ze al haar bloedverwanten. Zoiets zou mij wel lukken.'

Nu lachten ze allebei onbedaarlijk.

Miles zette zijn hand op het dashboard om steun te krijgen. Het gelach stierf weg. 'O, man, het is helemaal niet grappig.'

Chloe haalde haar schouders op. 'Soms moet je ook kunnen lachen.'

Toen hij zich had hersteld, haalde Miles diep adem en zei: 'Jij moet naar huis, en ik ga terug naar New Haven om deze gigantische puinhoop te overdenken.'

'Ja hoor, dacht je dat nou echt? Als er ook maar een kans van één op duizend is dat ik hierin gelijk heb, dacht je dat ik dan naar huis ging om op iemand te gaan zitten wachten die me zal laten verdwijnen? Je hebt niet veel weg van een bodyguard, maar ik blijf bij je in de buurt.' Ze zweeg en voegde er toen aan toe: 'Paps.'

Miles knikte gelaten en zei: 'Begrepen.'

34

Manhattan, New York

Nicky begon steeds meer te geloven dat dit maar op één manier kon eindigen.

Toen ze Roberta had gezegd dat Jeremy haar niet voor eeuwig in dit miljonairsoptrekje kon vasthouden, had die haar toevertrouwd dat ze dat ook vond. Wat moest Nicky daaruit opmaken?

Zou Roberta op een dag in haar kamer verschijnen om Nicky te vertellen dat ze vrij was om te vertrekken? Dat Jeremy van gedachten was veranderd, dat haar straf ten einde was, dat hij zich geen zorgen meer maakte over wat ze had gehoord?

Ja, zo zou het gaan.

Nicky had nog een tijd gedacht dat ze haar af zouden kopen. Dat ze haar geld of cadeaus zouden aanbieden om te vergeten wat ze had gehoord. Ze stelde zich voor dat Jeremy hier zou verschijnen om te zeggen dat het allemaal een pijnlijk misverstand was, dat hij het goed wilde maken en haar een goedbetaalde baan in de organisatie aanbood, bij voorkeur ergens in het buitenland en ver weg van de New Yorkse autoriteiten.

En zij zou daar opgelucht mee instemmen.

Natuurlijk, ze was nog een kind, maar ze was zeer volwassen, zeer aantrekkelijk en slimmer dan de meeste meiden van haar leeftijd. Ze kon voor negentien of twintig doorgaan als het moest, oud genoeg om ergens op de loonlijst te staan. Misschien dat ze een toekomstige Roberta van haar wilden maken. Iemand die jonge meiden kon vinden om Jeremy en zijn belangrijke vrienden te entertainen.

Maar ze dacht niet dat het zo zou gaan. Ze was bang dat Jeremy aan een duurzamere oplossing dacht. Hoe zouden ze het doen? Wat langzaam werkend gif in die heerlijke maaltijden van Antoine doen? Ze had zich tot nu toe nog niet ziek gevoeld, dus dat kon ze uitsluiten. Gelukkig maar, want het eten was het enige goede aan haar gevangenschap.

Ja, als ze haar wilden vermoorden, waarom deden ze het dan niet gewoon? Misschien dat ze het nog niet aandurfden. Ze moesten niet alleen bedenken hóé ze het zouden doen, maar ook hoe ze haar konden laten verdwijnen.

Zo Jeremy Pritkin iets was, dan was hij een minutieuze planner.

Ik moet hier verdomme weg zien te komen, had Nicky gedacht.

Haar kamer op de eerste etage bevond zich op zo'n zes meter van een ruime overloop tussen twee brede trappen, één die naar beneden ging en één die naar boven ging. Er stond altijd een gorilla van Pritkin, net als op die ene dag dat ze een ontsnappingspoging had gewaagd.

Nicky's bezoek bestond onveranderlijk uit Roberta of iemand van het huishoudelijke personeel om haar een maaltijd, schoon beddengoed, handdoeken of toiletpapier te brengen. Er werd verwacht dat ze haar beddengoed zelf verwisselde. Ze moest om de andere dag de lakens afnemen en ze samen met de handdoeken uit de badkamer op een hoop bij de deur leggen.

Soms, als ze in een goed humeur was, bracht Roberta wat leesvoer mee – *Vogue*, *Vanity Fair*, de laatste zondagseditie van de *New York Times* – dat Nicky verslond, ze las zelfs de artikelen die haar niets interesseerden. Het hielp om de tijd door te komen. Ze kon tv-kijken, maar de wifi was nog steeds buiten werking gesteld in dit gedeelte van het huis. De iPad die ze had gekregen kon ze alleen maar voor spelletjes gebruiken.

Op een dag had ze geprobeerd de hulp van een van de huishoudelijke personeelsleden in te schakelen toen die schone lakens kwam brengen. De vrouw, die Teresa heette, was in de vijftig, en Nicky had haar een keer gevraagd waar ze vandaan kwam – Hidalgo, in Mexico – en of ze kinderen had.

'Een jongen en een meisje,' had Teresa geantwoord nadat ze haar pumps had uitgeschopt. Als er geen kans was dat de baas haar kon zien liep de hulp op kousenvoeten.

'Hoe oud zijn ze? Wonen ze in New York?' vroeg Nicky.

Teresa's dochter, die twintig was, werkte in een stomerij in Californië. Haar drieëntwintigjarige zoon werkte als bouwvakker in Arizona en New Mexico. Nicky had het idee dat niemand van haar familie legaal in Amerika was.

'Als iemand je dochter gevangenhield,' begon ze, 'zou je het dan niet fijn vinden als iemand haar probeerde te helpen?'

Teresa deed net alsof ze de vraag niet had gehoord.

'Ik vraag je alleen maar om tegen de politie te zeggen dat ik hier zit. Zeg ze dat ik hier tegen mijn wil word vastgehouden. Je kunt anoniem bellen.'

Teresa legde schone handdoeken in de badkamer en keek Nicky niet aan.

'Alsjeblieft? Ik smeek het je.'

Teresa maakte haar werk af en vertrok zonder een woord te zeggen. Later die dag verscheen Roberta om een hartig woordje met Nicky te spreken.

'Breng het personeel nooit meer in zo'n positie,' zei ze. 'Je ziet dat de mensen die voor meneer Pritkin werken zeer loyaal zijn.'

Ze zijn niet loyaal, dacht Nicky. Ze zijn doodsbang.

Het was toen dat Nicky een strategie probeerde te ontwikkelen om in haar eentje aandacht van de politie of brandweer te trekken. Ze dacht eraan om brand te stichten in haar kamer, maar ze had geen lucifers of aansteker, zelfs geen stokjes om langs elkaar te wrijven. Er lag een haardroger in de badkamer, en ze probeerde verscheurd toiletpapier zo lang te verwarmen dat het vlam zou vatten, maar het bleek een vruchteloze poging. Vervolgens overwoog ze om handdoeken in de afvoer van de badkuip en de wastafel te proppen, en dan de kranen open te zetten. Maar wat had ze aan een overstroming, behalve dat Jeremy en Roberta woedend zouden zijn over de waterschade die ze had aangericht?

De kamer had maar één raam, zo'n 30 bij 60 centimeter, dat uitkeek op de blinde muur van een steeg. Wat een uitzicht. En het was niet zomaar glas dat erin zat. Het was dik en er zat iets in wat op kippengaas leek, het soort glas dat in deuren van scholen zat. Inslaan was geen optie. En zelfs al zou het haar lukken, wat dan? Paste ze er wel doorheen? En als dat kon, ze dacht toch niet dat ze Spiderman was? Dat ze via de bakstenen af kon dalen?

Toen ze op een dag bij het raam stond om een glimp van Seventieth Street op te vangen, wierp ze een blik op de iPad in haar hand.

Nicky zag dat ze een zwak wifisignaal had.

Het moest vanachter de blinde muur aan de andere kant van de steeg komen.

O mijn god, dacht ze. Ik kan iemand een bericht sturen als ik kan meeliften op die wifi.

De wifi droeg de naam LOLITASPLACE. Achter die muur bevond zich kennelijk iemand die Lolita heette, dacht Nicky. Het enige probleem was dat ze het wachtwoord moest hebben om in haar netwerk te komen.

Jee, hoe moeilijk kon dat zijn?

Ze typte de voor de hand liggende wachtwoorden in van mensen die te stom zijn om iets te onthouden. Zoals WACHTWOORD, of ABCDEFG, of 123456789, of, omdat het waarschijnlijk de wifi van Lolita was, LOLITASWIFI, en LOLITASPAD. Ze probeerde in de uren daarna wel honderd variaties.

Zonder succes.

'Shit, shit, shit,' zei ze in zichzelf. Ze wilde het al opgeven toen ze besloot nog één poging te wagen.

Ze typte ATILOL in. De naam van de gebruiker, maar dan omgekeerd gespeld.

Het wachtwoord werd geaccepteerd.

'Ja!' ze schreeuwde het inwendig uit.

Meteen opende ze Safari en googelde de website van het New York Police Department. Er stond een mailadres bij! Maar zat er een mailprogramma op deze iPad? Geen probleem, ze hoefde er alleen maar één te downloaden – Gmail of Hotmail. Dat was zo gepiept, daarna kon ze een mail naar het NYPD sturen en dan zou er hulp...

De deur van haar kamer vloog open.

Roberta beende woedend naar binnen. Ze trok de iPad uit Nicky's handen, smeet hem op het tapijt en dreef haar hoge hak in het scherm – niet één keer maar drie keer – tot het volledig verbrijzeld was.

'Ik heb niets gedaan!' kermde Nicky. 'Ik was alleen maar...'

Dit was het moment waarop Roberta haar in het gezicht sloeg. Niet met de vlakke hand, maar met geopende vingers, en Nicky sloeg tegen de grond. Ze wist nog een arm uit te steken om haar val op te vangen.

‘Dacht je dat we je niet doorhadden?’ schreeuwde Roberta. ‘Jij kleine slet!’

Nicky zat op haar knieën en probeerde overeind te komen toen Roberta haar nog een keer sloeg. Deze keer op de zijkant van haar hoofd, en harder dan de eerste keer. Het duizelde Nicky toen ze languit op het tapijt belandde. Ze begon te huilen, bleef herhalen dat het haar speet en smeekte Roberta te stoppen.

Ze realiseerde zich dat er ergens in de kamer een verborgen camera moest zijn. Ze hadden haar opwinding gezien toen ze op de wifi meeliftte.

Nicky zag door haar tranen heen dat er iemand in de deuropening stond, en dat het Jeremy Pritkin was.

Hij keek toe.

Zijn gezicht was uitdrukkingloos. Hij lachte niet, er was ook geen glimlach. Niets wat aangaf dat hij van Roberta’s klappen had genoten, maar ook niets wat afkeuring of teleurstelling verried. Hij bezag haar onaangedaan, de manier waarop je naar iemand kijkt die iets passiefs doet als het lezen van een boek.

Pritkin keek naar Nicky alsof ze niets was.

Uiteindelijk klonk zijn stem. ‘Roberta,’ zei hij.

Roberta zond Nicky nog een withete blik toe, draaide zich toen om en liep de kamer uit. Nicky hoorde het dichtdraaien van het slot boven haar gejammer uitklinken.

Ze hoorde hen in de hal praten.

Nicky kroop over het tapijt naar de deur en richtte zich op. Als Roberta nog in de hal was, kon ze haar op dat moment niet via een verborgen camera bespieden.

Roberta zei: ‘... niet oneindig daar laten... moeten iets doen...’

En Pritkin antwoordde: ‘... maar een paar mensen aan wie ik dit soort werk kan toevertrouwen... op het moment met iets anders bezig.’

‘... nog langer duren?’

‘... hoop ik niet... het eerste zodra ze terug zijn.’

Hun stemmen stierven weg terwijl ze door de hal liepen.

Dus, Nicky dacht dat dit maar op één manier kon eindigen. En het schonk haar weinig troost dat ze het goed had ingeschat.

35

Fort Wayne, Indiana

Man, het was gewoon ongelooflijk.

Travis Roben had een vriendin. Travis Roben had verdomme een vriendin, haar naam was Sandy, en ze was een werkelijk bestaand vrouwelijk exemplaar van het menselijk ras. Geen foto in een blaadje, geen opblaaspop, geen video op een pornosite, maar een levende vrouw van vlees en bloed.

Ze waren inderdaad koffie gaan drinken na die eerste ontmoeting in de stripwinkel, toen Sandy hem advies had gevraagd omdat ze iets voor haar twaalfjarige neefje moest kopen. Sandy bestelde een decaf-cappuccino met *biscotti*, terwijl Travis voor een gewone kop koffie met veel melk en suiker ging omdat hij geen idee had wat het verschil was tussen Sandy's bestelling en een latte of een Americano of al die andere hippe koffiedrankjes. Travis dronk over het algemeen alleen maar Mountain Dew, en als hij eens uit de band wilde springen nam hij er een Sno Ball met slagroom en chocola bij.

En hij had meteen al een blunder begaan door Sandy voor haar eigen drankje te laten betalen. *Stom stom stom,* zei hij in zichzelf toen ze gingen zitten. *Zo gaat-ie lekker, sukkel.*

Maar mocht Sandy hier aanstoot aan nemen, ze liet het niet merken. Ze ging gewoon zitten en begon te praten.

Over zichzelf.

Waar ze vandaan kwam (Spokane), wat ze had gestudeerd (diergeneeskunde) en wat ze graag wilde doen in haar leven (nee, geen dierenartspraktijk, het bleek dat ze het liefst muziek wilde doceren). Hoe ze op haar vijftiende naar Fort Wayne was verhuisd omdat haar vader werd overgeplaatst (hij werkte bij een verzekeringsmaatschappij) en hoe ze vroeg uit huis was gegaan omdat het niet meer liep tussen haar ouders en dat ze waarschijnlijk gingen scheiden (tja, wat kun je eraan doen, ik zag het al jaren aankomen). En dat haar ex-vriend zo'n sportief type was (voornamelijk ijshockey), maar dat ze genoeg had van zulke jongens omdat ze zo vol van zichzelf waren en geen flauw idee hadden van wat er zich in de rest van de wereld afspeelde en hoe zit het dan met jouw leven?

'Met míjn leven?' zei Travis. 'O, daar valt niet zo veel over te vertellen.'

Wat de waarheid was. Maar hij vertelde dat hij aan een graphic novel werkte, wat ze heel interessant vond, of in elk geval deed ze alsof ze het heel interessant vond. Hoe dan ook, Travis vond het best. Nadat ze het vijf minuten over zijn bezigheden hadden gehad, waren ze weer terug bij haar leven.

God, wat maakte het uit? Het was zó'n stuk.

Travis had de hele tijd maar aan één ding gedacht. Nou, eigenlijk twee. Ten eerste, hij moest controle over zijn hormonen zien te krijgen. Als ze straks zouden opstaan wilde hij niet dat men zou denken dat hij een brandblusapparaat in zijn broek meesmokkelde. Maar zijn belangrijkste gedachte was: als ik haar mee uit vraag, zal ze dan ja zeggen? Misschien dat ze naar het bioscoopcomplex konden gaan? En dan niet naar zo'n stomme Marvel- of Star Wars-film, of zo'n James Bond-ding, maar naar een originele, arthousefilm die niet op iets bestaands was gebaseerd. Ze leek hem iemand die daar wel van zou houden.

Maar Travis had nog nooit eerder een meisje mee uit gevraagd. Wat moest je zeggen? Een zin als: wil je met me op een date? Nee, dat klonk overdreven stijf, vormelijk, nerd-achtig. Misschien moest het terloops zijn, zo tussen neus en lippen door, iets als: *Hé, heb je morgenavond iets te doen? Zullen we samen een film pakken?* Ja, zoiets.

Maar toen zei Sandy: 'Wat ga je doen dit weekend?'

En zo kwam het dat hij zich deze zaterdagmiddag – het was echt zo – op een bowlingbaan bevond. Travis was sinds zijn zevende, het was het verjaardagsfeest van een vriendje, niet meer op een bowlingbaan geweest. Hij wist niet eens dat bowlingbanen nog bestónden. Afgezien van een sporadisch bezoek aan een slagkooi was Travis nooit zo in sport geïnteresseerd geweest. Gedurende zijn schooltijd was hij altijd degene die als laatste werd uitgekozen als er teams werden gevormd. Zelfs honkbal, wat toch bij uitstek een teamsport was, speelde Travis in z'n eentje.

Dit uitstapje naar de bowlingbaan was niet hun tweede ontmoeting, maar hun vierde alweer. Eén dag nadat ze samen koffie hadden gedronken, zaten ze tegenover elkaar aan een tafeltje voor een lunch in de dichtstbijzijnde McDonald's (Travis voelde zich enigszins ongemakkelijk toen hij een Big Mac bestelde en Sandy zei dat ze liever iets subtiels als een salade wilde, maar serieus, wie ging er nou naar McDonald's voor een salade?). Het was tijdens deze lunch dat Sandy zei dat ze een voorstel had dat misschien ietwat ongepast was.

Omijngodomijngodomijngod, had Travis gedacht.

'Weet je, die bril van je...' begon ze.

'Hè?'

'Die bril is... Ik weet niet hoe ik dit moet zeggen zonder veroordelend te klinken en zo, maar die bril is nogal nerd-achtig.'

'Wat?'

'Ik bedoel, dat sommige van je interesses nogal nerd-achtig zijn, en daar heb ik geen enkel probleem mee, hoor, want ik vind dat strips en graphic novels een authentieke kunstvorm zijn waar je je echt niet voor hoeft te schamen, maar omdat je interesses, nou ja, nogal in die richting gaan hoef je er nog niet zo úít te zien. En die bril van je... is er misschien een reden waarom dat montuur zo dik is en de glazen zo groot zijn?'

Travis kreeg het schaamrood op zijn kaken.

'O, shit, shit, sorry,' zei Sandy. 'Nu ben ik te ver gegaan, toch?'

'Nee, nee, het is oké,' zei hij. 'Het is meer dat ik die bril altijd al heb gehad. Ik heb mijn ouders een keer om een mooiere gevraagd, en toen zeiden ze dat deze goed was. Maar, inderdaad, hij is nogal nerd-achtig. Ik lijk wel wat op die professor uit *Thunderbirds*, je weet wel, die ruimteserie met poppen uit de jaren zestig.'

Sandy keek hem leeg aan, ze kon blijkbaar niets met deze vergelijking.

'Maar goed, ik heb er wel aan gedacht om een nieuwe te kopen, maar elke keer als ik geld heb geef ik het aan iets anders uit.'

'Laten we een nieuwe bril voor je uitzoeken. We doen het morgen.'

'Jee, ik weet het niet hoor. Dat kan duur worden en...'

'Je krijgt hem van mij,' zei ze. 'En daarna zouden we, en zeg me als ik weer te ver ga, maar daarna zouden we naar Gap kunnen gaan om wat kleren voor je te kopen.'

'Kleren?'

'Ik wil je niet beledigen hoor, maar je garderobe kan wel een upgrade gebruiken.'

'O.'

Sandy gaf hem een goedbedoeld schopje onder de tafel. 'Luister, idioot. Ik geloof dat jij geen idee hebt, maar onder de oppervlakte hier,' ze hield haar wijsvinger voor zijn gezicht en trok een cirkeltje in de lucht, 'zie ik een sexy boy die popelt om tevoorschijn te komen.'

'Denk je dat?'

'Ik weet het.'

Het geval wilde dat Travis wat geld had gespaard, bijna duizend dollar, dus hij ging de volgende dag langs een geldautomaat en pinde een paar honderd dollar zodat Sandy hem voor een bescheiden make-over naar het winkelcentrum kon meetronen. Het was niet zo heel veel geld, maar je kon er toch wel wat mee bij Gap. Sandy koos een paar afgeprijsde overhemden en een stijlvolle spijkerbroek voor hem uit, en toen ze ook nog voorstelde om naar nieuwe boxers te kijken werd hij bijna gek.

Ze kenden elkaar pas enkele dagen, en er waren een paar kussen geweest – inderdaad, Travis had eindelijk zijn lippen op die van een meisje gedrukt zonder dat het op een begrafenis was of dat hij ertoe werd gedwongen – maar hij bleef maar aan de mogelijkheid denken dat er nog betere dingen in het verschiet lagen. Het feit dat Sandy een suggestie had voor een kledingstuk dat zijn edele delen aanraakte was zo'n beetje het bijzonderste wat hem ooit in zijn hele leven was overkomen.

Na hun bezoekje aan Gap had hij geen geld meer over voor een nieuwe bril, maar Sandy stond erop hem hierbij te helpen. Hij kon haar altijd later terugbetalen. Ze gingen dus naar de opticien in het winkelcentrum en vonden zonder oogmeting een bril die even goed was al zijn huidige en niet eens zo duur was.

Travis voelde zich een andere man toen ze naar de bowlingbaan gingen. Sandy had hem opnieuw uitgevonden, en daar was niets meer dan een nieuwe bril en kleren voor nodig. O, Travis had nog steeds iets van een nerd, en dat wist hij, maar Sandy leek het niet erg te vinden. Hij nam aan dat het te maken had met haar vorige vriend, de atleet, een onderwerp waar ze al vaker op teruggekomen was. Ze hield niet van jongens die vol van zichzelf waren, die zichzelf zo bijzonder vonden – niets anders dan narcistische klootzakken die dachten dat alles om hen draaide.

Hé, dacht Travis, als Sandy's voorkeur nu uitging naar zielenpoten die niet eens een sprintje konden trekken wanneer hun leven ervan afhing, dan had ze de perfecte man gevonden.

Na het bowlen – Travis had een bedroevend lage score van 80, Sandy was niet veel beter met 96 – gingen ze een hamburger eten, en voor de verandering praatte Sandy deze keer niet alleen maar over zichzelf.

'Sorry hoor,' zei ze gekscherend, 'maar ik heb weleens betere bowlers meegemaakt.'

'Kan wel kloppen,' zei hij. 'Bowlen is niet echt mijn sport.'

'Wat ís jouw sport dan?'

Hij rolde zijn ogen. 'Niets eigenlijk. Ik ga wel eens met mijn honkbalknuppel naar een van die slagkooien, maar dat is het wel zo'n beetje.'

'Dat heb ik ook gedaan,' zei Sandy.

'Wat?'

'Ik heb in een softbalteam gespeeld.' Ze glimlachte trots. 'Ik was er best wel goed in. De volgende keer gaan we naar zo'n kooi.'

'Doen we.'

'En,' zei ze en ze sneed een ander onderwerp aan, 'vertel me eens wat meer over je ouders.'

Hij haalde zijn schouders op. 'Ik weet het niet. Het zijn normale mensen, denk ik.' Hij zweeg en keek naar beneden. 'Ze vinden niet veel van me.'

'Wat bedoel je daarmee?'

'Ze zeggen me altijd wat ik anders moet doen. Dat ik er meer uit moet, dat ik mensen moet ontmoeten, dat ik niet de hele tijd in mijn eigen wereldje moet blijven zitten.'

Sandy glimlachte. 'Nou, dat ben je nu toch aan het doen?'

Hij keek op en zijn blik kruiste de hare. 'Daar lijkt het wel op. Ze willen het beste voor me, maar ik heb altijd het gevoel dat ze me omlaaghalen.'

'Heb je een foto van ze?' vroeg ze.

'Ja, op mijn telefoon denk ik.'

'Laat eens zien.'

Hij pakte zijn telefoon en opende de foto-app. 'Ik heb er niet zo veel van hen. O, wacht. Hier is er een. Van mijn moeders verjaardag, ik denk van vorig jaar.'

Hij reikte haar de telefoon aan en ze bestudeerde de foto. Zijn ouders hadden hun armen om elkaar heen geslagen en hadden allebei een papieren feestmutsje op hun hoofd. Ze keken vrolijk, of een beetje dronken, of allebei. De vrouw had een bleke huid en grijzend haar, terwijl haar man donkerder was, wat niet door de zonnebank kwam.

'Je vader, hij is nogal... wat is het woord, getint? Of is dat een racistisch woord?'

'Volgens mij niet. Zijn voorouders kwamen uit Armenië of daar ergens.'

'Dus Roben is een Armeense naam?'

'Ja. Maar mijn voornaam komt van die detective.'

'Detective?'

'Travis McGee. Mijn vader was vroeger een groot fan van John D. MacDonald.'

Sandy wist niet wie dat was. Ze wierp nog een laatste blik op de foto en gaf Travis zijn telefoon terug. 'Hij is echt knap. Maar je lijkt meer op je moeder. Zij is leuk. Je hebt haar ogen en jukbeenderen.'

'Ja, maar dat is ook logisch.'

Sandy knipperde met haar ogen. 'Wat bedoel je daarmee?'

Hij haalde zijn schouders op. 'Het is niet iets waar ik graag over praat.'

Sandy's gezicht verzachtte. 'Ik begrijp het niet.' En toen, alsof er een lampje aanging, sperde ze haar ogen open en zei: 'O, ik snap het. Je moeder was al eerder getrouwd geweest? Je echte vader is een andere man?'

'Je hebt voor de helft gelijk,' zei hij. 'Niet wat de eerste helft betreft. Mijn moeder is alleen maar met hem getrouwd geweest. Ze zijn al dertig jaar getrouwd, en ze houden veel van elkaar en zo.' Hij huiverde. 'Sorry, niet lullig bedoeld… omdat jouw ouders uit elkaar gaan en zo.'

'Dat is oké. Maar hoe zit het dan, dat hij niet je echte vader is? Wat bedoelde je daarmee? O mijn god, heeft je moeder een affaire gehad?' Ze sloeg een hand voor haar mond.

Travis lachte. 'Nee zeg. Wat denk je nu wel.'

'Sorry.'

'Toen ik dertien was vroegen mijn ouders of ik aan tafel wilde komen zitten. Ze hadden me iets te vertellen, dat ik het recht had de waarheid te kennen over wie ik was en dat soort dingen. Mijn ouders – nou ja, mijn vader – konden geen kinderen krijgen. Niet op de natuurlijke manier, weet je? Ze hadden het lang geprobeerd. Uiteindelijk kwamen ze bij een plek terecht, ergens in de buurt van New York, maar ze woonden toen in Newark, dus zo ver was het niet. Een kliniek.'

'Je bedoelt een vruchtbaarheidskliniek?'

'Precies. Dus ze kregen dat spul van iemand anders…'

'Spul?'

Travis bloosde. 'Sperma.'

'O, ja, natuurlijk,' zei Sandy achteloos. 'Laat me eens raden. Je vader had traag zaad, dus je moeder heeft een donor gekregen. En jij bent het kind dat daaruit is voortgekomen.'

'Ja.'

'Wauw, wat gaaf,' zei Sandy.

'Ik weet niet of ik het zo zou noemen.'

'Nee, ik bedoel dat het heel bijzonder is. En weet je wie je biologische vader is?'

Hij schudde zijn hoofd. 'Nee.'

'Heb je geprobeerd om erachter te komen?'

'Nee.'

'Ben je dan niet nieuwsgierig?'

'Nee.'

Ze schudde verwonderd haar hoofd. 'Als ik het was geweest, zou ik er gek van worden. Ik zou zoiets per se willen weten. Heb je niet zo'n test gedaan? Ze adverteren er voortdurend mee op tv.'

'Nee.'

'Dat zou je moeten doen,' zei ze. 'Je zou het moeten uitzoeken.'

Het was voor het eerst dat Sandy's bemoeienis hem irriteerde. 'Ik denk dat zoiets een behoorlijk persoonlijke beslissing is.'

'Je hebt gelijk,' zei Sandy. 'Sorry, het spijt me. Ik heb me nergens mee te bemoeien.'

'Dat is oké.'

'En nu is er nog iets, al is dat niet zo persoonlijk.'

'Vertel.'

'Ik ga je zo iets zeggen, maar je moet niet kijken. Niet tot ik het zeg.'

'Waar heb je het over?' vroeg Travis.

'Er zit hier een stel, daar vlak bij waar we die bowlingschoenen hebben gehaald. Een man en een vrouw, van ergens in de veertig? Ze bowlen niet en ze eten ook niets. Ze hangen gewoon maar wat rond, en ze blijven onze kant op kijken.'

'Kan ik kijken?'

'Oké, maar doe het onopvallend.'

Hij stond op, rekte zich uit en draaide zich langzaam om, alsof hij de omgeving in zich opnam zonder naar iets in het bijzonder te kijken.

'O ja, heel onopvallend zo,' fluisterde Sandy.

Travis zag hen. Ze stonden op de plek die Sandy had aangeduid, maar ze keken nu de andere kant op. Hij ging weer zitten.

'Misschien dat ze op iemand wachten,' zei hij.

'Ik durf te wedden dat het agenten zijn,' zei Sandy. 'Misschien dat er hier drugs worden gedeald of zoiets.'

'Op een bowlingbaan?'

Sandy haalde haar schouders op.

'En wat nu?' vroeg Travis.

Sandy glimlachte. 'Wil je het met me doen?'

36

New Haven, Connecticut

Miles was het met Chloe eens dat het verstandig was om mee te komen naar New Haven als er iets aan de hand was met haar halfbroers en -zussen, áls dat tenminste het geval was. Maar hij weigerde om de hele terugweg in haar wrakkige Pacer te zitten, en hij wilde ook niet dat ze de auto eerst nog naar Providence zou terugbrengen. Hij wist haar over te halen het barrel in Springfield achter te laten – met de belofte dat het op de een of andere manier, en zo snel mogelijk, daar zou worden weggehaald – en bij hem in de limo te stappen.

Chloe had haar moeder gebeld en gezegd dat ze bij Todd bleef logeren. Een leugen natuurlijk, maar Chloe was er nog niet aan toe om te vertellen dat de vader van haar kind de cafetaria was komen binnenwandelen en haar leven op zijn kop had gezet.

Het was donker toen ze bij Miles' huis aankwamen; een modern en opzienbarend architectonisch wonder dat op een bebost terrein net buiten New Haven stond. Het doemde op nadat de limo de laatste bocht van de lange geasfalteerde oprijlaan had genomen: een brede, gelijkvloerse structuur die uit glazen wanden bestond die met regelmatige intervallen onderbroken werden door roestkleurige stalen balken, wat het een moderne, industriële uitstraling gaf.

'Wauw,' zei Chloe. 'Is dit een huis? En geen geheim militair complex?'

'Ik heb een logeerkamer met een eigen badkamer,' zei Miles. 'Alles is er. Een tandenborstel, tandpasta, shampoo, je zegt het maar.'

‘Tampons?’ vroeg ze.

Miles keek moeilijk.

‘Geintje,’ zei ze.

‘Ik kan Dorian morgenochtend vroeg op pad sturen als je nog iets nodig hebt, ook voor schone kleren. En er is een huishoudster voor het geval je iets wil wassen.’

‘Nou, ik hoop dat je een extra ochtendjas hebt met al die glazen wanden.’

‘Het glas kan donker worden getint voor volledige privacy. Gordijnen of blinden zijn hier niet nodig.’

‘Dat meen je niet.’

‘Jawel.’

Ze stapten uit en Miles vroeg aan Charise zich de volgende ochtend weer te melden. Bij de voordeur plaatste hij zijn duim tegen een kastje. Het beveiligingssysteem las de afdruk waarna het slot open klikte, gevolgd door een hoge toon in het huis om aan te geven dat het alarmsysteem was uitgeschakeld.

‘Kom binnen,’ zei Miles.

Chloe was verbijsterd toen ze over de drempel stapte. De ruimtelijke entree was gedecoreerd met lommerrijke struiken die uit plantenbakken groeiden die in de muren waren verwerkt. Aan één kant van de ruimte bevond zich een rotsblok waar een waterval vanaf stroomde, wat het geheel van een serene sfeer voorzag.

‘Ik geloof dat ik droom,’ zei Chloe.

‘De keuken is deze kant op,’ zei Miles.

Toen Chloe hem volgde draaide ze haar hoofd van links naar rechts om alles in zich op te nemen. ‘Wat heeft het je gekost om deze tent te kopen?’ vroeg ze.

‘Ik heb dit huis laten bouwen,’ zei hij terwijl ze de keuken bereikten. Hij trok aan een hendel die aan een paneel in de muur vastzat, het bleek de deur van een enorme koelkast te zijn.

‘Ik zou mijn Pacer hierin kunnen zetten,’ zei Chloe.

Miles pakte er twee flesjes water uit en reikte er haar een aan.

'En wat heeft het je gekost om dit te laten bouwen?'

'Bijna elf miljoen.'

Chloe zette het flesje op het aanrecht en liep de aangrenzende ruimte in. 'Jezus,' zei ze.

Miles volgde om te zien waar ze naar keek. Ze stond in de mediakamer, en keek naar het beeldscherm dat een hele wand in beslag nam.

'Je kunt iets kijken als je dat wilt,' zei hij. 'Waarschijnlijk ben ik zo onder zeil, het is een lange dag geweest. De afstandsbediening ligt daar, je kunt er alles mee.'

'Heb je ook nog bier in die koelkast?' vroeg ze terwijl ze hem aankeek.

'Eh, ja.'

Chloe liep terug de keuken in en trok met beide handen aan het handvat van de koelkast alsof het de deur van een kluis was. Ze tuurde naar binnen en pakte een blik.

'Bud Light? Meen je dat nu echt? Je hebt een huis van bijna elf miljoen en de koelkast zit vol Bud Light? Ik dacht dat je er wel bijzondere biertjes in zou hebben zitten.'

Miles haalde zijn schouders op. 'Ik hou ervan. Maar achterin liggen geloof ik wel wat speciaalbiertjes.'

'Nee, nee. Ik hou er ook van. Het verrast me alleen.'

Miles zette zijn flesje water neer. 'Geef me er ook maar een.'

Ze pakte er nog een blik uit en gooide het hem toe, maar het sprong van zijn borst af, viel op de vloer en rolde onder het aanrecht.

'Sorry!' riep Chloe uit.

'Shit,' zei Miles. 'Shit, shit, shit.'

Ze boog zich voorover om het blik op te rapen en zette het op het aanrecht. 'Die zou ik maar even niet openen. Wat gebeurde er?'

'Mijn coördinatie is niet meer wat het was,' zei hij. 'Ik zag het blik komen, maar mijn armen kregen niet snel genoeg het signaal door om het te vangen.' Hij bewoog zijn armen en keek ernaar met een mengeling van verbijstering en teleurstelling. 'Jezus.'

'Ik zal een andere voor je pakken,' zei Chloe, die zich omdraaide en de koelkast weer opentrok. Deze keer trok ze het blik open en reikte het Miles aan. Hij stak aarzelend zijn arm uit, en toen hij zijn hand stevig om het blik had geklemd knikte hij en liet ze het los.

Hij nam een slok. 'Dit is waarom ik wil dat je een test doet.'

Chloe probeerde het luchtig te houden en zei: 'Niet nu, paps, ik heb gedronken.'

Miles zuchtte. 'We hebben het hierover gehad. Een genetisch monster. Je hoeft niet eens ergens heen. Ze komen aan huis, het is zo gebeurd.'

'Maar dat heb ik gedáán. Toen ik een DNA-monster naar WhatsMyStory heb gestuurd. Ik moest in een buisje spugen.'

'Ja, maar toen keken ze niet specifiek naar… Luister, als ze jouw monster met het mijne vergelijken, zijn er bepaalde genetische eigenschappen die aantonen dat je ooit in de toekomst dezelfde aandoening zult krijgen als ik.'

'Wie wil dit nu eigenlijk het liefste weten?' vroeg ze. 'Ik, of jij? Waarom zou ik deze informatie op dit moment willen weten, terwijl ik er helemaal niets mee kan? Dit gaat over jou. Als ik positief test, dan… wacht. Ben je positief als je het hebt, of ben je positief als je het niet hebt, omdat het dan goed nieuws zou zijn?'

'Je bent positief als je het hebt.'

'Oké, dus als ik negatief test hoef jij je er niet schuldig over te voelen dat je iets aan mij hebt doorgegeven. Gaat het daar niet om?'

Miles sloeg zijn ogen neer.

'We gaan allemaal ergens aan dood, toch? Dus ik doe die test, we krijgen het resultaat binnen, hé, goed nieuws, niets wat erop wijst, maar wat denk je? Ik blijk een zeldzame vorm van kanker te hebben. Iets waar dus niet naar gezocht werd. Dus dan kan ik me dáár weet ik veel hoeveel jaren zorgen over maken terwijl ik veel gelukkiger zou zijn als ik het niet wist. Kun je me volgen?'

'Ja,' zei Miles. 'Dat begrijp ik, maar…'

'Wat schiet ik ermee op als ik het weet?'

'Je zou… er rekening mee kunnen houden.'

'Ik zou er rekening mee kunnen houden,' zei ze knikkend. 'Oké, stel nou dat jij twintig jaar geleden wist wat je zou overkomen. Wat zou je dan anders hebben gedaan?'

Daar moest hij over nadenken. 'Moeilijk te zeggen. Ik denk dat ik de dingen wat serieuzer zou hebben genomen, ik zou mijn tijd niet hebben verspild.'

'Hoe heb je je tijd dan verspild?'

Mijn god, wat kan ze tergend zijn, dacht hij. 'Ik zou iets meer mijn best hebben gedaan.'

'Zodat je een huis als dit nog eerder had kunnen hebben? Zou dat je gelukkig hebben gemaakt? En hebben we die discussie al niet eerder gevoerd? Je mag je best overgeven aan nietsdoen, het leven is geen tredmolen van de wieg tot het graf. Soms moet je er even uit om op het strand te gaan luieren. Soms moet je een boek pakken en in een hangmat gaan liggen om in slaap te vallen. En daarnaast kun je je ook nog overgeven aan roesmiddelen. Ik ben zo'n beetje een expert op dat gebied.'

Miles zuchtte. 'Waar heb je al die wijsheid vandaan op jouw leeftijd?'

'Misschien ben ik helemaal niet zo wijs, maar kom ik alleen maar zo over in vergelijking met jou.'

Miles keek haar kwaad aan.

'En ga me nu niet zeggen dat ik niet zo'n toon moet aanslaan tegen mijn vader,' zei Chloe.

Miles keek van haar weg, hij was uitgeput. Chloe voelde dat het tijd was voor een compromis en zei: 'Wat dacht je hiervan? Ik doe die stomme test van je, maar ik hoef de uitslag niet te weten. Jij mag het weten, en wat het ook is, waar ik ook aan zal overlijden, je mag het voor je houden want ik hoef het niet te weten. Akkoord?'

Hij dacht erover na en zei: 'Akkoord.' Chloe stak haar hand uit en hij schudde hem. 'Ik zal het regelen. Je kunt de test morgen al doen.'

'Hoe lang duurt het voordat we het resultaat krijgen?'

'Ik heb connecties met een privé-lab dat het sneller kan doen. Misschien nog wel dezelfde dag.'

Chloe knikte cynisch. 'Als je maar genoeg geld hebt, dan kun je alles zo snel krijgen als je maar wilt.'

'Zo werkt het wel, ja.'

'Geldt dat ook voor pizza's? Ik val bijna flauw van de honger.'

'Ik dacht dat jij van de taco's was.'

Veertig minuten later werd er een grote pizza aan de deur bezorgd. Twee soorten kaas, peperoni, zwarte olijven en groene paprika. Chloe vond twee borden, legde drie punten op elk bord en zette alles op de salontafel in de tv-kamer. Ze liep terug de keuken in om nog twee blikken bier te halen.

Miles dimde de verlichting voordat ze het zich gemakkelijk maakten op de zwartleren zitcombinatie. Chloe, die rechts van hem zat, pakte de afstandsbediening en zei: 'Ik heb nog nooit iets op zo'n groot scherm gezien, behalve in een bioscoop dan.'

Ze drukte enkele toetsen in en er verscheen een streamingservice met een overzicht van de films die ze aanboden.

'Kies maar uit wat je wilt zien,' zei Miles, die een hap van zijn eerste pizzapunt nam.

Chloe hield in één hand een pizzapunt terwijl ze in de andere de afstandsbediening had en door het filmoverzicht scrolde. 'Gezien, gezien, gezien, leuk, wil ik niet zien, gezien en niets aan, niet gezien en… o, wat dacht je van deze?'

'*Little Women*?'

'Ja. Heb je die gezien?'

'Nee.'

'Omdat je dacht dat het zo'n domme *chick flick* was?'

'Nee. Ik ben er gewoon niet aan toegekomen.'

'Je zou hem moeten zien. Ik heb hem al twee keer bekeken.'

'Oké. Ik ga hem een keer kijken.'

'Nee, je moet hem nu zien.'

'Ik ben doodop, maar ga je gang.'

Chloe drukte de afspeelknop in. Ze ging achterover in de kussens zitten en hield het bord vlak bij haar kin zodat ze geen kruimels of tomatensaus op zichzelf zou morsen. Ze werkte twee van de drie pizzapunten naar binnen, zette het bord terug op de tafel en nam nog een slok bier. 'Mijn god, Meryl Streep is weer echt zo'n bitch in deze film,' zei ze.

Na een half uur zei Miles: 'Dit is echt goed.'

Chloe zei niets.

Miles keek waarom ze niet reageerde en zag haar hoofd langzaam opzij zakken tot het op zijn schouder rustte. Voorzichtig trok hij het bierblik uit haar vingers los, plaatste het op de brede leuning van de bank, nam de afstandsbediening uit haar schoot en zette het geluid uit.

Hij luisterde naar haar zachte ademhaling en voelde haar warmte.

Miles had het besluit genomen om naar zijn biologische kinderen op zoek te gaan omdat hij dacht dat dat het beste voor hen was. Hij had het idee dat hij hun iets verschuldigd was – een toekomst. Hij accepteerde dat die van hem beperkt was, en het leek hem wel zo gepast om zijn nageslacht een betere toekomst te bezorgen.

Maar dit had hij niet verwacht. Dat er een band zou ontstaan.

Dat hij iemand vond van wie hij zou kunnen houden.

Een dochter.

En er waren er nog meer. Niet zo veel als hij aanvankelijk had gedacht, maar er waren er meer. Drie werden vermist – Todd Cox, Katie Gleave en Jason Hamlin – maar volgens Dorian was de rest van de lijst – Nina Allman, Colin Neaseman, Barbara Redmond, Travis Roben en Dixon Hawley – niets fataals overkomen.

Wat niet wegnam dat hij ze snel zou moeten vinden. Maar hij had er nu tenminste één ontmoet.

Hij liet zijn hoofd tegen dat van Chloe rusten, en ondanks alle beroering van de laatste paar weken was er, in elk geval op dit moment, een gevoel van tevredenheid. Nee, het was meer dan dat. Het was een gevoel van geborgenheid.

Toen hij toestond dat zijn oogleden dichtvielen, toen hij zichzelf toestond om te ontspannen en in een hoognodige slaap weg te zakken, kwam er een gedachte in hem op:

Dit is goed.

En, nog ongelooflijker:

Ik ben gelukkig.

37

Scottsdale, Arizona

Dixon Hawley bleek een makkie.

Rhys en Kendra volgden hem 's avonds laat nadat hij de galerie waar hij werkte had afgesloten. Dixon had geen auto, hij woonde dichtbij genoeg om naar en van zijn werk te lopen. Hij woonde niet, zoals veel van zijn leeftijdgenoten, bij zijn ouders, maar in een klein appartementencomplex. En ja, er zou weer schoongemaakt moeten worden want een huisbrand had weinig kans van slagen. Het gebouw was met sprinklers uitgerust en slechts een paar straten van de dichtstbijzijnde brandweerkazerne verwijderd.

Maar verder was alles gesmeerd gelopen.

Dixon moest over een smal, spaarzaam verlicht pad met struikgewas en klimplanten aan weerszijden lopen om de hoofdingang van het complex te bereiken. Het begon bij de straat, had halverwege de ingang en liep dan door tot aan het parkeerterrein.

Hij was bijna al bij de deur en had zijn sleutels al in zijn hand toen Kendra vanaf de andere kant naar hem toe liep en hem aansprak.

'Sorry?'

Dixon stopte, keek op en zei: 'Ja?'

'Woon je hier?'

'Ja.'

'Oké. Ik was hier op bezoek, maar toen ik net wilde uitparkeren heb ik iemands auto geraakt en nu vraag ik me af van wie hij is.'

'Niet van mij in elk geval,' zei hij. 'Ik heb geen auto.'

'Als je weet van wie hij is, dan kan ik zien of ik ze in het gebouw kan vinden en hun mijn naam en nummer geven.'

Dixon glimlachte. Hoe vaak kwam je nog iemand tegen die zo eerlijk was?

Dus hij stopte zijn sleutels weer in zijn zak en liep mee naar het eind van het pad, waar Rhys achter een struik stond met een flink stuk rots in zijn hand waarmee hij de arme Dixon de schedel insloeg.

Ze stopten hem snel in een lijkzak die ze naar de laadruimte van het huurbusje droegen, waar Rhys hem door de zak heen voor alle zekerheid nog eens een extra klap op zijn hoofd gaf. Ze sloten het busje af en verschaften zich met Hawleys sleutels toegang tot het gebouw, waarbij ze niet vergeten waren om vuilniszakken en schoonmaakspullen mee te brengen, waaronder bleekmiddel uiteraard.

Rhys en Kendra wisten dat er beveiligingscamera's hingen, ze droegen een honkbalpet met een lange klep en hielden hun hoofd omlaag terwijl ze door het gebouw liepen.

'O, heerlijk, deze jongen,' zei Kendra toen ze het appartement op de eerste etage betraden. 'Hij is een schoonmaakfreak.'

Het was waar. De ruimte was klein, maar smetteloos. Er stond helemaal niets op het roestvrijstalen aanrecht, dat glansde. De afwasmachine was leeg, alle borden en glazen waren opgeruimd. De badkamer rook naar lysol, terwijl ze er nog niet eens aan waren begonnen. In een kristalhelder glas stond één tandenborstel. Niet dat ze niets meer hoefden te doen. De kleren, het beddengoed en de toiletartikelen van de jongen werden in vuilniszakken gedaan. Haren werden uit afvoerputjes verwijderd, waarna er voor alle zekerheid nog gootsteenontstopper in werd gegoten. Oppervlaktes die Dixon waarschijnlijk had aangeraakt werden met bleekmiddel schoongepoetst. Kendra ging met een stofzuiger door het appartement en leegde de inhoud in een vuilniszak. En hoewel de borden en glazen schoon waren, kon Dixon ze bij het uitruimen hebben aangeraakt, dus Rhys plaatste alles terug in de afwasmachine en zette hem aan.

Wat ze deden was natuurlijk niet voor honderd procent waterdicht. Hun werkgever had gezegd dat ze moesten doen wat ze konden, en dat deden ze.

Deze keer vergaten ze Dixons telefoon niet – hij had hem bij zich, in zijn broekzak, in de lijkzak die in het busje lag. Ze namen de laptop mee die op de salontafel in de woonkamer stond, en de afstandsbedieningen die voor de tv lagen.

Je deed wat je kon.

Het appartement had een klein balkon dat uitzag op het parkeerterrein, dus toen ze klaar waren liep Rhys naar beneden om de vuilniszakken in te laden die Kendra over de reling gooide.

Het enige wat hun nog restte was een ritje de woestijn in om een afgelegen plek te zoeken. Ze droegen de lijkzak uit het busje, overgoten hem met benzine en hielden er een lucifer bij.

De volgende ochtend zaten ze in een vliegtuig naar Fort Wayne.

En nu stonden ze op de bowlingbaan en namen de situatie in ogenschouw.

Ze hadden Travis Roben al de hele dag gevolgd en waren tot de conclusie gekomen dat dit moeilijker dan Dixon Hawley was. De jongen woonde nog bij zijn ouders thuis – het was altijd gecompliceerder als er anderen in de buurt waren – en nu hij niet thuis was verkeerde hij in het gezelschap van een blonde meid.

Het begon er steeds meer uit te zien als een situatie waarbij ze bijkomende schade zouden hebben. Ze konden niet bij Roben komen zonder dat die meid hen zou zien. Dus ze zouden haar ook moeten omleggen. Maar in haar geval hoefden ze tenminste niet schoon te maken. Wat maakte het uit als haar lichaam werd gevonden? Of haar tandenborstel, of haren in het afvoerputje van haar douche? Het kon hun cliënt niets schelen als er een DNA-test op haar werd uitgevoerd. Hoewel ze geen idee hadden wat erachter stak, waren ze tijdens hun vlucht naar Phoenix tot de conclusie gekomen dat het doel van de verplichte schoonmaakacties het wissen van DNA-materiaal was.

'Ze gaat het met hem doen,' zei Kendra.

Rhys reageerde sceptisch. 'Waar heb je het over? Heb je een soort zesde zintuig? Ben je zo deskundig op het gebied van lichaamstaal?'

'Ik kan liplezen,' zei ze. 'Ze heeft hem net gevraagd of hij het met haar wilde doen. Ik kan je niet vertellen wat híj heeft gezegd, want hij zit met zijn rug naar me toe.'

'Nou, dat weet ik anders wel. Hij zei ja.'

'O. Heb jíj soms een soort zesde zintuig? Ben je dan zo deskundig op het gebied van lichaamstaal?'

'Nee. Maar er is geen gozer op deze planeet die nee tegen haar zou zeggen.'

'Vind je haar leuk?'

'Ze is een stuk. Een beetje jong voor me, maar als ik twintig zou zijn? Het is geen hogere wiskunde. Kijk naar hem. Hij kan niet meer stilzitten sinds ze het hem heeft gevraagd.' Hij glimlachte. 'Ik denk dat hij het nog nooit heeft gedaan.'

Kendra leunde tegen de muur en sloeg haar armen over elkaar. 'Ze zullen ergens heen moeten gaan. Een privéplek. Het zou ons de gelegenheid kunnen geven.'

Rhys knikte bedachtzaam. 'Maar wel een korte. Ik heb zo het idee dat die gozer al klaar is gekomen voordat hij zijn broek heeft laten zakken.'

38

New Haven, Connecticut

Het was rond één uur 's ochtends dat Chloe, haar hoofd nog steeds tegen Miles' schouder, zich bewoog, wat hem wekte. Ze stonden slaapdronken op en lieten de borden met pizzaresten op de salontafel staan. Miles bracht Chloe naar een logeerkamer, waar ze op het bed viel zonder het dekbed open te slaan, waarna Miles naar zijn slaapkamer strompelde.

Na een onrustige slaap in zijn eigen bed schrok hij iets na zessen wakker. Hij had dieper geslapen toen hij met haar op de bank zat. Hij bleef zich die ene vraag stellen: wie kende de namen?

Dorian en Heather.

Zijn broer, Gilbert, al had hij hem de print met namen maar een kort moment getoond.

Er was de vrouw van de ReproGold Clinic, die hem de namen had gegeven van de vrouwen die kunstmatig met zijn donatie waren geïnsemineerd.

En dan had je nog dokter Gold zelf.

Misschien was het de moeite waard om Gold nog eens te bezoeken. Terug naar het begin, alleen zou hij deze keer zijn medewerking moeten verlenen. Schets hem de situatie, indien mogelijk zonder zijn assistent als bron van de informatie te onthullen. Miles zou op dat punt kunnen bluffen, hij kon Gold ervan overtuigen dat hij de services van WhatsMyStory had gebruikt. Of, iemand met zijn achtergrond zou natuurlijk ook een database kunnen hacken om de info te krijgen.

De tweede kwestie die hem veel zorgen baarde waren zijn andere biologische kinderen. Hij moest ze waarschuwen als er een reële kans was dat ze gevaar liepen. Maar wat kon hij ze op dit moment zeggen?

Het was al een schok als er iemand op je afstapte die zei dat hij je vader was. Het was een nog grotere schok als je vervolgens te horen kreeg dat je op een dag een vallende ziekte zou krijgen. En, stel het je eens voor, nu kwam er dit nog eens bovenop: *O, en trouwens, er kan je elk moment iets verschrikkelijks overkomen.*

Jezus.

Nadat hij lang genoeg naar het plafond had liggen staren, stond hij op en liep om kwart over zes de keuken in. Hij stopte een pad in zijn Nespresso-apparaat, en toen hij even later koffie dronk maakte hij in zijn hoofd een lijstje van wat er vandaag moest gebeuren.

Miles pakte zijn telefoon en sms'te Dorian.

Kom naar mijn huis ipv kantoor. ASAP.

Hij tikte op 'send'.

Voordat hij de telefoon terug op het werkblad had gelegd, zag hij drie dansende stipjes die aangaven dat Dorian hem al terugschreef.

Bijna bij je huis.

Het was nog nauwelijks licht buiten en Dorian was naar zijn huis onderweg? Hij vroeg zich af waarom, maar hij zou het wel horen als ze er was. Hij typte:

OK.

Hij liep door de hal naar de logeerkamer. De deur stond op een kiertje en hij gluurde naar binnen. Chloe had ergens in de nacht het dekbed om zich heen geslagen. Ze sliep, haar haren lagen uitgewaaierd op het hoofdkussen. Miles bekeek haar enkele seconden voordat hij de deur voorzichtig en geruisloos dichtdeed.

Toen hij terug in de keuken was, zag hij een paar koplampen over de oprit naderen. De Prius van Dorian. Hij liep naar de voordeur, zodat ze niet hoefde aan te bellen en Chloe zou wekken.

'Hé,' zei hij toen Dorian uit de auto was gestapt en naar hem toe liep. 'En dan was ik nog bezorgd dat mijn sms je wakker zou maken.'

'Ik ben je persoonlijke 911,' zei Dorian.

Dorian liep mee naar binnen en accepteerde Miles' aanbod van koffie.

'Je zal wel nieuws hebben als je al onderweg was.'

'Nou, jij sms'te al bij het krieken van de dag, dus ik neem aan dat jij ook iets belangrijks hebt te melden. Jij mag eerst.'

'Kunnen we binnen een dag testresultaten krijgen?' vroeg hij.

'Wat voor testresultaten?'

Miles gebaarde met zijn hoofd in de richting van de logeerkamer. 'Genetisch. Ik heb hier een gast, Chloe Swanson.'

'De eerste op je lijst,' zei Dorian glimlachend. 'Hoe is het gegaan?'

Miles wachtte een moment. 'Goed, volgens mij.' Hij zweeg en voelde zich emotioneel worden. 'Ik mag haar. Ze is zichzelf. Ze laat niet over zich heen lopen, en ze is slim en resoluut.'

Dorian knikte. 'Zoals mijn moeder altijd zei, de appel valt niet ver van de boom.'

'Ik heb me behoorlijk gestrest gevoeld.'

'Dat zou iedereen hebben. Het is een vreemde situatie.'

'Het is niet alleen dat. Het is de Huntington. Het benevelt mijn brein soms. En het is alsof de symptomen versneld worden door de gebeurtenissen van de laatste paar dagen. Ik ben opvliegend, gefrustreerd en ik kan me niet concentreren. En daar komt nog bij dat ik het gevoel heb dat ik maar wat rond loop te zwalken. Ik voel de noodzaak dat we die mensen moeten zien te vinden. En dat Chloe die test doet.'

'Maak je geen zorgen. We gaan het allemaal regelen. Wat vindt Chloe van die test?'

'Ze is niet bijster enthousiast, maar ze is bereid mee te werken. Ze heeft een ietwat fatalistische kijk op het leven, maar misschien dat ik ook zo was op die leeftijd. Ze zegt dat ik de uitslag voor me moet houden, ze wil het niet weten. Ik weet niet waarom, maar ik móét het weten.'

'We hebben dat lab dat Gilberts test zo snel heeft gedaan,' zei Dorian. 'Ik zal ze bellen, en dan sturen ze iemand hiernaartoe om de test te doen. We betalen ons blauw, maar dat maakt niet uit, toch?'

'Nee.'

'Het zou ze moeten lukken om aan het eind van de dag de uitslag te hebben, net als de vorige keer. In het slechtste geval morgen.'

'En we moeten een nieuwe bijeenkomst met Heather beleggen. Ik weet niet precies wat de volgende stappen zullen zijn, maar ik heb wat ideeën. Ik wil meer weten over die vrouw van ReproGold Clinic.'

'Natuurlijk.' Dorian haalde haar telefoon tevoorschijn. 'Ik zal haar meteen een bericht sturen.'

'Oké, jouw beurt,' zei Miles.

'Hm?'

'Je was al onderweg hiernaartoe. Wat was er zo belangrijk, dat je niet hebt ge-sms't of gebeld?'

Dorian legde haar telefoon weg en keek hem grimmig aan.

'We hebben er weer een,' zei ze.

'Wat?'

'Ik heb voor alle namen op de lijst een Google Alert gemaakt. Ik krijg een melding binnen als er iets over hen verschijnt.'

Miles trok wit weg. 'Vertel.'

'Dixon Hawley wordt vermist.'

Miles knipperde met zijn ogen. 'Scottsdale.'

Dorian knikte. 'Hij was gisterochtend niet op zijn werk verschenen. Een galerie. Ze hebben tevergeefs geprobeerd hem te bellen. Toen hebben ze iemand naar zijn huis gestuurd, maar hij bleek niet thuis te zijn. Hij was gewoon... verdwenen.'

'Dat kan niet mogelijk zijn,' zei Miles.

'Ik probeer nog steeds meer details te krijgen, maar er was iets vreemds aan het bericht dat ik op de site van de plaatselijke politie las.'

'En dat was?'

'Zijn appartement was volkomen leeg. Alle persoonlijke bezittingen waren verdwenen. Kleren, beddengoed, toiletspullen... Meer dan je nodig zou hebben als je met de noorderzon vertrok.'

Miles wankelde.

'Gaat het?' vroeg Dorian.

'Ik voel me een beetje... duizelig.'

Dorian schoot op hem af en zette hem op een kruk bij het kookeiland.

'Wat gebeurt er?' vroeg Dorian. 'Is dit een symptoom? Moet ik een dokter bellen?'

'Nee, nee,' zei hij zacht. 'Dat is het niet...'

'Ik weet dat het een schok is, dat die Hawley wordt vermist, maar het is nog maar één dag en...'

'Het is hetzelfde.'

'Wat?'

'Het is hetzelfde als wat er bij Todd is gebeurd.'

Miles vertelde Dorian over de smetteloze conditie van Todds stacaravan toen hij en Chloe er aankwamen. Vervolgens bracht hij haar op de hoogte van de man die zich onder het bed had verborgen, en van de vrouw die zo hard had geremd om hen af te leiden.

'Dat is idioot,' zei Dorian.

Miles plaatste zijn handen stevig op het werkblad, alsof hij een positie wilde innemen. 'Dit is geen toeval.' Hij keek Dorian met een strenge blik aan. 'Wie zou het verder kunnen weten?'

'Wát weten?'

'De namen. Jij kent ze. Heather kent ze, en de dokter en zijn assistent. Wie nog meer?'

Dorian haalde haar schouders op.

'Je hebt ze aan niemand doorgegeven?' vroeg Miles.

'Natuurlijk niet.'

'Is er een manier waarop iemand je die namen kan hebben ontfutseld? Heeft iemand je computer gehackt? Je telefoongesprekken afgeluisterd?'

'Nee. En je weet hoe goed we beveiligd zijn. Jezus, Miles, denk je dat ik een mol ben of zoiets?'

'Nee, natuurlijk niet,' zei hij. 'Sorry. Maar op de een of andere manier... op de een of andere manier is de lijst naar buiten gekomen.' Hij dacht even na. 'Zorg dat Chloe de test krijgt. Regel daarna een vliegtuig voor me. Ik moet in contact komen met degenen die nog over zijn. Dat zijn Nina Allman, Colin Neaseman, Barbara Redmond en Travis Roben. Vier stoppen in vier dagen. Alsof ik Drake op tournee ben.'

'Ja, alsof je Drake bent,' zei ze grinnikend.

'Kun je dat doen?'

'Ja. Ik zal het regelen.'

Miles plantte zijn ellebogen op het werkblad en liet zijn hoofd op zijn handen rusten.

'Het zal goed komen,' zei Dorian. 'We gaan dit uitzoeken.'

Ze hoorden het trippelen van voeten op de vloer, en toen ze zich omdraaiden zagen ze Chloe in een witte badjas die ze in de badkamer moest hebben gevonden de keuken in lopen. Ze zag er slaperig uit, met een verwarde haardos.

'Is dat koffie wat ik ruik?' zei ze.

39

Fort Wayne, Indiana

Kendra Collins en Rhys Mills wachtten nog steeds op een gelegenheid om zich van Travis Roben te ontdoen.

Als Travis niet met die meid was, zat hij thuis bij zijn ouders, was hij onderweg in zijn busje, of was hij in de stripwinkel te vinden. Er was nog geen moment geweest waarop ze hem konden benaderen zonder dat anderen erbij waren. Het zag ernaar uit dat ze ook nog iemand anders moesten ombrengen om hun doel te bereiken.

Rhys dacht dat er een seksueel getint afspraakje zat aan te komen nadat hij de interactie tussen Travis en de meid bij de bowlingbaan had geobserveerd, maar er was nog niets gebeurd. Ze hadden de rest van de dag in elkaars gezelschap doorgebracht, maar ze waren niet naar een motel gereden, en ook niet naar haar huis, waar dat ook mocht zijn. Uiteindelijk was Travis die avond naar zijn ouderlijk huis teruggekeerd.

Toen het donker was hadden ze een *tracker* op het busje – een oud barrel van een Chrysler met roestplekken op de wielkasten – bevestigd zodat ze niet de hele nacht bij het huis hoefden te bivakkeren. Daarna hadden ze twee aangrenzende kamers in een plaatselijk motel genomen. Ze zouden het meteen weten als Travis van plan was om die nacht een ritje te maken, Kendra had een app van de tracker op haar telefoon.

Dus toen er om één uur 's ochtends op zijn deur werd geklopt, sprong Rhys uit bed en deed in zijn boxer de deur open om Kendra binnen te laten.

Hij dacht dat Travis op pad was gegaan, en dat ze nu eindelijk de kans hadden om de klus te klaren.

Dat was niet het geval.

Kendra plaatste haar koude handpalm tegen hem aan, haar vingers groeven zich in zijn borsthaar. Ze duwde hem de motelkamer in tot hij tegen de rand van het bed aan stond, waarop ze hem een duwtje gaf en hij op het matras zat, zijn ogen ter hoogte van haar borsten. Kendra nam zijn hoofd in haar handen en drukte het tegen zich aan.

'We gaan iets onprofessioneels doen,' zei ze. 'Deze klus duurt me te lang.'

Rhys had hier geen bezwaar tegen. Toen het voorbij was, en Kendra drie keer was klaargekomen, verwachtte hij dat ze de rest van de nacht bij hem zou doorbrengen. Maar ze zwaaide haar benen over de rand van het bed, trok wat van haar kleren aan en liep naar de deur.

'Ik zie je morgenochtend,' zei ze en ze vertrok.

Een paar uur later zaten ze in de dichtstbijzijnde cafetaria. Rhys keek zijn partner aan en zei: 'Over gister...'

Ze liet haar hand met een minikarateslag op haar koffiemok terechtkomen. 'Geen woord meer.'

'Ik wil alleen maar zeggen dat...'

'Je zegt gewoon "doei", dát wil je zeggen.' Ze boog zich naar hem toe en fluisterde: 'Ken je dat niet, dat je opeens zonder reden verschrikkelijke trek in een hotdog kan krijgen? Je weet dat ze niet goed voor je zijn, maar je kan aan niets anders denken en je moet er een hebben. Dus je gaat naar een hotdogkraampje en je koopt er een. Je eet hem op, hij is lekker en je haat jezelf erom, maar dan is het gevoel verdwenen.'

'Ik ben een hotdog,' zei Rhys.

'Precies.' Ze nam een slok koffie.

'Niets op je telefoon?' vroeg Rhys.

Haar mobiel lag naast haar bord stoofvlees op tafel. 'Nee, niets.'

'We kunnen niets met dat huis. Die ouders zijn er. Te veel onzekere factoren.'

Kendra schudde gefrustreerd haar hoofd. 'Het duurt me allemaal te lang, het komt me de strot uit.'

'Nou, je zult je wel anders voelen als je uit wordt betaald.'

'Wat ik door de jaren heen heb geleerd is dat het werk er niet leuker op wordt, hoeveel geld je ook krijgt. Je tolereert het, maar meer ook niet.'

'Mee eens. Maar...'

Haar telefoon pingde.

'Wacht even,' zei Kendra, die op het scherm keek. 'Onze jongen gaat een ritje maken.'

Toen Rhys een biljet van twintig dollar op tafel legde, was Kendra al op weg naar de deur.

Sandy had Travis gezegd haar op te pikken bij Dunkin Donuts. En daar stond ze dan ook, behoorlijk sexy in een spijkerbroek, Ugg-laarzen (hoe iemand die midden in de zomer kon dragen was Travis een raadsel, maar wat maakte het uit) en een truitje dat haar als gegoten zat. Hij was onderweg nog bij een vestiging van een drogisterijketen langs geweest, wat een korte stop had moeten zijn, maar het duurde even voordat hij de moed had verzameld om zijn aankoop bij de kassa af te rekenen.

Hij remde af bij de stoeprand en zette zijn busje niet in 'park', maar hield zijn voet op de rem. Sandy opende het portier met haar vrije hand, in de andere had ze een papieren zak en een kartonnen houder met twee drankjes. Eén papieren beker met iets wat koffie leek te zijn, en een doorzichtige plastic beker met iets wat meer op een milkshake leek, maar dan met slagroom en chocoladesaus erop.

'Ik dacht dat je hier wel trek in zou hebben,' zei ze en ze ging naast hem zitten. 'En ik heb donuts.'

Travis wilde zich eigenlijk in zijn arm knijpen. Een meisje dat seks met hem wilde hebben én donuts meebracht? Droomde hij? Was dit de hemel? En als dat zo was, had hij haar dan niet moeten ophalen in iets anders dan een oud verroest busje?

'Heerlijk,' zei hij.

'Ik hoef niet te zeggen welke voor jou is,' zei ze terwijl ze hem het drankje met de slagroom voorhield. 'Ik heb gewoon koffie.'

Ze zette de bekers in de houders van de auto en gooide de kartonnen houder op de achterbank, te midden van andere lege fastfoodverpakkingen, wat stripalbums in doorzichtige plastic hoesjes, een honkbalknuppel, een paar laarzen en een sneeuwkrabber die er al sinds afgelopen winter lag. Ze trok de helft van de deksel open en nam een slok koffie.

'Au, het is heet.'

'Net als jij,' zei hij en hij wenste meteen dat hij deze drie woorden niet had uitgesproken. Sukkel.

Sandy keek in de zak. 'Ik heb er zes, een met chocola, een met roomvulling, een met...'

'Verras me maar.'

Ze nam er één met chocola uit en reikte hem aan, maar hij keek in de zijspiegel terwijl hij invoegde. Daarna pakte hij de donut en nam er een hap van.

'Hmm,' zei hij.

'En waar is die plek dan?'

'O, het is niet zo ver van hier. Het ligt nog wel in de stad, maar het is een verlaten gebied. Een, hoe noem je het, industrieterrein, dat niet meer in gebruik is. Je kunt er via de achterkant in rijden. En het ligt naast een bos, dus het is er behoorlijk privé.'

'Weet je het zeker?'

'Ja, het is een geschikte plek. Natuurlijk had ik ook liever iets anders gehad, maar mijn moeder is altijd thuis, en als we naar een motel of zoiets zouden gaan dan moet ik mijn creditcard gebruiken. Daarom had ik ook contant geld opgenomen voor die kleren. Ma kijkt altijd naar mijn digitale bankafschriften, dus ze zal meteen vragen gaan stellen.'

'Oké,' zei Sandy. 'En mijn appartement is ook niets want mijn huisbaas zit me altijd te begluren, hij volgt al mijn bewegingen.' Ze wierp een blik op de achterbank, waar ze zonet de houder van Dunkin Donuts op had gegooid. 'Dus het gaat híér gebeuren?'

'Is dat een probleem?'

'Had je het niet een beetje op kunnen ruimen?'

'Sorry,' zei hij. 'Als we er zijn ruim ik het op. En ik heb een deken meegenomen, hij ligt achterin.'

Sandy keek sceptisch, misschien zelfs wel een beetje walgend. 'Dat zou ik maar doen, ja,' zei ze. 'Sorry dat ik je zo heb opgegeild gisteren, toen ik dit voorstelde. Sorry dat er toen niets van is gekomen.'

'Dat is oké,' zei hij. 'Ik denk… ik denk dat ik bang was dat je van gedachten zou veranderen.'

'Nee,' zei ze snel. 'Nee hoor.' Ze zweeg even. 'Heb je de spullen gekocht?'

Hij glimlachte, en klopte op zijn binnenzak. 'Zeker weten.'

Een kwartier later reden ze door een gebied met fabrieken en opslagloodsen. Travis reed het parkeerterrein op van een gebouw met bleekblauwe metalen wanden waarvan de ramen waren dichtgetimmerd. Er was een weg die naar de achterkant leidde, maar de toegang werd versperd door een hek van harmonicagaas waar Travis bij stopte.

'Geen probleem,' zei hij terwijl hij uitstapte, naar het hek liep, er een ketting uit trok en het open duwde. Hij ging achter het stuur zitten en zei: 'Het slot zit er al eeuwen niet meer op.'

Hij reed door de opening, sprong weer uit het busje, schoof het hek terug in zijn oude positie en stapte in.

'Het is hier om de hoek.' Hij wees door de voorruit.

De locatie zag eruit zoals hij hem had beschreven. Op een paar zeecontainers en nog wat rommel na was de plek leeg en was hij aan twee kanten door bos omgeven. Er waren geen gebouwen of huizen in het zicht.

'Zie je?' zei hij. 'Een privéplek.'

Hij stapte uit, liep om het busje heen en opende de achterklep om er een opgevouwen roze deken uit te halen. Hij trok de schuifdeuren aan beide zijkanten open, verwijderde de rommel op de bank en spreidde er de deken over uit. Sandy bleef de hele tijd op de passagiersstoel zitten.

Travis liep naar het portier aan haar kant, opende het en maakte een zwierig armgebaar, als een hotelier die zijn gast de kamer laat zien.

Sandy kwam langzaam in beweging, ze zette haar voeten op het gebarsten asfalt, deed een stap naar rechts en klom toen op de achterbank. Ze schoof door zodat Travis naast haar kon zitten. Ze draaiden hun hoofden naar elkaar toe, hij sloeg een arm om haar heen en drukte zijn lippen op de hare.

Hij schoof zijn hand onder haar truitje en voelde haar naakte huid. Langzaam kroop zijn hand naar boven.

Opeens duwde Sandy hem weg.

'Wat?' zei hij. 'Wat is er?'

'Ik kan dit niet doen,' zei ze.

'Wat bedoel je? Ik dacht dat...'

'Ik... ik ben er nog niet klaar voor.'

'Wat heb ik gedaan?' vroeg Travis. 'Heb ik iets verkeerds gedaan?'

'Nee, nee, dat is het niet,' zei ze terwijl ze zich van hem losmaakte en verder van hem wegschoof, in de richting van de andere geopende schuifdeur. 'Ik... ik heb wat ruimte nodig. Ik moet hierover nadenken. Ik bedoel, ik mag je graag, maar...'

'Oké, oké,' zei Travis. 'Wat je maar wilt.'

Ze zwaaide haar benen over de rand en liet zich omlaag zakken tot haar voeten het asfalt raakten. Ze liep van het busje weg.

'Waar ga je heen?' zei hij terwijl hij doorschoof en uitstapte, waardoor de deken uit het busje viel.

Sandy bleef doorlopen. Zonder zich om te draaien zei ze: 'Ik heb even een moment nodig, oké?'

Travis keek toe hoe ze de hoek van het gebouw omsloeg. Hij rende erheen en zag dat ze naar het hek liep.

'Shit,' zei hij tegen zichzelf. 'Wat heb ik gedaan?'

'Het is zover,' zei Rhys. 'Onze kans is gekomen.'

Ze hadden Travis' busje naar een verlaten loods op een industrieterrein gevolgd. Het hele gebied was in verval geraakt, en de gebouwen aan weerszijden van de loods bleken ook leeg te staan. Kendra had hun huurauto op een van de parkeerterreinen gezet. Ze stapten uit en liepen langs een hek dat het ene terrein van het andere scheidde. Ze kwamen een stapel houten kabelhaspels tegen die een perfecte schuilplaats vormde, van daaruit konden ze Travis' busje aan de andere kant van het hek goeddeels zien.

'Ze stapt uit,' fluisterde Rhys. 'Het lijkt wel alsof ze ruzie hebben.'

Ze bleven op hun plek zitten terwijl de meid met snelle stappen langs het gebouw liep en hen op een meter passeerde toen ze zich naar het hek begaf. Ze trok de ketting los, duwde het hek open en liep door zonder de moeite te nemen het weer te sluiten.

Rhys tikte Kendra op haar schouder, wees naar het openstaande hek en gebaarde haar hem te volgen. Hij sloeg de ketting er weer losjes omheen zodat ze zonder kleerscheuren door de kier konden glippen. Daarna slopen ze geruisloos naar de achterkant van de loods.

Toen ze de hoek omsloegen zagen ze de moedeloze Travis in de openstaande schuifdeur zitten. Toen hij hen op zich af zag komen, sperden zijn ogen zich open en sprong hij snel op.

'Blijf staan waar u bent,' zei Kendra.

Ze hielden hun vervalste penningen op terwijl ze naar hem toe liepen. Het leek alsof Travis elk moment in zijn broek kon pissen.

'Ik heb niets gedaan!' riep hij uit.

'Dit is privéterrein,' zei Rhys, die zijn wapen trok. 'Wat bent u hier aan het doen?'

'Niets!' zei hij. Toen hij het pistool zag stak hij zijn handen op. 'Op mijn erewoord. Ik ben hierheen gereden met mijn vriendin, maar we kregen ruzie en ze is weggelopen en we gingen hier alleen maar heen om ongestoord samen te kunnen zijn en ik heb niets gestolen.' Hij liet één hand zakken en gebaarde in het rond. 'Wat zou ik mee moeten nemen? Er is hier niets!'

Rhys en Kendra hadden al eerder besproken dat ze op een plek als deze, achter een verlaten loods, minder voorbereidingen hoefden te treffen. Ze konden hem een kogel door het hoofd jagen, en daarna rustig naar de huurauto lopen om de lijkzak en andere spullen te halen. Wat maakte het uit als er wat bloed op het asfalt lag? Niemand zou ooit weten dat het hier was gebeurd. Ze zouden zijn busje meenemen om het ergens met zijn lichaam erin te verbranden. Of, als dat niet ging, werd het een ritje naar de autosloop om het barrel samen te laten persen.

En toch dacht Rhys dat het beter was om de klus achter de zeecontainers af te maken.

'Wat is uw naam?' vroeg hij, hoewel hij dat natuurlijk wist.

'Travis!' zei hij met overslaande stem. 'Travis Roben.'

'Bent u al eerder met de wet in aanraking geweest, meneer Roben?' vroeg Kendra, die een zijdelingse blik op Rhys wierp, waarbij haar mondhoek ietwat opkrulde. Wat zoveel wilde zeggen als *ik zou hier eigenlijk niet van moeten genieten, maar ik doe het toch.*

'Nooit!' zei hij.

'Ik zou graag willen dat u daarnaartoe loopt,' zei Rhys, die naar de containers gebaarde.

'Oké, oké. Mag ik mijn handen nu laten zakken?'

'Ik heb u nooit gezegd ze omhoog te doen,' zei Rhys. 'Maar... nee.'

Toen ze bij de roestige containers waren – het waren er twee, op de eerste stond MAERSK, op de tweede EVERGREEN – gaf hij de treuzelende Travis een duwtje.

'Waarom moet ik hierheen? Jezus, ik weet dat ik me op onbevoegd terrein bevind, maar daar hoeft u me niet voor neer te schieten!'

'Misschien toch wel,' zei Rhys.

Kendra stond een meter achter hem en sloeg het schouwspel gade.

'Nee, alstublieft!' zei Travis.

'Draai je om,' zei Rhys.

De tranen schoten hem in de ogen toen hij hen met zijn handen in de lucht de rug toekeerde.

'Je hebt er geen idee van, hè?' zei Rhys.

'Van wat?'

'Waarom we dit doen.'

'Ik heb u al gezegd, het spijt me! Ik zal nooit meer een voet op dit terrein zetten. Ik zweer het.'

Rhys strekte zijn arm en richtte op Travis' hoofd.

Op dat moment meende Kendra iets achter zich te horen, ze draaide zich om.

Een fractie van een seconde later sloeg Sandy haar vol in haar gezicht met Travis' honkbalknuppel, de Louisville Slugger.

40

New Haven, Connecticut

Dorian – die in haar telefoon het digitale equivalent van de grootste Rolodex ter wereld had, en die iedereen overal kon vinden, waar ze ook voor nodig waren – had geregeld dat er om negen uur iemand van het lab zou zijn voor de DNA-test. Chloe had nog niet ontbeten, wel was ze zich te buiten gegaan aan koffiepadjes met een smaakje. Tot nu toe had ze de caramel espresso, de vanille espresso en iets met het woord 'Guatamala' erin geprobeerd, en ze begon al bijna tegen de muren op te stuiteren toen het tijd was voor de test.

'Doet het pijn?' vroeg ze aan de labmedewerker, een Indiase vrouw van ergens in de dertig. Waarop ze er op mitrailleursnelheid aan toevoegde: 'Ik kan het redelijk goed handelen als het pijn doet, want ik heb een hoge pijngrens, tenzij iemand me met een hamer op mijn hoofd slaat, ja jezus, dan is mijn grens wel bereikt, al ben ik nog nooit door iemand met een hamer op mijn hoofd geslagen.'

'Het is zo gebeurd,' zei de vrouw. 'En ik neem geen bloed af, ik steek geen naald in je arm. Ik heb hier alleen maar een wattenstaafje dat ik in je mond steek om een uitstrijkje te maken.'

'Oké,' zei Chloe.

De vrouw deed het monster in een buisje dat in een afsluitbare plastic zak ging. Ze plakte er een label op en borg hem op in een koffertje.

'Hoe lang zal het duren?' vroeg Dorian.

'We zullen er haast mee maken,' zei de vrouw.

Toen ze bij de voordeur was, riep Chloe haar na: 'Wees niet verbaasd als de test uitwijst dat ik een Ethiopische ben na al die koffie!'

'Misschien dat je maar eens op decaf moet overstappen,' zei Dorian.

'Waar is Miles?' vroeg Chloe.

'Hij voelde zich moe en is even gaan liggen. Hij had slecht geslapen.'

'Er is een hoop ellende aan de gang, hè?'

'Ja.'

'Ik moet iets eten voordat ik van m'n graat ga. Al die cafeïne neutraliseren. Heeft Miles net zoiets als dat ding in *Star Trek*? Ik zeg wat ik wil eten en er gaat een deurtje open en dan is het er?'

'Helaas niet. Wat het dichtst in de buurt komt is zijn huishoudster, maar die is er pas om tien uur. Maar bedien jezelf. Zie je die deur? Die is van een pantry, daar ligt van alles in.'

Chloe keek naar binnen en verbaasde zich over de voorraden conservenblikken, pakken cornflakes, pasta en rijst, meer dan tien soorten olijfolie, groentechips, gewone chips en maïschips. Achterin stond nog een extra vrieskist met zes smaken Ben & Jerry's, steaks, karbonades en hele kippen.

'Miles is absoluut een vleeseter,' zei ze, luid genoeg voor Dorian om het te horen.

'Klopt.'

Chloe stak haar hoofd om de deur en priemde met haar wijsvinger naar Dorian. 'Ik durf te wedden dat jij vegetariër bent, er hangt zo'n air om je heen.'

'En wat voor air is dat?'

'Het past wel bij die androgyne uitstraling van je.'

'Ik eet mijn steak rare,' zei Dorian, 'en bloederig.'

'Oké. Daar ga ik met mijn vooroordelen.' Ze wierp nog een blik in de pantry. 'Zulke riante voorraden hebben ze niet eens op mijn werkplek.'

'En waar is dat?'

'De Paradise Diner in Providence. Ik ben serveerster.'

'O.'

Chloe liep naar het centrale gedeelte van de keuken, trok de koelkastdeur open en haalde er een doos eieren en een zak geraspte cheddar uit.

'Ik werk niet in de keuken, maar ik heb de kunst afgekeken,' zei ze. 'Het wordt roerei vandaag. Wil je ook?'

'Nee, dank je.'

'Zou Miles wat willen?'

'Hij heeft ontbeten.'

'Oké.' Chloe vond een kom en een koekenpan. Ze brak vier eieren boven de kom, gooide er een handvol geraspte kaas bij, klopte het los en zette de pan op het fornuis. Daarna zette ze de gaspit aan, smolt een klontje boter in de pan, goot het eimengsel erin en begon er met een houten spatel in te roeren. Het hele proces duurde minder dan vijf minuten. Toen het roerei klaar was schoof ze het op een bord, strooide er wat zout over en ging tegenover Dorian op een kruk aan het kookeiland zitten.

'En wat is jouw verhaal?' vroeg ze.

'Mijn verhaal?'

'Hoe lang ben je al Miles' assistent?'

'Ongeveer tien jaar,' zei Dorian.

'Een goede baas om voor te werken?'

Dorian aarzelde. 'Zeker.'

'Wauw, het is moeilijk om tussen de regels door te lezen als het maar één woord is, maar het klinkt niet enthousiast.'

'Sorry. Dat kwam er een beetje rottig uit. Hij is veeleisend. Vaak opvliegend. Geërgerd. Maar ik zou niet al die jaren aan hem hebben gewijd als ik niet geloofde dat hij uiteindelijk een eerlijk en goed mens is.' Dorian zweeg even. 'Hij is de laatste paar weken veranderd. Hij weet wat er boven zijn hoofd hangt en hij heeft dat geaccepteerd. En...'

'En?' zei Chloe met een mond vol roerei.

'En ik zie die verandering elke dag. Hij is gestrest, maar er komt een zachtere kant naar boven. Ik vraag me af of het iets met jou heeft te maken.'

'Met mij?'

'Dat hij jou heeft gevonden, en het vinden van de anderen, heeft zijn leven nieuwe betekenis gegeven. Hoe lang dat leven ook nog mag zijn.'

Chloe zei niets.

'Heb je enig idee?' vroeg Dorian.

'Enig idee van wat?'

'Wat dit voor je zal betekenen? Hoe het je leven zal veranderen? Ik bedoel, kijk eens om je heen.'

'Ik geef hier niet om.'

'Echt niet? Je schijnt je hier aardig op je gemak te voelen.'

Chloe haalde haar schouders op. 'Oké, ik ben ervan onder de indruk. Meer niet.'

'Jij en de anderen zullen miljoenen krijgen.' Dorian kon enige minachting niet verbergen. 'Waar je niets voor hebt hoeven te doen.'

'Pardon, wat bedoel je daarmee?'

'Wat heb je gedaan om het te verdienen?' vroeg Dorian.

'Jezus,' zei Chloe, 'ik geloof niet dat ik hier iets tegenin kan brengen. Shit, jij verdient het meer dan ik. Je werkt al tien jaar voor hem. Dat moet pijn doen, toch?'

Dorian zei niets.

'O,' zei Chloe. 'Misschien dat hij je iets nalaat maar je dat niet heeft verteld.'

'Miles is zeer voortvarend geweest in het verdelen van zijn kapitaal. Ik heb de documenten gezien. Al het papierwerk voor Miles is eerst door mijn handen gegaan, en dan handel ik ook nog eens zijn mails af.'

'Hm,' zei Chloe. 'Zoiets blijft knagen.'

'Ik ben een werknemer,' zei Dorian. 'Zo simpel is het. Uiteindelijk zal Miles een opvolgingsplan moeten maken, en iemand uitkiezen om het van hem over te nemen. Misschien verkoopt hij het bedrijf wel. Misschien kan ik aanblijven, misschien ook niet. Ik red me wel.'

Ze hoorden voetstappen. Miles liep de keuken in, knikte Dorian toe en wendde zich tot Chloe. 'Eet dat op en kleed je aan. We moeten op pad als we ze willen ontmoeten.'

41

Fort Wayne, Indiana

Het was niet duidelijk op welk geluid Rhys het eerst reageerde.

Het kon Kendra's kreet zijn toen de honkbalknuppel haar vol in het gezicht raakte. Het kon het geluid van de knuppel zijn toen hij vlees en bot raakte. Het kon het geschuifel van haar voeten op het asfalt zijn toen ze onderuitging. En het kon die meid met die honkbalknuppel zijn, die ook een kreet slaakte toen ze uithaalde.

Aangezien al deze geluiden in een fractie van een seconde klonken, was het misschien wel niet één maar een combinatie van de geluiden. Rhys hoorde een minisymfonie van chaos achter zich klinken. En hoe gefocust hij ook was op zijn huidige taak, het executeren van Travis Roben, hij móést zich omdraaien om te zien wat er aan de hand was.

En in een volgende fractie van een seconde begreep hij wat er was gebeurd.

Die meid – hij wist niet dat haar naam Sandy was – was teruggekomen. En toen ze zag dat ze op het punt stonden haar vriend een kogel door het hoofd te jagen, had ze ergens een honkbalknuppel opgeduikeld (uit het busje, nam hij aan) en was naar Kendra toe geslopen om uit te halen.

Op het moment dat Rhys zich om zijn as draaide, ging Kendra tegen de vlakte – haar gezicht een bloederige massa. Er gold geen andere wet voor haar dan die van de zwaartekracht. Na haar kreet klonk er geen geluid meer uit haar mond en ze deed geen poging haar val te breken. Ze zakte in elkaar als een lappenpop.

De blikken van Rhys en Sandy kruisten elkaar in een volgende fractie van een seconde. Hij strekte zijn arm en richtte het pistool op haar borst.

Terwijl dit allemaal gebeurde, reageerde Travis ook.

Hij had met zijn handen omhoog gestaan, voor zijn leven gesmeekt terwijl de tranen over zijn wangen liepen en begreep niet waarom hij voor zo'n kleine overtreding geëxecuteerd werd. Het ergste wat je kon overkomen als je tijdens seks op een privéterrein door een stel agenten werd betrapt was een bekeuring. In de meeste gevallen zou je een preek krijgen en zouden ze je opdragen om het ergens anders te gaan doen.

Maar deze vent had zijn pistool getrokken! Wat was dat in godsnaam? Wat voor agent zou zo reageren? Travis had hen niet bedreigd. Hij was ongewapend.

Dus toen Travis het tumult achter hem hoorde, had hij zich omgedraaid.

Hij kon niet geloven wat hij zag.

Sandy stond daar met zijn Louisville Slugger – die nu gedeeltelijk donkerrood was gekleurd – in haar handen. De vrouwelijke agent lag bewegingloos op de grond en overal was bloed. De mannelijke agent stond met zijn rug naar Travis toe en richtte zijn pistool op Sandy.

Travis dacht niet na. Hij handelde.

Hij stond nog geen twee meter van Rhys, maar op die korte afstand wist hij de snelheid te ontwikkelen om hem te bespringen. Hij sloeg zijn armen om de mans nek en klemde zijn benen om zijn middel, alsof hij aan het paardjerijden was.

Rhys werd uit balans gebracht en het pistool ging af. Maar de kogel floot langs Sandy en ketste af op de eerste zeecontainer.

'Ga verdomme van mijn...' schreeuwde Rhys.

Maar verder kwam hij niet want Travis klauwde nu met zijn handen in zijn gezicht. Toen Rhys een vinger in zijn mond voelde beet hij hard. Travis schreeuwde het uit van pijn, maar liet niet los.

Rhys' kaken verslapten toen Sandy uithaalde en zijn linkerknie raakte.

Hij klapte in elkaar als een oude strandstoel en lag op de grond met Travis op zijn rug. Rhys had nog steeds het pistool in zijn hand, dat wil zeggen, tot Sandy de honkbalknuppel met een ferme zwaai op de rug van zijn hand liet terechtkomen.

Het pistool glipte uit zijn vingers en schoot weg over het asfalt. Terwijl hij worstelde om Travis van zijn rug af te krijgen, rende Sandy achter het pistool aan en griste het van de grond. Ze hield het wapen op alsof het radioactief was en keek panisch om zich heen, waar moest ze het heen gooien?

Ze gooide het hoog weg en hoopte dat het op een van de zeecontainers zou terechtkomen, maar ze had geen kracht genoeg en het pistool raakte de zijkant van de eerste container en kletterde weer terug op het asfalt. Ze bleef een moment in vertwijfeling staan, moest ze achter het wapen aan of moest ze de op de grond liggende Rhys nog wat klappen verkopen?

Ze koos voor het laatste.

Ze haalde een paar keer wild uit, de eerste slag min of meer op zijn dijbeen gericht, want als ze hoger mikte was er de kans dat ze Travis zou raken. De knuppel raakte hem iets boven de knie die ze al eerder had geraakt.

Travis liet Rhys los en kroop als een krab in zijwaartse richting van hem af voordat hij opstond.

Hij wees naar zijn busje en riep: ‘Schiet op! Nu!’

Kendra lag er nog steeds roerloos bij, maar Rhys probeerde zich op te richten. Terwijl Travis en Sandy renden was Rhys opgestaan, maar hij kon nauwelijks zijn linkerbeen gebruiken. Het gaf hun net genoeg tijd om zich het busje in te haasten. De beide schuifdeuren stonden nog steeds open.

De sleutel zat nog in het contact. Travis zette zijn voet op het rempedaal, draaide de sleutel om en de motor kwam tot leven.

Rhys kwam hinkend op het busje af.

‘Hij komt eraan!’ gilde Sandy.

Travis keek in zijn binnenspiegel en zag dat het zo was. Op het moment dat hij de versnelling in zijn achteruit had gezet, had Rhys de zijkant bereikt en strekte zijn arm uit naar de hendel van de schuifdeur om zichzelf naar binnen te trekken.

Maar Travis gaf gas en het busje schoot met piepende banden achteruit. Keren was geen optie, hij was bang dat het Rhys een nieuwe kans zou geven om in de wagen te komen.

Hij draaide zijn bovenlichaam om zodat hij kon zien waar hij was, met één hand over zijn stoel en de ander aan het stuur. Zo reed hij langs de zijkant van de verlaten loods met een versnelling die als een gek loeide omdat het busje nog nooit zo hard in zijn achteruit had gereden. Toen Travis het hek had bereikt bleef hij flink gas geven, hij wist dat het niet op slot zat en dat de twee delen open zouden vouwen.

Maar het hek was zo gemaakt dat het naar de andere kant openging, de delen knapten met een knal uit de hengsels en schraapten met veel metaalgeweld langs de zijkanten van het busje.

Travis dacht er niet aan om vaart te minderen. Omdat hij naar achteren keek wist hij niet of ze nog gevolgd werden.

'Komt hij eraan?' schreeuwde hij.

'Nee!' riep Sandy.

Hij bleef achteruit scheuren tot hij de straat had bereikt, toen gaf hij een ruk aan het stuur om evenwijdig aan de weg te komen. De voorkant schoot opzij voordat hij remde en de versnelling in 'drive' zette. De fastfoodverpakkingen en de roze deken vlogen van de achterbank af en vielen door de openstaande schuifdeur op straat.

Travis gaf plankgas. 'Wat was dát allemaal in godsnaam?' riep hij.

Sandy stamelde met een trillende en hoge stem: 'Ik besloot... Ik kwam terug... Ik zag ze... Hij had een pistool... Hij richtte... Ik pakte de knuppel... O mijn god... Fuck, ik denk dat ik haar heb vermoord... O fuck, o fuck, o fuck, heb ik een agent vermoord?'

'Waarom zouden ze me willen doden?' Hij hield het stuur zo stevig vast dat het wel leek alsof zijn handen erop vast waren gelast. 'De politie vermoordt je toch niet omdat je je op onbevoegd terrein bevindt?'

'Hij richtte het pistool op je hoofd!' zei ze. 'Hij ging je doodschieten! Ik zweer het!'

Hij wierp haar een zijdelingse blik toe. 'Je hebt verdomme mijn leven gered!'

Sandy, die te verbijsterd was om hierop te reageren, steunde met haar hand op het dashboard, alsof ze verwachtte dat ze elk moment een botsing konden krijgen.

‘Het waren ze,’ zei ze plotseling.

‘Ze?’

‘Die twee mensen van de bowlingbaan. Degenen van wie ik dacht dat ze ons in de gaten hielden.’

‘Weet je het zeker?’ vroeg Travis.

‘Jij hebt hen niet zo goed kunnen zien als ik. Ze waren het.’ Ze wierp hem een argwanende blik toe. ‘Waarom zouden ze je in de gaten hebben gehouden?’

‘Mij?’ zei hij. ‘Ik zou het niet weten. Misschien hielden ze jou wel in de gaten.’

Travis week uit voor een hond die de straat overstak. Hij gooide het stuur naar links, daarna weer naar rechts, waarbij het busje bijna leek te kantelen.

‘Rij eens wat langzamer,’ zei ze.

Travis sloeg een paar willekeurige zijstraten in. Als ze werden gevolgd, dacht hij, dan zou dit ze afschudden. Daarna liet hij het gas los.

Toen hij een snelheid had bereikt die bij de limiet lag, zei hij: ‘Wat zullen we nu doen?’

‘Misschien die schuifdeuren dichtgooien voordat we kouvatten?’

Hij reed naar de stoeprand, wrong zich tussen de voorstoelen door, trok de schuifdeuren dicht en ging weer achter het stuur zitten. Hij zette de versnelling weer in ‘drive’ en ze reden weer door.

‘Goed, maar wat gaan we vérder doen? Naar de politie stappen? Vertellen wat er is gebeurd?’

Sandy trok wit weg. ‘Ben je gek geworden?’

‘Wat?’

‘Ze wáren de politie!’

‘Ik denk het niet,’ zei Travis. ‘Ik bedoel, het zou kunnen, maar ze hebben ons nooit goed naar hun pasjes laten kijken, ze hebben zich nooit gelegitimeerd en zoals ik al zei, agenten vermoorden je niet voor zo’n kleine overtreding.’

‘Nee,’ zei Sandy. ‘Nee, nee, nee, nee. Geen goed idee.’

‘Maar het was rechtmatig wat je deed. Hij zou me hebben neergeschoten! In mijn hoofd!’

'Ik moet hierover nadenken.' Ze zei even niets. Toen: 'Stop de auto! Stop de auto!'

'Wat?'

'Ik zei stóppen!'

Hij remde en reed nog eens naar de stoeprand. Sandy boog meteen voorover toen haar voeten de grond hadden geraakt. Ze zette haar handen op haar knieën en begon te braken.

Travis sprong uit de wagen, liep eromheen, en legde behulpzaam zijn hand op haar rug. Hij voelde haar hart bonzen.

Toen ze dacht dat ze klaar was, spuugde ze een paar keer en haalde een zakdoekje uit haar zak om haar lippen te deppen. Ze richtte zich op en keek hem aan.

'Geen politie,' zei ze. 'Beloof het me.' Toen Travis niet meteen reageerde voegde ze eraan toe: 'Dat is hoe je me kunt bedanken voor het redden van je leven.'

Ze legde haar hand op zijn schouder en kneep erin.

'Oké,' zei hij.

'Godverdomme,' riep Rhys uit nadat hij zijn poging het busje in te halen had gestaakt.

Zijn knie klopte en hij kon er eigenlijk niet op lopen. Hij boog voorover en betastte hem voorzichtig. Zijn dijbeen deed ook pijn, en het zou waarschijnlijk een joekel van een blauwe plek worden, maar hij maakte zich meer zorgen over zijn knie. Hij kon nog niet zeggen of hij gebroken was, maar hij moest er in elk geval zo snel mogelijk ijs op doen.

'Die bitch,' mompelde hij in zichzelf.

Hoe was het in godsnaam mogelijk dat ze haar niet terug hadden horen komen? Waarom hadden ze niet op haar gelet?

Stom stom stom.

Hij hinkte naar het pistool dat Sandy op de zeecontainer had willen gooien. Hij pakte het op en inspecteerde het vluchtig. Hij zou het moeten afvuren om er zeker van te zijn, maar het leek nog in goede staat te verkeren. Het was een wonder dat het niet was afgegaan toen het de grond raakte.

Toen wierp hij een blik op Kendra.

Hij hinkte naar haar toe en knielde met veel moeite naast haar neer. Had die meid haar met één slag tegen het hoofd gedood? Ze had in elk geval een puinhoop van Kendra's gezicht gemaakt. Haar neus leek wel binnenstebuiten gekeerd.

'Wat een shitzooi,' zei hij.

Er klonk een zacht gekreun.

'Kendra?' zei hij.

Haar oogleden trilden.

Rhys pakte haar hand. 'Ik ben hier. Rhys. Je bent er slecht aan toe. Die bitch heeft je met een honkbalknuppel geslagen.'

Haar lippen bewogen maar vormden geen woorden.

'Ze zijn ontsnapt. We hebben het verknald.'

Rhys merkte de rechthoekige bult in de zak van haar spijkerbroek op en wurmde haar telefoon eruit. Hij pakte haar hand weer en drukte haar duim op de thuisknop om hem te ontgrendelen. Toen ging hij naar de instellingen en schakelde het *touch*-wachtwoord uit zodat hij het ding zelf kon gebruiken.

De app die ze hadden gebruikt om die jongen van Roben op te sporen stond aan. Ze waren al kilometers van hier verwijderd, maar Rhys kon ze vinden als hij het wilde.

Maar wilde hij dat wel?

Zijn intuïtie zei hem de missie af te fluiten. In elk geval tijdelijk. Als Roben naar de politie stapte en hun vertelde wat er was gebeurd, konden ze zo dadelijk hier zijn. Aan de andere kant konden hij en die meid te bang zijn om de autoriteiten in de lichten. Als ze nog steeds geloofden dat hij en Kendra agenten waren, zouden ze zich misschien wel gedeisd houden.

Maar daar kon hij niet zeker van zijn. Hij moest hier weg.

Het probleem was dat hij nu met een gewonde partner zat. Hij kon haar niet naar het ziekenhuis brengen. En hij wist absoluut niet hoe hij haar moest behandelen. Ja, hij had wat eerste-hulpvaardigheden, maar jezus nog aan toe, Kendra had een spoedoperatie nodig. Er waren misschien mogelijkheden in de buurt, iemand met een medische opleiding die bereid was clandestien te werken. Gepensioneerde artsen, of andere medici wier licentie hun was ontnomen.

Veeartsen, als het niet anders kon.

Kendra kreunde weer. Deze keer wist ze haar ogen helemaal open te krijgen en ze keek Rhys aan.

'Hé,' zei hij.

'*Blub*,' zei ze. Het bloed sijpelde langs haar lippen omlaag. Zo er ook maar een kleine kans was om haar te redden, dan moest hij zich naar hun huurauto haasten, die hierheen rijden, haar op de achterbank leggen, zo ver mogelijk wegrijden van hier, ook nog zo snél mogelijk, en dan iemand op de telefoon proberen te vinden die iets aan haar verwondingen kon doen. Dus praktisch haar hele gezicht verbouwen, verdomme.

Rhys dacht erover na.

En zei toen hardop: 'Er is geen tijd.'

Hij boog zich naar haar toe en fluisterde in haar oor: 'Sorry, Kendra. Dit kan maar op één manier gebeuren.'

Hij probeerde zo veel mogelijk op zijn goede knie te steunen, stond op, richtte het pistool op Kendra's voorhoofd en haalde de trekker over.

42

Manhattan, New York

Roberta zat in haar kantoor op de begane grond van Jeremy's stadspaleis, ze zat achter haar computer en probeerde de tientallen mails te beantwoorden, maar ze had moeite zich te concentreren. Die hele toestand met Nicky zeurde te lang door. Ze had begrepen dat Jeremy bepaalde mensen in gedachten had voor een opdracht van dit kaliber. Het was een zeer delicate klus, niet iets wat je aan een amateur moest overlaten, en Jeremy wilde graag wachten op iemand met de benodigde kwaliteiten. Deze persoon werd binnenkort verwacht.

Er waren zeer weinig personen in het huis die van Nicky wisten. Zijzelf en Jeremy natuurlijk. De huishoudster, die hier illegaal verbleef en zeker niet de autoriteiten zou inschakelen. En dan nog Boris, de bewaker. Zelfs Antoine, die de maaltijden bereidde die Roberta voor Nicky mee naar boven nam, wist niet voor wie dat extra bord was en dacht waarschijnlijk dat het voor een willekeurig staflid was.

Ze zat aan dit alles te denken toen Boris haar kantoor binnenkwam. 'Probleem,' zei hij.

Roberta keek hem moedeloos aan. 'Wat dan?'

'Voordeur.'

Roberta duwde haar bureaustoel naar achteren en volgde hem naar de voorkant van het huis. Ondertussen legde Boris haar uit dat er een vriendin van Nicky op de trap naar de voordeur stond die naar haar vroeg.

Roberta opende de deur en zond de meid die voor haar stond een koele glimlach toe. Ze was vijftien of zestien, met kort zwart haar en op een bezemsteel na was ze zo'n beetje het magerste ding dat ze ooit had gezien.

'Kan ik je ergens mee helpen?' vroeg Roberta.

'Ik ben op zoek naar Nicky?'

'Nicky?'

'Nicky Bondurant? Een vriendin van me?

'En wie ben jij?'

'Stacey.'

'Heb je ook een achternaam, Stacey?'

'Booker. Stacey Booker. Is Nicky hier?'

'Er is hier geen Nicky,' zei Roberta. 'Heb je wel het goede huis?'

Stacey ging twee traptreden lager staan om het huisnummer boven de deur te kunnen zien. 'Ja,' zei ze.

'Geloof me nou maar, er woont hier niemand die Nicky heet.'

'Ik zei ook niet dat ze hier wóónde,' zei Stacey. 'Ik ben al bij haar appartement geweest. Maar ik ben wel eens met haar meegelopen naar dit adres. Ik wilde haar opzoeken. Ze is niet op school. Ze zeiden dat ze Pfeiffer had, maar ze is niet thuis.'

'Sorry,' zei Roberta. 'We huren vaak tijdelijke krachten in, maar op het moment is dat niet het geval. Het kan zijn dat we ooit iemand hebben gehad die Nicky heette, maar dan is die hier dus niet meer.'

'O, maar weet u misschien...'

'Sorry, ik kan je niet helpen,' zei Roberta, die de deur voor haar neus dichtdeed.

Ze zag Boris in het brede trappenhuis staan en zei: 'Als ze terugkomt, smijt je haar op straat.'

Ze liet haar kantoor links liggen en liep trappen op, langs de eerste etage naar de tweede, door de deuren met de elektronische cijfercode en door de brede gang met de erotische zwart-witfotografie.

Jeremy zat niet achter zijn bureau, maar in de Winnebago. De deur stond open, en ze zag hem met een laptop aan het eettafeltje zitten. Roberta stak haar hoofd om de deur en zei: 'Permissie om aan boord te komen?'

Hij keek van het beeldscherm weg en zei glimlachend: 'Permissie verleend.'

Ze stapte naar binnen en wurmde zich op het bankje tegenover hem. Jeremy's aandacht was weer op het scherm gericht.

'Het is heerlijk om hier te werken,' zei hij. 'Ik heb een minikantoor erbij gekregen. Het voelt alsof ik op een andere plek ben, alsof ik onderweg ben. Ik ben een stuk voor de *Times* aan het schrijven, ik heb hun beloofd dat ik het vanavond zal inleveren. Het is voor de editie van morgen, hoewel ze het meteen online zouden zetten als ze het binnen hadden.'

Roberta vroeg er niet naar, het kon haar geen donder schelen wat voor gewichtigs haar baas nu weer voor de *Times* schreef. Maar hij kon wel multitasken, dat moest ze hem nageven. Hij kon een jonge meid in zijn huis gevangenhouden en tegelijkertijd een artikel voor 's lands grootste krant eruit persen. Niets kon hem tegenhouden om zijn briljante geest met zo'n groot mogelijk publiek te delen.

'Die kwestie moet worden opgelost,' zei ze.

Ze zag enige verwarring op zijn gezicht, alsof hij niet wist waar ze aan refereerde. Roberta keek hem dreigend aan, al wist ze dat het hem te binnen zou schieten.

'O, ja,' zei hij.

'We hadden net een vriendin van Nicky aan de deur die vroeg of ze hier was. Een van de eerste regels van dit huis is dat je niet aan vreemden vertelt dat je hier werkt. Die stomme Nicky. Als ze het tegen die meid heeft gezegd, kan ze het ook aan anderen hebben verteld. Wat als er op een gegeven moment een officiële instantie voor de deur staat?'

'Dan grijp ik naar de telefoon. Ik vraag de hoofdcommissaris aan de lijn en zeg hem dat we worden lastiggevallen.'

'Dat zou wel eens geen effect kunnen hebben. Als ze hier met een huiszoekingsbevel verschijnen, is er niets wat we ertegen kunnen doen.'

Jeremy trommelde met zijn vingertoppen op het tafelblad. 'Mocht er zoiets gebeuren dan knevel en verdoof je haar, je verbergt haar ergens tot ze weer weg zijn. Desnoods breng je haar ergens anders heen.'

'Waarheen dan?'

‘Roberta, waar heb ik je voor aangenomen?’ Voordat ze hem kon antwoorden vervolgde hij: ‘Ik betaal je om problemen op te lossen. Om brandjes te blussen.’

‘Met alle respect, Jeremy, dit huis zal tot de grond toe afbranden als je dit niet snel oplost.’

Jeremy spreidde zijn vingers uit. ‘Heb geduld. De hulptroepen zijn onderweg.’

43

New Haven, Connecticut

Ze hadden vertraging opgelopen.

Kort nadat Miles tegen Chloe had gezegd dat ze meteen zouden vertrekken, ontving Dorian twee verschillende berichten over lopende kwesties bij Cookson Tech – één was een pietluttig kort geding van een andere softwareontwikkelaar die beweerde dat een van Cooksons reisapps inbreuk pleegde op zijn copyrights, het andere was een update van een medische app waarmee mensen bij zichzelf een diagnose konden stellen – en Dorian drong er bij Miles op aan dat hij er beslissingen over moest nemen.

Het kostte hun bijna twee uur, en toen was het lunchtijd. Waar het ook was waar Miles heen wilde, het liep tegen enen toen ze konden vertrekken. Chloe pleegde twee telefoontjes. Eén naar de cafetaria om hun te zeggen dat ze wegens familieomstandigheden – waar ze verder niet over wilde uitweiden – voor onbepaalde tijd weg zou zijn. Het andere was een reactie op het voicemailbericht van haar moeder, die wilde weten waar ze was en wanneer ze weer thuis zou komen.

'Ik zal het haar moeten vertellen,' zei ze tegen Miles.

'Dat is aan jou,' zei hij.

Dus ze trok zich terug in de logeerkamer en belde haar moeder. Toen er werd opgenomen zei Chloe: 'Ik heb hem gevonden. De man die mijn vader is.'

Haar moeders verbijstering vertaalde zich in een stilte die zo lang duurde dat Chloe dacht dat de verbinding was verbroken. 'Ben je daar nog?'

Uiteindelijk zei haar moeder: 'Je hebt ontdekt… wie hij is? Ontdekt… waar hij woont?'

'Ja, en ja, ik ben nu bij hem.' Ze vertelde haar moeder zijn naam en waar ze was.

Een volgende stilte. 'Hoe heb je… Heeft dit weer iets met dat WhatsMyStory-ding te maken?'

'Nee, deze keer niet. Het is een lang verhaal. Ik zal je alles vertellen als ik weer thuis ben. En het gaat goed met me, vertrouw me maar.'

'Is hij… aardig?' vroeg Chloe's moeder.

'Ja.' Ze zweeg even om de controle over haar stem niet te verliezen. 'En hij is ziek. Het gaat nu wel goed met hem, de meeste tijd tenminste, maar het zal minder gaan worden.'

Haar moeders stem klonk warmer. 'Dan is het goed dat je hem nu hebt gevonden.'

Nadat Chloe had opgehangen bleef ze op de rand van het bed zitten en begon te huilen. Haar moeders reactie had haar verrast. Ze had verwacht dat ze kwaad zou worden. Maar de diepere reden van haar tranen was dat ze aan iemand anders had verteld dat Miles stervende was. Nu ze het had verwoord kwam het dichterbij.

Ze kende deze man pas kort, maar ze voelde een band.

Chloe mócht hem.

Ze besefte dat ze oprecht om hem gaf, en hoopte dat ze elkaar beter zouden leren kennen voordat hij achteruit zou gaan. Ze wilde tijd met hem doorbrengen, alle verloren jaren inhalen.

Chloe pakte een tissue en depte haar ogen. Ze wilde niet dat iemand straks zou zien dat ze had gehuild.

Miles had haar eerder verteld waar ze heen gingen: de ReproGold Clinic in New Rochelle. En hij had ook uitgelegd waarom hij wilde dat ze hem vergezelde.

'Je bent slim,' had hij gezegd. 'Je hebt een goed stel hersens. Je kunt me bijsturen als ik mijn focus kwijtraak. En gezien alle gebeurtenissen is het fijner om te weten waar je bent, zo raak ik je in elk geval niet kwijt.' Na een stilte voegde hij eraan toe: 'En je bent prettig gezelschap.'

Dus na de lunch zaten Miles en Chloe in de limo, met Charise achter het stuur.

'Meneer Cookson, mevrouw Swanson,' had ze gezegd toen ze het portier voor hen openhield. Daarvoor had ze Miles zachtjes gevraagd wat Chloe's achternaam was zodat ze haar correct kon aanspreken.

'Ik denk dat ze "Chloe" ook goed vindt,' had hij eraan toegevoegd. 'En je kunt mij Miles noemen.'

'Ik zal het in gedachten houden, meneer Cookson.'

Toen ze onderweg waren draaide Miles zich om in zijn stoel om Chloe beter aan te kunnen kijken. Hij viste zijn telefoon uit zijn zak. 'Als we in de kliniek zijn heb ik wat vragen voor dokter Gold, en in het bijzonder over deze mensen.'

Hij opende een document op het scherm en reikte haar de telefoon aan.

Ze wierp er een blik op en zei: 'Wie zijn dit? Ik zie mijn naam, en die van Todd en...' Ze keek hem aan. 'Holy shit. Zíj zijn het.'

'Ja.'

'Dit zijn mijn halfbroers en -zussen.'

'Het wordt tijd dat je alles weet.'

'Wie worden er vermist?'

'Katie Gleave, Jason Hamlin en Dixon Hawley. Herken je een van deze namen?'

Chloe las de lijst nog een keer door. 'Nee.'

'Je bent met geen van hen in contact geweest?'

Ze schudde haar hoofd. 'Misschien dat Todd en ik de enigen zijn geweest die gebruik hebben gemaakt van WhatsMyStory. Maar dit is dus echt zo? Dit is je kroost?'

'Grappig hoe je het zegt, maar inderdaad.'

'Dus die kliniek waar we heen gaan, dat is dezelfde waar je indertijd, lang geleden was?'

Miles knikte. 'Vlak nadat ik mijn diagnose had gekregen ben ik er ook nog geweest. De arts was niet erg behulpzaam. Ik hoop dat hij dat deze keer wel zal zijn.'

Chloe grijnsde. 'We zullen hem eens flink in z'n broek laten pissen.'

'Zoiets.'

Toen ze even later naar binnen liepen, vroeg Miles zich af of de kliniek nog wel geopend was. De wachtruimte was leeg.

Maar de receptioniste die Miles bij zijn eerdere bezoek had gezien, degene die hem de lijst met namen had verschaft, zat achter de balie met het half opengeschoven glaspaneel. Julie Harkin schrok zich wezenloos toen ze opkeek en Miles voor zich zag staan.

'Ik zou dokter Gold graag willen spreken,' zei hij.

'Hij is er niet vandaag,' zei ze op gedempte toon. 'Hij heeft alle afspraken van deze week afgezegd.' Ze kneep haar ogen samen. 'Ik heb u hier eerder gezien. U bent meneer Cookson.'

'Ja.'

Ze keek behoedzaam om zich heen, alsof ze zeker wilde weten dat er geen andere mensen in de ruimte waren, waarna ze Miles aankeek en bijna fluisterend zei: 'U hebt die vrouw op me afgestuurd.'

Miles knikte. 'Dat klopt. Bedankt voor uw hulp.'

Het leek er niet op dat Julie hem hier dankbaar voor was. 'Waar hebt u me in betrokken?'

'Nergens in,' zei Miles. 'Ik heb niemand verteld waar ik die informatie vandaan heb.'

'Maar het heeft allemaal dingen in gang gezet,' fluisterde ze beschuldigend. 'Slechte dingen. De dokter is compleet aan het doordraaien vanwege iets, en dat is sinds u hier bent geweest. Wat hebt u gedaan?'

Julie keek langs hem heen, alsof ze Chloe voor het eerst opmerkte. 'En wie ben jij?'

'Chloe Swanson,' zei ze en ze stak een slap handje op. Ze keek rond in de wachtruimte en toen de gang in, waar verschillende deuren op uitkwamen. 'Dus hier is het allemaal voor me begonnen, hè?' In een poging tot wat luchtigheid gaf ze Miles een por met haar elleboog. 'In welke kamer heb jij het gedaan?'

'Hou op,' zei hij.

Chloe zei niets meer.

'Waar is hij nu?' vroeg Miles aan Julie.

'Ik weet het niet,' zei ze. 'Misschien thuis, misschien dat hij ergens in een bar zit. Ik heb geen idee.'

'Ik moet dokter Gold dringend spreken. Alstublieft.'

Julie boog haar hoofd, alsof ze hem niet goed in de ogen durfde te kijken. 'Weet u, ik heb u gegoogeld. Ik weet wie u bent. Ik vroeg me af wie er zoveel geld zou hebben om voor vertrouwelijke informatie te betalen. Uw naam stond op al die dossiers. U probeert uw biologische kinderen te vinden.'

Miles knikte. 'In het begin... had ik een andere motivatie. Maar nu ligt het anders. U zei net dat het slechte dingen in gang heeft gezet, en daar hebt u gelijk in. De kinderen die uit mijn donatie zijn voortgekomen verkeren in gevaar. Ik weet niet precies waarom, en daarom wil ik dokter Gold spreken.'

Julie keek hem ingespannen aan, toen pakte ze de telefoon en drukte een toets in. Na zo'n tien seconden zei ze: 'Dokter Gold? Julie hier. Ik weet dat u hebt gezegd dat... Maar er is iets tussen gekomen en ik wil graag weten waar... Dat kan ik niet precies zeggen, maar als u...'

Julie keek Miles en Chloe aan. 'Hij heeft opgehangen.'

'Shit,' zei Miles.

'Maar ik hoorde een galm,' zei ze. 'Alsof hij in een grote ruimte met metalen wanden was. Ik denk dat hij in de selfstorageloods is, daar heeft hij een unit voor onze archieven.'

Julie schreef het adres op een blocnote, en voegde er twee getallen aan toe. Het eerste had drie cijfers, het tweede vier. 'Dat eerste is het nummer van zijn unit, het tweede is de cijfercombinatie van de toegangspoort.' Ze zag er verslagen uit. 'Ik wilde u vragen om hem niet te zeggen hoe u aan de namen bent gekomen, maar het doet er niet meer toe. Ik kan het wel schudden hier.'

De selfstorageloods was niet ver weg, Charise bracht hen er in minder dan tien minuten heen. Ze reed tot aan de toegangspoort, liet het raam zakken, toetste de viercijferige code in en wachtte terwijl het hek openschoof.

Ze reed hen over het terrein naar een vaalbruin, raamloos gebouw met twee verdiepingen. Er was aan elke kant een ingang, beide met een toetsenpaneel ernaast.

'Als u me nodig hebt, sir, ik sta klaar,' zei Charise toen ze het portier voor Miles openhield. Ze stak haar kin naar voren. 'Ik heb u nog niet verteld dat ik vroeger ook uitsmijter ben geweest.'

Miles kon een glimlach niet onderdrukken. 'Goed om te weten, Charise, maar ik denk dat het wel zal gaan.'

Toen ze in het gebouw waren vroeg Chloe hem het unitnummer te zeggen dat Julie voor Miles op een vel papier had geschreven.

'Het is twee-nul-vier.'

'We moeten naar boven,' zei ze nadat ze de routeborden had bekeken.

Naast de goederenlift bleek zich een trappenhuis te bevinden. Ze liepen naar de tweede etage en keken naar de nummering.

'Deze kant op,' zei Chloe, die Miles aan zijn mouw meetrok in de tegenovergestelde richting die hij wilde inslaan.

Zo'n tien meter voor hen was de roldeur van een unit omhooggeschoven. Ze hoorden dat er iemand bezig was. Er klonk een paar seconden lang een zoemend geluid, het was even stil en daarna begon het weer.

Ze liepen erheen en zagen hoe Martin Gold – in een blauw pak met stropdas – dossiers in een papierversnipperaar stak die op de rand van een doos stond met een groene plastic prullenbak eronder om de spaghettiachtige slierten op te vangen.

'Dokter Gold,' zei Miles, luid genoeg om over het gezoem van de papierversnipperaar heen te komen.

Gold keek verbijsterd op. Hij stopte met zijn bezigheden en het gezoem hield op.

'Hoe bent u hier binnengekomen?' riep hij uit.

'We...'

Maar voordat hij zijn zin kon afmaken ging de telefoon in zijn binnenzak. Hij haalde hem tevoorschijn en zag DORIAN staan.

'Wacht even.' Hij veegde het groene telefoontje aan en hield de mobiel bij zijn oor. 'Luister, Dorian, laat me je zo...'

'We hebben de uitslag binnen,' zei ze.

'Wat? Echt?'

'Ja.'

Miles draaide Chloe en Gold zijn rug toe en liep enkele stappen van hen weg. 'Is ze oké? Heeft Chloe de karakteristieken?'

'Chloe heeft geen Huntington.'

Miles zuchtte en glimlachte. Hij voelde een zware last van zijn schouders vallen. 'Dat is geweldig nieuws.'

'Maar er is wel iets anders.'

Hij voelde de last er weer op vallen. Hij herinnerde zich Chloe's angst dat ze negatief zou testen voor zijn aandoening, maar een positieve uitslag kreeg voor een totaal andere ziekte. 'Heeft ze iets anders? Jezus, wat is het?'

'Ze is volkomen gezond,' zei Dorian. 'Maar ze hebben jullie profiel dus vergeleken. Dat van jou en dat van Chloe.'

'Oké,' zei hij langzaam.

'Er is geen DNA-match tussen jullie twee.'

Miles was sprakeloos.

'Jullie zijn net zomin familie van elkaar als ik en de koningin van Engeland.'

44

Ergens boven Pennsylvania

Rhys Mills wilde altijd een stoel aan het middenpad, en zo dicht mogelijk bij de uitgang. Hij wilde de controle hebben. Als het even kon wilde hij als eerste uit het vliegtuig zijn. En hij haatte een stoel bij het raam, om door iemand ingesloten te zijn, iemand waar je je omheen moest zien te manoeuvreren als je naar het toilet wilde.

Maar Rhys had het niet voor het zeggen, nu hij zijn vlucht op het laatste moment had moeten boeken. Hij had de vrouw van middelbare leeftijd naast hem gevraagd of ze zijn stoel niet wilde, en hij had het doen klinken alsof hij haar een plezier deed, maar ze was niet geïnteresseerd. Ze zei dat ze een zwakke blaas had en wel eens halsoverkop naar het toilet zou moeten, alsof hij dit soort sanitaire bijzonderheden wilde horen. En zo kwam het dat hij tegen de vliegtuigwand aangeleund door de wolken naar de staat Pennsylvania keek.

Op weg naar huis.

Het was doorgaans een goed gevoel. Maar Rhys maakte zich zorgen, en dat gold niet alleen zijn knie, waardoor hij zware pijnstillers had moeten nemen. De opdracht waar hij en Kendra voor waren aangenomen was onvoltooid gebleven. Erger nog, Kendra was dood. Hij had een nieuwe partner nodig als hij deze klus wilde afmaken. Dit was niet het soort gig, zoals Kendra het had genoemd, dat je in je eentje deed.

Elke keer als hij zijn ogen sloot zag hij haar weer liggen, haar gezicht tot moes geslagen. Hij zag hoe hij zijn arm naar beneden strekte, richtte en de trekker overhaalde.

Hij hield zichzelf voor dat hij het juiste had gedaan, vooral voor Kendra. Het was niet ondenkbaar dat ze het zonder zijn tussenkomst sowieso niet gered zou hebben. Hij had haar een zware lijdensweg bespaard. En als haar leven gered had kunnen worden, wat voor toekomst had haar dan gewacht? Jarenlange chirurgie om haar gezicht te reconstrueren. Daarbij, als Roben en die meid naar de politie stapten, en die er werk van maakten, dan zou Kendra al die jaren in de gevangenis zitten, en niet in de wachtkamer van een plastisch chirurg.

En hij ook.

Nee, het was beter dat Rhys haar een kogel door het hoofd had gejaagd. Het was ook beter voor de cliënt. Ze zou gepraat kunnen hebben als ze nog in leven was. Je deed alles om je eigen hachje te redden als de politie je eenmaal in het nauw had gedreven.

Het zou beter zijn geweest als hij gelegenheid had gehad om haar lichaam te laten verdwijnen.

Hij had er in elk geval voor gezorgd dat ze geen identificatie meer bij zich had – niet dat er iets bij zat wat legitiem was – maar ook vervalste pasjes zouden vragen oproepen als de politie ze eenmaal had gecheckt.

Zouden Roben en die meid aangifte doen? Moeilijk te zeggen. Zij zou moeten vertellen wat ze had gedaan. Je bevond je op glad ijs als de politie aan zo'n bekentenis twijfelde. Tegen de tijd dat Rhys in Fort Wayne het vliegtuig instapte, was hij online nog niets over de vondst van Kendra's lichaam tegengekomen.

Hij sloot zijn ogen weer, en deze keer zag hij niet die laatste keer voor zich, maar hoe ze in het midden van de nacht zijn motelkamer was binnengekomen, hem op het bed had geduwd en haar lusten op hem had botgevierd. Haar hele lichaam was vol hunkering, en nadat ze bevredigd was had ze hem verlaten. Kendra was niet sentimenteel. Als *híj* die honkbalknuppel in zijn gezicht had gekregen, zou ze het op dezelfde manier hebben afgehandeld.

'Oké, wat zei ik je,' zei de vrouw naast hem terwijl ze haar veiligheidsriem los klikte. 'Al die Pepsi's moeten er alweer uit!'

Rhys zond haar een flauw glimlachje toe en keek daarna weer uit het raam.

Als ze waren geland zou hij eerst naar huis gaan, een paar whisky's drinken, een douche nemen, misschien een vrouw optrommelen – hij kende er wel een paar die zó voor zijn deur zouden staan – voordat hij de cliënt zou bellen met het nieuws en bespreken wat de volgende stap zou zijn.

En in een cryptische sms was hem gesuggereerd dat er een volgende klus op hem wachtte, die vagelijk aan deze was gerelateerd. Bleekmiddel kon hij deze keer achterwege laten.

Goed, daar zou hij dan niets voor rekenen. Als je het had verknald, als je bij de cliënt in het krijt stond, probeerde je niet het onderste uit de kan te halen.

45

New Rochelle, New York

Toen zijn telefoongesprek met Dorian was beëindigd, bleef Miles als aan de grond genageld staan in de gang van de selfstorageloods. Het was niet een symptoom van zijn ziekte. Het waren geen spieren die weigerden te reageren. Het was de schok van het nieuws dat hij zonet had gekregen dat hem in deze verstijfde toestand achterliet.

Chloe was niet zijn dochter.

De gang leek te draaien en hij strekte zijn arm uit om tegen de muur te steunen.

'Miles?' zei Chloe.

Toen hij niets zei, rende ze naar hem toe, dook onder zijn uitgestrekte arm door en sloeg haar arm om hem heen. Hij had de telefoon nog steeds in zijn hand.

'Wie was het?' vroeg ze. 'Wie belde er?'

Miles wilde iets zeggen, maar er kwam niets uit.

'Is er iets aan de hand met je? Heb je een dokter nodig? Want we hebben er hier een. Ik weet niet of hij de beste is, maar hij zal in elk geval íéts weten.'

'Het... gaat wel,' fluisterde Miles. 'Er... overviel me iets.'

'Wie belde er?'

Miles bewoog zijn tong in zijn mond heen en weer om wat speeksel te krijgen. 'Dorian,' zei hij. 'De uitslag van de test was binnen.'

'O.'

'Ik weet dat je had gezegd dat je het resultaat niet wilde weten, maar ik kan het je net zo goed vertellen.' Miles had een moment nodig voordat het eruit kwam. 'Je bent gezond. Je hebt het niet. Of iets anders.'

Chloe's gezicht vernauwde zich. 'Oké,' zei ze met een trillende onderlip. 'Dat is goed nieuws, toch?' Ze gaf hem een kneepje in zijn arm.

'Dat is het,' zei hij en hij gaf haar een kneepje terug. 'Het is goed.' Hij sloeg zijn armen om haar heen. 'Ik ben zo blij.'

Ze beantwoordde zijn omhelzing, en toen ze zich even later met tranen in haar ogen van hem losmaakte zei ze: 'Dus daarom deed je zo vreemd? Is dát hoe je met goed nieuws omgaat? Wat zou je gedaan hebben als het slécht nieuws was?'

Hij glimlachte flauwtjes. 'Ik was nogal overweldigd.'

'Oké, nou, dit is allemaal mooi, maar ik moest je toch helpen focussen? Onze dokter ziet eruit alsof hij elk moment in zijn broek kan pissen, dus misschien kunnen we even met hem gaan praten voordat hij een schone luier om moet.'

Miles knikte. 'Oké, oké, laten we dat doen.'

Ze liepen samen terug naar de openstaande unit, waar de dokter was gestopt met het versnipperen en hen aankeek als een in het nauw gedreven rat.

'Hoe hebt u me gevonden?' vroeg hij nog eens. Hij keek naar Chloe en zei: 'En wie ben jij?'

'Chloe Swanson.' Ze glimlachte en bewoog haar duim in de richting van Miles. 'Ik ben zijn dochter.'

Miles voelde de onzichtbare last op zijn schouders zwaarder worden.

Toen ze in de limo hiernaartoe reden had hij met Chloe de vragen doorgenomen die hij Gold wilde stellen, maar nu kon hij ze zich nauwelijks nog herinneren. Ze keek hem aan, alsof ze zich afvroeg wanneer het kruisverhoor zou beginnen.

Maar Miles zei niets. Chloe keek afwachtend en spoorde hem na een paar seconden aan. 'Ben je er klaar voor?'

'Chloe,' zei hij. 'Wacht in de auto.'

Haar ogen vielen bijna uit hun kassen. 'Sorry?'

'Ik zou dokter Gold graag onder vier ogen willen spreken.'

'Waarom?' vroeg ze. 'We zijn een team. Wat is er aan de hand?'

'Ik heb me bedacht.'

'Je hoeft me niet in bescherming te nemen, weet je. Wat er ook speelt, ik...'

'CHLOE!'

Er ging een siddering door haar heen alsof ze werd getaserd.

'Alsjeblieft, ga naar de auto.'

Er viel een langdurige stilte. Uiteindelijk snoof Chloe theatraal en liep weg. Miles wachtte tot hij haar voetstappen op de trap hoorde en richtte zich tot Gold.

'U bent me enige uitleg verschuldigd.'

'Ik? Wie denkt u wel dat u bent?'

Miles moest bijna lachen. 'Weet u, op dit moment heb ik eigenlijk geen idee. Ik dacht dat ik het wist. Maar nu ben ik daar niet meer zo zeker van.' Hij wees op het versnipperde papier. 'Als ik dit allemaal op magische wijze aan elkaar zou krijgen, kom ik dan mijn naam tegen? En die van Chloe? En alle andere namen?'

Gold zei niets.

'Uw receptioniste zegt dat u aan het doordraaien bent. Heeft dat soms iets te maken met Todd Cox? Of Katie Gleave? Of Dixon Hawley? Of Jason Hamlin? Of Chloe?'

'Ik ken al die mensen niet.'

'Nee? U hebt geholpen ze op de wereld te brengen. Hun moeders waren allemaal patiënten van u. Zal ik hen even met u doornemen?'

Gold staarde hem aan. 'Nee.'

Miles sloeg zijn ogen neer en begon zijn voorhoofd te kneden. 'Ik dacht dat ik wist wat ik u wilde vragen, maar dat telefoontje... Volgens de dossiers ben ik de biologische vader van de namen die ik noemde.'

'Hoe bent u...'

'Behalve dan dat ik het niet ben, is het niet?'

Gold keek hem koud aan. 'Ik weet niet waar u het over hebt.'

'Blijkbaar ben ik... niet Chloe's vader. Dus misschien ook niet die van

Todd. Of Katie. Of Dixon, of Jason, of Nina, of Colin, of Barbara, of Travis. Misschien ben ik niemands vader, verdomme.' Hij lachte. Alle zorgen die ik me over deze kinderen heb gemaakt, of ze mijn ziekte zouden krijgen, de plannen die ik maakte om hun levens beter te maken, het is allemaal één grote farce.'

Gold keek langs Miles heen, alsof hij aan ontsnappen dacht.

'Dus, *what's up, doc?*' Miles lachte sardonisch om zijn eigen grapje. 'Ze overlijden, of ze verdwijnen. Eerst dacht ik nog dat het puur toeval was, weet u? Nu niet meer. Niet meer sinds die man onder het bed, of die vrouw in het busje.'

'Wat?'

Miles maakte een wegwerpgebaar. 'Er zijn maar een paar mensen die weten wat de connectie tussen deze kinderen is. U staat boven aan dat lijstje. Waarom verdwijnen ze? Wat is er aan de hand?'

Miles deed twee stappen de unit in, Gold week achteruit zonder te zien waar hij liep. Toen hij dat deed, struikelde hij over een doos en kwam op zijn achterste terecht.

Hij stond weer op. 'Ik heb u niets te zeggen. Mijn patiënten hebben recht op hun privacy.'

'Dat is een gepasseerd station,' zei Miles.

'U weet niet waarin u zich begeeft,' zei Gold. 'Laat het met rust. U hebt geen biologische band met deze mensen, deze volwassen kinderen. U bent niet verantwoordelijk voor hen.'

Miles dacht hierover na. 'Dus het is waar. Geen van hen is van mij.'

'Laat. Het. Met. Rust.'

'Hoe is het mogelijk? Waarom staat mijn naam op die dossiers?' Miles voelde woede opkomen. 'Wie ís de biologische vader van deze mensen? Wat is er verdomme aan de hand hier?'

Gold stak een trillende hand op en wees naar Miles. 'Ga weg. Ga gewoon.'

Miles zag het opeens voor zich. 'Jezus, u bent het geweest. Ik heb over zieke geesten als u gehoord. Iedere vrouw die uw kliniek heeft bezocht, elk echtpaar dat bij u aanklopte voor hulp… het is één grote zwendel. Stomme idioten als ik melden zich om hun sperma te doneren, wat volstrekt nutteloos is. *U* hebt al die vrouwen bevrucht.'

'U hebt geen idee,' zei Gold. 'Als u ook maar iets om uzelf geeft, en om dat meisje met wie u hier bent gekomen, vergeet dan deze hele toestand.'

'Is dat een bedreiging?'

'Nee, alleen maar een goede raad.'

Miles priemde zijn wijsvinger in Golds richting. 'Goed, oké, luister. Als u mijn vragen niet wilt beantwoorden, dan vind ik iemand anders die dat wel zal doen. Ik schakel de autoriteiten in, en zij kunnen u onder druk zetten op manieren die mij ontbreken. De volgende keer breng ik ze misschien wel mee.'

Hij wachtte nog een laatste moment, besefte toen dat hier verder niets te halen viel en liep weg door de gang naar de trap.

Gold vond een doos die stevig genoeg was om op te zitten, hij ademde zwaar en zijn hart bonkte. Hij pakte zijn telefoon, zocht een nummer op en hield de mobiel bij zijn oor. Toen er eindelijk werd opgenomen zei hij: 'Met dokter Gold. Het is belangrijk.'

Waarna hij nog twee minuten moest wachten op de persoon die hij wilde spreken.

'Cookson was hier... Hij heeft het al bijna door... Natuurlijk heb ik het hem niet gezegd, maar hij heeft zich erin vastgebeten... Hij heeft een van hen bij zich, dat meisje Swanson... Ja, ze lijkt evenveel als hij te weten... Ja, met de papierversnipperaar. Ik vernietig alles, precies zoals je me had...'

Er werd opgehangen aan de andere kant.

Gold liet de telefoon langzaam zakken en begon te huilen.

46

New Rochelle, New York

Toen Miles in de limo stapte zat Chloe met haar armen over elkaar op de achterbank, ze keek voor zich uit en gaf geen krimp.

'Hoi,' zei hij.

Chloe zei niets terug.

Charise, die achter het stuur zat, zei: 'Waar wilt u nu heen, meneer Cookson?'

Hij had geen idee. Waarheen, inderdaad? Wat zou zijn volgende stap moeten zijn? Wás er nog wel iets te doen voor hem? Welke verantwoordelijkheid had hij nog? Wat was hij de jonge mannen en vrouwen op de lijst verschuldigd? Hij hoefde zich zeker geen zorgen te maken over hun medische toekomst, in elk geval niet waar het zijn genen betrof.

'Meneer Cookson?'

Het feit dat hij niet hun vader was betekende nog niet dat ze veilig waren. Hij moest ze nog steeds waarschuwen. En dan was er ook nog het feit dat zíjn naam in de dossiers stond, dat hij als donor was geregistreerd terwijl hij dat dus niet was geweest.

Was het tijd om hiermee naar de politie te stappen? Zou de FBI het juiste orgaan hiervoor zijn?

'Ze vráágt je waar je héén wilt,' zei Chloe geërgerd.

'O,' zei Miles, die uit zijn gedachten werd gerukt. 'Eh, naar huis, denk ik.'

'Ja, sir,' zei Charise en ze startte de motor.

'Ik heb andere plannen,' zei Chloe. 'Het dichtstbijzijnde bus- of treinstation graag. Ik moet naar Springfield om mijn auto op te halen.'

'Chloe,' zei Miles, 'dat hoef je niet te doen. Als je naar huis wilt, dan is dat prima. Maar Charise kan je thuisbrengen, ze kan me onderweg afzetten.'

'We zouden samen met die man praten,' zei ze.

'Chloe, het spijt me dat ik je weg heb gestuurd. Ik moest de dokter even alleen spreken.'

'Ik snap het niet. Je hoort de uitslag en zegt me dat alles goed is, wat voor ons allebei geweldig nieuws zou moeten zijn, maar in plaats van blij te zijn sluit je me opeens buiten.'

'Het ligt gecompliceerd,' zei Miles.

'Wat is er gecompliceerd aan die uitslag?'

'Niets. Dat was goed nieuws.'

'Wat is het dan? Is er nog iets anders gezegd in dat telefoongesprek?'

Charise stopte bij de poort, ze liet het raam zakken en toetste de cijfercode in.

'Ik rij dus naar het dichtstbijzijnde treinstation?' vroeg ze.

'Nee,' zei Miles op hetzelfde moment dat Chloe 'ja' zei.

Charise zuchtte. 'Ik rij naar New Haven, en jullie proberen tot een beslissing te komen. We komen onderweg genoeg stations tegen.'

'Zijn we een team of niet?' vroeg Chloe.

'Dat zijn we,' zei Miles, maar de woorden bleven bijna in zijn keel steken. Was het zo? Werkelijk? Hun band was nu gebaseerd op een verzinsel, op bedrog.

Hij werd door een overweldigend gevoel van leegheid overvallen. Hoewel hij hun identiteit niet kende, was het bestaan van zijn kinderen al die jaren een soort troost geweest. Hij liet iets achter. Een nalatenschap. Een anonieme weliswaar, maar toch was hij er.

Nu niet meer.

Geen nalatenschap.

En hij moest Chloe het nieuws melden dat ze uiteindelijk toch niet met haar vader was verenigd. Die moest nog ergens rondlopen. En het zou heel goed een verachtelijke ivf-arts kunnen zijn die alle gangbare ethische normen met voeten had getreden.

Wat moest hij haar in godsnaam zeggen?

Terwijl Charise naar de I-95 reed was het stil in de limo, een stilte die na zo'n tien minuten door Chloe werd doorbroken.

'En wat nu, paps?'

Het was een vredesvoorstel. Hij draaide zijn hoofd naar haar toe, keek haar aan en glimlachte triest. Haar hand rustte op de leren bekleding, hij legde de zijne erop en gaf haar een kneepje.

Chloe, die zich net nog zo aan hem ergerde, leek nu bezorgd. 'Gaat het?'

'Ja hoor.'

'Je houdt iets achter.'

'Nee, ik heb je verteld wat Dorian heeft gezegd.'

De helft ervan.

Ze wierp hem even een sceptische blik toe, maar zei toen: 'Ik denk dat we verder moeten gaan met het vinden van de anderen.' En tegen Charise zei ze: 'Laat dat treinstation maar zitten.'

'Misschien is het te veel voor me,' zei Miles. 'Voor ons. Misschien is het tijd om naar de politie te stappen.'

Chloe rolde haar ogen. 'Ja, alsof zij ons zullen helpen. Weet je waar we volgens mij het eerst heen moeten gaan?'

'Waarheen dan?' vroeg hij vermoeid.

'Ik dacht aan Fort Wayne.'

'Travis Roben.'

'Precies,' zei ze. 'Ik heb al wat research gedaan.' Ze hield haar telefoon op. 'Toen ik terug in de auto was heb ik alle namen een voor een op de zoekmachine ingetoetst om te zien wat ik over hen kon vinden. Roben is een beetje een vreemde, nerd-achtige jongen, en daar bedoel ik verder niets mee. Hij zit op Instagram. Hij is een stripfanaat, vooral graphic novels.'

'Je bedoelt dat hij er gek op is, of schrijft hij ze ook?'

'Allebei. Dat wil zeggen, hij probeert er een te schrijven. Hij had er wat foto's van gepost. Roben is niet zo'n waanzinnig goede tekenaar, maar de verhaallijn is interessant. En het goede nieuws is dat hij nog leeft en niet wordt vermist of zoiets.'

'Dat is een pluspunt.'

Miles durfde haar niet te vertellen dat Dorian en Heather alle profielen al hadden verzameld. Evengoed kon Chloe nieuwe en interessante feitjes hebben gevonden.

Alsof het er nog iets toe deed.

'Oké,' zei Chloe, 'en dit is Nina Allman, ze woont in Seattle en werkt bij iets wat Pike's heet?'

'Pike Place Market. Eén van de grootste toeristische attracties daar. Je kunt er verse vis en groente kopen, van alles. En er zijn goede restaurants.'

'En Barbara Redmond?'

'Ja?'

'Ze is actrice. Wist je dat?'

'Ja.'

'Dus ik heb een halfzus die in *NCIS* en *The Good Place* heeft gezeten? Zo te zien waren het geen grote rollen. Yoghurtverkoper?' Ze zweeg even. 'Lijk? Dat is geen goed voorteken.'

'Ik had haar acteerprestaties niet bekeken.'

'En dan nog die jongen, Neaseman, hij zit niet ver van Nina. Hij woont in Portland, Oregon. Dus ik dacht, we beginnen in Fort Wayne, want dat is het dichtstbij, en dan kun je die jongen van Roben compleet uit z'n dak laten gaan door hem te vertellen dat je zijn vader bent, en dat er misschien wel iemand rondloopt die hem wil vermoorden en...'

'Gewoon een dag als elke andere.'

Chloe haalde haar schouders op en vervolgde: 'Daarna vertrekken we naar de westkust, omdat alle anderen daar zitten. Seattle, Portland, LA. Van noord naar zuid. Weet je dat ik nog nooit westelijker dan Albany ben geweest? Jammer dat ik geen halfbroer of -zus in San Francisco heb. Ik heb daar altijd zo graag heen willen gaan.'

Miles' hart bonsde. Hij beet op zijn onderlip, bijna hard genoeg om het bloed te laten komen.

'Je hebt gelijk,' zei hij.

'Waarover?'

'Dorian heeft me nog iets anders verteld.'

Chloe knipperde met haar ogen. 'Wat?'

'Toen ze de test deden hebben ze jouw DNA-profiel met het mijne vergeleken.' Hij zweeg en had een droge mond. 'Charise, heb je ook water daar?'

'Ja, sir,' zei ze.

Terwijl ze één hand aan het stuur hield, ritste ze met de andere een tasje open dat op de stoel naast haar stond. Ze haalde er een fles Aquafina uit die ze achterwaarts over de stoel heen aanreikte. Miles nam hem aan, maar toen hij de dop eraf wilde draaien kon hij zijn vingers er niet omheen krijgen.

'Geef maar hier,' zei Chloe, die de fles opendraaide en hem weer teruggaf. Miles nam een grote slok en zette de fles in de houder tussen hun stoelen.

'Wat wilde je zeggen,' zei ze.

'Ze hebben naar mijn profiel gekeken en...'

Haar gezicht betrok. 'Je bent zieker dan je dacht. Het wordt sneller erger?'

'Nee, dat niet. Iets... ergers, denk ik. Het hangt ervan af hoe je het bekijkt.'

'Jezus, zeg het me.'

'Ik ben je vader niet.'

Er viel niets van haar gezicht af te lezen. Ze was volledig uit het veld geslagen. En ze was sprakeloos. Ze deinsde langzaam achteruit, tot ze niet meer verder kon en tegen het portier aan leunde.

'Ik was net zo verbijsterd als jij,' zei Miles. 'Maar er is geen DNA-match tussen ons. Ik weet niet precies wat er is gebeurd. Het is iets wat dokter Gold heeft gedaan, hij heeft de dossiers vervalst. Ik weet niet hoe, en ik weet ook niet waarom, maar hij...'

Chloe ontplofte. 'Als jij mijn vader niet bent, wie verdomme dan wel?'

'Dat weet ik niet.'

'O, nou, geweldig.' Ze bracht een hand naar haar voorhoofd en draaide zich van hem af, alsof ze aan hem probeerde te ontsnappen. 'Het is gewoon helemaal super, verdomme. Dus het kan iedereen zijn. Iedereen in dit hele verdomde land.' Ze wees naar een man op de stoep, die met een sandwichbord om heen en weer liep voor een grote elektronicazaak. 'Misschien is hij het wel.'

Miles durfde erom te wedden dat het Gold zelf was, maar zonder bewijs bleef het speculeren en dat wilde hij niet. 'Chloe, ik voel me hier verschrikkelijk over,' zei hij.

'O, jíj voelt je hier verschrikkelijk over? Ik dacht dat een van de grote mysteries van mijn leven was opgelost, maar nu blijkt het allemaal bullshit te zijn en jíj voelt je er verschrikkelijk over?'

Miles had geen woorden.

Chloe schudde haar hoofd en beet op haar lip. Haar kin trilde. 'Ik kan niet geloven dat... Ik kan gewoon niet...'

Ze snoof, haar ogen liepen vol en ze draaide van Miles weg zodat hij haar tranen niet zou zien. 'Het is allemaal voor niets geweest. Ik beteken helemaal niets voor je. En jij betekent niets voor mij.'

Miles kromp ineen bij deze woorden.

'Het wordt me allemaal te veel.' Ze leunde voorover en zei tegen Charise: 'Stop de auto.'

'Mevrouw Swanson, we rijden net de snelweg op.'

'Stop de auto.'

'Chloe, alsjeblieft,' zei Miles. 'Zo is het niet. Ik wilde alleen maar...'

'Stop die kloteauto!' gilde ze.

Charise zette de richtingaanwijzer aan en reed naar de kant van de weg.

'Je weet niet eens waar we zijn,' zei Miles.

Chloe zwaaide met haar telefoon. 'Als er iemand op de wereld is die zou moeten weten dat we daar een app voor hebben, dan ben jij het wel.' Ze greep de portierhendel, klikte de veiligheidsgordel los, duwde het portier open en stapte uit.

'Chloe, alsjeblieft!' riep Miles.

Maar ze had het portier al dichtgesmeten voordat hij haar naam uitsprak. Ze sloeg nog met haar vlakke hand op de kofferbak voordat ze weg beende in de richting waar ze vandaan waren gekomen.

‘Zal ik achter haar aan gaan?’ vroeg Charise.

Miles had er geen twijfels over dat Charise haar zou kunnen inhalen en Chloe over haar schouder zou kunnen gooien om haar terug te brengen, maar hij zag er het nut niet van in.

‘Laat haar gaan,’ zei hij.

47

New Haven, Connecticut

Caroline had een sms van hem ontvangen, dat hij terug was in de stad, dus ze bevond zich weer ergens boven in het Omni Hotel, in een van de beste suites met uitzicht op Yale en de rest van de stad. Ze droeg de lingerie die hij voor haar had klaargelegd, had de zijden blinddoek voorgedaan en wachtte op de komst van Broderick.

Ze dacht wel eens dat ze van dit gedeelte nog het meest genoot – het afwachten. Het was beter dan de eigenlijke seks, hoewel die lang niet slecht was. Het wachten op het geluid van de deur die openging, de nauwelijks hoorbare stappen op het tapijt, zijn zachte ademhaling, vlak achter haar. Ze mocht zich niet omdraaien tot hij haar had aangeraakt. Er waren keren dat hij zo een paar minuten zwijgend bleef staan, zo dichtbij dat ze de warmte van zijn lichaam voelde.

Spanning opbouwen.

Er waren keren geweest dat alles beduidend sneller ging. Hij liep dan meteen naar haar toe en greep haar. Hupsakee! Dat had ook wel wat, maar het was toch het opwindendst als het langzaam ging.

Toen ze aankwam was zoals altijd de badkuip gevuld. De geopende fles champagne was koud. Ze dronk uit een flûte terwijl ze relaxte in het warme water.

Ze vroeg zich af wat hij deze keer zou doen. Hij was al in de kamer geweest om alles voor te bereiden en was daarna weer vertrokken. Caroline nam aan dat hij dan naar de bar ging om iets te drinken. Was die afwachting voor hem net zo opwindend als voor haar?

Deze keer was het niet alleen de seks die haar verwachtingen voedde. Ze wilde horen hoe de zaken verliepen. Ze wilde een update.

Toen ze hem voor het eerst over de kwestie vertelde, over wat voor verschrikkelijks Miles had gedaan, had Broderick sceptisch gereageerd. Volgens hem viel er niet veel aan te doen dat haar zwager Gilbert – en daarmee dus ook haar – niets naliet.

Maar het was zo oneerlijk, had Caroline betoogd, dat hij zijn bezittingen aan een groepje volslagen onbekenden naliet. Oké, natuurlijk, ze waren het product van zijn zaad, maar dat was een klinische verbintenis. Gilbert was zijn bróér. Was er een sterkere band dan dat? De twee waren samen opgegroeid, ze hadden als jongens een kamer gedeeld. Hoe kun je iemand zo buitensluiten en het geld aan mensen geven die je nog nooit in je hele leven hebt gezien?

Er werd hun onrecht aangedaan.

Ik ben geen advocaat, had Broderick haar gezegd. Misschien dat ze er maar eens met een moest gaan praten. Maar Gilbert zou eigenlijk degene moeten zijn die juridische stappen moest ondernemen. Of misschien dat Caroline tegen Miles zou moeten zeggen hoe vernietigend zijn besluit voor haar echtgenoot was.

'Daar trapt hij niet in,' had ze gezegd. 'En we hebben een akkefietje gehad,' voegde ze eraan toe zonder in details te treden.

Maar ze had een idee voor een nieuw plan. Een plan dat zeker stukken ambitieuzer was dan haar poging om Google in een idee te laten investeren, wat eigenlijk een slimme zet was geweest. Het enige waaraan het haar toen had ontbroken was de technische expertise. Was het nou zo'n halsmisdaad om te liegen over Miles' financiële steun? Als Google haar groen licht had gegeven, zou ze met het idee naar Miles zijn gestapt. Ze zou hem hebben gezegd dat Google het wilde mede-financieren – wat de waarheid zou zijn geweest – en hij zou er hoogstwaarschijnlijk in hebben geïnvesteerd.

Zo luidde tenminste háár versie van het akkefietje.

Maar dit nieuwe idee, dat was iets anders. En ze dacht dat iemand met Brodericks achtergrond haar er niet alleen maar bij zou kunnen adviseren, hij zou zijn mouwen kunnen opstropen om daadwerkelijk een handje te helpen.

'Wauw,' had Broderick gezegd toen ze hem het plan uit de doeken had gedaan. 'Dat lijkt me... een nogal wild plan.'

Hij had haar aangekeken alsof ze gek was. *Ja, het zal wel.* Wat zei je dan ook alweer? Zo gek als een deur. Dat was ze.

'En wat zou mijn rol dan moeten zijn?' zei hij vervolgens.

Ze had het hem verteld. In het begin zou hij meer een adviseur, een tussenpersoon zijn. En dan, later, als het eerste deel goed was verlopen... zou hij dan niet een directere rol op zich willen nemen? Doen waar hij goed in was?

Hij had zijn bedenkingen. 'Dit klinkt als iets wat makkelijk van de rails kan vliegen,' zei hij. 'Veel onzekere factoren, een moeilijke situatie om onder controle te houden. Emotionele onzekerheden. Een extra persoon die een belangrijke rol speelt. Weet je zeker dat je deze route wilt volgen?'

'Wil je zeggen dat het een onmogelijk plan is?'

'Nee, dat zeg ik niet.'

'Als het eerste gedeelte goed verloopt, dan...'

'Ik weet het.' Uiteindelijk zei hij: 'Laat me erover nadenken.'

'Ik zal zorgen dat je ruimschoots wordt gecompenseerd,' zei ze.

En Broderick had haar een blik toegezonden die boekdelen sprak. Hij...

Wacht even. Ze hoorde de deur van de hotelkamer opengaan.

Hij was hier.

Hij trok nooit de deur dicht. Hij sloot hem geluidloos achter zich.

Ze begon sneller adem te halen.

Ik wil niet wachten. Deze keer niet. Laten we het doen.

Ze voelde hem naderen. Hij kon niet meer dan een meter achter haar zijn. Ze hield het niet meer. Ze ging de regels overtreden. Ze ging iets zeggen.

'Neem me,' fluisterde ze.

En hij zei: 'Wat is hier verdomme aan de hand, Caroline?'

Haar hart sloeg over.

Ze draaide zich om en trok tegelijkertijd de blinddoek weg. Daar stond hij, recht voor haar neus.

Gilbert.

Broderick zat inderdaad in de bar. Aan een tafeltje van waaruit je de hele hotellobby kon overzien.

Hij genoot doorgaans van dit moment. De verwachting. Hoe hij eerst naar de kamer ging om alles klaar te zetten, en om dan weer weg te zijn voordat ze arriveerde. Hij nam zelfs de trappen terug naar beneden zodat hij haar niet per ongeluk tegen zou komen als hij de lift uitstapte.

Hij bestelde vervolgens altijd een drankje en dacht aan de genoegens die in het vooruitschiet lagen.

En hij had even tijd voor zichzelf. Tijd om zijn telefoon te checken, mails te beantwoorden en sms'jes te lezen.

Er was er één binnengekomen toen hij aan zijn tweede drankje bezig was. Kort en bondig:

TIS ALLEMAAL NAAR DE KLOTE. KAN DIT NIET DOEN.

Hmm, dacht hij. Problemen in Fort Wayne.

Hij keek op van zijn telefoon, liet zijn blik door de lobby gaan, en dat was het moment waarop hij Gilbert Cookson zag.

Broderick wist hoe de man eruitzag. Toen hij iets met deze vrouw kreeg, had hij zo veel mogelijk over haar echtgenoot proberen uit te vinden. Hij had zijn gangen gevolgd, was achter zijn telefoonnummer gekomen en had dezelfde plekken als hij bezocht.

Maar dit had hij niet zien aankomen. Carolines echtgenoot liep aarzelend door de lobby, alsof hij niet zeker wist wat hij hier kwam doen. Hij keek om zich heen. Was hij naar haar op zoek? Had hij haar gevolgd? Toen zijn blik op het bargedeelte viel, liep hij erheen, bleef bij de ingang staan en keek wie er zaten.

Ja, hij heeft haar gevolgd, dacht Broderick. Hij verdacht zijn vrouw van een affaire en was achter haar aangereden. Ze moest ergens een steekje hebben laten vallen. Misschien dat hij een servetje van het hotel in haar handtas had gevonden. Of misschien had hij die app waarmee je iemands telefoon kon opsporen.

Het kon van alles zijn. Eén ding was zeker. Hij kon het bericht dat hij uit

Fort Wayne had ontvangen in zijn voordeel gebruiken. Alles was naar de klote. En als haar echtgenoot er eenmaal lucht van had gekregen, nou, daar kon niets goeds van komen.

Hij had er toch al aan zitten denken om eruit te stappen. Kappen met Caroline, en deze puinhoop achter zich laten. En nu wilde hij er niets meer mee te maken hebben. Een goeie wip, maar het was hem al dit gedoe niet waard. Die vrouw was gek, ze kon niet rationeel denken.

Wegwezen.

Broderick sloeg de rest van zijn scotch achterover en liet genoeg biljetten op het tafeltje achter. Hij nam het deurpasje uit zijn portefeuille en hield het stevig in zijn hand toen hij het bargedeelte verliet.

Hij liep recht op Gilbert af, die in het midden van de lobby stond en een bezorgde en ietwat verwarde indruk maakte.

Zielenpoot, dacht Broderick. Geen wonder dat Caroline haar behoeftes ergens anders zocht. Op meerdere gebieden.

Hij deed net alsof hij door iets werd afgeleid en botste bewust tegen Gilbert op.

'O, sorry,' zei hij. 'Ik keek niet waar ik liep.'

'Geen probleem,' zei Gilbert.

Broderick bleef doorlopen tot hij op straat stond. Hij hield zijn passen in, pakte zijn nieuwste prepaid-telefoon en zocht een nummer op.

Hij ging drie keer over. 'Hallo?' zei Gilbert.

'Er zit een deurpasje in je zak,' zei Broderick. 'De tiende etage. Derde kamer rechts als je de lift bent uitgestapt.'

Hij beëindigde het gesprek en gooide de telefoon in een vuilcontainer.

En grinnikte.

48

New Haven, Connecticut

'Dorian heeft me er al iets over verteld, maar waarom begin je niet bij het begin.'

Haar naam was Lana Murkowski, en ze was niet alleen een vriendin van Dorian, maar ook een agent van het Federal Bureau of Investigation, oftewel de FBI. Ze had Miles al een paar jaar eerder ontmoet, toen het Bureau een groot onderzoek naar Russische cyberhacking leidde. Ze woonde in het nabijgelegen Darien, had een vrije dag vandaag en was hier onofficieel aanwezig om haar vriendin een plezier te doen. Dorian had haar gebeld toen Miles vanuit New Rochelle hierheen werd gereden. En dat, zoals bleek, zonder het gezelschap van Chloe.

Miles wilde er niet over praten.

Een paar uur later was Lana bij de Cookson Tech-burelen gearriveerd, en ze waren in een van de vergaderkamers gaan zitten voor een gesprek.

Dorian had koffie en hapjes gebracht en vroeg of ze erbij mocht blijven als Miles daar geen bezwaar tegen had.

'Zeker niet,' had hij gezegd. 'Ik vind dat jij ook op de hoogte moet blijven.'

Toen Lana hem vroeg om zijn verhaal te vertellen, haalde hij diep adem en stak van wal. Hij begon bij zijn eerste bezoek aan dokter Gold en dat hij een lijst in zijn bezit kreeg met de namen van de vrouwen die met zijn sperma zouden zijn geïnsemineerd.

'Hoe ben je aan die lijst gekomen?' vroeg de agent.

Miles wierp een blik op Dorian en keek toen Lana weer aan. 'Doet dat er iets toe?'

'Ja.'

'We hebben iemand in de kliniek omgekocht om eraan te komen.'

'Wie heeft dat gedaan?'

'Heather,' zei hij. 'De bedrijfsrechercheur.'

'Zou het niet handig zijn als zij ook bij dit gesprek aanwezig was?'

'Zeker,' kwam Dorian tussenbeide. 'Maar haar moeder is gisteravond in het ziekenhuis opgenomen. Een hartaanval waarschijnlijk. Heather zal de komende dagen moeilijk bereikbaar zijn.'

'Oké, ga door met je verhaal,' zei Lana.

Toen ze eenmaal de lijst hadden, vertelde Miles, konden Heather en Dorian erachter komen wie de bewuste kinderen waren, wat hun huidige verblijfplaats was en vervolgens zo veel informatie als mogelijk over hen vergaren.

En vlak daarna raakten ze vermist.

'Laten we ze een voor een doornemen,' zei Lana.

Wat Miles deed. Hij en Dorian hadden nagenoeg alle informatie over de vermissing van Katie Gleave, Jason Hamlin en Dixon Hawley via nieuwsberichten verkregen. De vermissing van Todd Cox had hij persoonlijk kunnen constateren. Tot nu toe was de anderen op de lijst nog niets overkomen.

'Maar ik maak me zorgen over hen,' zei hij.

'Oké,' zei Lana. 'Laten we eens kijken wat we hebben, om te beginnen met Todd Cox. Het lijkt me aannemelijk dat die hand onder het bed van hem was.'

'Nee,' haastte Miles zich te zeggen. 'Vanwege die pink.' Hij legde het uit.

Lana knikte. 'Oké. Maar die vrouw in dat busje? Er is geen enkel bewijs dat ze er iets mee te maken had.'

'En die twee bekers koffie dan?' vroeg Miles. 'En dat hert?'

Lana glimlachte hem minzaam toe. 'Herten kunnen snel zijn, het had je chauffeur makkelijk kunnen zijn ontgaan. En die vrouw had misschien nog een oude beker koffie in haar auto staan terwijl ze ondertussen een nieuwe had gekocht.'

Miles liet zich niet ontmoedigen. 'En hoe kon het dan zo schoon zijn in Todds caravan?'

Lana haalde haar schouders op. 'Sommige mensen zijn netjes. En als ze verhuizen dan willen ze het schoon achterlaten. Luister, het kan inderdaad verdacht zijn, maar je moet iets concreets hebben als je de autoriteiten inschakelt. Je hebt geen lichaam. Geen hard bewijs van een misdrijf. Het kan allemaal toeval zijn.'

'Nee,' zei Miles. 'Wat dacht je van die arts?'

'Zeker, die zouden we kunnen ondervragen. Het klinkt alsof hij iets verzwijgt.'

'Miles heeft het vermoeden dat de dokter al die vrouwen met zijn eigen zaad heeft bevrucht,' zei Dorian.

'Het zal niet de eerste keer zijn dat zoiets is gebeurd,' zei Lana. 'Maar stel dat het zo is. Hoe verklaart dat de verdwijningen? Wat is het verband?'

'Dat weet ik niet,' zei Miles. 'Maar ik moest het met rust laten. Dokter Gold bedreigde me min of meer.'

'Jij hebt een werknemer van hem omgekocht voor vertrouwelijke informatie,' zei Lana. 'Als ik hem was zou ik je ook hebben bedreigd.'

'Ik denk niet dat hij weet hoe ik aan die namen ben gekomen.'

'Hij weet dat je ze ergens vandaan moet hebben.'

Dorian keek Lana aan. 'Is er niets wat je kunt doen? Zouden jullie niet in elk geval de overgebleven kinderen – oké, het zijn eigenlijk geen kinderen meer – kunnen opsporen en hen waarschuwen?'

'Wat zou de FBI hun moeten zeggen?'

'Dat ze gevaar lopen,' zei Miles.

'Voor wie?'

'Toegegeven, dat weten we nog niet.'

'En waaróm lopen ze gevaar?'

'Chloe had een theorie. Als je het aantal mensen dat ik geld wilde nalaten reduceert, dan krijgen de overblijvers een groter deel.'

'Dat zou suggereren dat één of meerdere van jouw biologische kinderen hierachter zouden zitten. Is dat niet een beetje vergezocht? Hou zouden ze het sowieso kunnen weten? Je hebt je intenties nog niet met hen gecommuniceerd, en er blijkt uit niets, met uitzondering van Todd Cox en Chloe, dat ze van de diensten van WhatsMyStory gebruik hebben gemaakt.'

Miles zuchtte.

Lana was nog niet klaar. 'Stel dat de FBI deze schimmige informatie aan deze mensen doorgaf. Hoe worden ze dan geacht te reageren? Wat zouden ze volgens jou moeten doen?'

'Op hun hoede zijn,' zei Miles.

'Op hun hoede zijn... Stel dat iemand vanuit het niets op je afstapt om je te vertellen dat je zou kunnen verdwijnen. De reden is echter onbekend, en wie erachter zit blijft ook een mysterie. Hoe zou jij dan reageren?'

Miles zat met zijn mond vol tanden.

'Ik heb niet genoeg om hier een FBI-zaak van te maken. Zeker niet officieel.'

'Maar jullie zouden toch contact kunnen opnemen met de betrokken lokale wetshandhavers, waaronder de politie in Parijs, om alle informatie die ze hebben op te vragen? Om te kijken of er overeenkomsten zijn? Ik durf te wedden dat een bureau dat aan zo'n verdwijning werkt niet eens weet dat er verbanden met andere verdwijningen zijn.'

'Als die er zijn, ja,' zei Lana.

'Ik geef het op,' zei Miles.

Lana keek hem welwillend aan. 'Miles, ik wil je iets vragen en ik bedoel er verder niets mee. Maar ik moet je deze vraag stellen.'

'Ga je gang.'

'Is paranoia een van de symptomen van je ziekte?'

Miles keek haar ijzig aan. 'Nee.'

'Oké.' Ze knikte Miles en Dorian toe en stond op uit haar stoel. 'Mochten er nieuwe ontwikkelingen zijn, neem dan contact met me op. Dorian, Miles.'

En met deze woorden vertrok agent Murkowski.

Miles bleef verslagen achter.

'Misschien heeft ze gelijk, Miles,' zei Dorian. 'Misschien is het tijd om je handen ervan af te trekken en het te laten gaan. Je hebt gedaan wat je kon. Maar alles is nu veranderd.'

'En wat als het wéér gebeurt?' vroeg hij. 'Wat als er nog meer kinderen verdwijnen? Wat als we er iets aan hadden kunnen doen? Hoe zullen we ons dan voelen?'

'Misschien gebeurt er wel niets meer,' zei Dorian.

Miles sloot zijn ogen, alsof hij een migraineaanval had. Hij bleef enige tijd met gebogen hoofd zitten, maar keek toen plotseling op. 'Ik wist niets van Heathers moeder.'

'Het is net gebeurd.'

'Heb je bloemen naar het ziekenhuis gestuurd?'

'Natuurlijk.'

'We kunnen de komende dagen niet op haar rekenen. En onze vriendelijke FBI-agent is niet van plan om een vinger uit te steken. Dus de volgende stap is aan mij.'

'De volgende stap?' vroeg Dorian.

'Heb je een vliegtuig geregeld? Want ik vertrek naar Fort Wayne om Travis Roben te vinden. En daarna reis ik af naar de westkust.'

'Alleen?'

'Als je bedoelt dat Chloe meegaat, dan geef ik je weinig kans.' Hij zweeg even. 'Maar ik zal het proberen.'

Dorian knikte en stond op. 'Ik zal het regelen.'

Miles was te moe om op te staan en haar de vergaderkamer uit te volgen. Hij bleef zitten en probeerde zijn gedachten te ordenen.

Zijn telefoon ging. Hij viste hem uit zijn zak en zag wie het was.

'Heather,' zei hij. 'Ik hoorde van je moeder. Hoe is het met haar?'

'We dachten dat het een hartaanval was, maar nu ziet het ernaar uit dat het een overbelaste spier in de borststreek was. Ze mag later op de dag weer naar huis. Dank voor je medeleven.'

'Neem alle tijd die je nodig hebt,' zei Miles.

'Dank je, maar luister, dit is niet waarover ik je bel.'

Miles voelde zijn lichaam verstrakken. Hij wist niet hoeveel verrassingen hij nog aankon. 'Vertel.'

'Gilbert kwam naar me toe,' zei ze.

'Wat?' Het idee dat Gilbert de bedrijfsrechercheur benaderde was inderdaad een volgende verrassing.

'Hij zei dat hij Dorian erover had gesproken, maar dat ik het ook moest weten.'

'Dat je wat moest weten?' vroeg Miles.

'Hij vertelde me over wat Caroline had gedaan, dat akkefietje met die afgevaardigde van Google. Ik kreeg het idee dat jij hem dat had verteld, en dat hij nu op zijn hoede was, en extra goed oplette. Hij was bang dat ze weer met iets bezig was, dat ze een niet bestaand bedrijf had opgevoerd, genaamd Excel Point, en Cookson voor duizenden euro's aan facturen stuurde.'

Miles dacht terug aan iets wat zijn broer had gezegd, het was vlak voordat hij hem de autosleutels gaf en ze de rit in de Porsche maakten.

'Hij heeft die naam genoemd, ja.'

'Goed, ik heb dus wat speurwerk verricht.'

Miles hield zijn adem in. Het laatste wat hij wilde was dat er vanwege Caroline nóg meer frictie tussen hem en zijn broer zou ontstaan.

'Gilbert had gelijk. Er blijkt een nepbedrijf te zijn waar je aanzienlijke bedragen aan hebt betaald.

'Jezus,' zei Miles vermoeid. 'Caroline blijft me verbazen. Ze wordt betrapt, en dan probeert ze weer iets nieuws.'

'Alleen was het Caroline niet,' zei Heather.

'Er is dus iemand die ons nepfacturen stuurt en wij betalen ze gewoon? Hoe kunnen we zo stom zijn?'

'Het punt is, Miles, dat niemand argwaan had omdat het een interne actie is geweest.'

Miles slikte even. 'Dus het is van binnenuit gebeurd?'

'Precies. Ik hoefde alleen maar het geld te volgen, Miles.'

Hij wilde het niet vragen, maar hij had geen keus. 'En naar wie leidde het?'

'Dorian.'

Miles dacht dat hij het niet goed had gehoord. 'Dat kan niet.'

'Ik wou dat ik ernaast zat,' zei Heather.

Ik ook, dacht Miles.

49

Providence, Rhode Island

'Hij heeft je dus belazerd?' zei haar moeder, Gillian, de volgende ochtend.

'Zo is het niet gegaan,' zei Chloe. 'En ik zou wel wat meer begrip en wat minder oordeel kunnen gebruiken.' In onderbroek en T-shirt zocht ze koortsachtig in de bovenste la van haar dressoir. Het was nog vroeg, ze had haar dekbed van zich afgegooid nadat ze een paar minuten geleden wakker was geworden. 'Ik heb niets schoons voor mijn werk, had ik nou maar een was gedraaid gisteravond.'

'Heb ik gedaan,' zei Gillian, 'de wasmand staat in de hal. Je mag blij zijn dat ze je terug willen nemen na al die diensten die je zonder enig bericht hebt gemist.'

'Halleluja. De armetierigste cafetaria in Rhode Island heeft me niet ontslagen.'

'Dus die vent, die Miles, loopt de cafetaria binnen met het wilde verhaal dat hij je vader is en je vertrekt gewoon met hem?'

'Ik zei je al, hij geloofde het écht! Hij dacht dat ik zijn dochter was.'

'Natuurlijk,' zei Gillian. 'Maar zonder enig bewijs. Bij Todd Cox was er tenminste nog het bewijs van dat DNA-bedrijf. Miles zegt dat hij het dossier heeft gezien, maar heb jíj het dossier gezien?'

'Nee.'

Gillian knikte veelbetekenend. 'Precies.'

'En hij heeft ook nooit gezegd dat híj het dossier heeft gezien, hij had die rechercheur van zijn bedrijf, zij heeft die lijst met namen voor hem geregeld.'

'Ja, dat zegt hij.'

'Jezus, mam, denk je nu werkelijk dat een vent uit New Haven zo'n uitgebreid plan bedenkt en helemaal naar Providence komt om een straatarme serveerster te vertellen dat hij haar pa is en dat hij een terminale ziekte heeft en haar een bak vol geld wil geven? Waarom zou iemand dat doen? Waar slaat dat op?'

'Er zijn genoeg vreemde mensen op de wereld,' zei haar moeder. 'Ik heb je gezegd dat het geen goed idee was om een DNA-monster op te sturen.'

'Dit heeft niets met dát te maken,' zei Chloe, die zich omdraaide, haar moeder aankeek en uit frustratie met haar vuist op het dressoir sloeg. 'Jezus! Je leek zo begripvol toen ik je erover belde. Ik had je hier nooit iets over moeten vertellen.'

'Je had me alles van het begin af aan moeten vertellen, vanaf het moment dat hij je benaderde. Maar in plaats daarvan vertrek je halsoverkop en breng je de nacht in zijn huis door?'

'Wat nou, mam. Ben je soms bang dat de man die dacht mijn vader te zijn iets met me gedaan zou hebben?'

'Er zijn genoeg gevallen bekend van echte vaders die iets met hun dochters hebben gedaan. Daar is een woord voor.'

'Ik heb hier genoeg van.' Er welden tranen op in Chloe's ogen. 'Hij was er volgens mij helemaal kapot van.'

'Waarvan?'

'Toen hij de uitslag van mijn test kreeg. Om te zien of ik ook zijn ziekte had. Miles kreeg het telefoontje toen we met die dokter wilden praten. Ik wist op dat moment niet waar het over ging, maar toen hoorde hij dus dat we geen DNA-match hadden. Hij was... helemaal stuk.'

Chloe ging op het voeteneind van het bed zitten. 'Hij is niet mijn vader, maar niemand zal er zo dichtbij komen als hij. Die dag met hem, zelfs met al die enge toestanden in Todds caravan, zal ik nooit vergeten. Al die uren waarin ik dacht dat het echt zo was waren geweldig.'

Gillian ging naast haar zitten en drukte Chloe's hoofd tegen haar schouder. 'Het spijt me voor je, schat. Echt waar. Ik heb altijd geprobeerd je te beschermen, hoe dan ook. Ondanks alles.'

Chloe sloeg haar armen om haar moeder heen, drukte haar tegen zich aan en liet de tranen komen. 'Ik heb hem slecht behandeld,' jammerde ze.

'O, liefje, híj is degene die met excuses zou moeten komen.'

'Nee, nee, hij probeerde het juiste te doen. Hij is *stervende*. En ik ben kwaad geworden en heb hem in de steek gelaten.'

'Je moet voor jezelf opkomen. Het is zíjn probleem. Niet het jouwe.'

'Maar misschien is het nog steeds wel mijn probleem. Hoe zit het met de anderen? Degenen die vermist worden? Degenen die we op wilden zoeken? Ze zijn nog steeds mijn halfbroers en -zussen, zelfs als Miles hun vader niet is.'

'Heb je iets verdachts gezien?' vroeg Gillian. 'Ik in elk geval niet. Geen vreemden die aan de deur komen of het huis in de gaten houden. Niemand is naar je op zoek.'

Chloe's telefoon, die op het dressoir lag, lichtte op en begon te rinkelen. Ze maakte zich van haar moeder los, strekte haar arm uit om het ding te pakken en keek naar het scherm.

'Het is hem,' zei ze. 'Het is Miles.'

'Niet opnemen. Je hebt er goed aan gedaan om uit die auto te stappen.'

Chloe's duim hing boven het scherm. 'Ik denk dat ik...'

'Nee,' zei Gillian, die de telefoon uit de hand van haar dochter griste en op de knop 'gesprek weigeren' drukte.

'Mam!'

'Zo doen we dat!' zei haar moeder resoluut. 'Je moet dit achter je laten. Ik meen het.'

Chloe stak haar hand uit om de telefoon terug te krijgen.

'Ga je hem terugbellen?' vroeg Gillian. Toen Chloe geen antwoord gaf vroeg ze het nog een keer.

Uiteindelijk zei Chloe: 'Nee, dat zal ik niet doen.'

'Beloof het me.'

'Ik beloof het,' zei Chloe na een korte stilte.

Gillian gaf haar de telefoon terug.

Chloe zag dat het 07.30 uur was. 'Ik kom nog te laat. Ik moet om acht uur beginnen.'

‘Kleed je aan, ik breng je wel. Morgen rijden we naar Springfield om je auto op te halen.’

Nadat haar moeder de slaapkamer had verlaten zag Chloe dat ze een voicemailbericht had. Miles had iets ingesproken.

‘Chloe, het spijt me hoe alles is gelopen. Maar ik vind nog steeds dat we een team zijn. Ik vertrek naar Fort Wayne, en daarna naar de westkust. Ik ga ermee door, en ik kan je hulp goed gebruiken. Ik kan Charise sturen om je op te halen. Maar dat is aan jou. Ik begrijp het als je genoeg van deze toestand hebt. En van mij. Laat het me weten.’

Ze wiste het bericht.

Chloe was om tien over acht in de cafetaria – haar moeder negeerde alle stopborden en reed één keer door rood – waar het net druk begon te worden. Ze wisselde snel wat woorden met het andere personeel en ging meteen aan de slag. Maar haar hoofd was nog bij de gebeurtenissen van de afgelopen dagen en bij menige bestelling liep er iets mis. Een man die om spiegeleieren had gevraagd kreeg roerei. Een vrouw die een decaf wilde kreeg thee. En één tafel kreeg de volledige bestelling van een andere tafel.

Vivian, die achter de kassa zat, en die als ze even kon bijsprong omdat er te weinig serveersters waren, zei aan het eind van de dienst tegen Chloe: ‘Gaat het wel, schat?’

‘Nee,’ zei Chloe.

Vivian drukte haar tegen zich aan. ‘Je hebt er een zootje van gemaakt vandaag, maar hé, niemand is gewond geraakt. Je zal zien dat het binnenkort weer prima gaat. Ik weet niet wat er is gebeurd, en het zijn mijn zaken niet, maar als je erover wilt praten dan zal ik luisteren.’

‘Dank je.’

‘Hoe kom je thuis, lieverd? Ik zag dat je vanochtend door je moeder werd gebracht.’

‘Ik heb haar gezegd dat ik terug zou lopen. Het lijkt me goed om mijn hoofd leeg te maken.’

‘Oké, dan zie ik je morgen.’

Chloe knikte. Het was twee uur, ze legde haar schort in de achterkamer en verliet de cafetaria via de zijdeur. Ze hoorde de limo al voordat ze hem zag toen de banden knerpend over het grind van het parkeerterrein rolden. Toen hij naast haar was rolde het raam aan de passagierskant omlaag.

De chauffeur bleek een man te zijn. 'Chloe?' zei hij.

Ze keek de auto in. Het was niet Charise, maar die had misschien een vrije dag.

'Ja?'

'Er is hier iemand die je wil spreken,' zei hij terwijl hij met zijn duim naar achteren wees.

Wilde ze Miles wel spreken? Ze had haar moeder beloofd hem niet te bellen, maar niet om hem te spréken als hij helemaal hiernaartoe was gekomen om haar te zien. De boodschap die hij daarmee uitzond was dat hij het goed wilde maken.

En eigenlijk wilde ze zich ook verontschuldigen voor de manier waarop ze hem in de steek had gelaten. Hoe ze uit de auto was gestapt terwijl hij zich zo ellendig voelde – hoe langer ze erover nadacht, hoe meer spijt ze ervan had.

'Oké,' zei ze.

De chauffeur drukte op een knop en ze hoorde de portiersloten openspringen. Ze opende het achterportier aan de passagierskant en stapte in.

Toen ze het portier had dichtgetrokken keek ze de andere persoon op de achterbank aan.

Het was Miles niet.

Het was een vrouw.

'Wie bent u in godsnaam?' vroeg Chloe.

Dat was het moment waarop de vrouw pepperspray in haar gezicht spoot en de chauffeur gas gaf.

50

Fort Wayne, Indiana

Travis Roben had het huis anderhalve dag niet verlaten.

Hij was zijn slaapkamer zelfs niet uit geweest, uitgezonderd zijn gangen naar het toilet en de eettafel. De kamer bevond zich op de bovenetage en vanwege het uitzicht op de straat bracht hij de meeste tijd voor het raam door om te zien of de politie er al aankwam.

Niets, tot nu toe.

Er was nog niets op het lokale nieuws geweest over de vrouw die door Sandy met zijn honkbalknuppel was geslagen. De achterkant van de verlaten loods was kennelijk geen veel bezochte plek. Travis dacht dat er misschien wel een beveiliger zou zijn geweest.

Tenzij...

Ze hoefde niet dood te zijn. Sandy had haar een flinke beuk in het gezicht gegeven, maar het hoefde geen fatale klap te zijn geweest. Het kon zijn dat de partner van de vrouw haar naar het ziekenhuis had gebracht, waar ze verzorging zou hebben gehad. Misschien dat het niet zo slecht was geweest als het eruitzag, maar jezus, het had er zeker slecht uitgezien. Het zou verklaren waarom haar lichaam niet was ontdekt. En als die twee népagenten waren geweest, verklaarde het ook waarom er geen bericht was verschenen over de aanval. Als het geen echte agenten waren geweest, zouden ze niet naar de politie zijn gestapt om de gebeurtenis te melden.

Of...

Ze waren wél echte agenten, maar het hele voorval werd geheimgehouden tot hij en Sandy waren gevonden en gearresteerd.

Desalniettemin begreep hij nog steeds niet waarom ze Sandy en hem hadden willen doden. Omdat het daar verboden voor onbevoegden was? Serieus?

Het sloeg allemaal nergens op, wat het nog enger maakte.

Sandy was net zo in paniek als Travis. Hij wist niet beter of ze verborg zich net als hij in haar huis, te bang om naar buiten te gaan omdat ze wel eens gezocht kon worden.

Travis' moeder had herhaaldelijk gevraagd wat er met hem was, en hij had haar gezegd dat hij last van zijn maag had, maar aangezien hij zijn maaltijden nog steeds naar binnen werkte, was ze er niet van overtuigd. Hij was er nog niet aan toe om zijn ouders te vertellen wat er was gebeurd. Hij zou ze eerst moeten melden dat hij zowaar een vriendin had, wat het verhaal al ongeloofwaardig zou maken voordat hij eraan begonnen was. (Zijn moeder had gemerkt dat hij er de laatste tijd wat minder nerd-achtig uitzag, toen ze ernaar vroeg had hij gezegd dat hij eens goed in de spiegel had gekeken en dat het tijd was voor verandering.)

Sandy en hij hadden een paar keer naar elkaar ge-sms't, waarbij ze elkaar vroegen of de ander iets had gezien of gehoord.

Niets.

Tot vanochtend, toen die auto met dat Uber-symbool op de voorruit voor het huis was gestopt.

Travis had zijn uitkijkpost in de slaapkamer nog geen twee minuten verlaten om te gaan plassen toen er bij zijn terugkomst opeens een zwarte Prius bij de stoeprand stond. Er zat een man op de achterbank. Een veertiger, zo te zien, die het portier opende, nogal moeizaam uitstapte en een sportjack, een spijkerbroek en dure sneakers droeg. Hij stond voor hun huis en keek ernaar.

'Shit,' zei Travis. Dit was niet goed.

Maar deze man kon geen agent zijn. Niets aan hem wees op de arm der wet. Ten eerste, welke agent arriveerde in een Uber? En hij gedroeg zich ook niet zo. Hij had de houding en tred niet, en Travis kon zich niet voorstellen dat er een penning op zijn riem zat of dat hij een schouderholster met een pistool onder het sportjack droeg.

Dus wie was hij, en wat kwam hij hier doen?

De man liep naar het huis en besteeg het trapje van de veranda.

Travis hoorde de deurbel rinkelen.

Niet naar beneden gaan. Niet naar beneden gaan.

Hij hoorde het zwakke geluid van voetstappen beneden. Zijn moeder die naar de voordeur liep. Hij dacht er nog aan haar toe te roepen de bel te negeren, maar de man die daar stond zou dat zeker horen.

Misschien was die man er wel helemaal niet voor hem. Het zou kunnen dat hij iets met zijn ouders te regelen had. Misschien was het een advocaat of een makelaar, en was hij hier voor een testament of de verkoop van het huis.

Deze man zag er echter niet uit als een advocaat of makelaar.

Maar toch, het was mogelijk dat...

'Travis!'

Hij vroeg zich af of hij moest antwoorden. Hij kon zijn moeder in de waan brengen dat hij het huis uit was gegaan. Het probleem was dat de gebruikelijke route via de keuken was, en dat was precies de plek waar ze het afgelopen uur had gezeten.

Als hij niet antwoordde zou ze naar boven komen.

Dus hij riep terug. 'Ja?'

'Er is hier iemand voor je!'

Hij slikte. 'Ik ben ergens mee bezig nu.'

Wat een stom antwoord. Waar zou hij zo druk mee bezig zijn dat hij niet naar beneden kon komen? *Kan die man niet terugkomen als ik klaar ben met masturberen?* Nee, dat werd 'm niet.

'Travis!' riep zijn moeder, nu op scherpere toon.

'Wie is het?' riep hij terug.

Er kwam even geen antwoord, hij hoorde ze beneden met elkaar praten. 'Een zekere meneer Cookson!'

Cookson? Wie was dat in godsnaam?

'Wat wil hij?'

Deze keer gaf zijn moeder geen antwoord. In plaats daarvan hoorde hij gebonk op de trapreden. Even later stond ze in de deuropening met haar handen op haar heupen.

'Wat is er met jou aan de hand?' vroeg ze. 'Hoe kun je zo bot zijn? Er is hier iemand voor je. Kom naar beneden en vraag waar het over gaat. Dan kun je het daarna aan mij vertellen.'

Toen ze de trap afliepen verborg Travis zich half achter zijn moeder, die de bezoeker een onbeholpen glimlach toezond. 'Kijk eens wie hier is!' zei ze terwijl ze de keuken in glipte.

'U was naar mij op zoek?' zei Travis, die op de laatste tree was blijven staan.

De man knikte. 'Travis, mijn naam is Miles Cookson. Ik vroeg me af of ik je over iets zou kunnen spreken.'

'Over wat?'

Miles aarzelde. 'Over een mogelijkheid.'

'Wat voor mogelijkheid?'

'Praat gewoon met die man!' snauwde zijn moeder vanuit de keuken.

'Wie bent u precies?' fluisterde Travis. 'Bent u van de politie?'

'De politie?' antwoordde hij zachtjes. 'Nee. Ik ben de eigenaar van een techbedrijf dat apps ontwerpt. Ik kom uit New Haven. Ik ben hier gisteravond heen gevlogen om je te ontmoeten.'

'Om mij te ontmoeten?'

'Dat klopt.'

Travis had zijn telefoon in zijn hand en vroeg: 'Wat was uw naam ook alweer?'

Miles zei het hem en hij typte het in. Toen hij de resultaten binnenkreeg tikte hij op 'beelden' en vergeleek de foto's met de man die voor hem stond.

'Goedgekeurd?' vroeg Miles. 'Laten we even een wandeling gaan maken.'

'Dat denk ik niet.'

'Zullen we anders op de veranda gaan zitten? Mijn benen zijn nogal onwillig vandaag. Maar ik heb je een verhaal te vertellen. Het zal nogal vergezocht klinken, maar ik wil je vragen om er onbevangen naar te luisteren.'

'Hoe bedoelt u, "nogal vergezocht"?'

Miles zweeg even. 'Ik wil geen onnodige paniek zaaien, maar de mogelijkheid bestaat dat je in gevaar zult komen, en daar wil ik je voor waarschuwen.'

'Nou, daar bent u nogal laat mee,' zei Travis.

Miles trok zijn wenkbrauwen op. Hij maakte een gebaar naar de voordeur.

'Oké,' zei Travis, en ze liepen samen naar de veranda. Hij sloot de deur zodat zijn moeder niets zou horen en ze gingen op de rieten stoelen zitten.

Voordat hij aan zijn verhaal begon hoopte Miles dat Travis wist dat hij uit een kunstmatige inseminatie was voortgekomen. Zoals hij met Chloe had besproken was het namelijk een totale slachting als je te horen kreeg dat a) je vader niet je echte vader blijkt te zijn, en b) iemand het op je heeft gemunt.

Hij had de informatie doorgenomen die Dorian en Heather voor hem hadden verzameld, en hij had op Facebook-posts gezien dat Travis en zijn vader totaal niet op elkaar leken.

Toen hij Dorians notities las, bleef hij maar denken aan wat Heather had verteld. Zijn assistent die het bedrijf oplichtte. Maar hij was nu met de mannen en vrouwen van de lijst bezig en dwong zichzelf om de Dorian-kwestie uit zijn hoofd te bannen. Hij zou het later regelen. Het vreemde was dat hij geen kwaadheid voelde, alleen maar zware teleurstelling.

Hij moest focussen op Travis Roben.

'Wat weet je van je geschiedenis?' vroeg Miles.

'Mijn geschiedenis?'

'Je achtergrond. Je... familieachtergrond.'

'Ik weet het niet. Het gebruikelijke, denk ik.'

'Wat ik me afvroeg, heb je bijvoorbeeld ooit gebruikgemaakt van die bedrijven met hun tv-reclames waarin ze aanbieden je afkomst te onderzoeken? Zoals WhatsMyStory, die je een test...'

'Ik ken ze. Maar, nee.' Hij keek Miles met samengeknepen ogen aan, alsof hij hem probeerde te doorgronden. 'Zoiets zou ik nooit doen.'

'Waarom niet?'

'Ik zou mijn vaders gevoelens niet willen...'

Hij maakte zijn zin niet af.

'Waarom zou een onderzoek naar je afkomst je vaders gevoelens kwetsen, Travis?' Miles had het gevoel dat hij langzaam te werk moest gaan. 'Omdat je hem dan niet als je echte vader zou beschouwen?'

Travis wierp een blik op de voordeur om nog eens te checken of hij dicht was. 'Mijn ouders hadden wat... problemen toen ze probeerden kinderen te krijgen.'

Miles knikte langzaam. 'Oké.'

'Ze hebben het volgens mij lang geprobeerd, maar het liep allemaal op niets uit.'

'Dus ze besloten het op een andere manier te doen.'

Travis knikte.

'En je moeder... is toen naar een vruchtbaarheidskliniek gegaan?'

'Weet u, dit zijn nogal persoonlijke zaken om met een onbekende te bespreken.'

'Dat begrijp ik. Maar is het zo gegaan?'

'Ja... er was geen andere manier mogelijk,' zei Travis.

'En die kliniek, weet je waar die zich bevond?'

'Ergens in de buurt van New York. Mijn ouders woonden daar toen.'

Miles was tevreden. 'Ik ben klaar met wroeten. Ik zal je mijn verhaal vertellen, je mag me onderbreken wanneer je wilt.'

En Miles deed alles uit de doeken, net zoals hij het aan de FBI-agent had verteld, alleen liet hij Travis niet weten wie zijn halfbroers en -zussen waren. Hij was blij dat Travis hem het verhaal met een minimum aan vragen liet vertellen.

'Dus u bent niet mijn biologische vader,' zei Travis toen Miles klaar was.

'Nee. Ik bedoel, ik denk het niet. Een test zal het kunnen uitwijzen. Maar ik was niet de biologische vader van het eerste kind dat ik heb benaderd, terwijl mijn naam op het dossier van de kliniek stond. Ik neem aan dat het bij alle namen zo zal zijn.'

'Was u teleurgesteld?'

'Ja, dat was ik. Maar je zei in het begin dat ik nogal laat was met mijn komst hier. Wat bedoelde je daarmee?'

'Er waren twee mensen die ons probeerden te vermoorden.'

'Ons?'

'Mijn vriendin Sandy en ik.'

'Ze probeerden je te vermóórden?' Miles keek hem met opengesperde ogen aan.

Travis vertelde het verhaal, ook dat Sandy de vrouw met een honkbalknuppel in haar gezicht had geslagen.

'En je bent niet naar de politie gestapt?' vroeg Miles.

'Ik was te bang,' zei Travis. 'Wat als ze wél agenten waren? Een paar van die, ik weet niet, losgeslagen agenten die er een kick van krijgen mensen te vermoorden?'

Miles overwoog deze mogelijkheid. 'Wat ze ook van plan waren, het feit dat er geen nieuwsberichten over zijn geweest suggereert dat ze niet wilden dat de autoriteiten ervan zouden horen. Hoe is het met Sandy?'

'Zij is ook doodsbang.'

'Luister Travis, jij en Sandy moeten hiermee naar de politie stappen. Ik sprak gisteren een vrouw van de FBI, een agent, en ze vond dat we niet genoeg hadden om een onderzoek in te stellen. Maar wat jullie is overkomen, dat is wel even andere koek. Jullie hebben iets meegemaakt, en er zijn verdachten die jullie kunnen beschrijven. Dit zou alles kunnen veranderen.'

'Ik weet niet wat ik moet doen.' Hij zweeg even. 'Ik ben bang.'

'Het zou gek zijn als dat niet zo was.'

Voor de eerste keer verscheen er zoiets als een grijns op Travis' gezicht. 'Het is toch wel jammer dat u mijn vader niet bent. Ik zou waanzinnig veel geld hebben gekregen.'

Miles glimlachte wrang. 'Laten we Sandy opzoeken.'

Travis had nog steeds zijn telefoon in zijn hand, maar hij aarzelde.

'Je moet me vertrouwen,' zei Miles. 'Ze hebben het de eerste keer verknald, maar dat wil niet zeggen dat ze het niet nog een keer zullen proberen. Je moet hen voor zijn. Laat me je helpen.'

Travis aarzelde nog steeds, knikte toen en typte toen een simpel en kort sms-bericht.

Er is iets gebeurd. Ik moet je zien.

Hij tikte op 'send' en wachtte.

'Meestal antwoordt ze meteen,' zei hij. Hij tuurde naar het scherm en wachtte tot de bewegende stipjes hem zouden vertellen dat ze aan het typen was.

Hij wachtte. En wachtte.

'Misschien dat ze onder de douche staat of zoiets,' zei Travis, maar zijn stem had een zenuwachtig randje.

'Vergeet dat sms'en,' zei Miles. 'Bel haar.'

Travis zocht haar op en hield de telefoon bij zijn oor. 'Hij gaat over.'

Hij liet hem tien keer overgaan. Toen checkte hij nog een keer of ze hem al terug had ge-sms't. Dat was niet het geval.

Miles herinnerde zich hoe Chloe haar halfbroer Todd had proberen te bereiken. Hij voelde een koude rilling over zijn rug lopen. 'We moeten haar zo snel mogelijk zien te vinden,' zei hij.

51

Ergens...

Chloe ontwaakte langzaam uit een diepe slaap.

Ze had een droom over een vrouw die iets verschrikkelijks in haar gezicht spoot waardoor haar ogen, haar keel en haar huid brandden. Hoe haar stekende ogen min of meer verblind raakten. Schreeuwend van pijn had ze haar handen voor haar gezicht geslagen, en toen voelde ze dat er iets in haar arm werd gestoken.

Nee, het was geen droom, dacht ze terwijl ze langzaam bijkwam. Het was echt gebeurd. Toen ze uit de cafetaria kwam, was er een limo naast haar gestopt.

Ze dacht dat het Miles was.

Maar het was Miles niet.

Ze had slechts een seconde de tijd gehad om de persoon te zien die achter in de limo zat. Een vrouw, een vrouw die ze nog nooit eerder in haar leven had gezien. Ze had donker haar, was keurig gekleed en ze moest ergens achter in de veertig zijn, dacht Chloe. Misschien iets ouder. Maar ze had nauwelijks tijd gehad om haar goed te kunnen bekijken. Eén seconde, twee, op zijn hoogst? De vrouw had meteen haar hand opgestoken, waarin ze een kleine spuitbus hield.

Pepperspray, dacht Chloe.

Voordat ze haar ogen opende werd ze er zich bewust van dat ze op een zacht, comfortabel oppervlak lag. Ze streek met haar vingers over iets dat als een quilt voelde, en haar hoofd rustte op een zeer geriefelijk kussen.

Ze voelde licht op haar gesloten oogleden. Ze had geen idee hoe lang ze buiten bewustzijn was geweest, of het dag of nacht was, maar waar ze zich ook bevond, het licht was aan.

Haar oogleden knipperden en ze wende aan het felle licht. Ze wilde rechtop zitten, maar ze had er de kracht niet voor. Wat het ook was dat die bitch in haar arm had gespoten, het was zijn magie nog niet kwijt. Chloe had op haar zij gelegen, en rolde nu langzaam door tot ze op haar rug lag. Ze had nauwelijks genoeg energie om haar hoofd te bewegen.

Aan weerszijden van het bed stonden nachtkastjes waar grote lampen met enorme kappen op stonden. Er stond een dressoir, en er hingen schilderijen van landschappen aan de muur die niet in een hotel zouden misstaan.

Er waren twee deuren. Eén bevond zich recht tegenover het voeteneind, de andere links daarvan. Ze waren beide gesloten.

Chloe hoorde bewegingen en toen een toilet dat werd doorgespoeld. Het leek vanachter de linker deur te komen.

Ze keek toe.

De klink ging naar beneden en de deur zwaaide open. Chloe's blikveld was nog steeds ietwat wazig, maar ze zag dat er iemand stond.

'Ah, mooi, je bent wakker,' zei de persoon. 'Ik dacht dat je voor eeuwig zou blijven slapen.'

De stem van een vrouw. Nee, het klonk jonger. De stem van een tienermeid.

Ze liep in haar richting, pakte een stoel die bij een kleine ronde eettafel stond, zette hem naast het bed en ging zitten.

'Hoe voel je je?' vroeg ze.

'Volkomen shit,' zei Chloe.

'Ja. Ze hebben je gedrogeerd.'

'Jij zit zwaar in de problemen,' zei Chloe met een ietwat zware tong. 'Als ze erachter komen wat je hebt gedaan, dan zit je diep in de shit. Dit is ontvoering. Je zult voor een lange, lange tijd in de bak belanden hiervoor. Jezus, mijn hoofd.'

'Ik heb wel ergens een aspirientje geloof ik,' zei de meid. 'En laat mij erbuiten. Ik heb je niet ontvoerd. Ik weet niet eens wie je bent.'

Chloe bewoog haar tong heen en weer om hem wat soepeler te maken. 'Ik ben Chloe.'

De meid wilde Chloe een hand geven, maar toen die niet de kracht had om haar arm te heffen, gaf ze haar een kneepje in haar bovenarm.

'Leuk je te ontmoeten, Chloe,' zei ze. 'Mijn naam is Nicky. Welkom in de hel.'

52

Fort Wayne, Indiana

Travis reed zijn busje achteruit de straat in, waarna Miles zich aan de passagierskant naar binnen hees. Voordat Miles goed en wel zat en zijn veiligheidsgordel had omgedaan, had Travis het gas al ingetrapt. Hij negeerde een stopbord en week uit voor een eekhoorn die het had gewaagd de straat over te steken.

'Het is niet ver,' zei Travis, die zijn blik op de weg hield gericht.

Miles liet de gordel voor wat hij was en hield zich vast aan het dashboard. Hij hoopte dat er geen botsingen in het vooruitschiet lagen. Een opgeblazen airbag zou zijn armen als twijgjes doen knappen. Het busje sloeg rechts af, toen links af, en scheurde langs een stuk met fastfoodrestaurants, tapijthallen en autoservicebedrijven. Travis sloeg nog eens rechts af en ze kwamen in een woonwijk terecht die uit een mix van bescheiden losstaande huizen en lage appartementsgebouwen bestond.

Hij bracht het busje abrupt tot stilstand voor een oud huis met twee etages dat zo'n zestig of zeventig jaar geleden was gebouwd en er toen majestueus moest hebben uitgezien, maar dat nu in vervallen staat verkeerde. De verf op de kozijnen was afgebladderd, de traptreden naar de veranda waren in het midden doorgezakt, veel planken waren kromgetrokken en de voortuin zou eens goed onder handen moeten worden genomen.

'Ze heeft hier een kamer,' zei Travis die al het busje uit was en op de veranda stond voordat Miles zelfs nog maar het portier volledig had opengeduwd.

Toen Travis merkte dat de voordeur op slot zat begon hij erop te bonzen. Even later werd de deur geopend door een kalende zestiger. Miles liep over het trottoir naar het huis en hoorde hen praten, hij nam aan dat de man de huisbaas was.

'Ik ben op zoek naar Sandy!' zei Travis. 'Het is een noodgeval!'

'Wat?' zei de huisbaas.

'Ze woont hier! Daarboven!'

Voordat de man nog iets kon zeggen liep Travis langs hem heen naar binnen.

'Hé!' riep de huisbaas hem na.

Miles had de voordeur bereikt en zag nog net hoe Travis met twee treden tegelijk de trap beklom.

'Hoort u bij hem?' vroeg de man aan Miles.

Hij knikte. 'Het is belangrijk dat we haar vinden. Er kan iets gebeurd zijn.' Miles was ernstig genoeg om de man te overtuigen.

Ze hoorden Travis op een deur bonzen. 'Sandy! Sandy! Ik ben het!'

Toen Miles en de huisbaas de eerste etage bereikten, stond Travis met een rood gezicht voor een deur. 'Als ze er is, dan reageert ze niet.'

Miles probeerde zo kalm mogelijk te klinken en vroeg aan de huisbaas: 'Kunt u die deur openmaken?'

De man krabde achter zijn oren. 'Het is toch geen overdosis, hè?'

'Nee,' zei Miles.

De man diepte een loper op uit zijn zak, gebaarde Travis opzij te gaan, stak de sleutel in het slot en opende de deur. Hij liep naar binnen, gevolgd door Travis en Miles.

Het was een simpele kamer, schijnbaar lukraak gemeubileerd. Een tweepersoonsbed, een dressoir en een nachtkastje, een klein bureau en twee stoelen. Niets wees erop dat er iemand woonde. Geen persoonlijke spullen, geen kleren, geen boek op het nachtkastje. Zelfs geen telefoonoplader in een stopcontact. Het bed was opgemaakt, met wat kussens tegen het hoofdbord gepropt.

'Waar is de badkamer?' vroeg Miles.

'In de hal,' zei de huisbaas.

'Is dit wel de juiste kamer?' vroeg Travis. 'Is dit Sandy's kamer?'

'Er was hier een meisje, zoveel is zeker,' zei de man. 'Het lijkt erop dat ze is vertrokken.'

Of dat ze is meegenomen, dacht Miles.

'Zo'n tien minuten geleden hoorde ik iemand het huis verlaten, vlak voordat jullie hier arriveerden, maar ik was toen achter in het huis bezig.'

Travis schoot de kamer uit en rende naar de trap.

'Bedankt,' zei Miles tegen de huisbaas en hij liep achter Travis aan.

Toen ze in het busje zaten zette Travis de wagen in 'drive' en gaf gas.

'Waar gaan we heen?' vroeg Miles.

'Dat weet ik niet.'

'Stop. Het heeft geen zin om zomaar wat rond te rijden. We moeten een plan hebben.'

'Ik heb geen plan!' zei Travis, die elk moment in tranen leek te kunnen uitbarsten.

De straat eindigde in een T-kruising. Hij stopte en moest besluiten of hij links of rechts af zou slaan. Hij hield zijn voet op de rem terwijl de motor stationair draaide.

'Zeg me wat ik moet doen,' zei Travis.

'Ik weet het niet.'

Travis keek naar rechts en vroeg zich af of dat de juiste richting zou zijn. Toen keek hij naar links.

'Jezus,' zei hij.

'Wat?'

Zijn stem was niet meer dan een gefluister. 'Volgens mij loopt ze daar.'

Miles leunde voorover zodat hij langs Travis kon kijken. Op zo'n honderd meter afstand liep er een jonge vrouw op het trottoir die een rolkoffer achter zich aan trok.

'Weet je het zeker?' vroeg Miles.

Travis was niet van plan te wachten tot hij het zeker wist. Hij trapte het gas in, gooide het stuur naar links en reed over de verkeerde rijstrook tot hij de jonge vrouw had bereikt.

'Ze is het!' zei hij en hij liet het raam omlaag zakken. 'Sandy!' riep hij.

Ze had het busje al horen naderen en had zich omgedraaid. Ze leek eerst te schrikken, daarna was er opluchting toen ze Travis herkende, en direct daarna verscheen er een ongemakkelijke uitdrukking op haar gezicht. Miles, die op de passagiersstoel zat en niet meteen zichtbaar voor Sandy was, knipperde een paar keer met zijn ogen toen hij haar zag.

'Ik heb je gebeld!' zei Travis. 'Wat is er aan de hand?'

Sandy liep niet naar hem toe. 'Ik vertrek hier,' zei ze.

'Sandy, waarom...'

'Ik ben doodsbang. Ik moet hier weg.'

'Stap in, alsjeblieft. Er is een verklaring!'

'Een wat?'

'Ik denk dat ik weet wat er aan de hand is. Stap in!'

Sandy leek zijn voorstel in overweging te nemen. Ze had zich nog niet verroerd, wat Travis ertoe bracht om de knop in de drukken waarmee de schuifdeur aan de zijkant uitnodigend open gleed. Uiteindelijk liep ze naar het busje toe en tilde haar bagage erin. Waarschijnlijk was ze van plan om naar de passagierskant te lopen en in te stappen, maar toen zag ze dat er al iemand naast Travis zat. Miles had haar bekeken, maar draaide zich weer om toen hij zag dat ze hem opmerkte.

'Wie is dat?' vroeg ze paniekerig.

'Hij is oké!' zei Travis. 'Hij weet wat er aan de hand is! Hij kan ons helpen! Stap gewoon in!'

Sandy aarzelde nog een laatste keer, besloot de gok te wagen, stapte in en nam plaats op de achterbank terwijl Travis de knop voor de schuifdeur weer indrukte. Daarna gaf hij gas.

Miles draaide zich om zodat hij Sandy kon aankijken.

Sandy zag hem nu voor het eerst goed en zei: 'O, shit.'

'Hallo, Samantha,' zei Miles.

'Nee, haar naam is Sandy,' zei Travis.

'Nee, het is Samantha,' zei Miles. 'Ze is mijn nicht. De dochter van mijn broer Gilbert.'

53

Manhattan, New York

'Jeremy wie?' vroeg Chloe, die inmiddels helemaal wakker was en alweer de kracht had om op de rand van het bed te zitten.

'Pritkin,' zei Nicky.

Chloe wreef kort over haar voorhoofd, alsof ze de naam herkende maar niet kon plaatsen. 'En waar ben ik?'

'Manhattan, in een heel groot huis, maar ik geloof dat ze willen dat we kamergenootjes zijn.'

'Ik vertrek hier,' zei Chloe terwijl ze opstond.

'Dat kan niet, de deur zit op slot. We zijn gevangenen. Het is een aangename cel, en ik moet toegeven dat het eten heerlijk is, maar we kunnen nergens heen.'

'Wat willen ze? Waarom houden ze ons hier vast?'

'Het zijn geen ze. Het is een híj.'

'Wie?'

Nicky vertelde Chloe alles over Pritkin. Wie hij was, de mensen die hij kende, en wat er zich allemaal afspeelde in het huis.

'Hij is een megalomaan of zoiets. Hij heeft meer geld dan God en over de hele wereld huizen, maar hij brengt zijn tijd voor het grootste gedeelte in dit huis door. Hij denkt dat hij een soort superman is die zich niet druk hoeft te maken over wat er legaal is en wat niet, en als je bedenkt dat hij rechters en hoge politiemensen en advocaten en burgemeesters tot zijn vrienden kan rekenen, shit, dan hoeft hij dat ook niet. O, en hij houdt van jonge meiden, zoals ik.'

Chloe was verbouwereerd. 'Is dát de reden waarom ik hier ben? Ben ik door een seksslavensyndicaat ontvoerd?'

Nicky schudde langzaam haar hoofd. 'Sorry, maar je bent iets te oud voor Jeremy.'

'Waarom zit jij hier opgesloten?'

'Ik had iets gehoord wat ik niet had mogen horen,' zei Nicky. 'Ik heb ze gezegd dat ik het nooit zal doorvertellen, maar ze geloven me niet.'

'Waarom niet?'

'Omdat ik er daarvóór al aan dacht om uit de school te klappen, en daar waren ze achter gekomen.'

'Dus wat gaan ze doen? Je hier voor de rest van je leven vasthouden?'

Nicky schudde nogmaals langzaam haar hoofd. 'Nee.'

'Wat dan?'

Nicky zei niets, er viel een loodzware stilte.

'Nee,' zei Chloe uiteindelijk.

'Ik heb ze horen praten. Ze wachten op iemand die het zal doen. En het feit dat ze jou erbij hebben gezet, nou, dat is twee voor de prijs van één.'

Chloe slikte. Ze had een droge mond. Ze liep naar de badkamer, hield haar hand als een kommetje onder de kraan, liet er water in lopen en dronk het op.

'Er zijn glazen,' zei Nicky.

Chloe zag twee grote waterglazen op een plankje boven de wasbak staan. Ze pakte er een en bleef er even naar staan kijken voordat ze het weer terugzette, nu met natte plekken van haar vingers erop.

Ze liep terug de kamer in, ging op de rand van het bed zitten en vroeg: 'Wat heb je gehoord dat je niet zou mogen horen? Nu we toch in hetzelfde schuitje zitten kun je me het net zo goed vertellen.'

Nicky boog zich naar haar toe en begon te fluisteren. Ze vertelde haar eerst hoe het gekomen was dat ze zich in de positie had bevonden om Jeremy's telefoongesprek te kunnen horen, en eindigde het verhaal met de drie woorden die haar de koude rillingen hadden bezorgd.

Vermoord ze allemaal.

Ongeveer een uur later hoorden ze dat de deur werd opengemaakt. Er verscheen een vrouw met een vol dienblad in haar handen. Er stonden twee borden op met metalen deksels om het eten warm te houden.

In de hal, vlak bij de deur, stond de beveiliger.

De vrouw zette het dienblad op het dressoir en verliet de kamer zonder iets te zeggen. De deur ging dicht en werd weer op slot gedraaid.

'Een diner voor twee,' zei Nicky. Ze nam de deksel van een van de borden en zei: 'O, Italiaans.'

Chloe liep behoedzaam naar het dressoir en nam de deksel er langzaam af, alsof er een dode rat onder zou liggen.

'Linguine met kip in een saus van knoflook en witte wijn, geloof ik,' zei Nicky. 'Het eten is heerlijk hier, al blijf ik maar denken dat elke maaltijd mijn laatste zal zijn. Je krijgt iets goddelijks voordat je op de elektrische stoel wordt gezet.' Ze rolde haar ogen. 'Maar ik denk eigenlijk niet dat ze het zo zullen doen.'

Chloe dook op het eten. Ze realiseerde zich nu pas hoe hongerig ze was en werkte het bord pasta in minder dan drie minuten naar binnen.

'Heb je haast of zo?' vroeg Nicky.

Niet lang daarna werd de deur weer opengemaakt. Het was de vrouw die Chloe zo kortstondig in de limo had gezien.

'Dit is Roberta,' zei Nicky. 'Ik stel jullie maar even aan elkaar voor, al weet je natuurlijk allang wie zij is,' zei ze vervolgens tegen Roberta.

Roberta negeerde Nicky's vinnige commentaar. Ze keek Chloe aan en zei: 'Je gastheer wil je spreken. Kom met me mee.'

Chloe wierp Nicky een bezorgde blik toe. Was dit het? Was het inderdaad haar galgenmaal geweest?

'Wees maar niet bang,' zei Roberta. 'Hij ziet ernaar uit je te ontmoeten.'

Roberta liep de hal in en gebaarde Chloe haar te volgen. Ze liepen via een brede overloop de trap op naar de tweede etage, passeerden twee openstaande deuren en kwamen in een ruime gang terecht die aan één kant ramen met uitzicht op straat had, terwijl er aan de andere kant erotische zwart-witfotografie hing. Chloe hield even stil voor een foto van vrouwelijke genitaliën die groter dan één bij één meter moest zijn.

'Ben jij dat?' vroeg Chloe. 'Want je lijkt me inderdaad een enorme kut.'

Aan het eind van de gang bevonden zich dubbele deuren, Roberta duwde ze open en gebaarde Chloe haar voor te gaan.

Mijn hemel, dacht Chloe.

Dit werd verondersteld een kantoor te zijn, of een bibliotheek, gezien alle planken met boeken en het reusachtige bureau dat in het midden van de ruimte stond. Wat het ook was, het was groter dan hun hele huis. En dan stond er ook nog eens een camper bij de verre muur geparkeerd. Hoe was díé daar in godsnaam terechtgekomen?

Maar ze focuste zich snel op de man die achter het bureau zat. Een vijftiger, misschien al begin zestig, met een bos keurig geknipt grijs haar. Slank, gebruind en knap. Een lang gezicht, met een uitgesproken kaaklijn. Omdat hij zat kon ze alleen zijn overhemd zien. Hemelsblauw, een kraag waarvan de punten met knoopjes vastzaten.

Maar toen stond hij op en liep om het bureau heen. Hij droeg een gebleekte spijkerbroek, maar jee, met een vouw erin!

'Laat me je eens bekijken,' zei hij.

O nee, dacht Chloe. Misschien dat het allemaal toch met seks had te maken.

'Ga zitten, alsjeblieft,' zei de man, die naar twee leren stoelen gebaarde die aan deze kant van het bureau stonden.

Chloe ging zitten.

'Wil je dat ik hier blijf, Jeremy?' vroeg Roberta.

'Zou je even in de gang willen wachten, Roberta?'

Ze knikte en trok de dubbele deuren achter zich dicht.

'Ik ben Jeremy Pritkin,' zei hij terwijl hij in de stoel naast haar ging zitten.

'Dat had ik al begrepen,' zei Chloe.

'Wat vind je van je verblijf hier?'

'Nou, er zat naar mijn smaak iets te veel knoflook in de pasta.'

Hij knikte. 'Als je iets nodig hebt, moet je het maar zeggen.'

'Een plattegrond graag, zodat ik de uitgang van dit huis kan vinden.'

Jeremy glimlachte. 'Vertel me eens iets over jezelf.'

'Zoals?'

'Wat doe je zoal?'

'Ik werk als serveerster in een cafetaria in Providence.'

'Ah zo. Dat werk doe je al een tijdje, is het niet?'

Chloe kneep haar ogen samen. 'Waarom krijg ik toch het gevoel dat je al de antwoorden weet op de vragen die je stelt?'

'Dat klopt, de meeste weet ik inderdaad al,' zei Jeremy Pritkin. 'Ik ken je levensloop. Ik weet van je moeder, en haar partner, die jaren geleden is gestorven. Ik heb rapportages ontvangen.'

Wat zullen we nou krijgen, dacht Chloe.

'Ze waren... tamelijk teleurstellend,' vervolgde hij. 'Je was nu niet bepaald een goede leerling, is het niet?'

'Ik begrijp niet waar je heen wilt.'

'Heb je nooit aspiraties gehad om verder te komen in het leven? Wil je voor de rest van je leven serveerster blijven?'

'Nee,' zei ze.

'Wat dan? Verras me eens.'

'Film,' zei ze. 'Documentaires en dat soort dingen. Dat zou ik graag willen doen.'

Jeremy's gezicht klaarde op. 'Dat wist ik niet. Heb je talenten op dat gebied?'

'Ik zou het niet weten. Maar ik vind het leuk om te doen.'

Jeremy knikte bedachtzaam. 'Nou, dat is in elk geval iets.'

'Ik begrijp nog steeds niet... Wat is de bedoeling van dit alles?'

Jeremy keek naar de grond, er leek een triestheid over hem te komen. 'Dit is erg moeilijk voor me, Chloe. Ik verwacht niet dat je het begrijpt, maar geloof me als ik zeg dat het zo is. Erg moeilijk. Om je hier te zien zitten.'

Hij zuchtte. En toen veranderde hij opeens, recht voor haar ogen. Zijn trieste uitdrukking transformeerde in iets hards, als warm water dat opeens ijs is geworden.

'Er zijn dingen die ik moet weten,' zei hij.

'Nou, anders ik wel,' antwoordde ze vinnig.

‘Ik wil dat je me alles vertelt wat jij en Miles Cookson hebben ontdekt.’

‘Waarom? Wat kan jou het schelen?’

‘Maak de dingen nu niet moeilijker dan ze al zijn,’ zei Jeremy. ‘Het is voor je eigen bestwil.’

‘Bullshit,’ zei Chloe. ‘Als je iets van me wilt weten, dan mag jij eerst. Zeg me waar dit allemaal over gaat.’

Jeremy zuchtte. Hij keek op en riep: ‘Roberta!’

De vrouw verscheen weer. Deze keer hield ze iets in haar hand. Het hing langs haar lichaam.

Een riem.

Jeremy stond op en legde toen met een plechtig gebaar zijn hand op Chloe’s hoofd, hij voelde de textuur van haar haren op zijn handpalm.

Hij sloot zijn ogen.

Chloe verstijfde, ze was zo verbijsterd door deze handeling dat ze niet wist wat ze moest doen.

Na een paar seconden opende Jeremy zijn ogen en nam zijn hand van haar hoofd. Chloe zag hoe hij naar de deuren liep, Roberta toeknikte en vertrok.

Toen hij op de gang was sloot hij de deuren achter zich. Toen hij Roberta voor de eerste keer met de riem naar Chloe hoorde uithalen, en de bijna gelijktijdige schreeuw van de jonge vrouw klonk, ging er een lichte huivering door hem heen.

Maar toen daarna de tweede slag klonk, en de derde, en de vierde, was het alsof hij het niet eens meer hoorde.

54

Ergens boven Pennsylvania

Miles en Samantha hadden de arme Travis in een verwarde staat achtergelaten. Miles wist nauwelijks wat hij hem moest vertellen. Het was voor hem net zo schokkend om te ontdekken dat Samantha zijn 'vriendin' was als het voor Travis was om te ontdekken dat Sandy eigenlijk Sandy niet was.

Maar Miles had Travis nog wel even apart genomen.

'Ga de stad uit,' luidde zijn advies. 'Ga een paar dagen weg en vertel aan niemand waar je heen gaat. En niet in dit busje, ze weten hoe het eruitziet. Neem een bus of een trein en betaal contant. Gooi deze telefoon weg en koop ergens een prepaid.'

Travis had hem verbijsterd aangekeken.

'Begrijp je wat ik je heb gezegd?' had Miles gevraagd.

Uiteindelijk knikte hij. 'Wat moet ik tegen mijn ouders zeggen?'

Miles dacht even na. 'Misschien is het geen gek idee om ze mee te nemen.'

Hij had Travis een nummer gegeven en hem gevraagd om over een week te bellen. Miles hoopte dat hij de jongen tegen die tijd kon zeggen of het veilig was om terug te komen.

Daarna had hij Samantha meegenomen naar het vliegveld. Toen ze in de gecharterde privéjet terug naar Connecticut vlogen, vertelde Samantha hem het hele verhaal.

Haar moeder had haar overgehaald het te doen.

Miles kon zijn oren niet geloven toen hij het hoorde. Had hij deze geschiedenis in de krant gelezen, dan zou hij gedacht hebben dat iemand het uit zijn duim had gezogen. Het deed hem denken aan een verhaal van meer dan twintig jaar geleden. Een vrouw uit Texas die wilde dat haar dochter in het cheerleadersteam kwam was gearresteerd omdat ze een huurmoordenaar in de hand had genomen om de moeder van een rivale te doden. Een familietragedie, zo redeneerde deze vrouw, zou het andere meisje emotioneel zó ontwrichten dat ze niet voor het team zou worden gevraagd.

Zoiets geloof je niet. En toch was het gebeurd. Waar Caroline haar dochter mee had opgezadeld kwam aardig in de buurt van wat die moeder uit Texas had geprobeerd.

Nee, het was erger.

'Ze zei dat we het voor pap zouden doen,' bekende Samantha met tranen in haar ogen. 'Mam zei dat je iets verschrikkelijks had gedaan, namelijk dat je hem niets wilde nalaten. Wat, en daar zal ik niet over liegen, behoorlijk lullig overkwam, gezien alle omstandigheden. Nee, zei ze, je zou al je bezittingen nalaten aan je biologische kinderen, complete vreemden dus. Dat was helemaal fout volgens haar. Ze had een plan bedacht om er iets tegen te doen, maar daar had ze wel mijn hulp bij nodig.'

Samantha vertelde dat haar moeder een lijst van de erfgenamen had en hun profielen online onderzocht om te kijken wie het geschiktste doelwit was. De vrouwen had ze doorgestreept – Caroline had niets gevonden dat uitwees dat ze lesbisch waren – dus er bleven vijf jongemannen over. Jason Hamlins profiel suggereerde dat hij een relatie had. Dixon Hawley twitterde net iets te veel over homorechten. Er was niet veel informatie te vinden over Colin Neaseman of Todd Cox. Maar Travis Roben was een schot in de roos. Hij zag er niet uit, leek geen relatie te hebben en had de interessewereld van een nerd. Caroline durfde te wedden dat er geen meid was die hem na één blik nog in overweging zou nemen.

Hij zou als een baksteen voor Samantha vallen.

'Maar hoe wist ze dat allemaal?' vroeg Miles. 'Hoe was ze aan die namen gekomen?'

'Ze had een foto… van de lijst,' zei Samantha.

Miles dacht terug aan de keer dat hij met zijn broer in de Porsche reed, en dat hij was uitgestapt omdat hij zich niet goed voelde. Er had een print van de lijst in de auto gelegen. Gilbert had genoeg tijd gehad om er een foto van te nemen.

'Dus je vader was hier ook bij betrokken?'

Samantha schudde haar hoofd. 'Nee. Mam had het verhaal verzonnen dat ik naar Londen zou gaan om allemaal toneelstukken op West End te zien, omdat theaterwetenschappen een hoofdvak van me is.'

Miles dacht dat Caroline van de foto moest hebben geweten, en dat ze hem met Gilberts telefoon naar zichzelf had gestuurd. Ze was nu niet direct de persoon om de privacy van haar man te respecteren.

'En in plaats daarvan vertrok je naar Fort Wayne om daar het toneelstuk van je leven af te leveren. Ik begrijp het niet. Wat was het plan? Goed, je moest Travis proberen te ontmoeten. En wat dan?'

Nu kwam het gedeelte waar Samantha meer moeite mee had. Nu ze het moest vertellen schaamde ze zich voor wat ze had gedaan, waartoe ze was overgehaald, en hoe doortrapt het eigenlijk was. 'Ik zou hem ontmoeten, en moest dan zijn vriendin worden.'

'Ga door.'

'We zouden...'

'Jezus. Nee, niet gaan trouwen toch?'

'Mam zei dat het niet voor lang hoefde te zijn.'

'Wat bedoelde ze daar precies mee?'

'Ze was er niet zo specifiek over,' zei Samantha. 'Hoe dan ook, ik zou iets met hem krijgen. We zouden samenleven. En als Travis al dat geld zou krijgen...'

'... zou jij een manier vinden om het hem te ontfutselen,' zei Miles.

'Mam zei dat we zo alles goed konden maken voor pap. Hij zou het geld krijgen. Of in elk geval een gedeelte ervan.'

'Maar het geld was eigenlijk voor je moeder bedoeld. Hoe moest jij Travis zover krijgen dat het geld bij jou terecht zou komen?'

'Daar heeft ze het niet over gehad,' zei Samantha zacht. 'Ik vraag me af of dat wel het plan was...'

Miles wachtte.

'Als... als Travis iets zou overkomen zou het geld naar mij gaan. D... d... daarom dus,' stamelde ze. 'Toen die twee verschenen... om ons te vermoorden, dacht ik dat er een fout in het scenario was geslopen. Dat ze die opdracht hadden gekregen. Maar te snel. En dat ze dachten dat we er alle twee aan moesten.'

Miles keek Samantha aandachtig aan, en vroeg zich af of hij haar dit werkelijk had horen zeggen.

'Ik moet even mijn benen strekken,' zei hij.

Hij klikte zijn veiligheidsgordel los en stond op om naar achteren te lopen. Daar plofte hij op een van de lege stoelen neer en keek door het raampje naar buiten.

Was het mogelijk? Miles vroeg het zich af. Kon Caroline achter dit alles zitten? Probeerde ze de lijst te reduceren zodat Travis een groter deel zou krijgen, en uiteindelijk Samantha? Dat was zelfs voor iemand als Caroline te diabolisch. Om iets van die omvang voor elkaar te krijgen – het opsporen van mensen over de hele aardbol en ze laten verdwijnen – had je de hulp van anderen nodig, mensen die zich als professionals beschouwden en dat soort dingen. En je had er veel geld voor nodig.

Dat zou ze kunnen hebben.

Misschien dat het akkefietje met Google niet het enige was geweest. Het was de enige actie waar Miles van wist. Ze zou het geld kunnen hebben als ze een succesvolle zwendel met iemand anders – misschien een persoon in plaats van een bedrijf – had opgezet. Ze werkte bij een rechtbank. Was ze daar iemand tegengekomen die haar hierbij kon helpen?

En het hoefde niet iemand met een strafblad te zijn. Hij moest denken aan een verhaal van vijftien jaar geleden. Twee New Yorkse agenten die moorden voor de maffia pleegden. Had Travis niet gezegd dat de twee die hen probeerden te vermoorden zich als agenten identificeerden?

Op dit moment leek alles hem mogelijk.

Miles had besloten dat het terugbrengen van Samantha meer prioriteit had dan zijn reis naar de westkust om de anderen van de lijst te vinden. Vanuit het vliegtuig had hij een ongemakkelijk telefoongesprek met Dorian gevoerd. Hij had haar gevraagd om weer contact met haar vriendin de

FBI-agent op te nemen. Hij dacht dat er nu voldoende bewijs was voor de autoriteiten om in te grijpen.

'Oké,' zei Dorian. 'Ik ga erachteraan. Verder nog iets?'

Hij wilde dat Charise hem zou opwachten als hij terug was. Dokter Gold moest nog één keer aan de tand worden gevoeld, en deze keer met wat meer pressie. Misschien was het tijd om op het aanbod van voormalig uitsmijter en worstelaar Charise in te gaan. Hij had het idee dat ze zeer intimiderend kon zijn als de situatie dat vereiste.

'Is alles oké, Miles?' vroeg Dorian.

'Is dat een serieuze vraag, Dorian? Na alles wat ik heb meegemaakt?'

'Ik weet het, maar je klinkt... vreemd. Is er iets wat je me niet vertelt?'

Miles wilde dezelfde vraag op haar afvuren, maar nee, nu nog niet. Hij had namelijk nog steeds haar hulp nodig.

'Nee,' zei hij, en hij hing op.

En daarna belde Miles Chloe.

Haar telefoon sprong meteen over op de voicemail. 'Met Miles. Bel me alsjeblieft terug,' zei hij. Toen voegde hij eraan toe: 'Er zijn ingrijpende... ontwikkelingen. Je bent nog steeds belangrijk voor me, Chloe.'

Voor alle zekerheid stuurde hij haar ook nog een sms met dezelfde strekking. Hij keek om te zien of de tekst was bezorgd.

Dat was hij niet.

Hij besloot het later nog een keer te proberen.

Miles liep terug naar zijn stoel, ging tegenover Samantha zitten en vroeg: 'Wat heb je gedaan nadat die twee jullie probeerden te vermoorden? Heb je het aan je moeder verteld? Heb je je vader gebeld?'

'Er was iemand met wie ik contact moest opnemen, een soort tussenpersoon?'

'En weet je wie dat is?'

Ze schudde haar hoofd. 'Ik heb sms-berichten gestuurd, maar nooit antwoord gekregen. In de laatste heb ik geschreven dat alles fout is gelopen. Ik kon pap niet bellen omdat hij er niets van afwist. En mam had me gezegd haar niet te bellen. Bovendien zal ze woedend zijn als ze hoort dat het allemaal is mislukt.'

Miles had zich afgevraagd of hij het Samantha moest vertellen. Dat het hele plan zinloos was. Ach, hij kon het nu net zo goed zeggen.

'Er is nieuw bewijs, een nieuwe DNA-test die heeft uitgewezen dat ik niet de biologische vader van Travis ben,' zei hij. 'Hij komt niet in aanmerking voor de erfenis.'

Samantha dacht dat ze het door het gebrul van de straalmotoren verkeerd had gehoord. 'Wat?'

'Het heeft iets te maken met de dokter van de vruchtbaarheidskliniek. Voor zover ik weet, ben ik biologisch gezien niemands vader.'

Ze was verbijsterd. 'Dus het hele plan zou nooit hebben gewerkt.'

'Nee.'

Samantha keek naar de wolken buiten. 'Ik had er niet mee door kunnen gaan. Travis en ik... we zaten achter in zijn busje, en... ik kon het niet doen. Ik denk niet dat ik het ooit gedaan zou kunnen hebben. Nog niet voor al het geld in de wereld. Ik bedoel, het is een aardige jongen, weet je? Ik begon hem zelfs te mogen, en daarom kon ik het gewoon niet doen. Ik wilde er niet mee doorgaan. Als die twee niet waren langsgekomen, dan zou ik het hebben uitgemaakt en zijn weggelopen. Ook al zou mam pislink zijn geworden.'

'Ik begrijp nog steeds niet waarom je het hebt gedaan. Hoe je moeder je zover heeft gekregen.'

Samantha keek haar oom aan alsof hij gek was. 'Omdat ze mijn móéder is.'

Voordat ze in New Haven zouden landen, wist Miles zijn nicht over te halen haar vader te bellen en hem te vertellen wat er allemaal was gebeurd. Toen ze uit het vliegtuig stapten stond Gilbert op hen te wachten. Samantha wierp zich in zijn armen. Na enige privémomenten liep Gilbert naar zijn broer toe.

'Ik had geen idee,' zei Gilbert. 'Ik kan niet geloven wat ze onze dochter heeft aangedaan. Het is onvergeeflijk.'

'Samantha zal veel steun moeten krijgen,' zei Miles. 'Misschien wel therapie. Ze zal gedeprogrammeerd moeten worden na alles wat Caroline haar heeft aangedaan.'

Gilbert zag eruit alsof hij zich zo voor een bus zou kunnen werpen als er op dat moment een langs was gereden.

'Er is nog meer gebeurd,' zei hij. 'En misschien heeft het ermee te maken.'

Hij vertelde Miles dat hij Caroline naar het Omni-hotel was gevolgd, dat iemand hem een deurpasje had toegespeeld en hem had gezegd waar hij haar kon vinden. Caroline had op een andere man gewacht.

'Ze is sindsdien niet meer thuisgekomen.' Hij liet een moment zijn hoofd hangen en keek toen op. 'En ik heb haar gebeld nadat ik het telefoontje uit het vliegtuig had gekregen. Ik heb haar ermee geconfronteerd. Ze probeerde het niet eens te ontkennen. Dat zou ze normaal gesproken wel hebben gedaan, maar nu wist ik dus al te veel. Ze begon te huilen, en zei dat ze het allemaal voor mij had gedaan. Ik heb een advocaat in de arm genomen. En er worden nieuwe sloten op de deuren gezet.'

Miles zei iets wat zijn broer al wist. 'Ze is een ongeleid projectiel, en misschien ook wel een gevaar voor zichzelf.'

Gilbert knikte.

'Laat Samantha niet alleen. Wat ze je over de telefoon heeft verteld was nog maar het topje van de ijsberg.'

Toen Gilbert en Samantha waren vertrokken, probeerde hij Chloe nog eens te bereiken. Ze nam niet op, en een volgend sms'je werd niet bezorgd.

Miles probeerde op de naam van de cafetaria waar ze werkte te komen. Uiteindelijk schoot het hem weer te binnen. Hij zocht met zijn telefoon het nummer op.

'Paradise Diner,' klonk een vrouwenstem. 'Met Vivian.'

'Ja, hallo. Ik zou Chloe graag willen spreken.'

'Nou, anders ik wel. Ze is spoorloos.'

'Wanneer is haar dienst?'

'Die is eigenlijk al bezig,' zei Vivian. 'Ze is niet op komen dagen, ze neemt haar telefoon niet op en ik heb hier een schrijnend personeelstekort. Er is altijd wel iets met die meid. Moet ik iets aan haar doorgeven?'

55

Manhattan, New York

Nicky hield een washandje onder de koude kraan van de wastafel, wrong het uit en vouwde het tot een kompres. Chloe huilde toen ze werd teruggebracht van haar ontmoeting met Jeremy. Ze had zich met haar gezicht naar beneden op het bed laten vallen, en Nicky zag de rode strepen door de achterkant van haar bloes heen komen.

Nicky had de bloes opgerold om iets aan de wonden van de riemslagen te kunnen doen. Chloe kromp ineen toen Nicky het koude washandje van de ene naar de andere wond verplaatste. Er was niets meer over van Chloe's stoere houding. Ze leek voor Nicky opeens kleiner geworden, alsof haar persoonlijkheid was gekrompen door de ontmoeting op de tweede etage.

'Ik heb ze alles verteld,' jammerde Chloe. 'Ik heb ze alles verteld wat ze wilden weten.'

Nicky depte haar wangen. 'Sorry dat ik geen ijs heb.'

'Ik denk dat hij het meeste al wist,' zei Chloe. 'Iemand moet het hem hebben verteld. Hij wilde het alleen maar bevestigd zien.'

'Rustig aan,' zei Nicky. Ze nam het washandje van Chloe's rug. 'Hij is alweer warm, ik zal hem weer even onder de koude kraan houden.' Ze liep terug naar de badkamer, liet de kraan lopen en hield haar hand eronder om te voelen of het water goed koud was.

'Hij deed iets heel raars,' fluisterde Chloe toen Nicky terug was. Nicky had haar verteld dat ze dacht dat hun gesprekken werden afgeluisterd, en dat ze dus zo zacht mogelijk moesten praten.

'Hoezo, raar?'

'Hij legde zijn hand op mijn hoofd, best wel lang. Hij hield hem gewoon daar. Heeft hij dat ooit bij jou gedaan?'

'Je bedoelt dat hij je hoofd omlaagdrukte, op zijn...'

'Nee, dat bedoel ik niet. Hij legde zijn hand op mijn hoofd alsof – ik weet dat het compleet gestoord klinkt – alsof hij mijn levenskracht of zoiets wilde voelen.'

'Ik kan je met volle overtuiging zeggen dat hij dat nooit bij mij heeft gedaan,' zei Nicky.

Chloe ging met moeite op de rand van het bed zitten, haar tenen streken over het tapijt. 'Hij gaat ons werkelijk vermoorden, hè?'

Nicky zuchtte. 'Omdat het nog niet is gebeurd blijf ik maar denken dat het misschien niet zal gebeuren.'

'Stel dat hij morgen de deur openmaakt en je laat vertrekken. Wat zou je dan doen? Je zou naar de politie stappen, toch?'

'Ik denk het.'

'Je dénkt het?'

'Ik weet het niet. Ik zou zo blij zijn dat ik hieruit was, misschien dat ik niet zou praten.'

'Hij kan dat risico niet nemen,' zei Chloe. 'We zouden iemand een bericht moeten sturen.'

Miles, dacht ze.

'Het was me bijna gelukt, toen ik bij het raam een wifi-signaal wist op te pikken,' zei Nicky. 'Maar ze kwamen erachter voordat ik een bericht kon versturen.'

'Als we nu ergens een alarm konden laten afgaan?'

'Daar heb ik aan gedacht,' zei Nicky. 'Ik wilde hier brandstichten, maar ik kon geen manier bedenken om het voor elkaar te krijgen.'

'Er móét iets zijn.'

Nicky bleef even stil, toen ze begon te praten was het een bijna onhoorbaar gefluister. 'Ik heb al een tijdje een idee, maar ik weet niet hoe ik het moet doen. Maar jij bent ouder dan ik, dus misschien weet jij wel een manier.'

Chloe boog zich naar haar toe. 'Kom maar op.'

Roberta klopte zachtjes op de dubbele deuren van Jeremy's kantoor voordat ze er een openduwde. 'Hij is er,' zei ze.

Jeremy, die achter zijn pc zat, keek haar kant op. 'Stuur hem over vijf minuten hiernaartoe.'

Precies vijfenhalve minuut later werd er nogmaals zacht geklopt. Jeremy's blik bleef op het beeldscherm gericht toen hij 'binnen' zei.

Er verscheen een man in zijn kantoor die voor zijn bureau bleef staan. Jeremy stond niet op, laat staan dat hij hem de hand schudde.

'Ga zitten,' zei hij.

De man ging zitten en sloeg zijn benen over elkaar. Jeremy sloeg nog wat toetsen aan, hamerde toen dramatisch met zijn wijsvinger op de 'enter'-toets en keek zijn bezoek recht in de ogen.

'Oké,' zei Jeremy. 'Er zijn problemen geweest.'

De man knikte. 'Ik kan de klus afmaken, maar ik moet een nieuwe partner hebben. Er is iemand met wie ik in het verleden heb gewerkt. Ik zal hem bellen.'

'Wat is er met haar gebeurd?'

'Wil je dat echt weten?'

'Anders zou ik het niet vragen.'

'Ze werd verrast door de vriendin van het doelwit,' zei Rhys. 'We hebben het verknald.'

'Kunnen we hieraan gelinkt worden?'

'Nee.'

'Haar vingerafdrukken zijn nergens geregistreerd?'

'Nergens.'

'Ze heeft geen strafblad?'

'Nee.'

'Geen opvallende kenmerken? Tatoeages?'

Rhys dacht terug aan die ene nacht. 'Nee. Als ze haar eenmaal vinden, zal er niets over haar verleden worden gevonden. Ze heeft geen verleden.'

Jeremy zuchtte. 'We hebben er een van hen hier te logeren.'

Rhys, die doorgaans een pokerface had, kon zijn verrassing niet verbergen. 'Wie?'

'Chloe Swanson.'

Hij vroeg zich af of het de Chloe van Todds caravan was. Hij zou het weten zodra hij haar stem hoorde.

'En daarbij hebben we nog degene die je zou afhandelen als je terug was,' zei Jeremy. 'Roberta wil graag dat je dit regelt. Ik wilde niet iemand anders inschakelen.'

'Natuurlijk.'

Jeremy legde zijn handen plat op de tafel. 'Ik wil niet dat het hier gebeurt. Breng ze ergens heen.'

'Begrepen.'

'Misschien kun je hun vertellen dat we een uitje hebben georganiseerd,' zei Jeremy glimlachend. 'Een beloning voor goed gedrag. Een excursie naar Central Park Zoo, dan kun je ze aan de sneeuwluipaarden voeren.'

Rhys stond op. 'Ik zal ze bezoeken en zeggen dat ik van je juridische team ben. We zijn een geheimhoudingsverklaring voor hen aan het opstellen die ze moeten ondertekenen, daarna zullen ze worden vrijgelaten.'

Jeremy knikte. 'Dat heeft genoeg geloofwaardigheid. Zeg ze dat ze een financiële compensatie kunnen verwachten.'

Hij richtte zich weer op het beeldscherm, ten teken dat het gesprek hiermee ten einde was. Toen Rhys eenmaal de gang had bereikt – hij stond met zijn rug naar een enorme zwart-witfoto van een man die een andere man van achter penetreerde – pakte hij zijn telefoon, zocht een nummer op, belde en wachtte. Nadat hij twaalf keer was overgegaan werd er opgenomen, gevolgd door een stilte.

'Ik ben het. We moeten praten,' zei Rhys, waarna hij het gesprek beëindigde.

Hij nam alle tijd terwijl hij door de gang liep, en bekeek de foto's alsof hij in een museum was.

De wereld mag wel denken dat Jeremy Pritkin een modelburger is, maar hij is een perverse idioot, dacht Rhys.

Zijn telefoon ging, hij had hem nog steeds in zijn hand.

'Hé,' zei hij. 'Hoe gaat-ie?'

'Goed.'

'Ben je beschikbaar?'

'Hangt ervan af. Wat heb je?'

'Twee projecten. In Manhattan.'

'Ik ben in de stad.'

'Heb je over een uur iets te doen?'

'De gebruikelijke plek?'

'Ja.'

'Ik zal er zijn.'

Rhys borg zijn telefoon op en glimlachte. Het was goed om Broderick erbij te hebben. Hij was een professional, en bovendien één die bij hem in het krijt stond.

Chloe en Nicky zaten op het bed – hun rug tegen het hoofdbord, de benen over elkaar geslagen – en keken tv. Nicky had de afstandsbediening en besteedde niet meer dan drie seconden aan een kanaal. Ze konden niet veel anders doen, en op een lang programma konden ze zich op dit moment toch niet concentreren.

De deur werd opengemaakt.

Nicky schrok hier meer van dan Chloe omdat ze aan de routine gewend was, en dit was geen gebruikelijk tijdstip voor bezoek. Het was nog te vroeg voor het avondeten. Het ontbijt kwam om acht uur, de lunch om half een en het avondeten om zeven uur. En de huishoudster arriveerde elke maandagochtend om negen uur met schone lakens en handdoeken.

Een man betrad de kamer.

Ze gingen allebei iets rechterop zitten, maar stapten niet van het bed af.

'Relax,' zei hij met een verzoenend handgebaar. 'Mijn naam is Rhys. Ik vertegenwoordig meneer Pritkin, en we zijn overeengekomen om een regeling met jullie twee te treffen die volgens mij zeer bevredigend is.'

Hij glimlachte geruststellend. 'Jullie komen naar ons advocatenkantoor om papieren te tekenen. Een geheimhoudingsverklaring. Daar zullen jullie vast wel eens van gehoord hebben, het is zeer gebruikelijk tegenwoordig. Je tekent, en je belooft daarmee dat je nooit zult onthullen wat er hier is gebeurd. Jullie zullen een riante financiële compensatie krijgen voor de schade die we je hebben berokkend.'

'Hoeveel?' vroeg Nicky.

Chloe zond haar een blik toe die zoveel wilde zeggen als *seriéús?*

'Dat moet nog bepaald worden,' zei Rhys. 'Maar het zal een bedrag zijn dat je zal bevallen. Goed, sorry voor deze interruptie. We zien jullie binnenkort.'

Hij deed een stap achteruit, klopte op de deur en wachtte tot deze vanuit de hal werd opengemaakt. Toen hij weg was keek Nicky haar celgenoot aan en zei: 'Dat is geweldig nieuws, toch? Ik teken alles, als ik hier maar uitkom.'

Chloe zag er minder enthousiast uit. 'Zag je zijn hand?' vroeg ze.

'Zijn hand?'

'Zijn pink. De helft ervan was verdwenen.'

'En?'

Chloe zuchtte. 'Zulke gelikte advocaten verbergen zich niet onder bedden.'

56

Mount Vernon, New York

Martin Gold hield van bruggen.

Zijn fascinatie ervoor – je mocht het van hem gerust een obsessie noemen – ging terug tot zijn vroegste kinderjaren. Met simpele houten blokken bouwde de kleine Martin bruggen waar zijn autootjes overheen konden rijden. Zijn favoriete speelgoed was een Kenner Bridge and Turnpike Building Set. Een doos met honderden kleine rode plastic balkjes en dwarsliggers en wegonderdelen waarmee je uitgebreide constructies kon bouwen. Er zat zelfs een motortje bij voor een ophaalbrug. Door verschillende sets te combineren bouwde Martin bruggen met een enorme spanwijdte, lang genoeg om van de ene naar de andere kant van zijn slaapkamer te lopen.

Zijn vader, een tandarts die zijn zoontjes liefde voor bruggen deelde en die waarschijnlijk een bevredigender leven zou hebben gehad als hij bouwkundig ingenieur zou zijn geworden in plaats van iemand die in monden peuterde, vond het heerlijk om de passie van zijn kind te stimuleren. Als het even kon, zorgde hij er bij hun autoritjes voor dat er een brug in de route was opgenomen. Zijn vader had een keer een dagtrip naar New York gepland die van brug naar brug ging. Ze reden over de Queensboro, de Manhattan, de Williamsburg en de George Washington. Maar voor de Brooklyn Bridge had Martins vader iets speciaals in petto. Ze parkeerden de auto en maakten er een wandeling overheen. Ze begonnen vanaf Manhattan, lunchten in Brooklyn en liepen daarna terug, met een schitterend uitzicht op de skyline van Manhattan die steeds dichterbij kwam.

In Martins herinnering was het de mooiste dag van zijn leven.

Als hij in latere jaren met zijn vrouw op vakantie ging, zorgde Gold er altijd voor dat er een interessante brug in het programma was opgenomen. Toen ze naar San Francisco gingen, maakte hij een wandeling over de Golden Gate. En in Australië liep hij niet alleen over de Sydney Harbour Bridge, nee, hij deed ook nog eens de klim. Gezekerd aan veiligheidskabels klom hij óver de boog. Het was voor Gold een welhaast religieuze ervaring.

Hij herinnerde zich dat er op dat moment één gedachte in hem was opgekomen: nu zou ik rustig kunnen sterven.

Maar dat was natuurlijk niet gebeurd. Hij keerde terug naar New Rochelle en runde zijn vruchtbaarheidskliniek. (Zijn liefde voor bruggen was nooit in een carrière uitgemond. Bruggen waren een fijne hobby, hadden zijn ouders gezegd, maar zijn toekomst lag in de medische wereld.) Het was hem in elk geval tijdens de vakantie in Australië gelukt om te vergeten dat er ook nog een metaforische brug over hem heen hing, een brug die altijd in zou kunnen storten.

Het was een verschrikkelijk ding dat hij meer dan twintig jaar geleden had gedaan. Hij wist dat het fout was. Natuurlijk. Maar als iemand je in zijn greep had, en ernstig belastende informatie over je bezat, dan was je tot de ongelooflijkste dingen in staat. Het was een verschrikkelijke vergissing geweest. Hij had geprobeerd om zijn gedrag te verklaren. Wat hij gedaan had was niet alleen uit zelfbescherming, maar ook om zijn vrouw en hun zoontje te beschermen. Als hij diep zou vallen, zouden zij het ook. Hun levens zouden verwoest zijn.

En dus had hij gedaan wat er moest gebeuren.

Hij wist dat er foto's moesten zijn, misschien zelfs wel video's. Het was al erg genoeg als zijn vrouw die te zien zou krijgen. Misschien dat de beelden waarop hij seks met minderjarige meiden had tot een scheiding zouden leiden. Dat kon hij begrijpen. Hoe verschrikkelijk het ook was, met een scheiding zou hij kunnen leven. Maar wat als de video's openbaar werden gemaakt? Als ze anoniem naar de medische tuchtraad werden gestuurd? Zijn carrière zou kapot zijn. De kliniek zou gesloten worden. Mijn god, hij zou zelfs aangeklaagd kunnen worden. Als de stof was neergedaald zou hij nog blij mogen zijn met een baantje als boodschappeninpakker bij de Walmart.

Naarmate de tijd verstreek werd het moeilijker om het juiste te doen. De brug begon in te storten.

Het was allemaal begonnen met een toevallige ontmoeting. Een dankbaar echtpaar dat hij aan een tweeling had geholpen nodigde Gold uit voor een etentje bij Windows on the World, in het restaurant dat zich op het dak van de noordelijke toren van het World Trade Center bevond. Het was twee jaar voor 9/11 geweest. Het echtpaar had goede connecties, en tijdens de maaltijd zagen ze dat een van hun idolen een paar tafeltjes verderop zat.

'O,' zeiden ze tegen Gold, 'je moet kennis maken met onze vriend Jeremy.'

Toen Jeremy hoorde wat voor werk Gold deed, was zijn interesse meteen gewekt.

Gold moest toegeven dat hij geïmponeerd was door deze man. Jeremy was rijk, charismatisch en had een overweldigende uitstraling. Om tot zijn kring te behoren, om als zijn vriend te worden beschouwd, om toegelaten te worden in het heilige der heiligen, zijn negentiende-eeuwse stadspaleis aan East Seventieth Street... Gold was betoverd.

Toen hij eenmaal achter deze deuren was, waande Gold zich in een alternatieve Playboy Club. Mijn god, de mensen die er over de vloer kwamen. Burgemeesters, gouverneurs en filmsterren. Zelfs iemand van koninklijken bloede! Misschien dan wel nummer twintig in de troonopvolgingslijn, maar wat maakte het uit?

En dan waren er natuurlijk de meiden.

Het bleek dat Martin Gold en Jeremy Pritkin op dat gebied dezelfde smaak hadden. Ze mochten niet te oud zijn. O, god nee, ze waren geen pedofielen. Dat niet. Het waren geen kleine meisjes. Het waren meiden die op weg waren jonge vrouwen te worden. Veel gerespecteerde, beroemde mannen vielen op vrouwen die veel jonger waren dan zij. Het was godbetert zelfs een president overkomen. Voor zover Gold kon zien werden deze meiden – nee, laten we er duidelijk over zijn, deze jonge vróúwen – goed door hun gastheer behandeld. En van wat hij had gehoord werden ze als gastvrouwen goed betaald, daarbij hadden ze alle goodwill om een toekomstige rol in de Pritkin-organisatie te spelen.

Jeremy had hem dat vol overtuiging duidelijk gemaakt.

Jeremy was inderdaad een grote prater. Hij had een hoge dunk van zichzelf, en dat was niet zonder reden. Hij had al miljarden in de zakenwereld verdiend – dat was nog vóórdat hij zijn bedrijf verkocht – en door alle donaties aan musea en theaters en wat al niet was hij de lieveling van de kunstwereld geworden. Hij steunde politici en was een graag geziene gast in talkshows.

Was het zo vreemd dat hij zichzelf zo geweldig vond? Sterker nog, hij vertrouwde Gold een keer toe dat hij van superieur genetisch materiaal was gemaakt. Een soort superman.

'Hoe bedoel je?' had Gold gevraagd. Hij dacht aanvankelijk dat Jeremy een grapje maakte.

'Moet ik je dat nog uitleggen?' luidde Jeremy's antwoord.

En hij somde de redenen op. Ten eerste was hij fysiek gezien een bovengemiddeld exemplaar. Hij was fit, was nog nooit een dag in zijn leven ziek geweest en volgens de sociale standaard een buitengewoon knappe man. En daar kwam zijn verbazingwekkende intellect bij, zijn vermogen om gecompliceerde kwesties te begrijpen, zaken die de meeste mensen boven de pet gingen. Zijn IQ was 179, en zoals iedereen wist werd alles dat boven de 160 zat als 'geniaal' beschouwd. Dus Jeremy was 'bijzonder geniaal'. En hij had zijn buitengewone gaven gebruikt om zijn zakenimperium op te zetten.

Alles bij elkaar genomen zat hij inderdaad niet ver af van een superman – maar dan één zonder strak pakje en cape, en hij vloog ook niet het raam uit om de kogels van zijn borst af te laten ketsen.

Jeremy had vervolgens beweerd ('Even tussen ons gezegd en gezwegen') dat zijn onuitputtelijke seksuele honger en zijn interesse in vrouwen – vooral de jongere, die hij als 'perfecte fokdieren' omschreef – hem een natuurlijke drang tot voortplanting hadden geschonken.

'Het ligt eigenlijk buiten mijn macht,' vervolgde hij. 'Moeder Natuur éíst dat ik mijn zaad verspreid. Ik behoor tot de kleine groep die is uitgekozen om het menselijk ras te verbeteren. Ik ben verplicht me te reproduceren.'

Kortom, het was zijn lot.

Op dat moment realiseerde Gold zich dat zijn gastheer het meende. Hij gelóófde alle onzin die hij uitkraamde.

'Je ziet er goed uit, dat is zeker zo, een echte Marlboro Man,' zei Gold met een zenuwachtig lachje.

'Ik speel al lange tijd met een bepaald idee, en jij bent precies de man die me daarbij kan helpen,' zei Jeremy, die een arm om Golds nek sloeg en hem naar zich toe trok.

Martin Gold was verbijsterd toen hij Pritkins voorstel hoorde.

Jeremy wilde dat Gold, als expert op het gebied van ivf-behandelingen en directeur van een vruchtbaarheidskliniek, een aantal vrouwen met zijn sperma zou insemineren. De dossiers zouden natuurlijk vervalst worden, zodat het zou lijken of het de donatie van iemand anders was. Het zou een langdurig experiment worden. Een team van Jeremy zou deze nakomelingen blijven volgen gedurende het opgroeien om te zien of ze iets van zijn genialiteit hadden geërfd. En er hing natuurlijk ook veel af van de ontvangers van zijn donatie. Jeremy benadrukte dat de vrouwen die zijn sperma kregen ook bovengemiddeld moesten zijn. Gezond, aantrekkelijk en intelligent. Hoewel hij begreep dat het moeilijk zou worden om vrouwen te vinden die even opmerkelijk waren, moest Gold er zijn best voor doen. Pritkin zei dat er genoeg vrouwen waren die met hem naar bed wilden, maar dat wilde nog niet zeggen dat ze een kind van hem wilden. Trouwens, hij wilde de verantwoordelijkheid niet dragen. Wat hij wilde moest op een wetenschappelijke, klinische manier gebeuren.

En, betoogde Jeremy, wat maakte het eigenlijk uit als zijn sperma in deze constructie werd gebruikt? De vrouwen wisten toch niet wat ze zouden krijgen. Ze kozen een profiel, zonder te weten wie die persoon was. En Jeremy's profiel zou ongetwijfeld superieur zijn aan alle andere.

Die man was stapelgek.

'Nee,' zei Gold.

'Sorry?'

'Nee. Nee. Nee. Duidelijker kan ik het niet zeggen. Dit veegt meer ethische normen van tafel dan ik kan tellen. Nee, het spijt me, Jeremy, hier kan geen sprake van zijn. Sorry. Luister, ik mag je graag. Je bent een geweldige kerel, en misschien, misschien heb je gelijk. Je bent een perfect mens. Je bent Paul Newman en Albert Einstein en Warren Buffet in één. Maar wat je vraagt is simpelweg niet mogelijk.'

Jeremy wist zijn teleurstelling niet te verbergen. Hij trok zijn arm van Golds nek weg. 'O, Martin, ik had zo veel vertrouwen in je. Ik dacht dat je dit wel voor mij zou willen doen.'

'Geloof me, Jeremy, als het iets anders was, ik zou het zo voor je doen. Maar niet dit.'

Jeremy schudde triest zijn hoofd. 'Dat is niet wat ik van je wilde horen.'

Gold wist niet wat hij moest zeggen. Hij zou zeker geen andere arts suggereren. Geen énkele arts zou bij zoiets als dit betrokken moeten raken. Jeremy had het idee dat primaire maatschappelijke normen niet op hem van toepassing waren. Wat kon je tegen zo iemand zeggen? Gold wilde hem niet graag teleurstellen, want zijn omgang met deze man, dat hij toegang had tot diens exclusieve wereld, was het beste wat hem was overkomen sinds hij als jongen over de Brooklyn Bridge wandelde.

'Hoe heette je vrouw ook alweer?' vroeg Jeremy.

'Sorry?'

'Je vrouw. Haar naam.'

'Elspeth. Je hebt haar vorig jaar op dat feest ontmoet. Ze werkt als fundraiser voor een museum.'

'O ja, leuke vrouw.'

Golds maag keerde om. 'Waarom vraag je dat?'

'O, zomaar.'

'Jeremy, alsjeblieft.'

'Ik stelde me voor hoe haar reactie zou zijn als ze een video ziet met jouw hoofd tussen Whitneys benen.'

Jeremy glimlachte.

Dat was het dus.

Hoeveel anderen werden op deze manier onder druk gezet? De hoofdcommissaris? De gouverneur? Rechters en openbaar aanklagers?

Gold worstelde nog een paar dagen met het verzoek voordat hij Jeremy zijn zin gaf. Hij ontdeed zich van de donatie van ene Miles Cookson, maar zette wel zijn naam op de dossiers van de negen vrouwen die met Jeremy's sperma waren geïnsemineerd.

Wie had toen kunnen vermoeden dat er in minder dan twintig jaar florerende ondernemingen zouden komen die je DNA testten en het aan verwanten linkten van wie je het bestaan nooit had vermoed? Dat Jeremy's zus een monster zou opsturen en tot haar verbijstering zou vernemen dat er ten minste één persoon was die haar nicht moest zijn? En dat er dus toch iets gebeurd moest zijn?

Het was op dat moment dat Jeremy de ernst van de situatie inzag.

Negen opgegroeide kinderen op de wereld. Levend en ademend bewijs van zijn arrogantie en grootheidswaan. Je kon er op wachten dat één of meer van hen een DNA-monster naar WhatsMyStory of een van die andere bedrijven stuurde, waarna ze aan zijn zus gelinkt zouden worden, en dus ook aan hem.

Jeremy was perplex.

Zijn grootse 'nature vs. nurture'-experiment moest voortijdig worden beëindigd. Al het bewijsmateriaal moest worden vernietigd.

En het bewijsmateriaal waren die nakomelingen zelf.

Het was niet genoeg dat ze gedood zouden worden. Ze moesten verdwijnen. Er kon DNA van een lijk worden genomen, zelfs na tientallen jaren. Een lijk kon worden opgegraven en getest.

En dat niet alleen, er konden overal DNA-sporen worden gevonden. In haarborstels, op telefoons, handdoeken en lakens. Twee van de beste manieren om DNA-sporen te wissen waren vuur en bleekmiddel. Als de woningen van deze mensen niet konden worden afgebrand, moesten ze grondig worden gereinigd.

Deze serie moorden had vermeden kunnen worden als Gold twintig jaar geleden niet op Jeremy's belachelijke eisen was ingegaan.

Hij wist dat Jeremy mensen had ingehuurd om zijn negen biologische kinderen in de loop der jaren te monitoren. Ze volgden hun schoolresultaten en interesses. En ook, toen het zover was, wat ze op de universiteit studeerden, áls ze dat niveau tenminste hadden.

Nog voordat hij van zijn zus hoorde dat ze haar DNA naar WhatsMyStory had gestuurd, had het Jeremy vooral verontrust hoe normaal deze kinderen waren.

O, zeker, sommigen hadden blijk gegeven van enig talent. Eén wilde actrice worden, een andere striptekenaar. De ene in Portland was geïnteresseerd in medisch onderzoek. Maar waar waren de wonderkinderen? Het kind dat op zijn vierde Mozart kon spelen op de piano? Of een Rubik's Cube in vijftien seconden kon oplossen? De nerd van elf die het vanuit zijn slaapkamer was gelukt om het Pentagon te hacken?

Normaal. Oftewel: teleurstellend.

Het maakte de dingen wel iets makkelijker voor Jeremy. Nu het aardse bestaan van deze kinderen volledig werd gewist, kwam ook zijn eigen falen niet aan het licht.

Zo had Jeremy het min of meer tegen Gold gezegd.

Er bevond zich een brug in het nabijgelegen Mount Vernon waar Gold altijd een zwak voor had gehad. Het was zeker niet de langste brug ter wereld, of de hoogste, en absoluut niet de mooiste. Het was geen Golden Gate, en al helemaal geen Sydney Harbour Bridge.

Maar hij hield van dit exemplaar omdat het hem herinnerde aan de bruggen die hij als kind bouwde.

Het was de South Fulton Avenue-brug in Mount Vernon die over de sporen van de Metro North Railroad-lijn liep.

Een simpele Pratt-vakwerkbrug, met twee rijstroken en een lengte van bijna vijftig meter. Lang genoeg om de vier sporen eronder te overbruggen. Halverwege de brug was een dichte trap die naar een iets verderop gelegen stationnetje leidde, met borden waar MOUNT VERNON EAST STATION en NAAR STAMFORD EN NEW HAVEN, 4 SPOREN op stond.

Als je over de brug heen was heette de weg North Fulton Avenue. De brug vormde de scheiding tussen noord en zuid, net als de evenaar.

Gold kende de geschiedenis van deze brug, iets waar hij altijd graag over vertelde als zijn toehoorders het wilden horen. Het ontwerp van de

Pratt-bruggen, die over het hele land te vinden waren, was afkomstig van Caleb en Thomas Pratt, die in 1844 een brug ontwierpen die uit hout en twee formaties van gietijzeren driehoeken met de punt naar beneden bestond, wat men 'vakwerk' noemde.

Martin had hier vlakbij gewoond als jongen, hij had waarschijnlijk wel duizend keer over deze brug gelopen of gefietst.

Het leek hem een gepaste brug om vanaf te springen.

Er liep aan beide kanten een reling langs het voetgangerspad, maar die was niet zo hoog om het onmogelijk te maken. Gold had voor alle zekerheid een plastic krukje uit de opslagunit meegenomen dat hij gebruikte als hij een hoog liggende doos wilde pakken.

De trein zou vanuit oostelijke richting komen en werd om 11.12 uur op het station verwacht, hij reed onder de brug door voordat hij bij het iets verder gelegen perron stopte. Gold had bedacht dat hij genoeg tijd had om zich over de reling te gooien en op de rails te belanden als hij om 11.10 uur aan kwam rijden, zijn Lexus op de brug parkeerde en snel met het krukje in zijn hand uitstapte. De val zou vrijwel zeker zijn dood betekenen, en in het onwaarschijnlijke geval dat dit niet zo was zou de trein het afmaken.

Gold, die altijd een attente man was geweest, zou de autosleutels op het dashboard achterlaten. Zo was het niet nodig dat de politie een sleepwagen moest regelen, of, erger nog, dat ze in zijn zakken moesten zoeken nadat de val en de trein een bloederig zootje van hem zouden hebben gemaakt. Hij vroeg zich af of hij nog een briefje voor Elspeth had moeten schrijven, met een uitleg waarom hij er een eind aan had gemaakt.

Nee, dacht hij. Het was beter dat ze het nooit zou weten.

Hij had de auto in de buurt van de brug geparkeerd. Toen de autoklok 11.08 uur aanwees zette hij de versnelling in 'drive' en gaf rustig gas. Er reed niemand voor hem op de weg, er was niets wat hem kon beletten zijn trein op tijd te pakken.

De Lexus rolde de brug op. Hij stopte halverwege en zette de motor uit. Hij legde de autosleutels op het dashboard en pakte het plastic krukje dat hij in de voetenruimte van de passagiersstoel had gelegd.

Hij stapte uit en liep om de auto heen om het voetgangerspad rechts van hem te bereiken. Hij tuurde over de reling.

Daar was hij. De koplamp van de naderende trein.

Zijn hart bonsde toen hij het krukje neerzette, erop stapte en de reling vastgreep. Hij hoefde zich alleen nog maar af te zetten en zijn benen eroverheen te zwaaien.

De trein was bijna bij de brug.

Het was tijd.

Eén... Twee...

'Hé! Stop!'

Hij voelde dat iemand zijn benen had vastgegrepen. Hij wierp een blik over zijn schouder en zag dat het een grote vrouw was. Ze was ietwat formeel gekleed, in een lichtblauw overhemd, een zwarte pantalon en een zwart colbertjasje.

'Doe het niet, dokter Gold!' riep de vrouw. 'Doe het niet!'

Hoe wist ze wie hij was? Hij had deze vrouw nog nooit eerder in zijn leven gezien.

'Laat me gaan!' zei hij. 'Laat me gaan!'

'Ik heb je vast! Ik heb je vast!'

Het lukte Martin Gold niet om zich over de reling te zwaaien. De vrouw die aan hem hing was zwaar, hij kreeg zijn benen er niet overheen.

De trein denderde onder hem door terwijl hij al bezig was met afremmen om bij het station te stoppen. Hij was nu al links van de brug.

Het moment was voorbij.

Het plastic krukje kantelde, hij verloor zijn evenwicht en viel terug. De vrouw stapte over hem heen en drukte hem op de grond. Hij realiseerde zich dat ze hem niet probeerde te helpen, nee, ze zorgde ervoor dat hij niet weg kon komen.

'Het komt allemaal in orde,' zei ze. 'Charise zal goed op je passen.'

En toen zag Gold iemand op de brug naar hen toe rennen. Iemand die hij herkende.

Miles Cookson.

Shit, dacht Gold. Het is voorbij.

57

New Haven, Connecticut

Gilbert en Samantha stonden bij het raam van haar slaapkamer op de eerste etage. Ze gluurden door een kier in het gordijn naar beneden en vroegen zich af wat Carolines volgende stap zou zijn. Ze stond in de tuin, keek omhoog en wist dat ze daar stonden.

'Sorry!' schreeuwde ze. 'Het spijt me allemaal!'

De huilbui van zonet was in een gesnik overgegaan.

'Laat me binnen, alsjeblieft! Ik heb het allemaal voor jou gedaan!'

De slotenmaker was net vertrokken toen Caroline de moed bleek te hebben verzameld om terug naar huis te keren met een verhaal dat op een bevredigende manier haar acties zou verklaren. De code van het beveiligingssysteem, dat je met een toetsenbordje op de voordeur kon bedienen – en dat met de juiste combinatie niet alleen de deur opende, maar ook het alarm uitschakelde – was ook veranderd.

'Misschien moeten we haar maar binnenlaten,' zei Samantha.

'Nee,' zei haar vader.

'We kunnen haar niet de hele nacht in de tuin laten staan.'

'Jawel,' zei Gilbert, 'dat kunnen we wel.'

Hij had ook alle creditcards geblokkeerd, behalve zijn Cookson Techcard, waar Caroline geen toegang toe had.

Caroline was op een gegeven moment om het huis heen gelopen en had geprobeerd om de glazen schuifdeuren van de keuken open te krijgen, maar ook die had Gilbert op slot gedaan. Ze had een van de metalen tuinstoelen gepakt en die tegen de glazen pui aangegooid, maar met te weinig kracht om het dikke glas te breken.

Daarna was ze naar de voortuin teruggelopen, in de hoop dat een spijtbetuiging het beoogde effect zou hebben.

'Het spijt me!' riep ze nog eens. Ze nam aan dat haar gezin haar zou horen, ook al kon ze hen niet zien. 'Ik probeerde het juiste te doen! Ik probeerde er óns mee te helpen! Gil, loop alsjeblieft even naar de voordeur! Je hoeft hem niet open te maken, ik wil alleen maar even met je praten.'

Hij liep naar beneden en ging bij de voordeur staan. Hij hoorde Caroline aan de andere kant jammeren.

'Ik wilde alleen maar dat je zou krijgen waar je recht op had,' zei ze.

'Nee, daar ging het je niet om,' zei Gilbert.

'Wél. Echt waar. Ik heb Samantha gezegd dat het allemaal voor jou was.'

'Ga weg, Caroline. En kom niet terug.'

'Ik zal met Miles praten. Ik zal het allemaal goedmaken.'

'Dat lijkt me geen goed idee.'

Er kwam geen antwoord terug. Ze snikte alleen maar.

Gilbert was uitgeput en drukte zijn voorhoofd tegen de deur. 'Je moet hulp zoeken,' zei hij.

Nog meer gesnik. Hij hoorde haar snuiven.

'Ga met iemand praten,' zei Gilbert. 'Misschien... dat het zou helpen. Je zou erachter moeten zien te komen waarom je zulke dingen doet. Als je werkelijk het juiste voor dit gezin wilt doen, zou dat een begin kunnen zijn.'

Er kwam nog steeds geen antwoord vanaf de andere kant. Het gejammer was opgehouden. Gilbert vroeg zich af of ze er nog steeds was. Toen hoorde hij een knal. Glas dat brak. Het geloei van een alarm.

Hij rende naar de woonkamer.

De voorruit van de Porsche die Miles hem had gegeven was ingeslagen en verbrijzeld. De motorkap was bedekt met wat wel potaarde en bladeren leken. De lichten van de auto knipperden en het alarm bleef afgaan. Gilbert zag dat een van de bloembakken bij het pad naar de deur ontbrak.

Caroline stond naast de Porsche en wreef in haar handen terwijl ze haar daad bewonderde. Ze draaide zich langzaam om en keek in de richting van het huis.

Gilbert dacht dat ze opeens gekalmeerd leek te zijn. Misschien dat deze daad van auto-vandalisme haar had opgelucht.

Samantha was naar beneden gekomen. 'Heb je gezien wat ze heeft gedaan?'

'Ja.'

En op dat moment zag hij hoe zielig zijn vrouw eigenlijk was. Hoe ze daar stond, met de sporen van tranen over haar wangen, de uitgelopen make-up, haar smerige handen en haar verfomfaaide kapsel.

Gilbert wist dat hij kwaad zou moeten zijn, en dat was hij ook, maar nu voelde hij alleen maar medelijden.

Caroline wierp een laatste blik op het huis, draaide zich om en liep naar het eind van de oprit, waar haar Volvo SUV stond. Ze stapte in en reed rustig weg. Geen slippende banden. Ze gebruikte zelfs haar richtingaanwijzer toen ze de straat op reed.

'Waar zal ze naartoe gaan?' vroeg Samantha.

Gilbert schudde zijn hoofd. 'Het kan me niets schelen, zolang ze maar niet terugkomt.'

58

New Haven, Connecticut

'Dit is ontvoering. U kunt me hier niet tegen mijn wil vasthouden. Ik ga de politie bellen.'

Miles wierp dokter Martin Gold een telefoon toe. Het was dezelfde die Charise hem eerder had ontnomen. 'Ga je gang. Bel ze maar. Laten we ze alles vertellen.'

Gold kon wel in de bank verdwijnen. Hij bevond zich in de woonkamer van Miles' huis en zijn blik ging van hem naar Charise, die hem met haar armen over elkaar in de gaten hield, klaar om hem terug op de bank te gooien zodra hij wilde ontsnappen.

Miles had zich door Charise naar de ReproGold Clinic laten rijden nadat hij terug was uit Fort Wayne. Toen de arts daar niet bleek te zijn reden ze naar zijn huis, maar vlak voordat ze er waren zagen ze hem in zijn Lexus de andere kant op rijden.

Ze volgden hem.

En reden achter hem aan tot Mount Vernon. Toen hij daar midden op de brug stopte, was er enige verwarring. Maar ze begrepen al snel wat de bedoeling was.

'O, mijn god,' zei Miles. 'Hij gaat springen.'

Charise wist wat haar te doen stond. Ze sprong uit de limo, rende de brug op, greep Gold, trok hem van de reling af en ging op hem zitten zodat hij niet weg kon komen.

Vervolgens had ze hem toegefluisterd dat ze hem iets verschrikkelijks zou aandoen als hij niet gewillig mee naar de limo liep. Iets wat zó'n pijn deed dat hij haar zou smeken om nu echt van die brug te mogen springen.

Nadat Charise hem naar de limo had gebracht en ze weer achter het stuur zat, had Miles gezegd: 'Dat was geweldig.'

'Ach, het was kinderspel in vergelijking met wat ik vroeger deed, sir.'

Miles had zich een moment afgevraagd of ze deze suïcidale man bij een ziekenhuis moesten afleveren, maar hij besloot dat het belangrijker was dat Gold zijn vragen zou beantwoorden. Hij zou later wel gepaste hulp kunnen krijgen, dus Miles vroeg aan Charise om naar zijn huis te rijden.

Dorian wachtte daar op hen en meldde dat ze Lana Murkowski van de FBI had geprobeerd te bereiken, maar dat ze nog niet was teruggebeld.

Toen Gold niet op zijn uitdaging om de politie te bellen durfde in te gaan, pakte Miles de telefoon terug. Hij reikte Charise zijn eigen mobiel aan en vroeg haar om Chloe te bellen en dat te blijven proberen.

'Dat kan ik wel doen,' zei Dorian.

'Nee, het is goed zo,' zei Miles. Hij had Dorian nog niet aangekeken sinds ze terug waren. 'Chloe zal haar telefoon toch een keer weer moeten aanzetten,' zei hij tegen Charise.

'Chloe,' zei Gold. 'Die jongedame die de vorige keer bij u was.'

'Ja, precies,' zei Miles. 'Maar goed, u wilde dus springen. Waarom?'

Het duurde een paar tellen voordat Gold antwoordde. 'Ik had genoeg van alles.'

Miles boog zich naar hem toe. 'Waarom zou iemand zich van het leven willen beroven? Hij is depressief, dat sowieso. Maar misschien is hij bang voor iets dat erger is dan de dood. Wat hebt u gedaan, dokter Gold? Vertel me wat u hebt gedaan.'

Gold sloeg zijn ogen neer.

'Vertel me eens over Caroline Cookson.'

Gold keek op. 'Wie?'

Het was een gokje. Miles wist niet of Caroline een connectie met Gold had, en of de stunt die ze had uitgehaald verband hield met alle andere gebeurtenissen, en hij wilde zijn reactie zien. Miles herhaalde de naam.

'Wie is dat?' zei Gold. 'Cookson? Familie van u?'

‘Mijn schoonzus.’

‘Is ze in mijn kliniek geweest? De naam zegt me niets.’

Miles geloofde hem en veranderde van onderwerp. Hij vertelde Gold wat er in Fort Wayne was gebeurd, dat er een moordpoging was geweest op iemand wiens moeder jaren geleden zijn kliniek had bezocht, nog vóór dat ze naar Indiana verhuisde. Tijdens het luisteren werd Gold steeds nerveuzer.

‘Waarom zou iemand Travis Roben dood willen hebben?’ vroeg Miles. ‘Of dat meisje in Parijs? Of die student in Maine? Allemaal kinderen van vrouwen die jouw kliniek hebben bezocht.’

Charise zwaaide met zijn telefoon en zei: ‘Er wordt nog steeds niet opgenomen, meneer Cookson.’

Miles boog zich nu zo ver naar Gold toe dat de dokter zijn adem op zijn gezicht moest voelen. ‘U zei me dat ik niet wist waarin ik me begaf, met wie ik te maken had. Het wordt tijd dat u eens uitlegt wat u daarmee bedoelde.’

Toen Gold bleef zwijgen, keek Miles Charise aan. ‘Wat was je favoriete worp toen je nog een professionele worstelaar was?’

Charise dacht even na. ‘We hadden een worp die de *tombstone piledriver* heette. Hij was zó gevaarlijk dat we hem niet meer mochten uitvoeren. Je keert iemand ondersteboven, en dan ram je zijn hoofd in de...’

‘Ik geloof dat ik genoeg heb gehoord,’ zei Miles. Hij wendde zich weer tot Gold en wachtte. De dokter hief zijn hoofd en keek Miles in de ogen. Miles had het gevoel dat er een dam op springen stond.

‘Pritkin,’ zei hij.

‘Pritkin?’ vroeg Miles.

‘Jeremy Pritkin.’

‘Dé Jeremy Pritkin?’

Gold knikte. ‘Hij is het.’

‘Hoe bedoelt u “hij is het”?’ Miles was verbijsterd. ‘Pritkin? Dat meen je niet.’

Golds hoofd ging op en neer.

Alles kwam er in één grote woordenstroom uit. De man die een paar uur geleden nog zijn leven wilde beëindigen had er blijkbaar geen behoefte meer aan om geheimen voor zich te houden.

Gold vertelde dat Jeremy geloofde dat hij een supermens met een zeer bijzonder genetisch profiel was, en dat hij zijn sperma geïnsemineerd wilde hebben bij vrouwen, die in wezen onwetende proefkonijnen waren. Hij wilde dat het er tien waren, maar één kreeg een miskraam. Met de donaties van Miles werd niets gedaan, maar zíjn naam werd op de dossiers gezet.

En toen begonnen de commerciële DNA-testen opmars te maken.

'Het was niet genoeg dat ze stierven,' zei Gold. 'Ze moesten volledig verdwijnen.'

'Ik was op zoek om de kinderen van wie ik dacht dat ze van mij waren te helpen, en nu blijkt hun echte biologische vader naar hen op zoek om ze te vernietigen,' zei Miles, die opstond, want hij moest even bewegen. Hij liep door de kamer naar het raam en keek naar het bos dat aan zijn huis grensde. 'Het is ongelooflijk,' zei hij. 'Hoe kan iemand zo...'

'Hij is niet wie hij lijkt te zijn,' zei Gold. 'Je ziet pas wie hij is als je een blik achter de schermen wordt gegund. Hij is de duivel in eigen persoon.' Hij zweeg even. 'En daarom stond ik op die brug.'

'Je hebt haar zeker nog steeds niet bereikt?' vroeg Miles aan Charise, die nog steeds zijn telefoon in haar hand had.

Ze schudde haar hoofd.

De arts keek Miles aan. 'Nadat u me in die selfstorageloods had opgezocht heb ik... heb ik hem gebeld.'

'Wat hebt u hem gezegd?'

'Dat u en Chloe het al bijna doorhadden.'

'Wat bedoelt u daarmee?' zei Miles. 'Denkt u dat hij haar heeft meegenomen? Dat hij haar heeft vermóórd?' Hij wankelde, en greep een stoel vast om steun te hebben.

'Dat weet ik niet,' zei Gold. 'Ik denk dat hij eerst zal proberen uit te vinden hoeveel ze weet. Hij wil weten of hij kwetsbaar is geworden. Of hij al in beeld is.'

Dorian stormde op Miles af voor het geval hij zou omvallen, maar hij duwde haar weg. Ze schrok zichtbaar van zijn reactie.

'Waar zou ze kunnen zijn?' vroeg Miles aan Gold. 'Als hij Chloe heeft, waar zou ze dan kunnen zijn?'

‘Waarschijnlijk in zijn huis in Manhattan. Het is enorm. Twee of drie negentiende-eeuwse panden waarvan de muren zijn doorgebroken. Hij kan haar daar makkelijk verborgen houden. Maar hij wordt beschermd. Hij kent iedereen. Agenten, rechters, politici... Niemand zal daar een inval doen, tenzij ze zeker weten dat hij iets heeft gedaan. En zelfs dan, wie zal het zeggen? Hij heeft me twintig jaar lang in z’n zak gehad. God mag weten welke macht hij over anderen heeft.’

‘Bedoelt u dat hij getipt zal worden als we de politie bellen?’

De arts haalde zijn schouders op. ‘Misschien. En ik zou er rekening mee houden dat hij ook achter u aan zal gaan als hij eenmaal klaar is met Chloe.’

Miles reikte Gold zijn telefoon aan. ‘Bel hem.’

‘En wat moet ik dan zeggen?’ vroeg hij met overslaande stem.

Miles dacht hierover na. ‘Zeg hem dat... nee, probeer eerst uit te vinden of hij Chloe heeft. En als dat zo is... shit, laat me nadenken.’ Hij begon weer te ijsberen. ‘We moeten een manier vinden om tijd te rekken.’ Hij wendde zich tot Dorian en sprak haar voor de eerste keer aan sinds ze samen in de kamer waren. ‘Nog steeds niets van Murkowski?’

‘Nee,’ zei Dorian. ‘En zelfs zíj kan hier problemen mee krijgen als ik het zo hoor. Of degene die ze op de zaak zet.’

Miles legde een hand op zijn voorhoofd. ‘Jezus.’

‘Ik heb een idee,’ zei Martin Gold.

Miles wachtte af.

‘Als hij Chloe heeft kan ik hem zeggen... dat ik een DNA-monster van haar moet hebben.’

‘Waarom?’ vroeg Miles.

‘Omdat, omdat...’ Gold zocht wanhopig naar een reden. ‘Omdat ik haar met een paar andere volwassen kinderen moet vergelijken. Dat ik me mogelijk heb vergist met de dossiers, dat er misschien meer dan tien vrouwen met zijn sperma zijn geïnsemineerd. Dat hij meer kinderen zou kunnen hebben die hij moet opsporen.’

Miles reageerde sceptisch. ‘Waar slaat dat op? Waarom zou je háár DNA nodig hebben? Een monster van hem is toch genoeg? Wat dacht je van...’

‘Hou je mond nou eens!’ riep Gold uit. ‘Hou gewoon... je mond. Luister, dit is het beste wat ik op dit moment kan verzinnen. Ik ben de wetenschapper hier, en ik zou me er doorheen kunnen bluffen.'

Miles zag eruit alsof hij het ook niet meer wist. 'Doe het,' was alles wat hij zei.

Gold belde een nummer en wachtte. 'Met Martin Gold,' zei hij uiteindelijk. 'Ik zou Jeremy graag willen spreken.'

'Zet hem op de speakerfunctie,' zei Miles.

Gold tikte op het scherm en hield de telefoon voor zijn mond. Het duurde bijna een minuut voordat er een stem aan de andere kant van de lijn klonk.

'Jeremy?'

'Nee,' zei een vrouw. 'Dokter Gold?'

'Ja. Met wie spreek ik?'

'Roberta.'

'Roberta, ik moet Jeremy spreken.'

'Hij heeft het druk,' zei Roberta.

'Het is belangrijk.'

'Waar gaat het over?'

'Chloe Swanson.' Hij liet een stilte vallen, en sprak toen zachter, op samenzwerende toon. 'Is ze daar?'

'Hoe komt u daarbij?'

Golds ogen schoten de kamer door terwijl hij iets probeerde te bedenken, Miles kon wel door de grond zakken. Waarom zóú Gold dat denken? Door wie zou hij getipt zijn?

De arts koos voor een versie van de waarheid, dat zou het geloofwaardigst overkomen. 'Cookson belde me. Chloe Swanson blijkt verdwenen. En ik ben niet gek.'

'Stel dat ze hier is,' zei Roberta. 'Wat wilt u daar verder mee?'

'Ik moet een kwestie met Jeremy bespreken.'

'Bespreek het maar met mij.'

Gold haalde diep adem en zei: 'Ik wil een DNA-monster van haar hebben. Ik moet haar profiel met dat van anderen vergelijken. Het is nogal ingewikkeld.'

'Denkt u dat ik te dom ben om zoiets te begrijpen?' vroeg Roberta.

'Nee, nee, helemaal niet. Maar het lijkt me handiger als ik het direct aan Jeremy uitleg.'

Er viel een stilte aan de andere kant van de lijn. Miles en Charise wisselden blikken, alsof ze zich afvroegen of de verbinding was verbroken.

Maar toen was Roberta er weer. 'En als u dat wilt doen moet u zeker hiernaartoe komen?'

'Ja,' zei Gold.

'Wanneer?'

'Morgen?'

Weer een lange stilte. Uiteindelijk kwam Roberta weer aan de lijn. 'Dat is te laat. Het spijt me, dokter Gold, maar we kunnen u hier helaas niet bij helpen.'

'Maar...'

'Dat was het, dokter Gold,' zei Roberta.

'Hallo? Hang niet op. Bent u daar nog?'

Dat was niet het geval.

'Hij heeft haar,' zei Miles.

'Ik zal de auto voorrijden,' zei Charise.

59

Manhattan, New York

Rhys en Broderick hadden beiden een biertje besteld. Ze zaten in een bar op Third, iets ten noorden van het warenhuis Bloomingdale's.

'Da's een tijdje geleden,' zei Rhys.

Broderick knikte. 'We hebben elkaar niet meer gezien sinds mijn juridische problemen.'

Rhys grijnsde. 'Dat is allemaal goed gekomen.'

Toen grijnsde Broderick. 'Het had anders kunnen lopen als jij er niet was geweest. Ik sta bij je in het krijt.'

'Nu we het er toch over hebben,' zei Rhys, 'ik had een probleempje laatst. Heb je wel eens van Jeremy Pritkin gehoord?'

'Wie niet?'

'Ik heb onlangs voor hem gewerkt,' zei Rhys. 'Een grote klus, die niet is afgemaakt. Het is helemaal misgelopen.'

'Hoe dan?'

'Ik ben mijn partner kwijtgeraakt.'

Broderick grijnsde. 'Oké, wat is de klus?'

'Pritkin houdt twee meiden vast in zijn huis. Ze vormen een risico, dus hij kan ze niet vrijlaten. Op het moment denken ze dat dat wel gaat gebeuren, en dat ze een afspraak met een van zijn advocaten hebben om een geheimhoudingsverklaring te tekenen, waarna ze met een aanzienlijk bedrag hun mond zullen houden. Op die manier zullen ze het huis verlaten zonder dwang of ontsnappingspogingen, en kunnen wij ergens ongestoord de klus afmaken.'

Broderick knikte. 'En wat is de reden van dit alles?'

'Wil je écht weten wat de reden hierachter is?'

Broderick haalde zijn schouders op. 'Gewoon, uit nieuwsgierigheid.'

'Zelfs ik weet dat niet precies. Pritkin wilde dat er een aantal mensen zou verdwijnen. Maar dan ook volledig. Geen DNA-sporen. Ze zitten verspreid over het hele land, en in Fort Wayne liep het dus mis.'

'Fort Wayne?'

'Ja.'

Broderick bewoog zijn tong heen en weer en drukte hem tegen de binnenkant van zijn wang. 'Vreemd, ik heb al in geen eeuwigheid iets over Fort Wayne gehoord, en nu duikt die naam in zeer korte tijd twee keer op.'

Rhys wachtte af.

'Ik had een vrouw ontmoet. Ze had een plan om een fortuin binnen te halen dat eigenlijk naar haar man had gemoeten, maar zijn broer wilde het hem niet nalaten. Ze had haar dochter overgehaald om met een nerd aan te pappen die blijkbaar wél de hoofdprijs zou krijgen.'

Rhys kneep zijn ogen samen. 'Wat is de naam van die nerd?'

'Travis Roben.'

Rhys leunde achterover en schudde zijn hoofd. 'Dat meen je niet.'

'Nee, echt.'

'Man, dat is het akkefietje dat in het honderd is gelopen.' Hij gaf Broderick een beknopte versie van de gebeurtenissen in Fort Wayne. 'Het is een verdomd kleine wereld.'

'Dat valt wel mee,' zei Broderick. 'Er zijn niet zoveel mensen werkzaam in ons vakgebied. Soms overlappen de zaken elkaar.'

'Zal ik je wat vertellen?' zei Rhys. 'Het heeft zo moeten zijn om jou erbij te vragen.' Hij hief zijn flesje bier en proostte met Broderick. 'Ik heb hier een goed gevoel over.'

60

Manhattan, New York

Chloe en Nicky hadden besloten om het na het avondeten te doen, een maaltijd die overheerlijk bleek te zijn. Lasagne met kalfsvlees, en als dessert chocolademousse.

'Dit is zelfs nóg lekkerder dan gewoonlijk,' had Nicky gefluisterd. 'Dus dan zal het onze laatste maaltijd wel zijn.'

Hun sporadische pogingen tot galgenhumor konden niet verhullen hoe bang ze waren.

Terwijl de tv hard aan stond had ze Chloe tijdens eerdere fluistersessies uit de doeken gedaan wat de dagelijkse routine was. Als er iemand de kamer in kwam, zoals de huishoudster of Roberta, dan konden ze niet vertrekken voordat er iemand op hun deurgeklop reageerde. De bewaker die bij de trap naar beneden op wacht stond, iets verderop in de hal, maakte de deur voor hen open en keerde dan weer terug naar zijn plek bij de trap. Het was net als in een misdaadfilm, de advocaat klopt op de celdeur om de bewaker te laten weten dat hij en zijn cliënt zijn uitgepraat.

Chloe had gevraagd hoe het met die bewaker zat.

Hij was groot, zei Nicky, maar dat betekende ook dat hij trager was dan hen. En hij stond niet bij de plek waar ze van plan waren heen te gaan.

'Heb je ooit basketbal gespeeld?' vroeg Chloe.

'Natuurlijk.'

'We maken een schijnbeweging. We doen net of we de ene kant op gaan, hij probeert ons tegen te houden en we gaan de andere kant op.'

'En hij zal denken dat we naar de voordeur willen rennen.'

'Ik moet plassen,' zei Chloe met luide stem zodat de eventuele afluisteraars het zouden horen.

Ze liep de badkamer in en sloot de deur. Ze pakte een handdoekje, wikkelde het om het waterglas dat ze van de plank had genomen en sloeg zachtjes tegen de rand van de porseleinen wastafel tot ze het glas hoorde breken.

Toen legde ze het handdoekje in de wastafel, trok het voorzichtig open en bekeek de scherven. Ze koos twee scherven uit die groot genoeg waren om effectief te zijn, maar ook klein genoeg om in je hand te kunnen verbergen. Ongeveer het formaat van een luciferdoosje.

Ze legde de twee scherven naast de kranen, gooide de rest van het glas in de vuilnisbak en bedekte het met tissues. Vanwege de mogelijke afluisteraars trok ze het toilet door en ging daarna naast Nicky op het bed zitten.

Ze zaten met hun rug tegen het hoofdeinde. Chloe stopte een van de twee scherven onder Nicky's bovenbeen. Ze waren alle twee volledig aangekleed en hadden hun schoenen aan.

'Pas op, het is scherp,' fluisterde ze.

'Je meent het,' zei Nicky.

De scherf was een moment zichtbaar op het dekbed toen Nicky vooroverboog om hem te pakken. 'Ik ga even mijn benen strekken,' zei ze luid.

Ze stapte van het bed af en begon door de kamer te ijsberen, maar bij elk rondje dat ze maakte kwam ze dichter bij de deur uit. Het plan was simpel. Als de huishoudster het dienblad kwam ophalen, zou Nicky ervoor zorgen dat de deur niet werd dichtgetrokken terwijl Chloe de huishoudster stil zou houden door haar met de scherf te bedreigen.

Simpel.

Nicky zou zoiets als dit al eerder hebben kunnen uitvoeren, maar voor de rest van het ontsnappingsplan hadden ze Chloe's vaardigheden nodig.

Nicky bleef nog steeds luid doorpraten, zodat ze gehoord zouden worden. 'Wat was een VHG nu ook alweer?'

'Geen VHG,' zei Chloe. 'GHV. Een geheimhoudingsverklaring. We tekenen het, ze betalen ons en zo hebben we verklaard dat we hierover nooit uit de school zullen klappen.'

'En wat als we dat wel doen?'

'Dan kunnen ze ons voor de rechter slepen en dan moeten we het ontvangen geld teruggeven en misschien nog wel meer ook. We moeten dan advocaten inhuren om ons te verdedigen en we zouden tot onze nek in de schulden zitten.'

'Zelfs terwijl we hier onrechtmatig worden vastgehouden?'

Chloe haalde haar schouders op. 'Wil je dit nu werkelijk aanvechten? Terwijl het ons hieruit krijgt? Wil je niet een bedrag krijgen waarmee je de rest van je leven vooruit kan? Want geloof me. Ze zullen er flink voor moeten dokken om ons stil te houden.'

Ze vonden dat hun acteerprestaties Oscar-waardig waren.

'Oké,' zei Nicky. 'Als ik niets meer hoef te doen dan iets tekenen, dan doe ik dat. Hoeveel geld denk je dat we zullen krijgen?'

Chloe haalde haar schouders op. 'Vele duizenden, gok ik. Die Pritkin is steenrijk, toch?'

'Kijk maar om je heen,' zei Nicky. 'Hij heeft meer geld dan...'

Klop klop.

Chloe schoot van het bed af. Nicky bleef vlak bij de deur staan.

Chloe voelde de glasscherf tegen haar handpalm toen ze hem met haar vingers omsloot. Nu niet samenknijpen, want dan zou het gaan bloeden.

Nicky deed hetzelfde. Ze wisselden snel een blik.

Daar gaan we dan.

De deur werd opengemaakt.

61

Manhattan, New York

Tijdens het eerste gedeelte van hun rit naar Manhattan, toen de zon onderging, had Dorian gevraagd of ze achterin bij Miles kon zitten. Gold zat voorin naast Charise.

Dorian zei op zachte toon tegen Miles: 'Wat is er aan de hand? Je gedraagt je raar. Je houdt me overal buiten.'

'We kunnen het erover hebben als dit achter de rug is,' zei hij. 'Dit is niet het juiste moment.'

'Nee,' zei ze. 'Ik wil het nu weten.'

Miles vermeed haar aan te kijken. Hij keek uit het raam. Dorian wilde haar hand op zijn arm leggen, maar trok hem weer terug. Het besef was gekomen.

'Ik betaal het terug,' zei ze.

Miles, die haar nog steeds niet aankeek, zei: 'Het gaat me niet om het geld. Je mag het houden, het kan me niets schelen.'

'Hoe lang weet je het al?'

'Heather belde me, nadat we die FBI-agent hadden gesproken.'

Dorian vocht tegen haar tranen.

'Misschien zou je me kunnen vertellen waarom je het hebt gedaan.'

'Ik dacht... dat ik het verdiende,' zei Dorian.

Miles draaide zich langzaam om en keek haar aan. 'Dat is misschien waar. Je hébt het verdiend. Ik weet dat je wel eens het gevoel hebt dat ik je niet waardeer, maar dat is niet zo. Ik ben je altijd dankbaar geweest voor je hulp. Ik had geen betere assistent kunnen hebben.'

Dorian miste het woord *had* niet.

'Je had naar me toe moeten komen, en je moeten uitspreken. Ik denk dat ik gewoon naar je had geluisterd. Maar nu is het vertrouwen weg.'

Ze veegde een traan weg. 'Ik kan nu uitstappen. Ik neem wel een Uber terug.'

Miles schudde zijn hoofd. 'Nee. We gaan hiermee verder.'

Dorian vroeg aan Charise om te stoppen zodra ze daar de kans toe zag, zodat ze met Gold van plaats kon wisselen.

Ze reden over de Triborough Bridge Manhattan in. Terwijl ze erover reden zei Gold, die even afgeleid leek van de crisissituatie waarin ze zich bevonden: 'De officiële naam van deze brug is de Robert F. Kennedy. Het zijn eigenlijk drie bruggen, en ze zijn gebouwd in 1936.' Hij keek Miles aan, die naast hem op de achterbank zat en zei: 'Wist u dat?'

'Nee,' zei Miles vlak. 'Dat wist ik niet.'

'Wist u dat er om de drieënhalve dag iemand van de George Washington Bridge probeert te springen?'

Deze keer draaide Miles zich naar hem toe en zei: 'Nee, dat wist ik ook niet.'

'Misschien,' zei Gold zacht, en hij leek bloedserieus, 'zou Charise me daarheen kunnen rijden als dit allemaal voorbij is.'

'Alles op zijn tijd,' zei Miles.

Kort nadat ze de brug achter zich hadden gelaten en in zuidelijke richting over de FDR Drive reden begon het drukker op de weg te worden, en toen ze 118th Street hadden bereikt kroop het verkeer voort.

'Ik neem de afslag bij 106th als het dan nog steeds zo erg is,' zei Charise.

Ze had herhaaldelijk in haar achteruitkijkspiegel gekeken, en Dorian zag een bezorgde uitdrukking op haar gezicht.

'Is alles goed?' vroeg Dorian zachtjes.

'Ik denk dat het niets is,' zei Charise. 'Maar ik heb het idee dat we al een hele tijd dezelfde auto achter ons hebben. Maar ik weet het niet, het is donker. Ik kan het mis hebben.'

Dorian draaide zich om en probeerde door de achterruit te kijken. 'Hoe kun je het sowieso zien?'

'Verschillende soorten koplampen. Vroeger waren ze allemaal rond, maar tegenwoordig heeft elk merk zijn eigen vorm.' Ze keek nog eens. 'Oké, ik zie ze niet. Misschien ben ik een beetje paranoïde.'

De auto bewoog zich in een slakkengang voort, tot Charise naar de rechterrijstrook manoeuvreerde en de afslag van 106th Street nam. Maar ze was niet de enige die op het idee was gekomen om zo aan de FDR Drive te ontsnappen.

'Shit,' zei Dorian.

Charise begon druk te claxonneren. Niemand ging voor haar aan de kant, maar ze voelde zich er wel beter door.

'Bel nog een keer,' zei Miles tegen Gold. 'Zeg hen dat je in de buurt bent, en dat je Chloe móét zien.'

Gold protesteerde. 'Ik heb het al een keer geprobeerd. Roberta...'

Miles ontplofte. 'Probeer het nog eens.' Hij reikte hem de telefoon aan. Gold belde en wachtte.

'Hij blijft maar overgaan,' zei hij. 'Wacht even.' Er werd opgenomen. 'Hallo, met Martin Gold. Roberta, ben jij...'

Gold liet de telefoon zakken. 'Ze heeft opgehangen.'

'Shit.'

'Wat dachten jullie hiervan? Ik heb een idee,' zei Dorian, die zich naar hen toe draaide. Miles keek haar aan, maar zei niets. 'Bel de brandweer.'

'Wat zei je?' zei Charise.

'We zeggen dat we langs het huis reden en vlammen uit de ramen zagen komen. Zo winnen we tijd. Ze gaan niets proberen als de brandweer bij hen op de stoep staat.'

'Ik vind het wel iets,' zei Charise.

'Ik ook,' zei Miles met enige tegenzin. Hij pakte de telefoon uit Golds handen.

'Hé, niet met míjn telefoon,' protesteerde hij. 'Ze houden alles bij. Straks word ik aangeklaagd wegens een valse brandmelding.'

Miles keek hem ongelovig aan. 'En dáár maakt u zich op dit moment druk over?' Gold pleegde het telefoontje.

62

Manhattan, New York

De deur ging een paar centimeter open, niet meer.

Voordat Nicky eraan dacht om de deurknop te pakken en de deur wijd open te trekken, zag ze door het kiertje een man staan. Het was de man die hen eerder met het voorstel van de geheimhoudingsverklaring had bezocht. De man met de halve pink.

'Ga achteruit,' zei hij tegen haar. Toen Nicky een klein stapje naar achteren deed, zei Rhys: 'Meer.'

Nicky wierp Chloe een wanhopige blik toe. Ze deed wat haar werd gezegd en stapte een flink stuk achteruit. De deur ging wijd open en Rhys kwam naar binnen, gevolgd door een andere man, die de deur achter zich sloot.

Klik.

Shit, dachten Nicky en Chloe.

Chloe had niet op twee personen gerekend. Twee mánnen. De man met de halve pink was al reusachtig genoeg, maar die tweede vent was net zo groot en vervaarlijk, ook al droeg hij een pak met een stropdas om er als een advocaat uit te zien.

'Zijn jullie klaar, meiden?' vroeg Rhys. 'Hoe eerder we dit hebben geregeld, hoe sneller jullie je geld krijgen en je normale leven weer kunnen oppakken.'

'Wie ben jij?' vroeg Nicky aan de andere man.

Rhys stelde hem voor. 'Dit is mijn collega Broderick. Hij heeft al het papierwerk in orde gemaakt dat jullie gaan tekenen.'

‘Waarom hebben jullie dat papierwerk niet meegenomen?’ vroeg Chloe. ‘Dan konden we zo vanuit dit hok de voordeur uit lopen.’

Rhys knikte begripvol. ‘Natuurlijk, ik begrijp dat je je zo voelt, maar er moet veel getekend worden en de cheques liggen ook in ons kantoor. Dus zo gaan we het doen.’

‘O,’ zei Chloe. ‘Nou, goed dan.’

De glasscherven werden nat van het zweet in haar en Nicky’s handen. Als het een van de mannen was opgevallen dat ze hun rechterhand dicht hielden, lieten ze het niet merken.

‘Is er nog iets wat we moeten meebrengen?’ vroeg Chloe.

Rhys grijnsde. ‘Volgens mij heb je niet de kans gekregen om je koffer in te pakken voordat je hier kwam.’

‘Je meent het,’ zei Chloe.

‘Kan ik later mijn spullen ophalen?’ vroeg Nicky.

‘Natuurlijk,’ zei Broderick.

‘Hoor je dat?’ zei Chloe.

‘Wat?’ zei Rhys.

‘Sirenes.’

Rhys haalde zijn schouders op. ‘Je woont zeker nog niet zo lang in New York.’

Maar het geluid van de sirenes werd intenser. Ze kwamen dichterbij. De twee mannen wisselden bezorgde blikken. Er werd op de deur geklopt. Rhys liep erheen en opende hem een paar centimeter.

De stem van de bewaker was hoorbaar. ‘Blijf daar. Er is iets aan de hand.’

De deur ging weer dicht. Rhys draaide zich om en zei glimlachend: ‘We moeten wachten op het “alles veilig”-sein.’

‘Wat is er aan de hand?’ vroeg Chloe.

‘Kop dicht,’ zei Rhys.

Roberta had de voordeur al opengedaan voordat de eerste brandweerman de trap op kwam. De straat, die volledig afgeladen was met voertuigen van de brandweer, werd in een hectische rode gloed gezet door de zwaailichten van twee pompwagens en een ladderwagen. Voor alle zekerheid stonden er ook nog twee patrouilleauto's van het NYPD.

'Wat is er aan de hand?' vroeg ze aan een gehelmde brandweerman in vol ornaat terwijl ze de trap afliep.

'We hebben een brandmelding binnengekregen op dit adres,' zei hij.

'Dat is belachelijk,' zei ze. 'Er is hier geen brand. Zelfs nog geen aangebrand toastje.'

De brandweerman duwde zijn helm naar achteren en bekeek de oude gevelrij van onder naar boven. 'Er heeft iemand gebeld die zei dat er vanaf de straat vlammen zichtbaar waren.'

'Ziet u vlammen?' zei Roberta.

'We moeten naar binnen om alles te checken,' zei hij.

'O, dat is niet nodig,' hield Roberta vol.

'Sorry,' zei hij terwijl hij om haar heen liep en de trap naar de voordeur beklom.

'Echt!' riep Roberta uit en ze zette de achtervolging in. 'Er is niets aan de hand!'

Ze had de voordeur op een kier laten staan, dus hij hoefde hem alleen maar open te duwen. Ze haalde hem in toen hij al in de hal was.

De brandweerman werd verwelkomd door Jeremy Pritkin, die net de trap afliep. Hij glimlachte breed en stak zijn hand uit.

'Wel!' zei hij. 'Wat een verrassing!'

De brandweerman stond als aan de grond genageld. Het was duidelijk dat hij Pritkin herkende. Er waren maar weinig New Yorkers die dat niet zouden doen.

'We kregen een melding binnen,' zei de brandweerman.

'O, dat verbaast me niets,' zei Jeremy. 'We worden de hele dag al lastiggevallen. We zijn constant gebeld. We kregen hier een uur geleden twintig pizza's bezorgd die we niet hadden besteld. Ik kreeg een bomdreiging op mijn mobiel, waar ik natuurlijk kapot van zou moeten zijn, maar het is niet de eerste keer dat het gebeurt. Ik denk dat het iets heeft te maken met wat ik gisteravond op tv heb gezegd. Waarschijnlijk heb ik daardoor weer een paar van die idioten in mijn nek gekregen. En nu bent u hier. Het spijt me zó dat u op deze manier bij een haatcampagne tegen mij wordt betrokken. Ik heb de hoofdcommissaris al gebeld of hij er niet iemand op kan zetten.'

De brandweerman knikte. 'Dat is vervelend voor u, meneer Pritkin. Goed dan. Normaal zouden we alles hier inspecteren, maar het klinkt alsof er niets aan de hand is. Ik wens u een goedenavond verder.'

Toen hij zich omdraaide liep Pritkin met hem mee en legde een kameraadschappelijke hand op zijn schouder. 'Het is een schandaal, dat jullie hier je tijd moeten verspillen terwijl er ergens anders wél een brand woedt. Het is onacceptabel.'

'Vertel mij iets nieuws,' zei de brandweerman. Hij wuifde ze nog toe voordat hij het pand verliet. 'Pas goed op.'

'Dank je wel!' zeiden ze in koor.

Toen ze terug het huis in liepen fluisterde Jeremy tegen Roberta: 'Er is iets mis.'

Boven hield Rhys één arm strak om Chloe's middel geslagen, terwijl hij zijn andere hand op haar mond drukte. Broderick had bij Nicky hetzelfde gedaan.

Hun armen zaten vast. Ze hadden nog steeds de glasscherf in hun hand, maar konden er niets mee doen. Chloe probeerde haar paniek te onderdrukken. Waarschijnlijk zouden deze mannen hen knevelen en hun handen vastbinden. En dan zouden niet alleen de glasscherven, maar ook de rest van hun plannen volkomen nutteloos zijn.

'En nu blijf je heel stil,' fluisterde Rhys in Chloe's oor. 'Zodra het veilig is, gaan we onze zaken regelen.'

Zo Chloe er ooit aan had getwijfeld, advocaten overmeesterden je niet met een hand op je mond gedrukt.

Dat was iets wat moordenaars deden.

Er werd weer geklopt. Vanaf de andere kant hoorden ze een stem die ze meteen als die van Roberta herkenden. 'Hier is alles goed, zijn jullie zover?'

'Nog even!' riep Rhys terug. Hij trok zijn hand van haar mond weg en liet Chloe los. 'Sorry,' zei hij tegen haar. 'We zitten niet op obstakels te wachten om jullie hier weg te krijgen. Dat zou alleen maar overbodige vragen opleveren.'

Doe alsof je het allemaal gelooft, zei Chloe tegen zichzelf. *Speel het spel met ze mee.*

'Oké,' zei ze. 'Maar dat was niet leuk.'

'Nee, absoluut niet,' zei Nicky, die net door Broderick was losgelaten.

Chloe keek naar haar lotgenote en zag toen iets.

Bloed.

Het druppelde van Nicky's rechterhand.

63

Manhattan, New York

Charise dacht dat het de snelste route was om Park Avenue in zuidelijke richting af te rijden en dan linksaf Seventieth in te slaan, een straat met eenrichtingsverkeer. Pritkins huis stond in het blok tussen Park en Lexington. Ze rekende erop dat de straat afgeladen zou zijn met brandweerauto's en andere dienstwagens, dat de nepmelding aan 911 zijn uitwerking niet had gemist.

'Wat ze ook van plan zijn, ze kunnen niets doen zolang de brandweer en de politie bij hen voor de deur staan,' zei Miles hoopvol.

'En wat gaan we zo dadelijk doen?' vroeg Charise.

'We zeggen tegen de politie of brandweer, wie dan ook, dat we reden hebben om te geloven dat er iemand tegen zijn wil in het huis wordt vastgehouden. Ze zullen naar ons móéten luisteren.' Hij keek Gold aan. 'Wat denkt u?'

Gold, het toonbeeld van verslagenheid, zei: 'Ik weet het allemaal niet meer.'

'Oké, nog een paar straten,' zei Charise op bemoedigende toon. 'We rijden nu ter hoogte van Seventy-Second en we hebben groen licht.'

Miles keek door het raam naar het betoverende spel van alle lichten. Hij had altijd van New York gehouden en voelde altijd enige opwinding bij het rijden door haar straten. Maar deze keer niet. Deze keer voelde hij alleen maar bezorgdheid.

We komen eraan, Chloe. We zijn er bijna.

‘Het is deze kruising,’ zei Charise. ‘Ik… ik zie helemaal geen brandweerwagens.’

Ze hadden Seventieth Street bereikt. Charise remde af, draaide het stuur van de limo linksom en wachtte tot ze de straat in konden slaan.

‘Het heeft niet gewerkt,’ zei Gold, die de straat in keek. ‘Er staan geen brandweerwagens.’

‘Shit,’ zei Miles. ‘Wat nu?’

‘Als we nu eens…’ zei Charise.

En dat was het moment waarop de Volvo SUV zich op volle snelheid in de bestuurderskant van de limo boorde.

64

Manhattan, New York

Caroline Cookson was verward genoeg om het waanidee te hebben dat alles goed zou komen toen ze van haar huis wegreed.

Goed, de kansen waren tegen haar gekeerd. Haar echtgenoot had haar betrapt op een affaire. En hij was erachter gekomen hoe ze hun dochter had gebruikt in een gewaagd plan om het geld van haar zwager te bemachtigen. En, dat moest ze toegeven, het waren daden die je niet goed kon praten.

Maar ze had niets illegaals gedaan, toch? Het hebben van een affaire was niet bij de wet verboden. Oké, misschien dat het complot om het geld van Travis Roben in te pikken onwettig was, maar het plan was niet uitgevoerd. Broderick was van de aardbodem verdwenen – ze had geprobeerd hem te bereiken, maar haar in hoofdletters getypte berichten waren niet afgeleverd, en ze had geen idee waar hij woonde – dus de kans was klein dat hij ermee naar de politie zou stappen. En Samantha zou zeker niet tegen haar getuigen.

Ze was tenslotte haar moeder.

Nee, op de keper beschouwd was er maar één slachtoffer, en dat was Caroline zelf.

Als Gilbert nou een betere echtgenoot was geweest, een attentere man, een fantasierijkere man, een gevoeligere man, een die haar behoeftes zag, dan zou ze haar pleziertjes misschien niet ergens anders hebben gezocht. En als hij zijn rol als broer nou eens wat overtuigender had vervuld, dan zouden Miles' rijkdommen hem niet zijn ontgaan. Nu had hij alleen maar die stomme Porsche.

Ze geloofde dat Miles de sleutel was om alles goed te maken.

Ze zou met hem gaan praten. Ze zou haar zonden opbiechten. Ze zou zich aan zijn genade overleveren. Praat met Gilbert, zou ze zeggen. Maak hem duidelijk dat wat ik heb gedaan net zo goed voor hem was.

Slijm er maar op los, als dat nodig is. Zeg Miles dat hij een briljante man is, maar dat ze ook weet dat hij meelevend is en dat hij in staat is om te vergeven.

Ja, ja, dat zou kunnen werken.

Dus toen ze van haar huis wegreed – ze zou terugkomen, dat wist ze zeker – reed ze regelrecht naar Miles' huis.

Toen ze er bijna was zag ze de limo de weg op rijden. Ze zag hem op de achterbank zitten, achter het raam aan de bestuurderskant.

Ze moest hem volgen als ze de kans wilde krijgen hem te spreken. Dus ze bleef achter de limo rijden, helemaal tot in Manhattan. En ze vroeg zich al die tijd af waar hij in godsnaam heen ging en hoe lang het nog duurde.

Op een gegeven moment, ze waren net New York binnengereden, maakte de limo een onverwachte stop. Degene die voorin zat wisselde van plaats met iemand achterin. Voordat Caroline kon besluiten om iets te ondernemen reed de limo alweer door.

Ze had meerdere malen overwogen om het op te geven. Om de volgende afslag te nemen en naar New Haven terug te rijden. Ze begon zich te voelen als iemand die een luchtvaartmaatschappij belt en in de wacht wordt gezet.

We zijn blij dat u een klant van ons bent.

Hoe langer je wachtte, hoe minder je deze woorden geloofde. Maar je was bang de verbinding te verbreken, omdat er misschien wel precies op dat moment opgenomen werd. Ze dacht steeds dat Miles nu wel zijn bestemming zou hebben bereikt. Maar de limo reed maar door, en reed maar door.

En toen was er een rood lampje op haar bedieningspaneel gaan branden, de benzinetank was bijna leeg.

Ze reed over Park Avenue toen het haar begon te dagen.

Miles zou nooit naar haar luisteren.

Miles zou het nooit van haar kant bekijken.

Miles zou haar in haar gezicht uitlachen.

Deze hele rit naar New York was pure tijdverspilling geweest.

Het was allemaal voor niets geweest, verdomme.

De woede begon te smeulen. De wereld leek zich rood te kleuren, alsof er een waas van bloed over haar ogen viel.

Het was allemaal Miles' schuld. Zijn hebzucht, zijn ondankbare houding, zijn minachting voor zijn broer.

Nee, nee, zijn minachting voor háár.

Toen de half gekeerde limo het moment afwachtte om Seventieth in te kunnen rijden, en ze Miles in het licht van haar koplampen achterin zag zitten, gaf Caroline plankgas.

Het was geen bewuste beslissing. Er knapte iets in haar.

Een seconde later volgde er een door merg en been gaande klap, de explosie van een airbag, het ijzingwekkende geluid van metaal dat metaal raakte, gevolgd door een hagel van verbrijzeld glas.

Geschreeuw.

Vanuit haar auto en van buitenaf.

En toen werd alles zwart.

65

Manhattan, New York

Chloe dwong zichzelf om niet te kijken naar Nicky's gesloten hand en de bloeddruppels die op het tapijt waren gevallen. Want Rhys en Broderick zouden haar blik kunnen volgen. Ze wist niet zeker of Nicky zich er bewust van was dat de scherf haar handpalm had opengesneden.

'Kunnen we nu vertrekken om de papieren te ondertekenen zodat we er klaar mee zijn?' vroeg Chloe. 'Ik wil graag naar huis.' Ze bleef in haar rol en voegde eraan toe: 'Kun je me ongeveer zeggen hoeveel geld we krijgen?'

Rhys glimlachte. 'Ik zal je dit zeggen. Het lukt je waarschijnlijk niet eens om het allemaal uit te geven. De auto staat achter het huis geparkeerd, dus laten we...'

'Wat is dat?' zei Broderick.

'Wat?' vroeg Rhys.

'Ik heb bloed of zoiets op mijn schoen.'

Ze keken allemaal naar beneden om de spetters op zijn rechterschoen te zien. Zij schoenen waren zwart, dus de rode druppels vielen niet echt op. Wat echter niet gold voor het lichtgrijze tapijt ernaast.

Nicky's ogen sperden open. Ze keek naar haar hand en zag het bloed.

'O, shit,' zei ze.

'Hoe is dat gebeurd?' vroeg Broderick.

Vanaf dat moment ging alles snel.

'Misschien wel zo,' zei Chloe. Ze deed een halve stap achteruit, hield de glasscherf stevig in haar hand, hief haar arm en haalde hem langs Rhys' gezicht.

De scherpe rand van de scherf sneed in zijn wang, vlak onder zijn linkeroog. Het was een snee van zo'n vijf centimeter en het bloed spoot er meteen uit. 'Fuck!' schreeuwde hij uit.

Hij bracht zijn linkerhand instinctief naar zijn wang. Het bloed liep al over zijn gezicht en langs zijn vingers toen hij de stroom probeerde te stelpen.

Toen Broderick zich omdraaide om te zien wat er met zijn partner was gebeurd, hief Nicky haar glasscherf, die al onder het bloed zat van de snee in haar hand, en dreef hem in de zijkant van zijn nek.

'Bitch!' schreeuwde hij terwijl hij zich met zijn arm probeerde te beschermen.

Nicky hield de scherf stevig vast en haalde nog een keer uit, deze keer raakte ze hem vlak onder zijn kaaklijn. Broderick sloeg zijn hand op de wond en begon te kokhalzen.

Terwijl hij één hand tegen zijn wang hield probeerde Rhys met zijn vrije hand Chloe te grijpen. Hij hield haar linkerarm vast, maar hij had beter de rechter kunnen pakken, want dat was de arm met de glasscherf in haar hand.

Chloe haalde nogmaals uit, en mikte nu hoger.

Dit keer sneed ze hem niet. Ze gebruikte de punt om mee te steken, net als Nicky bij Broderick had gedaan. Maar Chloe raakte Rhys niet in zijn nek.

Ze stak hem vol in zijn linkeroog.

Er volgde een dierlijke schreeuw. Hij liet Chloe los en drukte nu beide handen tegen zijn gezicht, één op zijn wang en de andere op zijn oog.

Broderick bleef kokhalzende geluiden maken terwijl zijn luchtpijp zich met bloed vulde.

Chloe en Nicky wisselden snel een blik, het moment was nu gekomen.

Nu of nooit.

Dit was hun enige kans. Maar de deur was nog steeds op slot. Vanwege het getergde geschreeuw van de mannen zou er zeker iemand komen. Chloe, die haar hoofd helder probeerde te houden in de heftige chaos, ging bij de deur staan en wachtte af.

Ze hoefde niet lang te wachten.

De deur werd opengemaakt. 'Wat is er...' riep een vrouw.

Roberta.

Op het moment dat ze de kamer in wilde lopen, zette Chloe haar handpalmen tegen de geopende deur en duwde hem dicht met alle kracht die ze op kon brengen. Roberta's linkerbeen zat ertussen.

Ze schreeuwde het uit en ging tegen de vlakte.

Toen Chloe zag dat Roberta was uitgeschakeld – ze lag er ellendig bij, en dat was haar verdiende loon – trok ze deur verder open en draaide zich om naar Nicky. 'Kom op!' riep ze.

Chloe hield de deur open voor Nicky. Ze stapten over Roberta heen, die haar gewonde been vasthield maar toch nog een vergeefse poging deed om Nicky bij haar enkel te grijpen.

Ze sprintten door de hal naar de overloop, vanaf daar was het slechts één trap naar de voordeur. Zoals verwacht stond de bewaker, Boris, klaar om hen de weg te versperren. Hij had alle commotie gehoord, vooral Roberta's kreten, en hij maakte zich al breed toen hij Chloe en Nicky zijn kant op zag rennen.

Hij grijnsde zelfs. Het idee dat deze meiden hem dachten te kunnen passeren.

Maar het was niet hun bedoeling om hem te passeren.

Toen ze bijna voor hem stonden schoten ze opeens de andere kant op.

Ze renden naar boven.

66

Manhattan, New York

De stilte was oorverdovend na de enorme klap.

De linkerkant van de limo was zwaar beschadigd. Enkele airbags aan de zijkant hadden zich opgeblazen, maar niemand was er zonder schrammen afgekomen.

En sommigen waren er erger aan toe dan anderen.

De auto hing enigszins scheef, en de SUV die hen had geraakt was door de klap een stuk achteruitgeschoven. De voorkant was een verwrongen toestand, de motorkap was ontzet en de voorruit verbrijzeld. Er was een bebloede, leeggelopen airbag achter zichtbaar.

Niemand had het aan zien komen. Ze waren aan het praten en wachtten tot de auto Seventieth zou inslaan. Toen was er die verschrikkelijke dreun, de disoriëntatie.

En daarna de stilte.

Charise sprak als eerste. 'Is iedereen oké?'

Zij in elk geval niet. Er stroomde bloed over de linkerkant van haar gezicht. Het portier was zo'n vijftien centimeter ingedeukt, en toen ze naar haar been keek, waar een laag glaskristallen op lag, zag ze bloed.

Gold zei niets terug.

Miles had Charises vraag gehoord, maar het had geklonken als een stem die van onderwater leek te komen.

'Miles, Miles, zeg iets,' zei Dorian.

Miles bekeek zichzelf, het verraste hem dat er geen bloed was. Maar zijn linkerschouder deed pijn, zijn hoofd ook, en hij vroeg zich af of hij geen hersenschudding had. Hij draaide zich om en wierp een blik op Gold, wiens hoofd bijna horizontaal op zijn schouder lag.

'Gold,' zei Miles, die zijn eigen stem in zijn hoofd hoorde echoën. 'Hij beweegt niet, ik denk dat hij zijn nek heeft gebroken.'

'Ai, mijn been,' zei Charise.

Dorian opende het portier aan de passagierskant – wat probleemloos ging omdat de limo niet aan haar kant was geraakt – en stapte uit. Ze had een moment nodig om haar balans te vinden. Ze trok het achterportier open. Gold rolde eruit, zijn lichaam half in de auto en half erbuiten. Dorian maakte zijn veiligheidsgordel los.

'Shit,' zei ze. 'Ik denk dat hij dood is, Miles.'

Met een kracht waarvan ze niet wist dat ze hem had tilde Dorian de arts voorzichtig uit de auto en legde hem op het asfalt.

Het rook naar benzine.

Het portier aan Miles' kant was te beschadigd om open te kunnen, maar toen hij over de achterbank naar de andere kant door wilde schuiven merkte hij dat hij zich niet kon bewegen.

'Miles,' zei Dorian. 'Kom op.'

Hij leek wel verlamd. Hij dacht niet dat hij gewond was geraakt, maar zijn lichaam scheen de boodschap die hij het gaf niet te ontvangen, en die was: uit die auto!

Dorian stak haar hoofd in de wagen, schoof haar handen onder zijn oksels en begon hem eruit te trekken.

'Ruiken jullie dat ook?' zei Charise, die tevergeefs haar portier probeerde open te krijgen.

Dorian had Miles half uit de auto gekregen toen hij zei: 'Oké, ik kan geloof ik weer bewegen.'

De berichten werden weer door zijn lichaam ontvangen. Toen hij op de weg stond zag hij benzine over het asfalt lopen.

'Charise, kom uit die auto,' zei hij.

'Ik krijg het portier niet open.'

'Schuif door naar deze kant!' zei Dorian.

'Mijn been,' zei ze weer. Ze probeerde door te schuiven, maar er zat weinig beweging in.

Dorian boog zich in de auto en greep met beide handen Charises rechterarm vast, ze trok zo hard dat hij wel uit de kom had kunnen gaan. Toen Charise het open portier had bereikt sloeg ze een arm om Dorians schouder zodat ze zich kon oprichten. Haar linker broekspijp was vanaf de knie gescheurd en bloederig.

Er begon zich een menigte te vormen, mensen haastten zich naar de plek van het ongeluk. Iemand belde 911 op zijn telefoon. Een ander was aan het filmen, zoiets kon je altijd aan lokale nieuwszenders verkopen.

Sirenes.

Miles, die enigszins trekkebeende vanwege pijn in zijn linkerknie, liep naar Dorian om haar te helpen Charise in veiligheid te brengen. 'Maak ruimte!' riep hij tegen de omstanders.

'Ik zag hem niet...' zei Charise, '... hij kwam vanuit het niets.'

Toen ze zo'n zes meter van de limo waren verwijderd vroeg Miles aan Dorian: 'Lukt het zo verder?'

'Ja.'

Hij liet Charise los en liep in de richting van de auto die hen had geraakt.

'Ik ken die auto,' zei hij in zichzelf.

Hij hinkte verder tot hij bij het portier aan de bestuurderskant was. Het raam was verbrijzeld en hij zag de vrouw achter het stuur.

De airbag, die geklapt was, zag eruit als een enorme gesmolten marshmallow met aardbeiensiroop erop.

'Caroline,' zei hij.

Ze hoorde hem niet. Haar hoofd zat in een vreemde hoek op haar nek. Haar ogen waren gesloten. Miles stak voorzichtig zijn hand uit en raakte haar hals aan.

'Caroline,' zei hij nog eens.

Het was niet aan hem om de conclusie te trekken, maar hij wist bijna zeker dat ze dood was. Zo bleef hij daar een moment staan, hij kon het tegelijkertijd wel en niet geloven. Toen hinkte hij terug naar de limo.

Er kwam een ambulance aanrijden, gevolgd door een tweede. In de verte klonken nog meer sirenes.

Er rende een paramedicus naar hem toe. 'Bent u gewond, sir?' vroeg ze.

Miles keek Seventieth Street in. Ze hadden het bijna gehaald.

'Nee, maar er valt genoeg te doen hier voor jullie,' zei hij.

Terwijl de vlammen uit de limo sloegen hinkte Miles in de richting van Jeremy Pritkins huis.

67

Manhattan, New York

Chloe en Nicky hadden de bewaker succesvol misleid. Hij stond klaar om hen de doorgang naar beneden te versperren, maar toen ze naar de tweede etage renden, hadden ze hem het nakijken gegeven.

Ze hoopten dat een voorsprong van enkele seconden genoeg zou zijn.

Ze renden naast elkaar naar de afgesloten deuren van de gang die naar Jeremy's kantoor leidde. Nicky toetste snel de viercijferige code in en duwde de deuren open. Ze vlogen langs de erotische kunst aan de ene, en de ramen aan de andere kant. Toen ze de dubbele deuren aan het eind van de gang openduwden zagen ze tot hun opluchting dat de heer des huizes niet toevallig achter zijn bureau zat. Dat zou een complicatie zijn geweest.

Nicky rende direct naar Jeremy's bureau en trok de la open van waaruit ze hem het pistool had zien pakken op de avond dat ze in de Winnebago was betrapt. 'Hij lag hier,' zei ze buiten adem.

Ze vond het pistool meteen, maar legde het weg op het bureau.

'Moeten we die niet meenemen?' vroeg Chloe.

'Hij is niet geladen,' zei Nicky.

Ze hoorden voetstappen vanuit de gang.

'Waar ís hij?' riep Nicky uit. Ze gooide de inhoud van de la op het bureau. Pennen, Moleskine-aantekenboekjes, usb-sticks, een leesbril...

'Ja!' zei ze en ze greep de sleutelring met de zilveren w eraan. Er hing slechts één sleutel aan de ring.

Ze rende om het bureau heen naar de deur aan de zijkant van de Winnebago. Ze trok hem open voor Chloe, die er als eerste in sprong. Nicky volgde en trok het portier dicht op het moment dat Boris het kantoor kwam binnengestormd.

'Doe hem op slot!' gilde Chloe.

Nicky stak haar arm uit naar de knop boven de deurklink en draaide hem rechtsom. Boris sprintte door het kantoor en greep de klink. Toen hij merkte dat de deur op slot was, sloeg hij er met zijn vuist tegen.

'Doe open!' riep hij.

'Fuck you!' riep Nicky terug.

Door de open deuren was te zien hoe Jeremy door de gang rende.

'Hij komt eraan,' zei Nicky.

Chloe ging achter het stuur van de Winnebago zitten, ze drukte met haar hand op het midden van het stuur.

Luid klonk de claxon van de camper.

Dat was ook het plan geweest. Het was zo simpel als wat. Pak de sleutel, stap in de wagen, doe de deur op slot en claxonneer tot er hulp arriveert. En hoe simpel het ook was, Nicky had niet zeker geweten of ze dit alleen voor elkaar zou krijgen. Ze had Chloe nodig kunnen hebben om tijd te rekken voor het geval ze de sleutel niet zou vinden. En ze had aan Chloe moeten bekennen dat ze niet wist waar de claxon zou zitten. Op het stuur zeker, maar zou het een knopje op een van de spaken zijn? Of zou hij in het midden zitten?

Chloe had het geen slecht plan gevonden.

Iemand zou het horen. Iemand móést het horen. Als ze geen brand konden stichten om een rookalarm te laten afgaan, was dit het beste alternatief. Hoe dik het glas van de ramen van het pand ook was, het geluid zou op straat te horen zijn. Zelfs in een stad als New York, waar de gekste dingen gebeurden en men nergens van opkeek, zou het geluid van een claxon die vanuit een woonhuis klonk opvallend zijn, toch?

Jeremy had de deur van de camper bereikt. Hij probeerde hem open te krijgen en sloeg er met zijn vlakke hand tegen.

'Nicky,' zei hij met stemverheffing om boven de claxon uit te komen, 'stop met die onzin. Maak die deur open!'

‘Nee!’ riep ze.

Jeremy keek de bewaker aan en wees naar zijn bureau. ‘De sleutel,’ snauwde hij. ‘Hij ligt in de bovenste la.’

Op dat moment zag hij verschillende dingen uit de la op het bureau liggen, waaronder het pistool. De bewaker keek in de la en schudde zijn hoofd.

‘Dit is niet grappig!’ riep Jeremy. ‘Nicky, Chloe, kom eruit.’

Chloe hield de claxon nu al een minuut lang ingedrukt. Ze begon zich af te vragen of het achteraf gezien wel zo’n briljant plan was. Als Jeremy die deur open kon krijgen voordat er hulp arriveerde, nou, dan was het wel duidelijk. Einde oefening.

Jeremy riep de bewaker iets toe. De man pakte het pistool en liep ermee naar Jeremy en gaf het hem. Toen rende hij terug naar het bureau, trok een lagere la open en pakte er iets uit, het leken wel kogels.

‘O, shit,’ zei Nicky.

‘Nicky, ik schiet die deur open als het moet!’ riep Jeremy.

‘Fuck you!’ gilde ze.

‘Je laat me geen andere keuze!’ Na een korte stilte riep hij: ‘Chloe! Chloe! Ik moet je spreken!’

Chloe drukte iets minder hard op de claxon. ‘Wat?’

‘Je weet het, hè? Je weet wat je van me bent.’

Chloe zei niets, maar ze voelde haar maag omkeren. Alsof er een virus haar systeem was binnengedrongen. Sinds het gesprek met de riemslagen had ze het gedacht. Dat hij het was. Maar ze kon de vraag niet onder woorden brengen. Ze wilde het niet aan hem vragen, en ook niet aan Roberta.

Ze wilde het niet weten.

‘Je wist het toen ik mijn hand op je hoofd legde,’ zei Jeremy. ‘Ik denk… ik denk dat jij degene bent. Jij bent van allemaal degene met potentieel. Jij bent de enige die *volwaardig* is.’

‘Nicky,’ fluisterde Chloe. ‘Geef me de sleutel.’

‘Waarom?’ fluisterde Nicky terug. ‘Voor die claxon heb je hem niet nodig.’

‘Chloe,’ zei Jeremy. ‘We kunnen samen een toekomst hebben als je dit tenminste achter je wilt laten. Dat kunnen we. Je bent mijn doch…’

'Zeg het niet!' gilde Chloe.

'Maar het is de waarheid. Het is anders, nu ik je heb ontmoet en aangeraakt.'

'De sleutel,' fluisterde Chloe tegen Nicky.

Nicky gooide de sleutel naar Chloe, die hem uit de lucht griste. Ze stak hem in het contact. Nicky had haar verteld dat de camper hier pas onlangs was geplaatst.

Misschien, misschíén dat er nog wat benzine in de camper zat. Hopelijk in de tank, en anders nog wat in de benzineslang. Als ze hem kon starten, kon ze hem zo het raam in rijden. Het zou glasscherven regenen op het trottoir.

Dát zou pas aandacht trekken.

De bewaker drukte de kogels in Jeremy's hand, hij begon het pistool te laden.

'Chloe, op een dag zal alles wat ik heb van jou zijn. Daar zal ik voor zorgen.'

Al die rijke stinkerds die me hun geld willen geven…

Chloe fluisterde tandenknarsend: 'Ach man, loop naar de hel.'

Ze draaide de sleutel om.

De motor kwam tot leven.

'NEE!' schreeuwde Jeremy.

Hij rende naar de voorkant van de camper en stond tussen hen en de glaswand. Hij richtte het pistool op de voorruit.

Chloe zette haar voet op de rem en schakelde naar 'drive'.

Ze moest denken aan de roadtrip die ze ooit met haar moeder had gemaakt. Ze had wel eerder in zo'n bak als deze gereden. Hoe moeilijk kon het zijn, je negeerde gewoon het feit dat er geen weg was – en dat je je op de tweede etage van een huis bevond.

Ze haalde haar voet van de rem en voelde het gaspedaal. Chloe dacht dat Jeremy wel weg zou springen, maar hij bleef net een seconde langer staan dan ze had verwacht.

Kon ze echt iemand aanrijden?

Kon ze haar váder aanrijden?

Ze draaide instinctief het stuur om, de wielen maakten een piepend geluid terwijl ze in stilstand over de vloer draaiden. Jeremy verdween uit haar blikveld, hij was op het laatste moment weggesprongen. Het voertuig zou nu in de richting rijden van de dubbele deuren en de brede gang erachter.

Chloe had haar voet op het gaspedaal.

'Wat ga je doen?' zei Nicky.

'Ik zou mezelf maar even vastmaken,' zei Chloe, die net haar eigen veiligheidsgordel had vastgeklikt.

Nicky ging snel op de passagiersstoel zitten, pakte de gordel en klikte hem vast. Jeremy liep nu langs de zijkant van de Winnebago en sloeg op het portier aan de bestuurderskant.

'Stop!'

Chloe trapte het gaspedaal in.

De camper schoot door het kantoor. Hij knalde door de dubbele deuren, die uit hun hengsels sprongen. Achter hen klonk een schot. Het achterraam van de Winnebago was verbrijzeld.

Het voertuig had minimale ruimte toen het door de gang denderde. Niet meer dan zes centimeter aan elke kant, de enorme zijspiegels die links en rechts zaten niet meegerekend. Ze werden meteen naar binnen toe omgebogen en krasten links langs de ramen terwijl ze rechts de ingelijste foto's van de muur ramden en een spoor van glasscherven achterlieten.

Maar de camper ploegde voort.

Op weg naar de trap. Ze waren er bijna.

Nicky was te geschrokken om te gillen.

'Zou de trap wel breed genoeg zijn?' riep Chloe over alle herrie heen. Nicky gaf geen antwoord. We zullen er snel genoeg achter komen, dacht Chloe.

De voorwielen namen de eerste tree naar beneden. Vanaf de twee stoelen voorin voelde het alsof ze over de rand van een klif gingen.

Nicky had ogen als schoteltjes gekregen en opende haar mond. 'Nee, nee, nee, nee, nee!'

Chloe liet het gas los en remde licht. De zwaartekracht zou de rest doen.

KEDENG KEDENG KEDENG.

De achterwielen bevonden zich nu ook op de traptreden, deze bak kon nu niets anders meer dan in een hoek van vijfenveertig graden naar beneden denderen. Chloe dacht nog een schot te horen – Jeremy had blijkbaar de achtervolging ingezet – maar te midden van de geluiden van de motor, schreeuwende mensen en de camper die langs muren en leuningen schraapte, viel het moeilijk uit te maken.

De camper moest nog zo'n zes treden voordat de overloop was bereikt. Chloe zou een linkerbocht, gevolgd door een tweede linkerbocht moeten inzetten om op de laatste trap naar beneden te komen.

Ze draaide aan het stuur en zette haar schouders erachter.

Met de linkerkant van de voorbumper ramde ze de balustrade eraf, nog een paar centimeter en het voorwiel zou over de rand gaan en in het atrium terechtkomen. Als dat gebeurde, als de wielen geen aangrijpingspunt meer hadden, dan was hun rit voorbij.

De camper maakte de bocht, waarbij de rechterkant langs de muur van de overloop schraapte. Ondanks alle obstakels hield Chloe het stuur stevig vast en volledig naar links gedraaid.

Ze bereikten de trap die naar de begane grond leidde.

KEDENK KEDENG KEDENG.

Boris bevond zich op de een of andere manier vóór hen. Hij moest de tweede etage al zijn ontvlucht voordat Chloe door de gang denderde en deed nu zijn best om niet overreden te worden. En vóór hem daalde een verfomfaaide Roberta trekkebenend de trap af op haar naaldhakken.

Toen Boris de laatste trede had bereikt draaide hij zich om. Hij bleek een pistool in zijn hand te hebben en loste een schot op de naderende Winnebago.

De kogel drong door de voorruit en er viel een regen van glaskristallen op hen neer.

Maar Chloe was achter het stuur weggedoken zodra ze het geheven pistool zag en reed nu blind door. Ze remde niet en het volgende wat ze hoorde was een luide bons – BENG. Toen ze opkeek zag ze in een flits het hoofd van Boris bij de onderrand van de verbrijzelde voorruit.

Daarna was hij verdwenen.

Toen hij voorbij de laatste tree was, kwam de Winnebago met een daverende klap tot stilstand. De voorbumper van de camper knalde tegen de vloer en de wagen schoof nog een halve meter door. Door zijn schuine positie hadden de achterwielen geen aangrijpingspunt meer en hingen in de lucht.

Op zo'n tien meter afstand was de voordeur van het huis in zicht.

'Kom, nu snel eruit!' zei Chloe.

Ze klikten hun veiligheidsgordels los en vielen bijna van hun stoelen omdat de camper zo scheef stond. Het zou het makkelijkste zijn geweest om door het gat van de voorruit te stappen, maar de rand van scherpe glaskristallen weerhield hen daarvan. Dus ze klommen naar achteren tot ze bij de deur aan de zijkant waren. Chloe draaide de knop van het slot linksom en duwde hem open, waarna hij met een klap tegen de zijkant aan klapte. Ze klommen er een voor een uit.

En zo lieten ze de zwaargehavende Winnebago achter hen, de motor draaide nog en de lucht was zwaar van uitlaatgassen en benzinedamp.

Ze wilden naar de voordeur rennen.

Maar tussen hen en de vrijheid stond Jeremy, verwilderd en met grote ogen. Hij hield het pistool met beide handen vast.

En had het op Chloe gericht.

Jeremy was zó op haar gefocust dat hij nauwelijks merkte dat Roberta voorbij stoof. In haar haast het huis te ontvluchten, om weg te zijn voordat de politie zou arriveren, struikelde ze over de rand van een kleed, waarbij de naaldhak van haar linkervoet schoot. Ze viel, stond meteen weer op en liet de naaldhak voor wat hij was. Ze schopte de andere uit, trok de voordeur open en verdween in de nacht.

In de deuropening stond Miles – met zijn hand op ooghoogte, alsof hij net op het punt stond om aan te kloppen.

Het kostte hem enkele seconden om de situatie in zich op te nemen. De Winnebago die schuin tegen de trap stond met een dode man eronder. Alle chaos eromheen.

En vlak voor hem stond een man met zijn rug naar hem toe die een pistool op iemand richtte.

Op Chloe.

De man wierp een vluchtige blik over zijn schouder. Lang genoeg voor Miles om hem te herkennen. Hij had hem op het nieuws gezien. Hij had veel berichten over hem gelezen. Hij herkende Jeremy Pritkin.

Een man die vastbesloten was om de mensen te vermoorden die Miles had willen redden. Een man die bereid was zijn eigen vlees en bloed te vernietigen om zijn huid te redden.

En nu ging hij Chloe doodschieten.

Miles kwam instinctief in beweging om Jeremy aan te vallen, om hem te bespringen en tegen de grond te werken, om er hoe dan ook voor te zorgen dat hij niet op Chloe kon schieten. Maar na één stap zag hij iets opvallends op de vloer liggen.

Het was de scherpe, negen-centimeter-lange naaldhak van Roberta.

Miles boog zich voorover en pakte hem op. Hij omklemde het zooltje stevig en hief zijn arm.

Jeremy hoorde hem komen en draaide zich half om, om nog net vanuit zijn ooghoek te zien dat Miles naar hem uithaalde met iets wat als een ijspriem door de lucht schoot.

Als Jeremy zijn arm op tijd had kunnen heffen, of een schot had kunnen afvuren, dan zou hij verhinderd kunnen hebben dat Miles hem krachtig de schedel insloeg met een naaldhak.

Een week later

Epiloog

New Haven, Connecticut

Miles hoorde de auto al het huis naderen voordat hij hem zag. Hij liet zich van de kruk bij het kookeiland glijden, waar hij net een van zijn modieuze koffietjes aan het drinken was, liep naar de voordeur en stapte naar buiten.

Chloe's Pacer reed over de oprit. De auto had al belabberd geklonken toen ze hem erin naar Springfield had gereden, maar nu klonk het zelfs nog erger. Een doorgeroeste knalpijp, waarschijnlijk.

De auto stopte vlak bij de voordeur, en toen Chloe de motor afzette bleef hij nog even door sputteren voordat hij er uiteindelijk het zwijgen toe deed. Miles liep erheen terwijl ze het portier opende.

'Hallo,' zei hij.

'Jij ook hallo,' zei Chloe, die het portier een stukje optilde zodat het goed zou sluiten. 'Hoe gaat het?'

'Het is een lange week geweest,' zei hij. 'Maar daar weet je alles van.'

Hij wierp een blik in de Pacer. De achterbank was ingeklapt, er stond een verzameling weekendtassen op.

'Ga je ergens heen?' vroeg Miles.

'Zo zou je het kunnen zeggen,' zei ze. 'Daar wilde ik het met je over hebben.'

'Kom binnen,' zei hij. 'Zoek maar een padje uit.'

En dat was het eerste wat ze deed toen ze in de keuken stond. 'Ik wil iets met mokka.' Chloe vond een smaakje dat haar wel iets leek, stopte het padje in de machine en keek rond in de keuken terwijl de koffie doorliep. Ze zag een stapel papierwerk op het kookeiland liggen, het leken haar contracten en andere officiële documenten. 'Wat is dat?'

'Allemaal juridische shit.'

'Wat voor dingen?'

'Mijn testament, de opvolgingsplannen... Er is nog veel uit te zoeken voordat ik me uit het bedrijf terugtrek. En er zijn nog andere dingen voordat mijn gezondheid me dwingt een stapje terug te doen. Ik wil het nu allemaal regelen, het moet een soepele overgang worden.'

'Heb je al een opvolger?'

Miles glimlachte. 'Gilbert.'

Chloe knikte. 'Dat lijkt me een logische keuze. Hoe gaat het met hem?'

'Carolines begrafenis was gisteren. Hij en Samantha zullen er goed doorheen komen. Ik denk zelfs dat het beter met ze zal gaan. Gilbert zal een goede opvolger zijn, hij is sterker dan ik dacht. Ik heb me in hem vergist. Maar ik probeer het dus goed te maken.' Hij gebaarde naar de stapel papieren. 'Dorian en ik hebben een lijst van goede doelen opgesteld. En ik wil een stichting oprichten voor onderzoek naar Huntington. Daar zal veel van mijn geld terechtkomen.'

'Dorian?' vroeg ze. 'Ik dacht dat ze weg was.'

Miles knikte langzaam. 'Ik heb het in heroverweging genomen.'

'Jij mag het zeggen, hoor. En hoe zit het met mij en de andere vier? Ik geloof dat we onszelf zullen moeten bedruipen, hè?'

'Jullie gezondheid staat niet op het spel, jullie hebben immers mijn genen niet. Maar ik dacht, als je iets nodig hebt...'

'Luister, ik hoef je geld niet. Schenk het aan onderzoek. En trouwens, de anderen en ik kunnen een karrenvracht geld van Pritkins organisatie verwachten. Die advocaat die je had aangeraden is geweldig. We zijn erfgenamen, toch? En we kunnen het bewijzen. Hij mag dan wel in coma liggen, maar we kunnen nog steeds zijn DNA in de strijd werpen.'

Miles keek gepijnigd. 'Ik moest hem stoppen.'

'En daar dank ik je voor,' zei ze. 'Luister, als dit alles voorbij is, zal ik een nieuwe Pacer kunnen kopen.'

Hier moest Miles om lachen. Maar toen werd hij weer serieus. 'Hoe ga je ermee om?'

'Wat? Dat de grootste klootzak op aarde mijn biologische vader blijkt te zijn?'

'Ja, dat.'

Ze haalde haar schouders op, maar het was lichtjes, haar gebruikelijke stoerheid ontbrak. 'Ik probeer er niet aan te denken. Ik probeer me voor te stellen dat het iemand anders is geweest.'

Haar woorden bleven nog even in de lucht hangen, tot Miles zei: 'En hoe is het met Nicky?'

'Goed. Haar moeder is een ramp, maar ze heeft nog familie in de buurt van Albany, en voorlopig logeert ze daar. Er was nog even sprake van dat ze aangeklaagd zou worden voor de moord op die Broderick, maar daar zijn ze gelukkig van teruggekomen. En mijn advocaten hebben me gezegd dat ik me niet druk hoef te maken over die vent die we hebben doodgereden, of die kerel wiens oog ik had opengesneden.'

'Ik zou niemand toewensen wat jij hebt moeten doormaken,' zei Miles.

Ze haalde nogmaals haar schouders op, maar deze keer was het wat zorgelozer.

'En die bitch van een Roberta? Ze zal alles doen om tot een deal te komen waardoor ze niet de rest van haar leven in de bak zal hoeven te zitten.'

Ook al was Martin Gold dood, alles wat hij en Jeremy hadden gedaan kwam nu naar buiten. Met wat Gold aan Miles had verteld, de informatie die zijn receptioniste Julie had en een Roberta die maar al te graag wilde praten, begonnen de autoriteiten al een redelijk beeld te krijgen.

'De anderen op de lijst, degenen die je niet hebt opgezocht,' zei Chloe. 'Zullen ze ooit te weten komen wat een klootzak hun vader is?'

'Ik denk het wel, maar dat gaat buiten mij om. Iedereen, van de FBI tot CNN, zal met ze willen praten.' Er schoot hem iets te binnen, en zijn gezicht klaarde op. 'Ik kreeg gisteren nieuws over Charise. Ze heeft nu nog krukken, maar binnen een paar weken zal ze weer zelfstandig kunnen lopen.'

Chloe glimlachte.

'Vertel me eens,' zei Miles. 'Het lijkt wel of je al je bezittingen in die auto hebt geladen. Waar ga je naartoe?'

'Ik ben er al,' zei Chloe.

Miles knipperde met zijn ogen. 'Hoe bedoel je?'

'Nou, hier dus. Ik kom hier wonen. Je hebt genoeg ruimte.' Ze liep om het kookeiland heen en ging op de kruk naast hem zitten. 'Maar ik zal die kamer wel een beetje moeten oppimpen. Hij is nogal minimalistisch. Er moeten wat kussens en zo bij. Misschien wat filmposters.'

'Chloe.'

'Wist je dat er een filmacademie in New Haven is? Daar ga ik achteraan. Naast de andere dingen zal ik genoeg tijd voor z'n studie hebben.'

'Ik begrijp het niet.'

'Wil je zeggen dat ik niet welkom ben?'

'Nee, maar Chloe, het gaat nu wel goed met me, maar het zal slechter worden. Er zal een moment komen waarop ik constante verzorging en aandacht nodig heb.'

'Waarom denk je dat ik hier kom wonen, man?' zei ze.

'Chloe...'

'Ik heb hier veel over nagedacht. Je kunt me niet op andere gedachten brengen. Ik blijf hier.' Ze zweeg even. 'Zolang ik van enige hulp kan zijn.'

Ze keek van hem weg en leek zich even te moeten herstellen.

'Chloe, echt, het zal zwaar worden. Jij bent jong. Je hebt een leven voor je. Laat je niet door mij omlaaghalen.'

'Omlaaghalen? Wat denk je wel?'

'Zo bedoelde ik het niet. Ik weet niet of je wel zo'n offer moet brengen.' Hij haalde diep adem. 'Waar het om gaat, Chloe. Ik ben niet je vader. En jij bent niet mijn dochter.'

'Ik denk,' zei ze, 'dat al dat vaderschapsgedoe niet alleen maar genetisch bepaald is.'

Miles dacht terug aan wat ze gezegd had toen ze uit de limo stapte. 'Maar ik beteken niets voor je,' zei hij.

Chloe stak haar arm in de zijne en rolde haar ogen. 'Sukkel,' zei ze. 'Je betekent alles voor me.'

Dankwoord

Geen auteur doet dit alleen.

Ik ben de toegewijde mensen van HarperCollins in de USA, Groot-Brittannië en Canada oneindig dankbaar voor hun hulp om dit boek te verwezenlijken.

In de USA gaat mijn dank uit naar Liate Stehlik, Nate Lanman, Jennifer Hart, Ryan Shepherd, Bianca Flores, Andrea Molitor, Andrew DiCecco, Christine Edwards, Andy LeCount, Mary Beth Thomas, Virginia Stanley, Chris Connolly, en Lainey Mays.

In Canada zou ik Leo MacDonald, Sandra Leef, Cory Beatty, en Lauren Morocco willen bedanken.

En in Groot-Brittannië zou ik nergens geweest zijn zonder de hulp van Charlie Redmaine, Lisa Milton, Claire Brett, Joe Thomas, Rebecca Fortuin, Fliss Porter, Anna Derkacz, en Alvar Jover.

Mijn speciale dank gaat uit naar mijn redacteuren bij HarperCollins, Jennifer Brehl (New York) en Kate Mills (Londen), en naar mijn geweldige agent, Helen Keller.

Voor haar hulp bij DNA-gerelateerde kwesties gaat mijn dank uit naar Barb Reid, forensisch bioloog aan het Centre of Forensic Sciences in Toronto. Het spreekt voor zich dat eventuele fouten aan mij zijn te wijten.

En ten slotte ben ik de lezers en boekverkopers meer dank verschuldigd dan ik kan zeggen. Het gaat om jullie.